ALEXANDRE KLEIN

O NOME DELE É ERICK

NEM TODO MUNDO AMA TODO MUNDO. NEM TODO MUNDO AMA.

ALEXANDRE KLEIN

O NOME DELE É ERICK

NEM TODO MUNDO AMA TODO MUNDO. NEM TODO MUNDO AMA.

ALEXANDRE KLEIN

O NOME DELE É ERICK

NEM TODO MUNDO AMA TODO MUNDO. NEM TODO MUNDO AMA.

Copyright© By Editora Coerência 2018

O NOME DELE É ERICK © ALEXANDRE KLEIN

1º Edição — Editora Coerência — Brasil
Todos os direitos reservados pela Editora Coerência

Produção Editorial

Diretora Editorial	LILIAN VACCARO
Revisão	HELOÍSA R. DE CARVALHO
Capa	DÉCIO GOMES
Diagramação	BRUNO LIRA

Dados Internacionais De Catalogação Da Publicação (cip)

Klein, Alexandre;
    O nome dele é Erick

1. Ed. — São Paulo — Editora Coerência 2018

ISBN: 978-85-5327-070-5

1. Literatura Brasileira. 2. Romance I. Título

CDD. 869.3

Editora Coerência
Rua Pinhancó, 12A
Parque São Rafael — SP — Cep . 08320-350
Site: www.editoracoerencia.com.br
E-mail: lilian@editoracoerencia.com.br
Tel.: (11)2011-3113

Texto de acordo com as normas do Novo Acordo Ortográfico da Língua Portuguesa (1990), em vigor desde 1º de Janeiro de 2009.

DEDICADO A PESSOAS COMO O ERICK,
ÀQUELES QUE ACREDITAM QUE AINDA HÁ ESPERANÇA.

"MAIS DO QUE MÁQUINAS, NÓS PRECISAMOS DE HUMANIDADE. MAIS DO QUE INTELIGÊNCIA, NÓS PRECISAMOS DE CARINHO E BONDADE. SEM ESSAS QUALIDADES A VIDA SERÁ VIOLENTA E TUDO SERÁ PERDIDO."

— Charles Chaplin
O Grande Ditador

ALEXANDRE KLEIN

CAPÍTULO NÚMERO UM

"Nós queremos viver da felicidade dos outros, não de seu sofrimento. Não queremos odiar e desprezar uns aos outros."

Um dia antes do meu aniversário de dezoito anos os meus amigos decidiram que eu precisava fazer alguma loucura. Eles esperavam que eu tomasse a iniciativa de me jogar na cachoeira de Fulmine, já que era um ritual que a maioria dos caras do último ano faziam só para mostrar que realmente não tinham medo. E se não fosse isso, então eles esperavam que eu fosse pedir uma garota em namoro. E isso definitivamente não ia acontecer. Então o que eles julgaram mais sábio era que eu, finalmente, aceitasse sair para beber com eles.

Não é que eu nunca tenha bebido antes, eu só não gostava muito da ideia de ficar caído por aí sem nenhum pingo de sanidade, com a mente indo e vindo de pensamentos que eu provavelmente jamais gostaria de liberar. Mas o que eu poderia fazer? Ou era uma noite inteira se embebedando e fazendo coisas das quais eu não me orgulharia no dia seguinte, ou era a queda aterrorizante em direção ao Lago Fulmo. Portanto, quando deram oito horas da noite, avisei a minha mãe que estava saindo com o pessoal. E eu não precisei dizer mais nada, já que ela sabia perfeitamente os seis nomes que eu diria logo de cara. A única coisa que ela me pediu é que tomasse cuidado, mesmo falando que eu ia dormir na casa do Jhonny.

E eu devo admitir que estava um frio do caralho quando eu coloquei os pés para fora de casa. Morar perto de cidades portuárias traz essa coisa de muita chuva e, portanto, muito frio. Minha mãe sempre achou que o Jhonny era uma pessoa na qual ela podia confiar, já que a família dele era rica e ele era um "potencial aluno e o futuro da mecânica da nossa cidade". Era o que os professores costumavam falar dele. Mas já fazia muito tempo que o próprio Jhonny não falava nada sobre o sonho de ser mecânico.

Quando nós tínhamos dez anos ele me disse que nós dois chegaríamos até a lua, porque ele ouviu isso em algum lugar e então virou a nossa promessa: chegar até a lua. Mas ele se esqueceu disso.

No horizonte escuro eu enxergo o pessoal reunido, as fumaças saindo da boca de cada um — e sei que não tem nada a ver com o frio — ao lado algumas latinhas nas mãos e outras garrafas de diferentes cores. Consigo reconhecer algumas das bebidas, mas as outras ainda são um mistério. Arrependo-me logo de cara. Parece que eles preparam uma bela noite para mim. Não consigo me segurar de ansiedade para ficar bem louco e acordar em cima de alguém que eu não conheço.

—Vejam só! Se não é o mais novo geneticista do pedaço que veio para nos agraciar com sua presença? — Mesmo a uns cinco metros de distância, a voz de Jhonny é sempre a mesma coisa: muito ridícula e irritante. Tem aquele tom de rouquidão e uma outra coisa que eu não consigo explicar. — Essa frase parece errada. Key, sinônimos para "novo"? — diz enquanto me aproximo sem nenhuma pressa.

Kyle, o mais recente integrante dessa bagunça toda, tira a garrafa de plástico da boca e fecha os olhos para começar a pensar. Não demora nem cinco segundos para que ele comece a listar uma série de palavras.

—Recente, atual, vigente, jovem, *púbere*, verde, novato, inaudito — Antes que ele termine de listar todos os sinônimos que pode lembrar, Jhonny dá um tapa no meu peito e me cumprimenta.

—Diz aí, o mais púbere geneticista da White Cloud: o que é que tá pegando? — Ele sorri para mim e eu faço o mesmo. Mesmo com tanta coisa ruim que eu tenho para falar dele, o cara continua sendo o meu melhor amigo.

—A gente vai começar a foder com a minha vida quando?

—Esse é o espírito, garoto! — Jhonny levanta minha mão para o alto antes que eu possa cumprimentar todo o restante do pessoal e começa a gritar no meio da praça — Esse cara vai fazer história hoje — E aqueles que estão sentados no banco dão um breve grito de animação — Vai tirar a virgindade do fígado — E mais uma remessa de gritos — E a virgindade desse pau. — E, mais uma vez, os gritos se repetem. Em seguida todos colocam alguma bebida na boca e continuam rindo. As gêmeas nunca pareceram mais desinteressadas do que agora. — Quem é que tá pronto pra esquecer o próprio nome e sair beijando todo mundo?

E é assim que a minha noite parece começar.

Cheia de gritos e pessoas bêbadas. Como eu disse, eu nunca fui do tipo que gosta de beber muito. Mas acho que pelo menos uma vez na vida a gente precisa sentir a sensação de esquecer tudo. E tinha muita coisa que eu estava querendo esquecer ultimamente. Talvez eu precisasse mesmo disso.

Beber até esquecer o meu nome.

Quando chegamos à boate em que eles disseram que me levariam eu já estava um pouco alterado. Não só pelas bebidas que eles me fizeram virar um pouco antes de chegar aqui, mas também por causa daquela maconha. Porra, que negócio bom. Eu já tinha visto os caras fazendo isso, mas não imaginava que era tão aliviante... essa palavra não existe de fato... mas foda-se.

Meus olhos estavam me traindo, igualzinho àquele filho da puta do Sam, mas eu já estava me esquecendo dele. Era o que eu precisava. A gente não podia mesmo entrar com as bebidas, por isso tivemos que beber tudo antes de começar a farra. Lá dentro estava uma loucura. Aquelas garrafas explodiram dentro de mim como o exército dos Estados Unidos ao bombardear a China. Quer dizer, o Japão. Ou era a China? Eles tiveram que me carregar por uns minutos. — não o exército do meu país — Eu lembro da Cassie me levando pelo ombro, mas ela estava tão chapada quanto eu.

Quando a gente entrou de verdade eles me largaram para que eu pudesse ter um pouco de independência. O Jhonny falou que era hora de eu andar com as próprias pernas. Filho da puta do caralho, taca a bebida em mim e me deixa sozinho. Um dia ainda vou enfiar uma faca no olho dele. Vou fazer ele se lembrar disso quando a gente acordar. A música estava estourando nos meus ouvidos, era um cantor muito bom. Porra, eu só não conseguia lembrar o nome da música, mas, porra, que música boa. E eu estava sentindo que a qualquer momento eu poderia cair em cima de alguém.

Eu sabia que a qualquer momento eu ia cair.

As luzes não estavam ajudando com nada.

Andava de um lado para o outro, tentando dançar o que quer que fosse. Esbarrando numas minas que até eram bonitinhas e com umas bundas grandes pra porra. Eu nem vi quando o Key chegou e me deu outra garrafa pra beber. Eu recusei, de verdade. Senti o gelado do vidro na minha mão. Mas depois eu já estava com ela na boca. E cara... era como sentir fogo dentro de mim. Sem contar que meus olhos estavam me traindo mais uma vez. Do nada uma guria apareceu na minha frente. Eu me segurei nela.

Ela começou a passar a mão em mim desde os meus ombros e tomou um pouco da minha garrafa. Quer dizer, não sei se foi só um pouco mesmo. Eu nem estava ligando muito, porque depois de um tempo ela já estava com a mão dentro da minha calça e dando uns beijos no meu pescoço.

Caralho.

Como… é bom…

Eu virei o rosto e segurei seu pescoço para começar a beijar o que eu visse pela frente. E parece que três das quatro etapas estavam concluídas. Já esqueci o meu nome. Já beijei alguém. Já tirei a virgindade do fígado. Agora só faltava mais uma etapa para deixar a porra do meu pau do jeito que ele estava antes.

Incrivelmente não consigo parar de pensar nele.

Mesmo quando eu tô beijando essa guria. Ela se parece com ele, segurando seu cabelo forte. — e eu tô pouco me fodendo se tá doendo pra ela, já que ela não tá reclamando — eu tento parecer o mais macho possível. Colocando e tirando a língua da boca e mexendo meu pau na sua mão, latejando. E, ainda assim, eu só consigo pensar em como aquele cara faz falta.

—Amanhã é meu aniversário, sabia?

É o que eu digo pra guria depois que eu paro de beijar ela. Porque eu preciso de um tempo pra beber mais e esquecer o nome dele de novo. Parece que ele tá sempre indo e vindo, principalmente quando eu fecho os meus olhos. Não quero lembrar do que ele costumava fazer quando nós ficávamos sozinhos.

—E o que você quer de presente?

—Ahn? — aproximo meu ouvido da boca dela.

—E o que você quer de presente? — Ela grita.

—Vamo ali que eu te mostro…

Eu bebo mais um pouco antes de dar a garrafa pra ela e quando ela tira a mão da minha calça eu finalmente explodo de tesão. Não consigo controlar o meu pau e tampouco meus hormônios. Mesmo que nada se iguale aquele filho da puta do Sam eu ainda consigo sentir um pouco de prazer com ela. Quando ela sai pela porta dos fundos comigo e me leva pra algum lugar escuro, não deixo de pensar que ela vai me assaltar. A guria se ajoelha. Eu não sei que porra que eu tô fazendo aqui fora e nem sei como a gente consegue ficar tão de boa sem roupa nesse frio.

Coloco a garrafa na minha boca e mesmo quando ela coloca o meu pau na boca dela eu não consigo parar de pensar nele. A risada dele ecoa na minha cabeça como se fizesse parte da música que estava tocando lá dentro e eu não sei se isso é efeito da bebida ou da maconha, mas eu…

Eu quase consigo sentir ele me tocando.

Eu conhecia o Sam há uns dois anos. E eu tenho que admitir que ele sempre foi um tiro no escuro, mesmo quando ele disse para mim que talvez estivesse gostando de mim era só um talvez... Nada era concreto quando saía da boca dele. Nem as palavras e nem mesmo os beijos. Quando eu o conheci num evento de filmes que fui com a minha irmã, ele me disse que talvez alguma coisa muito grande acontecesse com a gente. Sam tinha esse negócio de imaginar o futuro. Porque ele sempre teve em mente que me queria por perto e eu sei que isso não é mentira. Eu sei que se ele pudesse escolher eu seria a melhor opção dele. A primeira vez que a gente se falou ficou claro que nós dois tínhamos muito tem comum e ninguém precisava escrever isso num livro para que ficasse claro. Com o tempo eu fui percebendo que eu precisava mais dele do que eu pensei, porque não era o tipo de amizade que você consegue sustentar com apenas mil mensagens.

Um dia o Sam me disse que a gente podia dar certo e que ele se arriscaria por mim. Mas o ponto dessa história é que o coração dele pertencia a outro cara. E por isso nós não tocamos nesse assunto durante nove meses, o tempo necessário para que o cara terminasse os estudos do curso que fazia na cidade do Sam e fosse embora. E, então, depois de nove meses, ele decidiu que queria ficar comigo. Entendam, como um prodígio eu me considero a pessoa mais inteligente em aspectos adversos. Como ser humano, eu me considero o garoto mais burro e idiota que pode existir, especialmente falando sobre relacionamento. Eu passei as férias do primeiro ano com ele e foi indescritível. Poderia passar horas e horas falando sobre como foi bom ficar com ele e sobre todas as noites que eu saía do meu quarto e entrava furtivamente no quarto dele para que a gente pudesse dormir juntos enquanto seus pais ficavam nos quartos de cima. E a gente sempre acordava uma hora antes para que eu pudesse voltar para o meu quarto e não ter nenhuma desconfiança. E eu ainda lembro de cada pequena coisa que aconteceu naquelas férias, de todos os beijos escondidos e de todas as merdas que a gente fez e dos quadros que a gente quebrou.

Lembro de muita coisa mesmo, e fico triste toda vez. Porque lembrar não me deixa esquecer que essas coisas nunca mais vão se repetir.

Agora a gente já tinha saído de trás daquela boate e eu já estava aliviado, tinha perdido aquela guria no meio de tanta gente. Quatro etapas concluídas. Ainda estava tropeçando, porque foi um orgasmo daquele. Depois fui perceber que ela sumiu com a minha bebida. Filha da puta.

Encontro o Jhonny com o resto do pessoal e digo que quero ir para casa, meio nauseado. Ele me pergunta onde está a bebida e eu digo que deixei com uma mina. Meu amigo tenta me perguntar se eu comi ela e eu insisto em ir para casa, ele fala que a diversão nem começou e me oferece outra latinha. Eu jogo a latinha no chão e mando ele tomar no cu. Saio de perto dele porque eu sei que não vou conseguir porra nenhuma ficando aqui. Eu nunca consigo porra nenhuma quando o Jhonny quer bancar o maioral.

Aquele bosta do caralho.

Saio apressado da boate indo para lugar nenhum, mas o pessoal vem logo em seguida. Eles tentam me fazer voltar, só que eu continuo batendo na mesma tecla de que eu não vou voltar lá. Sei lá, aquela coisa toda com o filho da puta do Sam me deixou para baixo, mesmo um dia antes do meu aniversário. Então eles decidem me acompanhar para a praça que tem ali por perto, pra poder terminar a noite em grande estilo.

Um pouco mais animado quando pego um baseado na mão, eu conto para o Jhonny sobre como eu tinha acabado de transar com uma guria na porta dos fundos. Mesmo que eu nem me lembre de como ela era e nem do que ela estava fazendo direito, eu só conto. Porque eu sei que vai deixar ele feliz. Aumento um pouco a história, falo coisas que realmente não aconteceram e ele ri. As cores piscam mais forte cada vez que passamos por um poste de luz. E mesmo sendo umas duas ou três horas da manhã — eu não faço ideia — a gente não faz questão de falar baixo.

Tá todo mundo gritando porque tá todo mundo muito doido. Até o Key, o novato do grupo, tá caindo pra todos os lados junto da Cassie. Eu acho que eles estão se pegando, mas foda-se. A gente começa a falar sobre como a noite tá muito louca, até que a gente passa da civilização e entra na praça que divide os limites da cidade e daquela floresta do inferno.

A gente senta com umas bebidas em mãos, eu estou pronto para ferrar de vez e cair em algum lugar porque eu não aguento mais ficar em pé. Eu não aguento mais fazer nada. Só xingar todo mundo que chega perto demais de mim e da minha bebida. Mas eu estou viajando por causa do efeito daquela merda de maconha e eu tô vendo uma coisa que eu acho que não existe de verdade. Um pouco antes da floresta começar tem uma casa. E tipo assim, ela não tá escondida no meio das árvores e nem nada. Ela só tá lá.

Eu aponto para ela e falo:

—Todo mundo tá vendo aquela casa também? — O pessoal para de fazer tudo e segue a direção do meu dedo torto.

—Eita caralho — diz o Kyle. O Key. O Kini. O Kayne West. Ás vezes a gente faz essas coisas com o nome dele. Que coisa idiota.

—Ei, Sandy! — O Jhonny se levanta e começa a encarar a casa na nossa frente — Você trouxe o negócio? — A mina do cabelo raspado do lado olha para ele e entrega o negócio. O negócio é uma lata de spray que ele chacoalha com muito ânimo.

—O que você vai fazer, seu otário? — Tento soar forte.

—Hoje, amigão, você vai se tornar um homem. — Ele me dá uma lata e eu deixo ela cair no chão, e depois de xingar ele eu pego ela com força e rapidez — Prova que agora você não tem medo dos filhos da puta te pegar.

—E o que eu faço com essa porra?

—A porra que você quiser.

Então todos começam a me empurrar, de repente todo mundo tá com uma lata de spray na mão e a gente começa a se aproximar da casa. Ela tem cara de acabada quando a gente chega mais perto e eu não sei como alguém pode viver nela. Parece que ninguém vive nela.

Parece que ninguém vive nela há muito tempo.

Então não tem mal nenhum… Em pichar ela. Tem?

ALEXANDRE KLEIN

CAPÍTULO NÚMERO DOIS

"A ganância envenenou a alma do homem, criou uma barreira de ódio e nos guiou no caminho do assassinato e sofrimento"

Estava tudo indo às mil maravilhas, porque eu só estava tentando passar um tempo pichando qualquer coisa que viesse a mente. Eu evitei de todo o jeito escrever sobre o Sam, porque nenhum deles sabia, e nenhum deles tinha a menor ideia de que o cara não saía da minha cabeça. Por isso, toda vez que eu escrevia a primeira letra do nome dele eu completava com outras letras. Sono. Saudade. Sorriso. Ser. Qualquer merda que viesse já era melhor do que aquelas três letras do inferno.

Depois de um tempo, quando a latinha do spray acabou, eu fiquei olhando o Jhonny se pegando com a Sandy lá no meio das árvores. Eles iam transar? Sei lá. E por fim o Key estava mesmo ficando com a Cassie. Mas as gêmeas só estavam fumando um perto de mim. Elas não estavam nem aí pra nada, só soltavam a fumaça pro alto e riam de qualquer coisa que parecia minimamente engraçada no celular.

—Eu acho que a vida que a gente vive é uma merda — disse a elas.

—É? — Uma falou. — A gente também acha que você tá bem louco.

—Mas é, a vida é mesmo uma merda — Ela deu um trago e me olhou de baixo — E aí? O que foi que você fez lá? — Ela estava falando das minhas pichações.

—Só um monte de nada.

—É um monte de nada bem bosta, por sinal.

—Vai se foder.

Deixei elas duas em paz e me aproximei da casa. Peguei a maconha num saquinho e sentei-me com as costas presas na madeira.

Eu já tinha visto os caras fazendo isso antes.

Então bolar um baseado não parecia ser difícil.

Acho que depois dessa adrenalina toda, e depois de todo o álcool que tinha dentro de mim, finalmente dava para ter uma ideia de como a situação estava uma grande merda para o meu lado. O garoto mais inteligente do colégio White Cloud, e futuro da biologia de toda a cidade estava jogado nas portas de uma casa qualquer pelo mato, sem nenhum pingo de sanidade e sem conseguir diferenciar multiplicação de adição. Nas mãos um punhado de erva e uma seda no joelho. A cabeça a milhão com tantos pensamentos que sequer pareciam ter sentido. Eu tenho dezoito anos agora, e, pela sociedade, eu já sou considerado um adulto. Mas isso não tem a menor importância. O que importa mesmo é que esse vai ser um dos primeiros aniversários que eu não vou receber uma mensagem do Sam.

Porque ele sempre lembrava.

Levanto a cabeça e começo a encarar a lua, só para ter certeza de que ela ainda está lá. Enquanto estou preparando o baseado, fico com medo de perder a consciência. Não só pelo sono que eu estou sentindo, mas pela fraqueza em manter o pescoço reto. Sei que em algum lugar do outro lado do país, o Sam também deve estar olhando para a lua. Ele disse isso pra mim. Disse que mesmo quando eu não pudesse vê-lo, nós poderíamos ver a lua. E ver a lua significava estar um pouco mais perto do que estávamos de verdade.

Sei que ele sabe que hoje é um dia especial pra mim.

Sam é o cara mais babaca do mundo, mas ele se lembrava. E mesmo depois de tudo o que aconteceu, ele ainda deve se lembrar. Porque eu sempre fui um filho da puta que gosta de atenção, juro mesmo. Eu sempre corria atrás das pessoas para que elas se lembrassem de que era meu aniversário, ou que eu tinha feito algo muito bom e que elas precisavam ver. Porque eu cresci com esse negócio de querer atenção. As pessoas sempre disseram "olha lá, mais um prodígio sendo desenvolvido na White Cloud! O que será que ele está fazendo agora? Seja lá o que for, é uma brilhante ideia". Eu me acostumei com todos me olhando enquanto eu crescia em campeonatos interestaduais e até mesmo em um campeonato internacional na Dinamarca, por isso eu sempre fui acostumado a ser visto.

E mesmo agora, olhando para a luz da lua, eu não consigo ver porra nenhuma. Ninguém tá me olhando agora. E esse é um fato interessante: a gente para de usar a máscara quando não tem ninguém olhando. É aí que nós somos nós. Quem somos nós quando não tem mais ninguém olhando? Eu estou completamente perdido e eu não sei o que fazer. O cara que eu amava me deixou por um cara que claramente não dá a mínima pra ele, e eu estou aqui, com a maconha toda voando da minha mão por causa do vento e com um monte de gente se beijando. É meu aniversário. E eu normalmente fico feliz em um aniversário, mas essa é a exceção que eu nunca esperei ver.

—Que merda. — sussurro para mim mesmo.

Eu me concentro em terminar logo esse baseado que tá na minha mão, porque quero sentir aquela liberdade de novo. Sei que só vai durar uns segundos enquanto a brisa tá vindo, mas eu estou precisando disso. Desses segundos. Com a cabeça encostada na parede de madeira da casa pichada e com a cabeça repleta de pensamentos inúteis, eu escuto um barulho. Sei que eu também estou escutando um monte de coisa que não faz sentido. É esse o efeito de estar tão nauseado.

Fecho os olhos por um minuto e quase acabo dormindo. E foi o que eu disse: ninguém ia ter dado a mínima, porque o Jhonny ainda tá ali no mato, e o Key foi pra algum lugar com a Cassie. Eles não dão a mínima para mim. Termino de bolar o baseado, colocando a língua na seda e certificando que dá pra fumar. Bato o baseado na mão para deixar a maconha mais... Esqueci a palavra. Que seja. E enquanto eu faço isso eu escuto mais uma coisa. Mas é um barulho de verdade.

Não tá vindo do mato, onde o Jhonny está quase transando com a Sandy, e mesmo que os arbustos estejam se esfregando e causando um ruído, não é isso o que eu ouvi. As garotas rindo do meu lado não ouviram também... Acho que eu sou o único que prestou atenção nisso. Eu olho para todo mundo e como nenhum deles parece ter ouvido, tento esquecer. Porque não parece ser importante. Só que escuto mais uma vez.

É um barulho diferente, como um "*bip*". Como se alguma coisa estivesse ligando e desligando, como se fosse uma máquina. Sei que não é o meu celular, ele não faz esse barulho. Não tem ninguém com o celular na mão a não ser as gêmeas, mas dessa distância eu não ouviria qualquer ruído. Sei que não dá para ver o Key e a Cassie, mas eles devem estar ocupados demais para usar o celular nessas horas. Esse barulho não é deles... É da casa.

Vem da casa.

Eu me levanto com o baseado na mão e não tenho nada que me impeça de abrir a porta e entrar. E, caralho... Como esse lugar é escuro. Eu me sinto naquelas cenas de filmes de terror onde o idiota, burro e noiado entra na casa pra ser morto pelo assassino. Sinto todos os fatos que compõe o cenário de um filme de terror... os móveis velhos, a escada no meio da casa, as janelas quebradas, poeira por todos os lados, uma porta abaixo da escada e um conjunto de degraus que desaparecia da visão.

—Quem é que tá aí? — Eu grito, em vão.

Alguém tampa a minha boca, porque gritar numa casa abandonada no meio da noite parece uma loucura. Mas eu sei que eu ouvi um barulho e eu não sei por que... Mas eu quero saber o que foi que eu ouvi. Escuto a voz irritante do Jhonny no meu ouvido e dá vontade de me matar, mesmo que não seja uma novidade. Ele me solta um pouco depois, mas a porra do cheiro da mão dele ainda tá no meu nariz.

—Que porra você tá fazendo aqui, caralho? — sussurra.

—Tem alguma coisa aqui. Fazendo bip.

—E você achou que seria sensato vir no meio da madrugada e se infiltrar numa casa abandonada onde ninguém parece pisar o pé há anos só por causa de um bip?

—Não disse que foi sensato... O que é "sensato"?

—Eu juro que se o Key estivesse aqui ele ia falar, mas isso não importa. Vem, vamos sair daqui antes que aconteça alguma coisa. Já tá na hora de te levar pra casa, Cinderela. — Quando ele segura meu pulso para me arrastar para fora, eu ouço o bip mais uma vez. Tenho certeza que ouvi. Solto-me dele no mesmo segundo e avanço no começo da escada. O barulho veio lá de cima.

—Você ouviu, não ouviu? Aquele barulho?

—Você nem chegou a acender o baseado. Sério que já tá tão louco assim? — Jhonny debocha da minha sanidade. Sei que eu não tenho nenhuma moral para falar desse negócio de sanidade, mas eu sei o que eu ouvi. E sei que está nos andares de cima, em algum lugar. — Vai logo esquisitão. A gente precisa te levar pra casa.

—Segura essa merda — dou o baseado na mão dele, porque eu não me importo — Acende lá com a porra toda, eu volto antes de vocês terminarem.

—Muito legal da sua parte, mas é contra a lei.

—Que lei?

—Olha cara... Eu sei que você é novo nesse lance todo de bebida e curtir a vida bem louco, mas se você quer parecer um cara legal então você precisa se atualizar. Quem bola, acende. — continuo olhando dele para o baseado na sua mão, como se os dois estivessem me chamando. Mas também tem outra coisa me chamando — Tipo, acende o baseado, entendeu?

—Faz o que você quiser, eu vou atrás desse negócio.

—Ei, ei, ei — Jhonny surge na minha frente quando dou um passo em frente na direção da escada, escutando o bip mais uma vez — Olha, como seu guardião legal eu tenho o dever de te levar em segurança para a minha casa. Você tá na minha responsabilidade, seu porra louca.

—Eu sou minha própria responsabilidade.

Bip. Pisco algumas vezes quando o Jhonny começa a vir no meu encalço falando um monte sobre como a gente devia descer e sobre como eu estou errado, mas não estou nem aí. No minuto seguinte, todo mundo está com a gente. As gêmeas logo atrás da gente, Key e Cassie de mãos dadas e a Sandy por último. As escadas rangem conforme a gente sobe e, mais uma vez, a gente não liga de fazer muito barulho. E nem é de propósito. É o efeito de estar drogado e bêbado às três horas da manhã. *Bip*.

—Alguém me lembra de novo porque a gente tá seguindo o caralho de um barulho e não fumando um chá? Não parece lógico — questiona Key, que definitivamente não estava no meio da minha conversa com o Jhonny.

—O velhote aqui tá com isso na cabeça.

—Porra, se fosse pra reclamar era só ter ficado lá em baixo. Eu sei me virar sozinho — Eu volto pra frente, procurando o barulho com os ouvidos, porque eu sei que não dá para prestar atenção nas merdas que eles estão falando, a escada continua ali na frente depois do contorno quadrado do segundo andar. Essa casa é bem maior do que eu pensei, não parecia ter tantos andares assim. Não do lado de fora. Há alguns anos devia ser bem forte, mas agora a madeira já está podre. Pode ser que eu só esteja vendo coisas quando imagino aquela escada e mais umas três, mas eu me desconcentro e tropeço em uma madeira quando estou no caminho. Não consigo mais ouvir o *bip* por causa do barulho que os filhos da puta estão fazendo. — Porra, vocês não conseguem calar a boca?! Eu tô querendo ouvir um barulho…

Até que ouço… mas é um barulho diferente dessa vez. Não é o tão comum *bip* que eu estava procurando. E o pior é que, dessa vez, eles também ouvem. Então não sou só eu que estou pirando. Agora todo mundo está parado, ouvindo a porta ranger no andar de baixo. De onde acabamos de sair. E todos nós sabemos muito bem o que isso significa.

Tem alguém aqui.

E nós sabemos que não é nenhum dos nossos porque estamos todos aqui. O pavor na cara de cada um é incrivelmente engraçado. Ou melhor, *seria* engraçado se não fosse muito aterrorizante. Nós tínhamos presumido que ninguém morava aqui e que estava abandonada, mas essa pessoa… seja quem for… está aqui cuidando do negócio que faz o *bip*. Quando dou uma segunda olhada no grupo, todos eles estão se dispersando pelo andar em que estamos. Todo mundo entrando em salas diferentes, se escondendo e tomando o cuidado necessário para não causar barulho algum.

Ouço os passos subindo a escada, porque mesmo com uma única pessoa a escada range pra caralho. Eu estou com o corpo mole por causa de toda a bebida, mas agora em específico pareço voltar à sanidade. Piso fofo no chão para não causar nenhum tipo de tumulto. Para não nos denunciar. Jhonny está me levando para uma direção, mas eu simplesmente paro no meio do caminho antes de entrar na sala.

Por que eu ouço o maldito barulho.

Nós já passamos da escada e eu sei que o cara que está subindo pode me ver a qualquer momento. Mas eu sei de onde está vindo o *bip*. Eu sei que está vindo num andar superior. E eu sei que se eu for rápido eu consigo chegar nessa sala antes do cara que tá subindo. Não estou agindo com sabedoria e nem com sensatez. A verdade é que eu não faço a menor ideia do que essas duas palavras querem dizer. E, bom, se tem alguém aqui querendo pegar a gente, então que ele venha atrás do adulto responsável, o geneticista prodígio da White Cloud.

Me solto de Jhonny mais uma vez.

Passo correndo pela escada, torcendo para que esteja escuro o suficiente para não ser visto. Estou sendo furtivo o suficiente quando começo a pisar com cuidado nos degraus da próxima escada, seguindo o meu instinto de para onde o *bip* teria ido. O andar de cima — o terceiro andar, eu quis dizer — é igual ao segundo. O mesmo lance de escadas do outro lado e o mesmo quadrado com muitas portas, mas nenhuma delas parece esconder qualquer coisa. Não... o *bip* não veio desse andar. O próximo é o último andar. É a última esperança.

A bebida quase me derruba quando passo pelos corrimões, olhando para a queda de uns sete metros até o térreo. Caralho... isso não parecia ser tão grande assim, não. O Sam estaria morrendo de medo se estivesse aqui comigo, porque aquele filho da puta era um tremendo cagão com essas coisas. Ele não conseguia ficar sob pressão. Não aguentava nem mesmo a pressão da própria família então imagina pressão externa... ele pirava com esse tipo de coisa. Ele nunca seria o cara que vai para uma balada ficar chapado.

Mas eu estou chapado, e estou chapado o suficiente para me esquecer dele. Eu nem sei por que eu toquei no nome dele. A verdade é que eu quero chegar no *bip*. E quando escuto-o mais uma vez, já estou no meio do percurso da outra escada. Os passos continuam me seguindo, o ranger das escadas abaixo, alguém que se aproxima. Furtivamente. Enquanto avanço para o tão almejado barulho. No último andar eu encontro o que parece ser um sótão. Tem uma janela grande e feita de vidro. Não... não parece uma janela, parece mais uma claraboia. É uma abertura grande na casa feita de vidro, porque assim dá pra ver a luz da lua batendo no reprodutor do *bip*. O tão famoso barulho precisava mesmo estar vindo de algum lugar. Porque, bem na minha frente, eu vejo uma grande máquina cheia de peças e engrenagens. Algumas estão à mostra, outras se escondem dentro do mecanismo inteiro. Como um grande sistema prestes à ser operado. Tem pelo menos uns dois metros e se parece com uma estante. Feita de metal. Pesada. Algumas lâmpadas apagadas, uma alavanca para ser ligada, um motor que provavelmente está esperando para ser alimentado... O que ela faz? Bip. Há também uma tela pequena e desabilitada, como se o velho se misturasse ao novo. A tecnologia século vinte e um com a tecnologia século dezoito. Eu me aproximo e posso notar que há um símbolo espalhado por vários lugares.

Um triângulo. Ou a letra A.

Não consigo entender a mecânica dessa máquina, e eu sei que o Jhonny amaria dar uma olhada nesse protótipo. Porque ele ficaria mais fascinado do que eu estou, posso garantir. Eu sou um geneticista, e por esse fato, não sou capaz de decifrar os enigmas que essa coisa tem. É uma estrutura retangular e de maneira alguma parece ser portátil. Tem alguns detalhes em vermelho… um vermelho meio sujo com o tempo. A máquina não parece ser uma coisa nova… parece estar operando há muito tempo…

Os passos… eles estão vindo para cá.

O cara não estava preocupado com os invasores que ele provavelmente já devia ter consciência. Fosse lá quem fosse, estava preocupado com esse negócio. Porque não parece ser uma coisa barata e nem mesmo uma máquina que se possa comprar. Vejo as ferramentas no chão, penduradas na parede e acima de uma escrivaninha. Ela está sendo construída… E parece ter um valor muito grande. Preciso me esconder. Antes que o cara me veja aqui.

Minha salvação está num armário bem no canto da sala, esquecido entre as sombras, num lugar onde a claraboia não alcança, onde a luz da lua não é vista. Esguio meu corpo pelo assoalho, sem fazer muito ruído, ou melhor, tentando fazer o máximo de silêncio que consigo. Abro rapidamente a porta para que ela não ranja — como naqueles filmes de terror que sempre esquecem de passar óleo nas juntas — e um minuto antes de entrar vejo aquele símbolo novamente na madeira do armário. Sem tempo para perguntas, me enfio lá. Junto de algumas pás e cabos. Coisas muito incomuns de se encontrar num armário. Sinto-me claustrofóbico aqui dentro. (Nesse parágrafo, troque "de se estar" por questão de clareza)

As paredes vêm ao meu encontro.

E isso tudo está me afetando… a bebida, a maconha, a claustrofobia, o barulho, os passos, o medo. Fecho os olhos quando os passos param. Sei que eles estão longe pra caralho, bem onde a máquina está posicionada, mas é como se o cara estivesse na minha cola. Bem atrás de mim, segurando meu pé para que eu não possa fugir. Sei, contudo, que nada disso é verdade. Espio pelas frestas do armário, porque não aguento reservar a curiosidade só para mim. Sei que posso ser pego por esse ato ridículo pra caralho, mas sou rápido o suficiente para correr de uma enrascada. Assim, entre os vácuos de madeira, consigo ver a figura de capuz e capa. Mesmo que entrecortado, dá pra ver o que o cara está fazendo.

Ele se ajoelha, como se estivesse tratando de uma criança indefesa que se machucou. Vejo-o passando um dedo pela tela touch, limpando-a da poeira e sujeira. O bip retorna e a figura se apressa a acalmar a máquina. Como se a máquina realmente pudesse ouvi-lo.

—Eu sei… Sei que demorei. Mas já voltei.

Quando o capuz vai pra baixo posso ver, ou ao menos tento enxergar os contornos, de um garoto que parece ter a minha idade. A voz juvenil demais o denunciava. Era agradável e especialmente familiar. Sei que nunca vi esse maluco antes, porque eu não me lembro de ter visto esse tipo pela cidade, mas ele me traz alguma sensação parecida com nostalgia. Seja pelos cabelos cacheados e curtos que sobem pelas orelhas e acentuam numa franja discreta ou pelo modo como o nariz é incrivelmente perfeito. Mesmo o rosto sendo quadrado e a sombra escura esteja passando pela sua face… Ainda é nítido o modo como seus olhos estão fixos na máquina. Com uma preocupação gritante.

—Tinha gente aqui, não tinha? — Ele diz para ninguém, apenas conversando sozinho, ou consigo mesmo — Eu sei que eles estavam aqui, mas eu já estou de volta. E nós estamos próximos… Chegaram a tocar em você? Eles te danificaram? — O garoto do capuz não está conversando sozinho… Na verdade, ele está conversando com a máquina, passando a mão nela como se fosse um amigo muito especial, quase como um filho que precisa de carinho e dedicação ou um mecanismo vivo. — Níveis de recepção inalterados, níveis de percepção inalterados, níveis de concepção inalterados, níveis de padronização regional inalterados, níveis genéticos inalterados, níveis mecatrônicos inalterados — ele está checando parte por parte da máquina, como se isso fosse um exame de rotina.

Ele: o médico. A máquina: o paciente.

É incrivelmente maluco o modo como ele está conversando com a máquina. Eu sei que estou chapado de maconha e bebida, mas isso é real. O modo como ele se preocupa com esse monte de mecanismos e ferro… E eu não faço a menor ideia de quem seja ele, mas vejo que seu cuidado vai além da imaginação. E não acho que ele esteja preocupado com o fato de que um monte de maluco invadiu a casa dele, mas sim porque ele estava guardando uma coisa valiosa. Sua maior preocupação é tomar conta desse negócio. Dessa máquina.

—Preste atenção, eu preciso que você tenha o mesmo desempenho da última vez. Eu sei que nós estamos quase lá. Falta pouco. Bem pouco. Você está pronta? — Ele segura aquela alavanca da máquina e sorri fragilmente para ela, como se existisse uma conexão muito além do que eu ou qualquer pessoa pudesse descrever. O que é que esse louco tem em mente? Sou eu que fumo e é o cara que fala com uma máquina? — Rumo ao sucesso, certo?

No momento em que ele fala isso, a máquina range um pouco e emite algum tipo de reação, como se estivesse se esforçando para seu melhor desempenho. Porque ela não parece ser algo tão profissional… Parece um trabalho amador. O garoto faz todo o trabalho com um sorriso… Mas isso não tem a menor importância.

Eu preciso descobrir como vou sair daqui. Porque eu sei que o Jhonny e o resto do pessoal estão lá em baixo, então a questão é: como eu vou fugir desse maluco? Começo a pensar que vou ficar aqui a noite toda e que, pela manhã, vou acordar de ressaca em pleno domingo e ter que fugir às pressas dessa casa maldita. E quando eu finalmente me conformo de que esse foi o pior aniversário do mundo, ele começa a piorar.

—Deveria ter sido mais prudente, seus amigos se esconderam. Por que veio até aqui? — A voz do garoto se intensifica e prende meu pensamento. Dessa vez ele não está falando com a máquina. Eu respiro fundo e tento tomar o controle do meu corpo porque eu estou quase caindo em direção a porta do armário. Ele sabe que eu estou aqui? — O que você quer?

Ele sabe que eu estou aqui.

—Por favor, saia do armário.

O que eu posso fazer senão sair do armário? Quando a gente tá chapado no meio da noite, invade uma casa e um cara pede para você se revelar a gente não costuma negar. Abri as portas do jeito mais silencioso possível, sei lá por quê. E, de pé, percebi que o cara era um pouco menor. Os cabelos castanhos, os olhos claros, tudo banhado pela luz da luz que vinha daquela janela gigante e refratado pela máquina de metal. Que clima.

Que aniversário legal.

—Quem é você? — Eu não respondo. Ainda me sobra um pingo de consciência para lembrar que não é muito legal se identificar para um cara que pode chamar a polícia e te prender. Então fiquei calado. — Por que subiu as escadas ao invés de ficar com seus amigos?

—Eu estava ouvindo um barulho.

—Não é sensato invadir uma casa do meio da madrugada…

—Eu não sei o que é sensato. — E era verdade. Naquela hora eu realmente não fazia a menor ideia. Só conseguia pensar que aquela era provavelmente a situação mais estranha em que eu me meti em toda a minha vida. Tive que esperar dezoito anos para isso.

—Você a tocou?

—O quê?

—Você tocou nesta máquina? Quando subiu aqui, você fez alguma coisa? — Seu tom é cheio de raiva. O que ele faria se eu dissesse que sim?

—Não — respondo sinceramente. — Só estava curioso…

—Curioso?

—É, quer dizer… Eu bebi algumas com meus amigos e fumei mais do que eu devia e imaginei que esse estaria sendo o meu pior aniversário. E do nada eu ouvi esse barulho nessa casa abandonada que na verdade não está abandonada e quis conferir. Você deve me perdoar, mas a gente não tem noção do perigo das coisas até que elas sejam perigosas e…

—Você acredita? — O cara do cabelo enrolado pergunta.

—Como assim?

—Em alguma coisa, eu digo. Você acredita?

E eu não soube como responder. Aliás "você acredita" não se trata realmente de uma pergunta muito objetiva. Eu poderia acreditar num montante de coisas e poderia muito bem desacreditar num milhão de outras coisas. Afinal, o que é que ele queria dizer? Acredito que eu sou gay. Não acredito que meus pais saibam disso. É isso o que ele quer saber?

Pelo mistério e pela dúvida, eu fiquei quieto.

E ele pareceu realmente decepcionado.

—Vá embora, por favor. — Ele abaixou a cabeça e colocou o capuz novamente, acho que não queria que eu visse seu rosto. — Seus amigos devem estar lhe esperando no andar de baixo. — E, com isso, voltou para a máquina.

Coloco o pé para fora do recinto, pisando ainda mais levemente. O rosto dele ainda está na minha cabeça. Dou uma última olhada naquela máquina estranha e só observo o modo como ela parece ser um organismo vivo que tem vontade própria e trabalha como uma mente pensante. Com consciência. Não sei de verdade como tudo isso passa pela minha cabeça, mas eu estou louco pra caralho.

O escuro não ajuda na hora de encontrar os degraus da escada, mas eu tomo todo o cuidado pra não tropeçar. Em passos lentos posso ver um quarto com a porta aberta no andar inferior, com móveis destruídos, janelas tampadas com madeiras e pregos, panos em cima de cada retrato, o assoalho rachado em alguns lugares e uma mobília estranha... Antiquada, acho que é assim que se fala.

Se não fosse pela adrenalina toda que eu sinto, juro que já teria encostado em qualquer lugar e capotado. Assim que tenho certeza de que não tem ninguém por perto e de que o caminho está realmente livre eu escapo daquelas escadas e desço lentamente. Eu não sei que porra foi essa, mas finalmente, quando coloco a cabeça para fora daquela casa, eu me sinto livre. E começo a rir feito um retardado enquanto corro pelas árvores até o poste de luz mais próximo. Não tenho a menor ideia de onde ir agora já que aqueles filhos da puta me deixaram sozinho.

E eu ainda estou pensando naquele garoto quando eu saio em direção à civilização. E embora eu não saiba quem ele é e nem o que ele está fazendo com aquela máquina numa casa completamente abandonada, ele é a única coisa na noite inteira que tira a minha atenção do Sam.

Então, no fundo, eu agradeço ao esquisitão.

CAPÍTULO NÚMERO TRÊS

"O SOFRIMENTO QUE ESTÁ ENTRE NÓS AGORA É SÓ A PASSAGEM DA GANÂNCIA, O AMARGOR DO HOMEM QUE TEME O PROGRESSO HUMANO"

Ter dezoito anos é como ter dezessete, assim como foi ter dezesseis e assim como era ter tido quinze. Ter feito uma grande loucura como a daquela madrugada foi a única diferença de verdade. Acho que ninguém esperava que o geneticista prodígio da White Cloud fosse tão diferente dos padrões que as pessoas insistem em formar.

O fato é que eu não recordo como acordei na casa do Jhonny. Não consigo me lembrar de quando eu o encontrei, ou de quando eu andei até seu quarto para a cama de baixo da sua cama. E eu nem consigo ver que horas são ainda, porque não consigo abrir os olhos direito. A vontade de viver é ainda menor que antes. Lembro de todas as vezes que minha cabeça ia e vinha de um lado para o outro há algumas horas, e agora, embora ela esteja bem solida no lugar, está latejando. Como quando nós temos ereção pela manhã e nosso pinto nos avisa que não podemos esperar muito.

E, por falar em ereção matinal, aqui está ela.

Sei que estou na casa do Jhonny e sei que, não importa que horas sejam, nós dois estamos numa puta ressaca. Fico de joelhos no colchão que está jogado no chão e pisco algumas vezes para forçar a abertura dos meus olhos. Para que eles se acostumem com o ambiente iluminado pelo fraco Sol que escapa pelas persianas. Jhonny sempre disse que persiana era uma coisa muito gay, mas ele preferia isso do que aquelas janelas de madeira que faziam barulho. Eu levanto sem nenhuma força, com dor na barriga por conta do jeito que eu dormi. O meu braço está formigando. Estou pior do que na noite anterior e parece definitivamente que não vai ser um ano fácil para mim. Estou cambaleando enquanto passo pela cama de casal do Jhonny e chego até o seu banheiro. O negócio pula pra fora, principalmente porque eu estou só de cueca. Quando foi que eu tirei a minha roupa? Que seja. E lá vai aquele ritual de sempre pra tentar encontrar a melhor forma de não sujar o banheiro todo. Sei que estou na casa do meu melhor amigo, mas isso não quer dizer que eu posso sair por aí mijando como se eu não tivesse controle do meu próprio pau.

Algumas lembranças estranhas estão voltando à tona logo agora.

A primeira delas é a última que eu gostaria de lembrar agora. Sobre o Sam. Faz umas três semanas desde que a gente terminou de vez depois de tudo o que ele disse pra mim e de tudo o que aconteceu, mas cara... Ele ainda tá na minha cabeça como aquela música que toca na rádio todo dia. Aquela música que você *odeia tanto*, odeia tanto que o universo faz questão de tocar em todas as estações. Ele era como essa música. Sam estava em todas as estações desde que nós terminamos. Desde que *ele* terminou comigo, para ser sincero. Eu também me lembro de como todo mundo colocou bebida na minha mão na noite passada e consigo lembrar vagamente do rosto daquela garota que eu beijei. E prefiro não lembrar de como eu empurrei sua cabeça em direção ao meu pau. Lembro da bebida descendo e rasgando a garganta como um objeto cortante. E estava tudo muito estranho, até o céu parecia de uma cor diferente.

Sei lá, deve ter sido tudo coisa da maconha.

Principalmente aquele garoto que estava conversando com a máquina... Aquilo aconteceu de verdade? Ele falou comigo? Eu sei lá. Pareceu real o suficiente para mim, mesmo com toda a pressão sobre meus ombros e aquela adrenalina incessante, eu ainda estava lá, preso naquele armário, confinado, observando tudo com os olhos. E se aquilo tudo foi realmente uma maluquice sem pé e nem cabeça então... Quem era ele?

Saio do banheiro com essa pergunta em mente enquanto meu pinto continua descendo e diminuindo. Murchando. Ainda estou pensando em quem seria aquele cara — porque eu juro que nunca o vi antes — quando pego o meu celular no bolso da calça jeans jogada ao lado do colchão. Ele estava vibrando por conta da ligação em espera. Olhei para o corpo morto de Jhonny na cama, sem nenhuma coberta ou qualquer coisa que o valha. Eu já estive aqui várias outras vezes e já tive inúmeras chances de fazer qualquer coisa a mais com ele, a questão é que ele é só meu amigo. E eu tenho um pouco de nojo com a higiene dele. Que seja.

No telefone era a minha irmã. Alana.

—Oi — diz ela sem me dar tempo para sequer responder — me diz quem é que tá ficando mais velho hoje? — Sua voz é cheia de vida e com muito entusiasmo. Transbordando vitalidade. Minha cabeça dói com sua voz estridente, mas não me importo. Eu já deveria estar esperando algo do gênero.

—Oi, Alana.

—Bom, pelas minhas contas, desde o momento em que você nasceu foram duzentos e dezesseis *meses*, seis mil, quinhentos e setenta e cinco *dias*, cento e cinquenta e sete mil, oitocentos e quatorze *horas*, nove milhões, quatrocentos e…

—Eu entendi. Dezoito anos. Pula pra parte do parabéns pra você!

—Não queria soar clichê, porque você sabe que eu sou muitas coisas, menos clichê — ela disse com alguns ruídos atrás, como se estivesse se mexendo em sua cama. Eu até podia ver a cena toda. Alana nunca foi preguiçosa, admito. Mas, como qualquer garota, ou como qualquer ser humano, ela gostava de ter uma folguinha. — Mas vamos pular para a parte que interessa: onde você está? — Diz curiosa, como sempre.

—Jhonny — já me preparo para as dez pedras que ela vai jogar.

—Você tá bêbado?

—Não — passo a mão no cabelo, notando como ele está mais curto agora, ou melhor, desde o momento em que minha vida acabou depois do término com o Sam — só de ressaca.

—Bom, então pressuponho que não deveria me sentir tão preocupada, não é mesmo? — Sua voz é sarcástica. — Que decepção… Lucca Angiani, o futuro da White Cloud, o geneticista mais renomado da cidade com menos de vinte anos, está bêbado e de ressaca na casa de um jovem mal-educado e acabado. E o pior, no seu próprio aniversário… Que decepção. Como você foi parar aí? — Reviro os olhos, pois sei que ela não está falando sério. Ou talvez esteja. Mas que seja. — De qualquer forma, vai se arrumar porque hoje nós vamos sair. Liguei mais cedo pra casa e a mãe disse que você não estava lá. Então é melhor você chegar lá rápido.

Olho para as horas no celular. Duas horas da tarde.

—Não quero sair hoje.

—Eu acho que eu não fiz uma pergunta.

—É sério, Alana… Não estou no espírito da coisa.

—Nós não vamos numa festa. Para de ser chato. É um almoço. Uma coisa que as famílias fazem. Pelo menos de vez em quando. — Embora minha irmã saiba muito bem como me persuadir, eu simplesmente não tenho fôlego para encarar esse dia olhando para o rosto dos meus pais enquanto eles se perguntam qual foi a merda que eu aprontei dessa vez. — O que foi? Não quer comemorar seu aniversário? Normalmente os jovens da sua idade gostam de sair por aí…

—Você é dois anos mais nova que eu. Como pode saber o que os jovens da minha idade querem? — Até soo um pouco agressivo, mas não faz parte da intenção.

—Já ouviu falar na frase de que garotas amadurecem mais rápido?

Olho para o lado, onde o Jhonny se mexe na cama, totalmente sem consciência, sua bunda é grande e ele está só de cueca. Mas eu nunca fiquei excitado por vê-lo desse jeito, pra falar a verdade era até vergonhoso. Mesmo que ele fosse muito gostoso. E eu sei exatamente o motivo de não estar excitado. Por causa do Sam. Por que esse buraco que ele fez tem que ser tão grande? Ele podia ter sido só mais um. Um garoto que eu fiquei uma vez e só... Eu preciso conversar com a Alana.

Porque ela vai saber como me ajudar.

—Eu topo — digo depois de um grande silêncio — mas sou eu quem escolhe o restaurante — Imponho-me.

—Não mesmo. — Ela rebate com força — Sou eu quem dá o presente de aniversário, portanto, sou eu quem escolhe. Nada mais justo que o antigo prodígio da White Cloud tome a decisão. Desculpe, irmãozinho.

—Cala a boca — Eu sorrio discretamente, mesmo com uma dor de cabeça infernal e com aquela voz soando gritante no meu ouvido, mas eu preciso desligar — a gente se vê daqui a pouco em casa, tá bom?

—Tudo bem. Alana desliga...

—Alana? — chamo-a um minuto antes de ouvir o vazio.

—Eu.

—Estava com saudade — admito. E, pelo silêncio, quase consigo ver seu sorriso por trás do telefone. E os pensamentos que estão voando na cabeça da minha irmã, do antigo prodígio da White Cloud, como ela se auto intitula. E eu sei que esse silêncio todo é ela admitindo que também estava com saudade de mim.

Ela é a única pessoa que sabe que eu sou gay.

Meu pai pega o carro para sair com a gente. Eles não dizem nada quando eu apareço em casa a não ser um feliz aniversário. Então, uma hora e trinta minutos depois que chego em casa junto de Alana, nós já estamos saindo em busca de um restaurante que minha irmã tinha achado em uma das suas grandes descobertas pela cidade. Porque a Alana tem milhões de histórias, mesmo com dezesseis anos e com uma faculdade feita. Talvez por esse exato motivo ela já seja considerada um grande milagre científico. Por ter nascido prematura. E eu entendo muito dessa parte, porque não faria o menor sentido de que ela nascesse com essa aptidão incrível para línguas e números sendo que seus órgãos ainda não estavam completamente formados. Mas olha ela bem aqui, do meu lado, mostrando como a ciência ainda é um mistério.

Atravessamos a cidade — que não é nada grande — e até passamos pela cachoeira de Fulmine, o restaurante fica um pouco longe de tudo, até que encontramos a cidade vizinha. Fulmo. E ainda andamos um pouco de carro para encontrar o restaurante enquanto eu tinha que ouvir minha mãe dizendo o quanto estava orgulhosa por ter construído a família que construiu junto do seu marido.

Ela levava isso como um ponto positivo e um exemplo a ser seguido. Agradecendo sempre a Deus por ter dado todo o sucesso que deu a cada um de nós. Mas, ao que parece, nem eu e nem Alana estamos ouvindo direito. Eu me concentro mais nas praças e construções de Fulmo que são maravilhosas. A cidade tem aquele estilo clássico, cheio de construções antigas, algumas de madeira como a maioria, outras de concreto, como poucas. E ainda dava para ver as árvores pulando para fora daquela natureza encurralada. Podia ver muitos carros, muitas pessoas em seus celulares e poucas delas conversando entre si. A história da minha vida.

Acho que chegamos quando o carro para.

E quando saio finalmente percebo que minha irmã nos trouxe no lugar mais impensável possível: num rodízio de pizza. E claro que a Alana podia ter escolhido todos os lugares do mundo para ter me dado de presente. Mas comida italiana pareceu ser a melhor opção. A garota fica do meu lado e cutuca as minhas costelas com um sorriso muito ridículo no rosto. Ela é vinte centímetros menor, por isso me olha com a cabeça levantada.

—E aí? O que achou? Genial, não é?

—"É só um almoço", ela disse "achei que você ia gostar de sair um pouco", ela disse. É, Alana, você realmente sabe do que um cara da minha idade gosta.

—Para de reclamar e me segue logo. — Ela passa a andar na frente quando meus pais se reúnem ao meu lado, minha mãe segurando meu braço com delicadeza e meu pai só vendo minha irmã se distanciando. — Venham logo — Ela grita de longe — se a gente comer quatro pizzas em menos de uma hora eles pagam a conta. Esse lugar é genial!

—Ela cresceu tanto — diz minha mãe.

—Ainda parece ter um metro e cinquenta pra mim. – respondo sem paciência.

Caminhamos ao encontro da minha irmã enquanto ela já abria a ficha e pedia a nossa mesa. Eu deixo o mundo das árvores para trás e passo a sentir o cheiro salgado e pulsante daqueles odores diversificados. Queijo. O lugar tem muito cheiro de queijo. Queijo para todo lado. Acho que toda pizza deve ser feita de queijo, não é? Pelo menos um pouco... A nossa mesa de quatro lugares é feita de madeira e decorada com um porta-guardanapos e toalha de pizza. Quer dizer, simulando uma pizza.

Nós nos sentamos e ficamos sem saber como lidar com toda a situação. Eu estou de ressaca, Alana está animada, meu pai está cansado e minha mãe está preocupada. Digamos que ela tem um gosto duvidoso para certos tipos de comida. Sem contar que eu e meus pais nunca conversávamos direito sobre as coisas, mas Alana sempre foi a mais animada da família toda. Era sempre ela quem começava a falar ante que eles sequer perguntassem. Nunca lhe faltavam forças para que pudesse puxar assunto. E isso é outra coisa estranha, ela deveria ser tão quieta como os outros membros da família.

Ao menos é o que a genética dizia.

—Sabe o que eu acho que nós deveríamos fazer? — Ela pergunta sabendo que não vai ter resposta. Sabendo que ela mesma vai responder por ser uma pergunta retórica. — Conversar. As melhores famílias fazem isso. Elas começam com um tradicional "como foi seu dia hoje?" e depois a conversa se estende para "bom, eu ganhei uma promoção no trabalho" e em alguns minutos nós estamos falando sobre coisas inacreditáveis como minha faculdade e o futuro promissor do garotinho de dezoito anos. E sobre patos! Quer dizer, que doideira. — Seus olhos passeiam por nossos pais e depois repousa em mim. Mas a dor de cabeça ainda está acabando comigo e ela sabia disso. Sabia só por olhar no meu rosto. — Vamos tentar? Eu começo... Lucca, como foi seu dia hoje? — Alana sabe exatamente como foi meu dia hoje, ou talvez não tão perfeitamente.

Mas ela está fazendo isso por causa dos nossos pais.

—Foi ótimo. Estou mais velho. Eba. Vamos comer.

—Mas Lucca — Ela diz com os olhos confusos, uma confusão falsa, eu posso ver — o que foi que você fez que tornou seu dia tão bom? — A Alana é a melhor e a pior irmã do mundo.

—Saí com meus amigos. E nós nos divertimos.

—Se divertiram?

—Sim — Eu assumo com os olhos fixos.

—Bom, eu acho que falo por todos nós quando digo que quero saber de que modo vocês se divertiram — Eu tento fazer com que ela cale a boca só pelo olhar e sei que ela está entendendo tudo o que eu digo com as expressões faciais.

—Não acho necessário...

—Que pena — Ela recua, e depois pousa os olhos para a minha mãe, num sorriso ela continua — mãe, como foi o seu dia?

—Só fiz o de sempre. Você sabe... Fiz o café-da-manhã esperando seu irmão, mesmo sabendo que ele não voltaria para casa. Ah, sim. Eu recebi uma ligação há algumas semanas da igreja, eles estão precisando de voluntários para cobrir a próxima campanha. Estão querendo encenar a paixão de cristo e precisam de fiéis.

—Eu não conheço ninguém mais fiel do que a Alana.

—Olha que coincidência, ia dizer o mesmo sobre você, Lucca.

—Por que não vão os dois? — Pergunta minha mãe.

—Não é por nada, mãe, mas eu acredito que os meus ideais científicos acabam se contradizendo com os ideais pregados na igreja. Sem contar que não ia rolar. Quer dizer, eu nem tenho tempo. As aulas já vão começar.

—Ah, sim... as aulas — Ela franze o lábio, um tanto decepcionada por termos recusado. — Hoje nós mudamos um pouco os móveis de lugar, pra dar um ar novo a casa — E assim ela foi falando uma lista de coisas que ela fez e que não tinham a menor importância para mim. E eu só estava esperando o relógio passar rápido, porque aquilo estava um tédio. E nem tinha pizza para comer — E eu rezei. Pelo seu tio.

—Ele está melhor?

—Não. O médico dele está buscando uma nova forma de tratar a doença, mas as opções estão acabando. A situação não tá legal. Sem contar que a sua tia vive reclamando que nós não movemos uma palha para ajudar eles — Minha mãe suspira. Elas acabaram de entrar num assunto que eu realmente não gosto de lembrar.

—Acha que vai demorar? — Alana pergunta.

E é nesse momento que eu desejo não ouvir mais nada. Não quero me lembrar de como tudo isso é ridículo e de como eles fingem se preocupar com o tio Mark. Eles não se importam de verdade. Minha mãe vive dizendo que reza pela alma dele, mas a questão é que rezar não vai ajudar na sua recuperação. Não é um tratamento. E todos nós sabemos que não vai demorar até que aconteça... A última vez que minha mãe falou com o próprio irmão foi há uns cinco meses, isso porque tinha sido seu aniversário. E eu tive que arrastá-la até lá. Meu pai nunca foi com a cara dele. E Alana sempre estava ocupada demais, então ninguém nunca tinha tempo para o próprio e deficiente tio Mark. O que eles estão fazendo agora é fruto da culpa que sentem por não terem feito nada antes.

Ele era o tipo de coisa que as pessoas comentavam só para recordar que tinham sorte. E quanta sorte. Ele está paralítico desde o AVC que teve há quatro anos e recentemente teve indícios de pneumonia. Mas não me lembro de ver uma única pessoa indo para sua casa perguntar como ele estava. Por isso minha tia tinha tanta raiva da família toda... Eu gostava de ver o tio Mark. Mesmo na cadeira de rodas e tudo mais. Porque ele ainda parecia o mesmo.

Tudo bem, ele não consegue falar. E eu não lembro mais de como é o tom da sua voz, nem mesmo assistindo os vídeos caseiros de quando ele e mamãe eram crianças. Só que ele ainda continua sendo meu tio... E é muito complicado amar essa família.

Mas ele é uma das exceções.

Volto a lembrar do Sam, porque ele fez parte dessa história toda. Bem quando tudo estava dando certo para nós dois, as coisas começaram a desandar. E eu acho que isso é uma puta brincadeira do universo com a gente. Não sei se Deus existe, e, se ele existe, então eu tenho certeza de que ele adora brincar com sua criação. E umas brincadeiras bem sérias.

Eu lembro o motivo pelo qual a gente terminou e eu lembro de como eu fiquei puto com isso. Porque foi como eu disse, tudo estava indo muito bem. Quando eu tinha ido visitar o Sam assim que tinha feito meus dezessete anos, nós tivemos uma linda história de amor. Meus pais finalmente decidiram que eu poderia sair para qualquer lugar já que na época eu tinha acabado de voltar da Dinamarca. E passar as férias de julho com ele foi indescritível. Porque, caralho, eu ainda me lembro dele sussurrando no meu ouvido tudo o que a gente ainda ia poder fazer. Todas as coisas que nós *queríamos* fazer.

Juntos.

Os pais do Sam nunca souberam sobre nós, nunca souberam dele também. Os pais do Sam eram muito legais. Eles me aceitaram de braços aberto, eles jogavam videogame com a gente algumas vezes. X-Box 360. Eu ainda me lembro dos gritos de vitória que a gente dava quando ganhávamos dos coroas e de como nós éramos bons no Just Dance. Sinceramente, eu só jogava para ver a bunda do Sam mexendo. Era surreal. Nós passamos noites e noites derrotando os adversários e mostrando como nós éramos os melhores. Perto da casa dele tinha uma pizzaria, e eu ainda posso lembrar-me das vezes que nós fomos lá para pedir. Não tinha necessidade de sair, mas nós sempre saíamos juntos porque era diferente estar com o Sam em um lugar onde seus pais não o viam. *Ele* era diferente.

Era sempre a de bacon. Pizza de bacon. Ele amava pizza de bacon.

O cheiro ainda me lembra dele... aquela gordura misturada à fritura do bacon e o queijo derretido. É o cheiro único do passado... É como se eu sentisse os dedos dele passando pelo meu corpo, tocando as minhas costas, enquanto eu me inclinava para sentir o perfume em seu pescoço. Enquanto descia meus lábios por toda a sua pele, com o coração palpitando a cada segundo. Cara… como eu amava aquele idiota. E eu queria tanto que ele tivesse me amado do mesmo jeito. Eu queria tanto que ele não tivesse vindo aqui para casa.

Porque tudo começou a acabar quando ele veio para cá.

E mesmo os momentos de risadas que nós tínhamos durante tanto tempo foram se esmaecendo, quebrando-se em pedaços tão pequenos que não podiam se reconstruir. A verdade é que o universo estava jogando conosco desde o começo. Nunca foi nosso destino ficar juntos de verdade. Ao menos acho que não.

Agora, quando eu sinto o cheiro do queijo de novo, eu lembro de como tudo estava indo bem. E como eu me arrependo de não ter visto todas as merdas que ele estava fazendo antes… Porque eu o amava. Eu ainda amo. E o problema é que quando a gente ama a gente quase nunca vê o pior da pessoa. Quando conseguimos enxergar e perceber que talvez aquela pessoa não seja a melhor de todas, nos conformamos que perfeição não existe. Lembrar dele é como uma sensação quente de quando o Sol toca você nos dias mais frios. Aquela ponta de esperança de que, por apenas alguns segundos, nada mudou.

A sensação de que ainda dá para fugir do frio.

E da solidão.

Depois daquela torturante "reunião familiar" eu e Alana saímos sozinhos, lá perto das sete horas. Porque eu queria falar com ela em particular. Nossos pais nos deixaram na cachoeira, Fulmine. Disse que voltaria para casa por conta das aulas, Alana falou que voltaria para a casa dela, por conta de uma entrevista importante e coisa e tal. E eles foram embora. E me senti triste instantaneamente, porque eu sabia que depois daquilo tudo a minha irmã teria que ir embora. Nós dois tínhamos vidas separadas agora. Eu cresci com a Alana do meu lado. Ela era incrível desde o momento em que estava na barriga da minha mãe. Eu era pequeno demais, mas meus pais me contaram que depois de um assalto e uma queda, minha mãe quase perdeu a Alana. E foi por isso que ela nasceu prematura.

Alana aprendeu a balbuciar um inglês com cinco meses e já sabia articular frases perfeitas — ou quase perfeitas — quando tinha um ano e dois meses. Em seguida nossos pais colocaram-na no Ensino Fundamental da White Cloud. No primeiro ano ela demonstrou significativos avanços. Portanto, com seis anos, Alana já era fluente em Inglês e estava passando para o Espanhol e Francês. Quando tinha dez anos, ela recepcionou alguns visitantes da Espanha que estavam fazendo uma visita no colégio, porque ela era um prodígio notório. Os gringos ficaram tão impressionados que sugeriram a ela um intercâmbio na Europa de um ano. Financiado por eles. E meus pais não acharam que seria bom, porque ela tinha somente dez anos. Assim ela perdeu uma chance maravilhosa. Aos doze anos ela estava terminando o Ensino Fundamental, com quatorze anos ela já estava se formando no Ensino Médio, e eu estava tentando alcançá-la. Após mais dois anos de faculdade (contando que ela tinha cursado o primeiro ano à distância pelo computador enquanto terminava o ano letivo do Ensino Médio) e fluente em cinco línguas diferentes — uma delas já morta — ela começou a trabalhar em relações internacionais há uns oito meses. Com dezesseis anos ela já era emancipada e podia tomar conta da própria vida. Por isso ela vive pelo país a trabalho.

Sim. Ela sim é um prodígio da White Cloud. E é minha irmã.

Nós caminhamos até a Fulmine conversando sobre qualquer coisa, mas eu guardo o assunto de verdade para quando nós nos sentamos naquele banco de madeira que fica distante da queda da cachoeira. Dava para ver perfeitamente o Sol se pondo através daquelas árvores que continuavam até a cidade desaparecer e a próxima grande metrópole reaparecer. Daquele ponto dava para ver perfeitamente como os contornos se alinhavam.

Como uma obra de arte.

O amarelo que o Sol espirrava estava se derramando sobre os picos verdes e altos das árvores e pinheiros gigantes da floresta lá em baixo, os montes que as elevavam, e dava para ouvir o barulho da cachoeira daqui, mesmo há uns dez metros da borda em si. No verão, quando os dias duram mais, esse lugar é cheio de gente. Hoje, especificamente, é uma tarde fria, com um Sol tímido e uma atmosfera densa. Acho que isso é o universo me dizendo que tudo só vai piorar.

E foi ali que eu admiti a ela:

—A gente terminou, sabe? Eu e o Sam...

—Ainda bem...

—Alana — Eu olho rígido para ela — não começa.

—Você sabe que eu nunca gostei dele de verdade, não sabe? Sei lá, ele tinha esse jeito meio arrogante, como se soubesse mais que todo mundo. Sem contar que ele é muito filhinho de papai. Quer dizer, sempre que vocês se metiam em alguma enrascada era sempre você quem assumia a culpa e o protegia. Pra mim, ele é um covarde. Provavelmente deve ter crescido no meio de um monte de gente que sempre deu proteção para ele e agora ele não sabe como se defender sozinho. E outra, você sabe que eu sempre gostei mais daquele outro lá — ela olha para o Sol, analisando os mesmos contornos que eu porque essa vista é gratificante — qual era o nome dele mesmo?

—Sammuel.

—Não, otário. Eu estou falando do outro. Não do arrogante. Daquele que era bonitinho e loiro. O forte e sem espinhas, sabe? — Eu não respondi porque não fazia ideia de quem ela estava descrevendo — Aquele que você olhou umas duas vezes e já estava apaixonado por ele… Caramba, agora eu não consigo me lembrar o nome daquele…

—Muito engraçado.

—Eu estou falando sério — Alana arregala os olhos — eu tenho dezesseis anos, não posso ter uma memória tão ruim assim. Preciso comer mais peixe e parar de comer pizza. Ou então começar a comer pizza de peixe. Não parece exatamente delicioso, mas é a opção. Era Abbu, não era? O nome dele? Pablo? Arnaldo? Haroldo? — Sua tentativa de lembrar o nome é completamente falha, então ela tenta descrever de outro modo — Sei que terminava com essa coisa bem *latina*, sabe?

—Era o Juan…

—Sabia que era alguma coisa com "jota".

—E foi por isso que você chutou Abbu, não é?

Seu sorriso traz uma sensação diferente para mim, ela coloca a cabeça para descansar no meu ombro com alguma dificuldade. Ela é menor que eu e sempre parece estar desconfortável com o meu tamanho. Eu sei que irmãos não são muito de se gostar, mas eu cresci cuidando da Alana e ela de mim. Nós somos tudo um para o outro, mesmo que algumas vezes eu queira jogar ela dessa cachoeira. O sentimento é recíproco. Seja por ódio ou por amor. Porque ela foi a única pessoa para quem eu contei sobre ser gay.

Nenhum dos meus amigos sabe. Nem mesmo o Jhonny, ou melhor, especialmente o Jhonny. A Alana se abre comigo toda vez que encontra uma paquera no meio de suas viagens internacionais ou nacionais. Por isso eu me sinto mais seguro contando as coisas para ela. Sei que ela vai guardar qualquer segredo até não poder mais. Até morrer.

Somos irmãos.

—E aí, irmãozinho, o que vai ser agora? Qual vai ser a desculpa para seu estado quase depressivo? O pai vai começar a fazer um monte de pergunta se suas notas na White Cloud baixarem, você sabe disso. Eu recomendo que você levante a cabeça e siga a vida… Tem mais caras legais por aí. Caras que não vão terminar com você.

—Cala a boca.

—Falando sério… Você não pode viver assim por causa dele, Lucca. Você nem sabe como é que ele está agora. Você sabe que ele pode estar por aí pegando mais vinte caras enquanto você tá aqui, todo triste. Sabe… eu sei que é difícil e tudo mais… mas a vida segue.

—É.

—Tenta se concentrar nesse ano. É seu último ano. Suas notas...

—As notas não vão cair. Eu estou bem, e minhas notas serão cada vez maiores. Eu vou entrar nesse último ano para fazer a diferença naquele colégio, quero criar geneticistas novos para manterem o meu legado. O professor Jackson já está planejando a próxima peneira no colégio assim que nós voltarmos para as aulas. E então eu vou sair com a cabeça erguida — não olho para nada além do Sol que desce pelas árvores verdejantes — tão famoso quanto você.

Ela ri debochadamente do meu comentário final.

—Vai sonhando.

—O quê?

—Você nunca vai ter um quadro pendurado na parede do Sr. Lewis.

—Ele tem quarenta e sete quadros, e quarenta e sete é um número ímpar e primo. Isso significa que ele precisa de pelo menos quarenta e oito para formar uma fileira simétrica de seis por oito. E eu vou entrar nessa listinha no fim do ano letivo, pode escrever o que eu estou te dizendo.

—Tá, claro. Então depois dá uma olhada no posto de Aluno Destaque de 2015. Posso garantir que vai ter um nome maravilhoso. E todas as próximas gerações vão olhar para aquela garota e falar "nossa, então é ela, Alana Angiani, a prodígio de quatorze anos da White Cloud?" E os diretores após o Lewis ficarão "quer orgulho o Sr. Lewis deve ter tido". E assim pela eternidade. Eu serei reconhecida, não vê?

—Já se passaram dois anos.

—E há dois anos sou a maior prodígio que aquele colégio já viu.

—Você tem muita astúcia para o seu tamanho.

—É o que dizem: — Ela segura o ar — não limite seu sonho como o mundo te limita. — Na verdade, ninguém disse isso. Alana gosta de criar ditados do nada. Ficamos parados por um momento e eu tenho certeza que nossa conversa acabou. Mas nós ainda estamos esperando o Sol se extinguir uma vez mais. — Já é amanhã, né?

—Parece que as aulas voltaram mais cedo para alguém aqui.

—Graças a Deus eu não preciso mais estudar.

—Em compensação você tem que falar com todos os gringos da corporação para elaborar os projetos. Que entediante.

—Tá brincando? Isso é um sonho. Sou paga para falar com os outros.

—Eu queria ter com quem falar quando as aulas voltassem...

Alana sai do meu ombro e me encara, mas eu faço questão de não tirar os olhos do Sol. Ele está lindo nesse ponto, onde há apenas uma pequena ponta sua escapando pelo céu rosa e laranja. E embora minha irmã esteja me fuzilando com seus olhos tento pensar que ela não está me julgando de verdade. Não por causa do Sam.

—Lucca, você sabe que não pode ficar assim perto deles.

—De quem? Do pai e da mãe?

—Principalmente deles. — Alana confirma.

—Eles nunca desconfiaram. Eles nunca vão desconfiar. — Engulo em seco quando penso em todas as histórias que eu já vivi e que eu não divido com meus pais. Era como Alana disse: todas as enrascadas em que eu me metia com Sam, eu sempre assumia a culpa. Porque assim eu conseguia manipular toda a verdade até que fosse favorável para nós dois. Para que eu continuasse a ser hétero a seus olhos. Minha mãe é uma das mulheres mais crentes que eu já vi na minha vida. Tudo o que acontece em nossa vida é uma grande obra de Deus, é tudo trilhado pelos caminhos que Deus nos deu. E todos nós deveríamos ser gratos pela vida que Ele nos proporcionou. Meu pai é do tipo tradicional que crê que homem precisa de três coisas para ser homem: gostar de mulher, gostar de futebol e nunca chorar. Ele tentou me ensinar isso desde pequeno, mas acho que eu nunca quis aprender. E é por isso que eles nunca vão saber. Porque eles não precisam disso para se decepcionar. — Eles nunca vão saber sobre o Sam.

—E nem sobre o Juan?

—Nem sobre o Juan — confirmo com a cabeça.

—Mas ele era tão gato.

—Ele era, né? — Eu sorrio. Eu lembro bem do Juan e de como a gente ficou por um tempo bem curto. Mas ele era muito bonito. Tinha tanquinho e era forte pra caralho. Tinha o cabelo loiro e a pele bem branquinha. Eu o conheci por causa da Alana, porque ela traduziu o que ele estava querendo falar comigo. E daí nasceu essa paixão. E, droga… Mesmo me lembrando do cara mais gato que eu já peguei, minha mente ainda está ligada no Sam. E no que a gente passou junto. Ele não era a pessoa mais linda desse mundo, mas tinha uma coisa dentro dele que fazia com que você se apaixonasse imediatamente. Ele era encantador. — É, Lana… Eles nunca vão saber.

—Sabe, uma pesquisa cientificamente comprovada diz que a maioria dos jovens que realmente se certificam de sua sexualidade a assumem por volta de seus quinze a dezessete anos. Isso é a maioria, Lucca, mas você já está passando da idade…

—Você sabe o que ia acontecer se eu contasse. Então pra quê? A mãe ia vir com todo aquele papo de que Deus poderia me dar uma cura e de que eu poderia seguir um caminho diferente se eu quisesse. E então ela ia contar histórias gigantes sobre amigos que ela teve que também *eram* gays e que *viraram* héteros por conta do amor de Cristo. E daria um jeito de me colocar na igreja para que eu me convertesse e todo esse negócio. E o pai —

Eu reviro os olhos e bufo — nem faço ideia do que ele faria se soubesse. Não é necessário...

Mais uma vez ela coloca a cabeça no meu ombro.

Fecho os olhos e logo a escuridão e o frio nos atingem. Posso sentir como se esse calor ao meu lado fosse o dele. Eu me odeio por usar minha irmã como uma arma para me sentir melhor comigo mesmo. E pode parecer drama demais, porque eu sei que sou dramático certas vezes, mas parecia mesmo que ele era o cara certo. E que, por ele, eu contaria aos meus pais. Cara, eu estava a apenas um passo de contar para os meus pais quando ele saiu daqui de casa. Porque, por ele, nós seríamos livres e eu poderia andar de mãos dadas com alguém que eu gosto na rua. Sem me preocupar com os olhares dos outros. Seríamos só nós dois.

Sem mais nada. Sem mais ninguém.

—Sabe, você pode falar comigo, se quiser.

—Como assim? — Pergunto ainda com os olhos fechados.

—Depois da escola. Você ainda pode falar comigo. — Ela se ajeita mais uma vez no meu ombro e eu paro de imaginar que há um garoto do meu lado. É a minha irmã. Ela está comigo. E não ele... O Sam não está comigo e ele nunca mais estará. Porque ele mora na puta que pariu e eu moro aqui. E nós nunca mais nos veremos.

Essa é a mais pura verdade.

Devo admitir que era muito mais difícil aceitar que ele nunca sentiria o mesmo por mim do que aceitar que meus pais se decepcionariam comigo. Eu não me importava de verdade com o que os outros diriam sobre mim quando descobrissem. Havia apenas uma pessoa que fazia com que eu tremesse só de chegar perto. Só que agora "chegar perto" já não é mais uma opção. E eu sei que ele ainda gosta de mim... Eu imagino que daqui oito dias e treze horas, por volta das onze horas da manhã do dia quatro de setembro de dois mil e dezessete, quando eu já estiver de volta ao meu colégio e completamente cheio de lições, ele irá mandar uma mensagem para mim.

E é uma pequena possibilidade... Mas talvez eu responda.

CAPÍTULO NÚMERO QUATRO

"Ditadores libertam a si mesmos, mas escravizam as pessoas"

Não vou mentir e dizer que eu não estava ansioso para a volta às aulas, porque a verdade é que essa preocupação toda com o Sam e as horas que eu passava olhando para o meu celular esperando que ele me respondesse... Bem, tudo isso estava me matando. E eu precisava que alguma coisa tirasse minha atenção desse tormento todo. E cara... eu sei que eu não vou conseguir escapar dessa tempestade sozinho.

Só que esse é um negócio da nossa vida — da vida humana em si, eu quero dizer — nem sempre a gente consegue passar de uma fase para a outra como num jogo de videogame. Talvez porque a vida não possa ser comparada a um jogo de videogame inicialmente.

Segunda-feira, dia vinte e oito de agosto de dois mil e dezessete; a primeira semana de aula no colégio White Cloud. E é nesse momento em que nós conhecemos os novatos e fazemos todo aquele ritual saudável de boas-vindas para quem ainda vai ou quer passar mais dois anos nas dependências da escola. E também é nesse dia que vamos receber nossos dormitórios uma última vez e olhar para os professores dando adeus.

Antes de deixar minha casa junto dos meus pais, olho esperançoso para meu celular quando ele vibra. Porque eu tento me convencer de que não estou esperando por nada e de que não quero que seja ele me chamando e dizendo tudo o que eu sempre esperei ouvir dele. Mas não é verdade. Eu sou mais um dos grandes exemplos de como ser trouxa. Era uma mensagem da Alana, me desejando boa sorte. Respiro fundo, verifico mais uma vez que horas são, mesmo sabendo que é meio dia pontualmente, e ponho o celular no bolso. Ouço a voz da minha mãe no andar de baixo enquanto eles estão mais apressados do que eu. Porque, repentinamente, eu não queria mais ir para a escola. Mesmo sendo o último ano. Mesmo pensando no tanto de coisa que pode acontecer. Às vezes eu sou mais indeciso que uma bússola com os campos magnéticos invertidos.

Entro no carro com as roupas prontas para zarpar até a minha segunda casa. Meu pai me ajuda a colocar as duas malas na parte de trás do carro e depois ele dá um tapa nas minhas costas. Como se nós fossemos grandes parceiros. Ele sempre parece muito feliz quando as aulas retornam, porque parece que o grande prodígio da White Cloud também é seu grande prodígio e seu orgulho vai lá nas alturas. Sabe, eu sempre tentei ser bem próximo do meu pai só que nunca deu muito certo. Nem com a minha mãe. Alana era sempre minha primeira opção.

Tento não olhar muito para o meu celular enquanto meu pai dirige até o campus da White Cloud. A escola fica perto dos limites da nossa cidade e, junto do colégio, temos o único centro comercial da cidade. Um shopping repleto de lojas das mais diversas necessidades. Então, sinceramente, a White Cloud é o marco zero da redondeza. Todo mundo conhece esse colégio. E me orgulho por ser uma honra nas dependências daquele campus. Antes de chegar, a dez metros, já vejo os carros no estacionamento. E eu sei que tem mais gente voltando pra escola em si do que indo para o Shopping. A verdade é que o estacionamento nem está cheio, começa a encher de verdade lá pelas duas horas da tarde.

Hoje nós não temos aula.

A técnica da White Cloud é fazer com que esse primeiro dia seja um dos dias mais memoráveis das nossas vidas. Em todo e qualquer trabalho que fazemos lá dentro sempre visamos à recordação dos momentos. Ter um momento bom. Por isso ninguém perdia a festa de abertura de um novo ano letivo na White Cloud. Ninguém mesmo. Paramos o mais perto que conseguimos e ainda assim não é o suficiente.

Descarregamos as malas e meus pais me ajudam a encontrar meu dormitório, o que não é muito difícil já que eu tinha recebido todas as informações sobre a volta às aulas uma semana antes. A White Cloud tem três grandes prédios, fora o shopping que fica bem atrás da escola. Temos o dormitório dos meninos à esquerda, o dormitório das garotas à direita, e o colégio em si bem à nossa frente. São três andares para cada bloco, porém o Bloco Um — que no caso é onde todas as salas de aula estão — é bem mais espaçoso. O campus em si é muito bonito, e eu senti falta de entrar nessa escola. Essa é a última vez que passo por esse muro de pedra com aquele arco também de pedra em cima. Com o lindo emblema da White Cloud. É a última vez que estou pisando nessas gramas e me dirigindo ao meu dormitório. E eu não gosto desse meu lado sentimental, mas não dá pra controlar.

Antes de chegar ao meu bloco — o Bloco Dois — eu vejo o Jhonny na porta principal do prédio. De longe parecia que ele estava fumando, mas é claro que o Jhonny não faria esse tipo de coisa dentro da escola. Ele não podia estragar mais do que já tinha estragado sua bela reputação do "mecânico que se destruiu". E, óbvio, meus pais jamais poderiam saber que ele estava fumando. Porque, se soubessem, creio que não deixariam isso sair impune.

E, como o bom garoto que Jhonny é, ele cumprimentou meus pais com a maior cordialidade do mundo. Como se tivesse voltado a ser o exemplo que nunca deixou de ser.

—Sr. e Sra. Angiani, que prazer vê-los por aqui mais uma vez.

—Você não mudou nada desde o último verão, Jhonny — diz minha mãe, toda simpática, claro. Porque ela sempre achou que o Jhonny fosse uma ótima companhia para mim. Na verdade, eu é que era uma boa companhia para o delinquente do Jhonny. Mas deixa ela pensar assim mesmo. Não quero que eles saibam quem ele realmente é. — Como se sente sabendo que é o último ano de vocês no colégio?

—Ah, a senhora deve imaginar — Ele coloca uma das máscaras de tristeza e decepção — é horrível pensar que, em algum tempo não muito à frente, não vou mais ver esse rapazinho toda semana — Jhonny dá um sorriso falso para mim. E eu semicerro os olhos, segurando o riso. Ele é incrivelmente ridículo. Ele faz esse tipo de coisa na minha frente porque sabe que é uma diversão à mais... Como eu disse, meus pais ainda acham que ele é um exemplo no qual eu devo me inspirar. — Mas, se Deus quiser, nós ainda seremos amigos de longa data. Eu considero demais esse cara. Demais. E definitivamente não desejo me distanciar. Eu estarei cursando Mecatrônica na Universidade de Fulmo e o Lucca, em pouco tempo, estará entrando no Centro Especial de Genética Molecular, não é mesmo?

—E Deus há de querer, querido — Minha mãe confirma com os olhos para o alto, tentando alcançar o todo poderoso. — Vocês dois têm um futuro brilhante pela frente. Tratem de cuidar um do outro. Sabe que nós o consideramos como um filho, não sabe?

—É muita gentileza, Sra. Angiani. Eu fico até sem graça com a senhora falando assim, porque o Lucca é mesmo meu irmão. Há amigos que são mais próximos que irmãos — Ele cita a Bíblia, o ponto fraco da minha mãe.

—Com toda certeza.

—Não se preocupe, Sra. Angiani — Diz Jhonny com um sorriso — eu jamais deixaria alguma coisa de ruim acontecer com meu melhor amigo. Ele está em boas mãos.

Jhonny coloca o braço por cima do meu ombro e nossos corpos se encaixam, mesmo que eu seja um pouco menor do que ele. Meus pais nos olham com um orgulho perceptível no rosto. Se Alana estivesse aqui ela estaria revirando os olhos para ele, porque ela sabe de todas as merdas que ele anda fazendo de um tempo para cá.

Mas, para meus pais, ele ainda é o melhor.

Então eles me deixam sob a custódia do meu colega de quarto pelo resto do ano letivo. Meus pais se despedem de mim com um pouco de sentimentalismo. O meu pai me abraça por alguns segundos — como se um abraço fosse tudo o que ele poderia dar — e minha mãe sussurra algumas palavras de fé no meu ouvido. Aquela coisa toda de ficar com Deus e pedir para que ele cuide de mim... Um segundo antes de ir embora meu pai me diz para tomar cuidado com as bebidas, me diz para não exagerar. Depois eu e Jhonny levamos as malas até meu quarto sozinhos.

Chegamos ao quarto e começo a arrumar minhas coisas. Vou colocando todas as minhas roupas na minha parte do guarda-roupa que divide o meu espaço e o espaço do Jhonny. Do lado da parede dele eu já vejo todos os desenhos que ele fez, os projetos com os quais se deu bem e recebeu todo o conhecimento dos professores da White Cloud. Aqueles desenhos já tinham mais de dois anos, mas ainda assim eram um orgulho para ele.

Sua cama está impecavelmente cuidada. Porque ele sempre foi muito cuidadoso com esse tipo de coisa, ele sempre gostou de tudo no devido lugar. Ele deita na cama enquanto arrumo as minhas camisas nos cabides.

—"Se Deus quiser nós ainda seremos amigos de longa data, Sra. Angiani" — Eu imito a voz dele, tirando sarro do modo como ele estava falando com meus pais — "Jamais deixaria algo de ruim acontecer ao meu melhor amigo, Sra. Angiani" "Veja, Sra. Angiani, *sou* um ótimo exemplo, não sou?" Conta outra.

—Qual é? — Jhonny se manifesta — Eu sou um ótimo exemplo.

—Tanto quanto o Hitler foi, imagino.

—Cara, não acredito que você está mesmo me comparando com o maior ditador do mundo — A princípio ele parece até chocado com o modo como o chamei — esse foi o melhor elogio que você já me fez.

—Qual foi agora? — Paro e olho para ele, na cama — Decidiu virar um neonazista?

—Não se vira um neonazista, nasce-se.

—Então sua mãe ficaria bem orgulhosa ouvindo isso...

—Não tô nem aí pra ela. — Voltei a colocar as roupas em ordem enquanto ele se enfiava no celular, algumas vezes Jhonny não tem a menor noção de como está sendo ridículo — Não te contei que ela voltou a transar com o meu tio né?

—De novo?

—É... Ao que parece, ela gosta mesmo de dar.

—E o que o novo Hitler tem a dizer sobre isso?

—A Bíblia condena o adultério — Começa — mas o que é que a Bíblia não condena também? — Ás vezes, só ás vezes, dá até orgulho de ter o Jhonny do meu lado como meu melhor amigo. Porque eu sei que ele é muito, muito retardado e sei que ele está mudando completamente, mas lá no fundo ainda tenho esperança de que ele seja o mesmo cara de antes.

Ficamos em silêncio por um tempo e quando estou quase terminando o trabalho com as roupas ele me mostra uma coisa no celular com muita determinação, todo eufórico. É uma mensagem da Sandy, dizendo que antes da cerimônia principal eles estão planejando beber alguma coisa. E eles não estão se referindo a beber água.

Eu recuso a oferta desde o começo, mas o Jhonny já começa a se arrumar na minha frente dizendo que hoje nós vamos beijar várias bocas e que eu preciso fazer alguma coisa legal e parar de ser tão chato e certinho. Ele tenta me dizer que agora com dezoito anos é quando começa todas as aventuras e eu o mando ir tomar no cu. Usa o argumento de ser nosso último ano e eu continuo parado quando ele tenta me mexer, mas depois disso ele me arrasta do jeito que eu estou mesmo, com um suéter e a calça social. E eu não estava nem um pouco a fim de fazer isso. Só que, no fim das contas, eu não tive escolha.

Definitivamente nós não estávamos sóbrios e sequer estávamos em nossos melhores estados, mas ainda assim nós tínhamos o dever de participar da cerimônia principal. O diretor, o Sr. Lewis, nos encontrou no meio do corredor até a quadra externa, após as árvores bem à esquerda. Eu não estou brincando quando digo que a porra da White Cloud é uma escola do caralho. Ele tentou conversar com a gente, e eu e Jhonny estávamos completamente loucos. A Sandy tinha se juntado com o resto das garotas e o Key não tinha ido com a gente. Mas foda-se aquele cuzão. O cara velho tentou conversar com a gente, falando que precisava ter uma boa conversa comigo em breve sobre o Projeto Genética que estávamos desenvolvendo. Eu nem dei ouvidos porque nós estávamos ocupados demais para nos manter em pé. A política aqui na White Cloud funciona da seguinte maneira: eles não podem te impedir de fumar ou beber, mas se for pego no flagrante então considere-se expulso.

Sei que o cara deve ter ficado muito puto quando a gente o ignorou, mas ele tinha que reconhecer que não ia dar pra falar, não. Quando nós chegamos à quadra em si, bem antes do próprio diretor, um dos caras do terceiro ano veio me cumprimentar. O Anthony. Nós estudamos juntos há uns três anos, eu acho. E ele parecia feliz por estarmos voltando as aulas, mas também parecia triste por algum motivo.

—Sabe, o último ano né...

—É. O último ano — confirmo.

Nós, assim como todos os outros que estavam no último ano da White Cloud, nos reunimos nos cantos da quadra e passamos a tinta preta na cara. Era uma tradição ridícula e eu nem sei porque eu estava ali, mas até que ia ser legal. Daqui a pouco ia acabar... E essa seria a única vez que eu teria a oportunidade de fazer isso. Eu, junto do Jhonny e do Anthony, passei os dois dedos na tinta preta e pintei as duas faixas na testa e eu não faço a menor ideia do porquê estou fazendo isso. Eu não faço a menor ideia de nada. Depois cada um escolhe um saco com a tinta em pó que quiser — eu peguei o verde na mão — e abre um buraco.

—Algum projeto legal pra esse ano? — Antony pergunta.

—Cara, sei lá.

—Estão todos esperando bastante de você. Quer dizer, a gente sempre soube que você era o melhor entre nós e tudo mais. — Na real, que cara chato. Por que ele ainda tá falando comigo?

—Anthony, sem querer ofender, mas eu estou pouco me fodendo pra essa escola. Como você disse, esse é meu último ano. E eu pretendo ficar tranquilo... na minha.

—Entendo... bom, talvez você sirva de inspiração para...

—Cara, por favor, cala a boca. Só curte o negócio aí.

Anthony finalmente vai embora depois de pegar o seu saco com a tinta em pó roxa. Suspiro aliviado. Achei que ele nunca ia parar de falar. O pessoal que foi admitido no colégio se encontra bem no começo da quadra e eles vão entrar tudo de uma vez, porque eles não querem se sujar. A maioria só quer começar os estudos. Porque quem entra para a White Cloud é tudo um bando de mariquinha filhinho de papai... Ninguém entra com o intuito de se divertir... O diretor Lewis começa a falar aquela coisa que todo diretor fala quando começa um ano, sobre novas metas e novos sonhos e essa baboseira toda de conseguir coisas novas.

E eu até acreditaria que ele estava falando sério, mas não dava pra levar a sério nada com a euforia que eu sentia... Eu queria que tudo isso acabasse o mais rápido possível. Os voluntários da decoração capricharam bastante nessa volta às aulas, o tema era "um mundo melhor". Então tudo o que mais dava para ver eram cores. Não sei se eles queriam mostrar a representatividade, mas achei uma ideia bem legal. As cores das camisas coloridas do pessoal do segundo ano, as camisas brancas dos novatos e nós... Parados para o primeiro passo para o fim. Eu não sei por que eu ainda estou aqui, porque eu não quero ser só o "mais novo geneticista" eu quero ser uma pessoa de verdade. Com sentimentos de verdade.

E isso tudo é um saco.

Quando começamos a jogar os pós, a música toca alto nas caixas de som. Tudo está uma ótima festa. É como se todo mundo realmente quisesse estar ali, mesmo aqueles novatos que ficam no meio da bagunça toda só para não receber tanta tinta assim... Mesmo esses retardados dão um passo à frente e deixam a tinta sujar a camisa. Enquanto isso tá todo mundo pulando e nós estamos nos divertindo até. Vejo o Jhonny perto de mim, tacando a tinta rosa e a azul no uniforme dos outros. E ele até está dando alguns tapas de brincadeira e os outros não estão gostando da euforia dele. Acho que os tapas estão machucando na verdade. Mas fazer o quê? O Jhonny sempre foi um babaca agressivo mesmo e ninguém parece notar que ele pode estar machucando os caras, porque a música tá muito alta e todo mundo está ocupado pulando e acertando o rosto um do outro.

As tintas explodem por todos os lados, com cores exuberantes e vivas. Ao fim da música, na grande explosão do fim, vejo os confetes prata e dourado descendo como estrelas. E todo mundo continua pulando e eu só estou imaginando como essa sensação é boa...

Sei que essa porra toda vai acabar daqui a pouco, mas cara... Isso me faz lembrar uma época feliz. E quando me infiltro no meio dos novatos eu sinto o calor deles como se fosse o calor de mais alguém em especial. Uma pessoa que realmente deveria estar comigo, mas, por acaso, é a única pessoa que nunca vai estar. O álcool tá mexendo com a minha cabeça, eu sei. Mas, apenas uma vez, eu me deixo ser feliz.

Por imaginar que o passado nunca aconteceu.

Abro os olhos quando recebo tinta no pescoço e vejo o Jhonny zoando comigo, com a minha cara de idiota no meio daquela multidão. Estou sujo de laranja e meu suéter está podre de cores... O cara some da minha frente antes que eu possa me vingar dele e isso me faz ver o que ninguém estava vendo. Tem um cara sentado lá no fim das arquibancadas. Ele está sozinho, tipo, completamente sozinho. Está lendo um livro e com um caderno do lado. Eu nunca tinha visto ele antes, eu tenho certeza que ele não é do segundo ano.

O pessoal do segundo ano já desceu das arquibancadas para se juntar a festa e ir comer no pátio principal, então todo mundo já está saindo da quadra e voltando para dentro do colégio, passando pelas árvores e pelo lago que temos para as aulas de natação. Mas não sei o que aquele cara está fazendo ali. E é estranho, de verdade, porque nenhum novato escapa da cerimônia principal, todo mundo tem que participar. É como um rito. E, se ele não participou então... O que ele está fazendo aqui? O mais estranho é que, um minuto depois disso, o diretor Lewis vai falar com ele. E o garoto está conversando com a mesma expressão que estava lendo o livro, como se não conseguisse fazer mais do que aquilo.

Presto mais atenção e vejo que não é só um livro... É um livro didático e são cadernos grossos de anotações... Ele está fazendo lição e o diretor não está preocupado com isso. Quer dizer, parece que ninguém nota a presença dele lá. Não consigo entender nada do que está acontecendo e nem o que ele está fazendo ali. Mas, logo de cara, imagino que seja um cara bem patético. Foi o que eu disse: todo mundo tinha que participar da cerimônia. Só que ele devia ser um daqueles idiotas que tem um bom parentesco com o diretor e pode se safar de qualquer coisa que ele não quiser fazer. Esse tipo de gente é pior do que os filhinhos de papai que entram aqui todos os anos.

Jhonny para do meu lado e bate no meu peito.

—Você não vai não, chapadão? O que você tá fazendo aqui?

—Já viu aquele cara ali? O estranho sentado na arquibancada?

—Eita — o Jhonny exclama colocando o cotovelo no meu ombro com um sorriso de lado — quem é o esquisitão? Tem nome?

—Sei lá. Eu não vi ele participando da cerimônia.

—Do primeiro ano ele não é — afirma — e ainda tá conversando com o diretor? Aí tem coisa. — Parece que eu e o Jhonny concordamos que isso é estranho pra caralho. Só que, diferente do Jhonny, eu não consigo levar isso na boa. Porque eu sei que tem alguma coisa errada nessa história toda. O diretor para de conversar com o garoto.

E, no mesmo momento, ele me olha. E fica me encarando. Eu não sei se está olhando para mim de verdade ou se tem alguém atrás de mim, mas eu estou olhando bem nos olhos dele. São olhos castanhos e fundos, sem expressão. Sem vida. E ele parece tão familiar... O diretor acena para nós ao longe e o retardado do meu lado retribui e me cutuca para que eu retribua. Eu tento parecer simpático para o nosso diretor, mas não consigo mentir que esse garoto está me incomodando. Totalmente desnecessário, eu sei, mas não consigo pensar em mais nada enquanto olho para seu rosto claro e para o par de olhos mais castanhos que já vi. Sinto que estou sendo hipnotizado, mas de um jeito ruim. Não sei. É uma coisa dentro de mim que está me dizendo que as coisas com esse cara não vão ser legais...

—Vem, vamos lá. Disseram que tem torta de frango.

—Você nem gosta de torta de frango — contrario-o.

—A questão em si é que tem comida, caralho — Ele olha para mim e balança meu ombro — Comida *boa*, Lucca. *Boa*.

Eu sorrio e deixo aquele cara de lado por um segundo. Então andamos eu e Jhonny para o pátio, passando pelas árvores e sentindo a natureza do lago bem ao lado, sem deixar a trilha. Sei que passei essas quatro horas sem ver o celular e imagino que ele tenha vibrado na minha calça. Eu olho desesperadamente para a tela do meu Motorola e não fico surpreso quando o celular exibe a mensagem de que está desligando. Essa bosta desse celular tá sempre desligando quando eu menos espero.

Rapidamente vejo a tela de notificações ali em cima, mas não há nenhuma mensagem de nenhum aplicativo. Não tem nada do Snapchat, não tem nada no WhatsApp, e não tem nada pelo Messenger. Não há uma única notificação.

Ouço os risos do Jhonny do meu lado.

Mas, de repente, não faz mais sentido estar aqui.

Eu fecho os olhos para me sentir de volta a alguns minutos atrás, quando eu consegui ser um pouco feliz. Quando fingi que aqueles corpos do meu lado eram o corpo do Sam. Naquele momento em que fingi que o passado não tinha passado e que aqueles momentos perto do melhor sorriso do mundo nunca acabariam. A verdade é que acabou. A verdade é que eu não vou mais receber mensagens dele no celular. A verdade é que não dá mais para ver as fotos dele no Facebook porque ele me bloqueou. Porque ele me tirou da vida dele. Porque eu nunca mais vou saber se ele está bem ou não.

Não deveria me importar com isso. Mas cada vez que eu tento não me importar acabo me importando ainda mais. Acabo me afundando ainda mais nessa saudade toda.

—Ei, você tá bem, maninho? — Ele pergunta.

—É — respondo — melhor impossível.

50

ALEXANDRE KLEIN

CAPÍTULO NÚMERO CINCO

"Todos nós queremos ajudar aos outros. O ser humano é assim"

     As aulas começaram da melhor maneira possível: com muito trabalho na vida e destruindo o tempo que eu tinha para fazer qualquer coisa. Sabia que devia ter lido os livros que queria ter lido nas férias. Burro. Entretanto, era assim que eu queria me sentir, tão enrolado com projetos e planos que esqueceria daquilo que estava me afetando. As três primeiras aulas foram um sucesso para nós: pegando no pesado, como sempre, e ralando até a alma para fazer tudo em cinquenta minutos.

     As duas primeiras semanas foram bem puxadas, nem percebi quando entramos em setembro. Não tive tempo de raciocinar que já fazia um mês que eu e Sam tínhamos terminado. E volto a me punir com esse pensamento: *ele terminou com você*. Jackson está sempre me chamando para o laboratório para ajudar nas aulas extras para os alunos que querem desenvolver projetos como eu, e algumas vezes eu vejo aquele garoto do olho castanho passeando pelos corredores. Sempre tento desviar minha atenção dele, mas incrivelmente sinto como se ele fosse um imã e eu um pedaço de metal.

     Meus professores parecem estar de bom humor com os novos resultados que estou proporcionando, parece que o prodígio da White Cloud não mudou nada nessas férias. O que não é verdade. Eu mudei de um modo que eles jamais vão perceber. Anthony, aquele garoto que veio falar comigo no primeiro dia de aula, estava sempre por perto. Parecia que ele queria que eu o incluísse em alguma coisa e eu não tenho muita certeza do quê. A White Cloud é um lugar para pessoas inteligentes, ou melhor, com intelecto fora do habitual. Anthony não parecia estar seguro de que fazia parte dessas pessoas. Parecia que ele queria que nós fôssemos amigos… mas eu não queria isso.

Num dia desses quando eu estava saindo da aula de francês, ele me puxou de lado para dizer que precisava da minha ajuda. E receio que ele não queria me dizer que precisava de ajuda com alguma lição ou coisa do gênero. Antes que ele pudesse falar mais uma palavra, o Jhonny apareceu por perto e meio que espantou o cara. O que havia de errado com ele? Depois daquele dia ele começou a desviar de mim. Quando ele me via pelos corredores, ele dava a volta e subia as escadas. Quando estávamos na fila do refeitório, ele voltava para o último lugar para não ficar próximo de mim. E, sinceramente, eu não sei o que estava acontecendo com ele, mas algumas vezes as pessoas simplesmente querem se afastar.

Por isso eu não reivindiquei.

Naquela terça-feira, no dia doze, eu estava ansioso mesmo para o que viria depois daquelas três primeiras aulas. Chegamos ao intervalo, no prédio principal, e todos os alunos já estavam pegando suas bandejas e encontrando uma mesa para se sentar. Ou pelo menos uma grande maioria estava. Muitos outros deviam ter ido ao Shopping para comer alguma coisa — se bem que o movimento era bem maior na hora do almoço em si —. Temos quatro paradas na White Cloud, uma a cada três aulas. São trinta minutos para você fazer o que bem entender. É muito útil, para falar a verdade. Encontrei o Jhonny com a Sandy, o Kyle com a Cassie e as gêmeas sentadas uma na frente da outra. Elas não largavam o celular por nada. Todos já estavam comendo com uns outros caras do segundo ano e eu tinha chegado atrasado por conta do professor de Literatura. De longe eu já podia ouvir como eles riam das piadas idiotas e racistas que o Jhonny devia estar fazendo. Não que não fossem engraçadas, mas não eram "politicamente corretas".

Sentei na frente aos meus amigos e ao lado de um dos caras do segundo ano e começamos a conversar sobre como a gente precisava se tornar importante para que todo mundo se lembrasse de nós quando saíssemos da escola. Sim, as aulas tinham acabado de começar, mas o Jhonny pensa muito além de tudo. Depois de algumas risadas eu parei de prestar atenção no que eles estavam falando e fiquei com meus próprios pensamentos.

E eu não devia ter feito isso.

Fiquei vulnerável, mais uma vez, a pensar naquela merda que aconteceu há umas cinco semanas. Queria não lembrar o nome dele. Porque na minha mente fazia sentido que, se eu não me lembrasse de como o chamava, então não o lembraria no geral. Contudo, eu não esqueci. Fiquei ansioso, batendo o pé no chão, esperando que meu celular vibrasse a qualquer minuto para que eu pudesse responder à sua mensagem. E depois disso, não consegui mais tocar na comida. Já não era lá aquelas coisas, então eu simplesmente fiquei olhando através do Jhonny. Não atrás dele, mas através. Vendo coisas em minha própria mente. Lembrando dele. Lembrando de nós. Isso acontecia sempre e eu sei que a tendência era piorar. Mas eu precisava parar com isso...

—Lucca — me chamaram.

—Estava pensando na Teoria da Relatividade — senti os caras rindo um pouco de mim lá do outro lado, mas eu estava olhando fixo para o Jhonny e ele me encarava de verdade. Ele me conhece e sabe quando eu estou incomodado com alguma coisa. E, ainda assim, ele não sabe o que é que está me incomodando. — Einstein disse que o tempo passa mais lento para um objeto em maior velocidade.

—Matéria de segundo ano — disse o cara do segundo ano.

—Eu sei que é matéria do segundo ano — rebati. — Isso significa que o tempo está correndo para nós. — Concluo sem mais nada a dizer. Volto a tocar na comida com o garfo, ainda sem coragem de engolir.

—E qual é a surpresa?

—Bom, absolutamente nenhuma. O curioso mesmo é saber que estamos rindo, parados, sem fazer nada sabendo que o tempo está passando mais rápido para nós… — E ninguém está entendendo o que eu quero dizer, porque porra, nós estamos quase morrendo e eles não estão vendo… — Vocês falaram que é o nosso último ano, mas que porcaria vocês estão fazendo? Quer dizer, pelo menos eu não quero ser lembrado como um cara normal que passou pela White Cloud.

—O cara ficou bravo — diz uma das gêmeas.

—É claro. Eu estou sentado numa mesa com pessoas que estão rindo de uma piada onde um gay é o alvo ao invés de conversarem, sei lá, sobre o trabalho final da escola.

—Ei, fica frio, cara. As aulas acabaram de começar — Kyle ameniza.

—É. E agora elas estão mais próximas de acabarem — Todos estão me olhando com reprovação, Jhonny está com a mão imóvel no celular que estava em cima da mesa, as gêmeas começaram a prestar atenção, Kyle e Cassie estão quase perplexos e a Sandy ri no ombro do Jhonny — mas deixa quieto. Eu acho que vou correr um pouco.

Eles me chamam mais algumas vezes para voltar à mesa depois que me levanto e ficam se perguntando o que é que tem de errado comigo, outros dizem que eu voltei mais estranho dessas férias, mas não escuto a voz do Jhonny em nenhum momento. Tenho pouco tempo. São só trinta minutos de intervalo e se eu quero fazer alguma coisa que preste antes do restante das aulas, então eu preciso ser rápido. Coloco a bandeja onde ela deveria ficar e depois me dirijo para a saída do pátio dando uma última olhada em todo mundo. E, ali no canto, onde ninguém costuma sentar, tem um cara. Ele não está comendo como todo mundo deveria estar fazendo. São dez horas da manhã e ele não parece estar com fome, mas ainda carrega aquele caderno estranho e fica fazendo suas anotações para qualquer coisa.

Não consigo vê-lo depois que passo pelas portas e vou embora. O dia está bonito e o Sol já está no alto, o que é muito comum para essa época do ano após o verão. As árvores da White Cloud estavam sendo aparadas pelos zeladores, podia ver três com o uniforme azul escuro da escola. Não tinha ninguém com quem eu pudesse conversar aqui fora e agradeci por isso. Liguei o celular e depois coloquei os fones de ouvido.

Doze minutos e trinta e sete segundos.

Era exatamente o que eu tinha para percorrer a floresta da White Cloud até o lago e depois voltar antes que a próxima aula começasse. A música que tocava era recém-chegada à minha playlist. *Take a Walk*.

Caminhar. Era de tudo o que eu precisava.

Entrei pontualmente para começar o segundo período. Porque eu sou voluntário na aula de Biologia, desenvolvendo os projetos pela supervisão do Sr. Jackson, ajudando todos os alunos que tem dúvidas, aprendendo a cada dia mais. Eu amava fazer isso. Era a aula mais esperada toda semana, e começar a estudar com isso era simplesmente perfeito. Eu amava o modo como o professor explicava cada mínimo detalhe sobre genética e sobre biologia. Era tudo perfeitamente explicativo e incrivelmente real.

Minha mãe, cristã desde o berço, não gostava nada de ouvir sobre como a raça-humana se desenvolveu pelo modo visto por Darwin. E enquanto ela me respeitava por minhas ideias, eu tentava fazer o mesmo. A verdade é que a crença dela em Deus era absoluta, o que significa que, algumas vezes, ela simplesmente surtava porque seu filho não acreditava em Deus.

Não é que eu não acredito. Só sei que a ciência faz mais sentido.

Ouço aquele discurso de introdução que o professor faz sobre a próxima matéria que estudaremos, o assunto da genética foi iniciado no fim do último ano letivo e agora estamos retomando com força total. O próximo tópico é evolução e depois ecologia. Então são coisas que eu simplesmente domino, principalmente genética. Dou uma boa olhada para as pessoas que estão nessa aula, não vejo o Jhonny e nem o Kyle. Na verdade, não tem ninguém que eu conheça aqui. As garotas estão me olhando ao lado do professor, porque muitas delas gostam muito de mim. Gostam do tipo, elas querem me pagar um boquete. E não gostar do tipo legal. Tem uns garotos com óculos do outro lado que até são bonitos, o melhor de tudo é ver aquele cara que eu sempre paguei um pau, o Noah. Caralho, como ele era bonito. Sei que nunca vou ter nada com ele pelo fato de que ele tá namorando uma garota há três anos, então sem chances.

—Eu espero que todos nós possamos dar procedimento com as melhores aulas da escola — disse o professor com aquele rosto sem expressão, ele não era tão amigável assim. — Bom, eu acredito que todos aqui saibam o que significa genética. Estou certo?

Alguns balançaram a cabeça, poucos, devo dizer. Mas todo mundo ali sabia realmente o que significava, ninguém que estudava na White Cloud e passava para o terceiro ano era burro o suficiente para não saber responder à essa simples pergunta.

—Harrison, responda. De onde vem a palavra genética?

—Do grego, *gene*. Significa "fazer nascer".

—Ótimo. Assim, a genética é pura e simplesmente conhecida pelo estudo da hereditariedade. De pai para filho, de mãe para filha, certo? Noah, você — diz ele apontando para o cara mais bonito da sala toda — quais são as probabilidades de que seus filhos com a Audrey nasçam com seus olhos azuis?

Algumas garotas lá do fundo riem.

E então ele respondeu:

—Acho que uns cinquenta por cento, mais ou menos.

—E por quê?

—Meus olhos são azuis e os da Audrey são castanhos.

—E está quase certo. Alguém mais sabe o que influencia na hora da genética se manifestar? Além dos genes próprios dos indivíduos que vão se reproduzir sem camisinha e vão potencialmente contrair uma DST só por cinco minutos a mais de tesão? — Dei um leve sorriso e reprimi uma risada, mas o resto da sala não teve a mesma intenção. Até mesmo o Noah riu um pouco enquanto olhava para trás, para onde o professor estava olhando. Mas ninguém se arriscou em qualquer palpite. — Bom, é claro que, além dos genes primários, nós também temos os secundários. Ou seja, são os genes dos que vieram antes de nós. Pois assim digamos, Noah, que sua mãe tivesse olhos castanhos, mas seu pai olhos azuis. Ambos os pais de Audrey têm olhos castanho, como os da filha. Com essa nova contagem, qual seria a probabilidade que a prole acidental de vocês dois nascesse com os olhos azuis como os seus?

—Não sei. — Ele disse rapidamente.

—Obrigado. — O professor agradeceu pela sinceridade e apontou para a Diniz. — Diniz, a garota dos dreads, qual seria a resposta para a pergunta anterior feita ao Sr. Hook?

—Acho que uns quinze por cento. — Seu tom é duvidoso.

—Treze por cento, para ser mais exato. Sabem por que e como tudo isso acontece, estou correto? — Todos ficaram quietos e acredito que essa tenha sido a resposta de verdade. Pelo menos agora nós estávamos entrando em um campo novo para eles. O professor Jackson dá as costas para os alunos e começa a rabiscar o quadro-negro com seu giz. — Três... simples... letras. DNA. Basta uma única gota de seu sangue para descobrir todo o seu passado *genético*. A estrutura é a mesma, os componentes é que mudam. É o seu DNA que torna você quem você é. Toda falha, todo desejo, toda incrível capacidade surge primeiro dessa pequena partícula... Esse é o seu código de barras. Quando seus pais te compram na loja é ele quem diz seu preço, é o que o torna diferente de qualquer outro. É o que te faz ter os olhos que tem, Sr. Hook.

—E quanto à homossexualidade?

A voz surge lá do fundo da sala. E é uma pergunta que faz com que todos parem para escutar a resposta. Talvez porque todos estejam curiosos para saber quem perguntou de verdade. Eu não conheço a voz e nunca vi o cara antes, na verdade, eu não sei nem quem perguntou. São trinta alunos por sala e meus olhos estão se acostumando a todos os rostos. Um pouco antes de o professor começar a sua resposta eu localizo o cara e foco no seu rosto... É o mesmo cara do outro dia. É ele. O que estava anotando aquelas coisas em seu caderno, o novato esquisito.

É... Parece que ele está mesmo estudando aqui.

—Desculpe, acho que não entendi a sua pergunta.

—Se seu DNA o torna único e do modo como você é, então também é responsável por características como a homossexualidade, estou certo? Ela está no DNA? — Ele supõe com um tom forte. Só que não parece uma suposição de verdade. O modo como ele se impõe é como se tivesse certeza do que estava falando. Não consigo parar de olhar para ele. Ele me incomoda... e não sei por quê.

—Bom, é um caso em aberto ainda. Sinto lhe decepcionar, mas a ciência não provou nos dias de hoje que pode haver um "gene homossexual". Com o perdão da expressão, sua pergunta se torna ilógica de certo modo...

—Mas existe um gene heterossexual?

—Bom...

—Com o perdão da expressão, mas creio que o ilógico dessa situação toda seria existir um gene que decide o sexo de alguém, mas não um gene que comprove sua sexualidade. É curioso pensar que a genética explica porque alguém nasce com olhos azuis, mas não com a homossexualidade.

—Bem, isso já é uma boa resposta para sua pergunta...

—Não quero ser incômodo, me perdoe. Mas é incoerente.

Olho rapidamente para meu professor e vejo como ele está se sentindo encurralado por aquelas perguntas. Parece que é a primeira vez que se sente confrontado com respostas que não tem. Não quero admitir que estou gostando de todos os questionamentos, a verdade é que eu me sinto tão pressionado quanto ele. Porque o cara me parece ser um impostor. Ele não parece pertencer àquele lugar. E, ainda assim, não consigo tirar os olhos dele.

Esperando pela próxima pergunta.

Pelo próximo passo. Porque cara... ele é inteligente.

—Incoerente?

—Eu digo, a cor dos nossos olhos só se desenvolve de verdade por volta dos seis meses de idade e, contudo, a ciência já conseguiu transgredir esses limites para retroceder a cor dos olhos até a original. Pressupõe-se então que esse "gene homossexual" possa se retroceder até seu predecessor e se tornar num "gene heterossexual"? Se isso fosse possível realmente, apenas numa suposição, seria possível reverter um homossexual a heterossexual?

—Teoricamente... sim, seria possível retroceder um homossexual ao seu estado inicial, a um heterossexual. — O professor Jackson admite com toda a força. Mesmo baseando-se somente numa hipótese.

—E se, no caso, a heterossexualidade não for o estágio inicial? Seria possível que o gene original fosse o homossexual? Seria possível reverter um heterossexual a homossexual?

—Bom...

—Se a biologia genética evoluir ao ponto de fazer tais reversões...

—Desculpe, eu não consigo compreender o rumo que essa conversa está levando. Não estamos tratando especificamente deste tema nessa aula.

—Acredito que estamos tratando especificamente deste tema, sim, senhor. De que lhe serve passar doze anos lecionando sempre sobre alelos recessivos e genes dominantes se não torna esse conhecimento útil?

—Bom...

—O que quero dizer, professor, é que se a biologia genética evoluir ao ponto de fazer tais reversões então também seria possível curar a homofobia.

—Se partirmos da tese de que a homofobia faz parte de um dado em seu DNA... Então, sim... Creio que seria possível curar a homofobia — O garoto do fundo possui a mesma expressão. Não é alegre, não é triste. E, o mais assustador, parece a mesma expressão de ontem. Eu começo a pensar que ele tem alguma doença de verdade. — Mas, claro, você primeiro teria que arrumar uma forma de retirar essa parte do material genético sem destruí-lo.

—Claro, é fato — O garoto admite — obrigado, Sr. Jackson.

O professor gesticula com a cabeça — parece um tanto desconcertado pelo questionário violento — e volta a sua aula, com todas as perguntas que já tinha preparado junto de toda a rotina por onde dirigiria seus cinquenta minutos de classe. Todos os tópicos e toda a matéria mais bem explicada que eu poderia ouvir. Mas não estava ouvindo. Minha concentração estava naquele garoto e no modo como ele abaixou a cabeça dois segundos após o professor retomar sua explicação.

Como se a aula não importasse de verdade.

Ele voltou a anotar coisas naquele caderno. Reparo em como ele é... e em como ele se mexe diferente dos outros. Ele é canhoto, por isso consigo ver sua mão escrevendo e se mexendo com agilidade. Dentro daquele mar de destros, ele é o único que se inclina para a esquerda. Seus cabelos são altos e cacheados, dão a ele uma expressão de acabado e relaxado. Sem cuidados próprios. Nenhum outro aluno da White Cloud se vestia do modo como ele está se vestindo. A camisa azul com os detalhes em branco do uniforme está em seu corpo, mas ele usa calça de moletom. Seus olhos se perdem no meio de suas anotações e fico mais curioso com o que ele está fazendo do que com a aula que está acontecendo ao meu lado.

De pé, posso ver sua mão direita. Ela se move para cima e ele a coloca na testa, como se estivesse se esforçando para pensar em alguma solução para uma equação feita no caderno. E, neste gesto, consigo ver que ele usa uma luva. Não parece ser feita de pano e não se assimila a plástico. Não sei do que, mas não é aquele tipo que se encontra em barraquinhas na esquina. É delineada com um fio branco, um reflexo. E por que ele usa numa mão só? Por que ele não está prestando atenção na aula? O que ele acha que vai conseguir com isso?

Se ele está aqui na White Cloud não vai passar tão fácil como pensa.

Depois de toda a explicação, eu e o professor paramos na frente da sala esperando dúvidas aparecerem. Algumas vezes nós percorremos a sala para verificar os exercícios sendo feitos. E, dentro dos dez minutos que o professor dá para que nós possamos resolver as contas biológicas sobre probabilidade genética que ele passou, o garoto fica rabiscando. E ele só rabisca. Ele não olha para o lado em momento algum, ele não olha para frente, ele não verifica os exercícios no quadro-negro, ele não pede ajuda a ninguém... Vez ou outra ele coloca a mão no cabelo de novo e morde um pouco seu lápis, mas não faz absolutamente mais nada do que isso. Sinceramente, ele está me irritando. Queria manter o controle, afinal, ele tem todo o direito dele de querer reprovar. Só que Lucca Angiani é ridiculamente intrometido. Por isso que caminho discretamente até ele para ver o que está fazendo.

—Você precisa de ajuda? — Digo suavemente.

—Não, obrigado — Ele não chega a olhar para mim.

Mas eu dou uma boa olhada no que ele está desenhando. E isso é o pior, ele não está fazendo anotações da aula ou do que ele aprendeu do que o professor disso. Eu vejo um desenho de maquinarias e engenharias. Coisas como peças se encaixando em mais peças, engrenagens virando e encaixando. Elas têm uma simetria incrível e certa conexão. Parece que fazem todas as partes de uma máquina maior. Ao lado tem uma das frases que o professor disse enquanto eles estavam discutindo, algo como "arrumar uma forma de tirar parte do material genético".

Ele percebe que eu estou encarando-o, por isso ele para de fazer seus desenhos e fecha o caderno, ainda assim não me olha. Pareço extremamente irrelevante. E é aí que eu me sinto na obrigação de comer o rabo dele:

—Cara, você pode pensar que fazer desenhos é uma coisa legal, mas aqui na White Cloud nós pegamos pesado. Tipo, bem sério. Você não vai passar impune daqui fazendo suas lições de arte em outras aulas… Vi você conversando ontem com o diretor, mas ser amigo dele não vai te dar privilégios aqui dentro. Você é tão comum quanto qualquer outro. Eu recomendo que você comece a tomar cuidado com o que você faz, caso contrário a escola te come vivo… E você…

—Já pode parar com o bom sermão do clássico estagiário. Quanto eles pagam para você falar isso? Cinquenta para cada aluno deslocado que entrar na linha? O mercado deve estar em alta agora que o dólar aumentou. — Ele não sorri como se fosse um tipo de piada. Ele só fica quieto mais uma vez e espera que eu vá embora, mas eu não vou. Eu fico em pé, para que ele veja que eu estou bem mais próximo do que ele pensa. Para que ele veja que eu não vou embora tão cedo.

—Não sei o que você acha que está fazendo aqui, mas isso não é uma brincadeira, cara. Se quiser mesmo chegar ao segundo bimestre precisa provar que está apto a continuar na…

—As respostas são 18%, 88%, 90%, 32%, 60%, 10%, 18% e 23%. Se você estiver com dúvida pode conferir com o seu professor, ele é muito inteligente por sinal, mas não é o que eu estou procurando. — Seu tom é quase agressivo ao recusar minha ajuda e me jogar para o lado. Eu não sei quem ele pensa que é… mas não vai durar muito aqui — Mais alguma objeção?

Eu saio rapidamente, porque não aguento ficar um segundo do lado dele. Eu sei que disse que o meu amigo Jhonny é um babaca, mas ninguém se compara a esse cara. De verdade, ele vai se ferrar muito nessa escola. Eu mal saio de perto dele e o cara já está escrevendo coisa atrás de coisa no caderno. Sem mais nem menos. Eu tento tirar minha atenção do que ele está fazendo para ajudar outras pessoas. Esse é o meu trabalho aqui. Ajudar. Ser voluntário. Ocupar minha cabeça com o que presta de verdade.

Até que o professor corrige as contas e coloca os resultados.
18%, 88%, 90%, 32%, 60%, 10%, 18% e 23%.
Ele não errou nenhum algarismo. Todos em perfeita ordem, do modo como ele falou. Não notei em qual momento ele viu a folha de respostas do professor, mas, com certeza, ele tinha anotado. Era impossível que ele

pudesse ter acertado todos os resultados só ao olhar uma única vez para as contas. Ninguém poderia fazer isso. Eu não poderia fazer isso...

É impossível, não é?

Todo mundo estava gritando na segunda pausa, lá perto das duas horas da tarde e todo mundo estava se reunindo perto da entrada do prédio principal. E eu não era do tipo que ia para onde toda a multidão estava indo, na verdade eu até achava que eles estavam procurando algum tipo de *pokémon* raro. Algumas vezes acontecia de aparecer um ou outro dentro do colégio.

Muita gente amava a hora das pausas para se entreter com isso, e eu não estou exagerando nem um pouco quando digo "muita gente". É por isso que eu fiquei parado na minha mesa, esperando o Jhonny voltar da multidão que tinha se reunido lá fora. O cara sempre queria estar por dentro de tudo o que acontecia, mas ele demorou demais e, quando voltou, a notícia era bem diferente.

Não tinha nada a ver com um *pokémon*.

—Tem um cara lá em cima. Na torre do relógio — disse ele, tomando fôlego. — Acho que ele quer voar. — O sorriso no seu rosto era doentio, nós entendemos imediatamente o que ele queria dizer. Alguém estava prestes a se matar. Por isso todos nós largamos as bandejas na mesa e corremos direto lá para fora. Ninguém queria perder essa chance de ver o cara se jogando.

Todos estavam com os celulares virados para o céu, filmando o cara que já estava com um pé virado para cima. Havia um semicírculo com espaço suficiente para que ele acertasse o chão e não as pessoas. E eu fiquei enojado. Em pouco tempo o vídeo faria sucesso no *YouTube* e todo mundo estaria comentando isso de um dia para o outro, a White Cloud seria vítima de inúmeras infâmias e processos que poderiam destruir a escola inteira. Em duas semanas as pessoas se esqueceriam dele e já teriam limpado o sangue do concreto. E, se nós não tomássemos cuidado, teríamos que arrumar uma nova escola. Posso garantir que eu não era o único que estava preocupado com isso. Mas Jhonny, do meu lado, estava ansioso para que ele se jogasse. Para que o cara voasse, como ele disse.

Eu só torci por todo o tempo para que ele encolhesse o pé.

E, do nada, apareceu alguém do lado dele. Um cara não muito grande e que tentou ajudá-lo a sair daquela beirada. Eles estavam lado a lado e ficaram em pé por um tempo. Eu ouvi o Jhonny gritando "pula logo, caralho". E ele estava rindo com aqueles garotos do segundo ano que estavam na primeira pausa. O garoto que chegou depois se sentou no parapeito e ficou olhando para baixo, balançando os pés. Jhonny ao meu lado disse:

—Mano, o cara foi fazer companhia... Tipo, *você quer se suicidar? Posso ver daqui?* — E ele voltou a rir e se apoiar em mim. Eu desviei porque eu estava morrendo de raiva do cara, porque eu queria que ele calasse a boca. E porque eu estava querendo ver o que tudo aquilo significava. O cara colocou um pé na frente para se jogar, mas o garoto não se mexeu.

Todos nós estávamos esperando para o que ia acontecer. Até que, depois de um tempo, o primeiro garoto se sentou junto do outro. E eles ficaram ali, parados. Só conversando por muito tempo. Nós não saímos da frente do prédio até que o diretor, os zeladores e todo o restante da equipe docente estivessem visualizando o mesmo que nós. Eles se levantaram devagar e começaram a descer a torre do relógio em direção ao chão.

Quando eles apareceram por uma das portas do lado do primeiro prédio todo mundo foi para lá, com os celulares apontados como armas, todo mundo como um bom fotógrafo. Eu acompanhei lentamente, mas vi o diretor empurrando todos os alunos e chegando aos dois que foram rodeados. E segurou cada um como se fosse sua propriedade. Seu rosto não parecia nada contente, mas isso já não era mais importante.

Enquanto ele mandava que todos desligassem os celulares eu pude ver a cara de desespero de um dos garotos, do que queria se jogar. Era o Anthony. Ele estava feliz por estar no chão de novo. Já o outro, o que se sentou, só cruzou os olhos comigo por um segundo. Era o esquisitão. Ele estava lá com o cara que queria morrer... E não faço a menor ideia do que foi que ele disse...

Mas salvou uma vida e uma escola inteira.

ALEXANDRE KLEIN

CAPÍTULO NÚMERO SEIS

"Nosso conhecimento nos fez cínicos, nossa inteligência nos fez cruéis e severos"

  Eu pretendo não me enrolar muito nesse assunto do cara que estava querendo pular, a minha meta é continuar no meu caminho. Continuar com as aulas, com as lições, continuar desenvolvendo meus projetos e pesquisas e chegar tranquilo ao fim do ano... Mas é incrível como o universo consegue mudar seus planos de uma hora para a outra. Quer dizer, você pode até achar que está no controle e que pode dominar tudo o que vai acontecer no futuro, mas uma hora ou outra você acaba percebendo que o futuro é indecifrável e imprevisível. O dia todo prossegue numa bagunça, porque raramente a White Cloud tem casos como esse dentro das dependências da escola. Na verdade, eu não consigo me lembrar de uma história parecida.

  Os professores entravam e saiam das classes como se alguma coisa estivesse acontecendo nos arredores. As três aulas que se seguiram após a segunda pausa foram praticamente inúteis. Todos ainda comentavam sobre o Anthony. O nome dele perpetuava nos corredores. As aulas de Cálculo Um e Cálculo Dois foram completamente para o ralo, a sala era um caos. A de Física conseguiu se salvar um pouco porque o professor era mais rígido. As outras duas aulas de Sociologia também não renderam nada, só na última aula de Tecnologia que realmente deu para aprender alguma coisa.

  A recomendação que nós tínhamos era de deixar tudo aquilo no passado, ninguém estava autorizado a comentar sobre o que tinha acontecido. E, sinceramente, eu não estava nem um pouco curioso para saber que merda estava acontecendo. Desde que os problemas não viessem para o meu lado então tudo bem. Então, quando estava perto das oito horas, todo mundo voltou para o seu quarto.

Acontece que quase ninguém fazia a última pausa onde eles ofereciam a janta. Por conta do shopping logo atrás da escola, os alunos quase sempre se esqueciam de que a expansiva mensalidade que seus pais pagavam também cobria café-da-manhã, almoço e janta.

Jhonny não estava presente quando eu entrei no nosso dormitório, e eu não o vi durante umas duas horas. Ele só voltou depois, quando já tinha escurecido mesmo. Eu estava com dois livros na mão, colocando os exercícios de Física em prática, tentando aprender alguma coisa. Mas ele estava ofegante e chamando a atenção. Na verdade, ele parecia estar fazendo tudo para não chamar atenção, mas não estava dando certo. Quando ele fechou a porta do quarto e se jogou na cama, preferi não comentar nada sobre o que tinha acontecido. Foi ele que começou o assunto:

—Que loucura, né? — Sua voz estava esganiçada.

—Nunca tinha acontecido nada assim por aqui...

—Eu sei — Ele respira pela boca — o que deve ter dado na cabeça dele?

—Ás vezes a gente não aguenta o tranco. Era um novato?

—Pior que não. Era do terceiro também.

—Acha que alguém tem alguma coisa a ver com isso?

—Tipo como? — Jhonny pareceu interessado no que eu tinha a falar, por isso ele se virou e ficou apoiado no cotovelo, me olhando com os livros na mão.

—Ah cara... Só achei meio estranho. Num dia tá tudo bem e no outro o cara tá querendo se jogar da torre... — Ele parece não entender o que eu estou querendo dizer. Então eu decido colocar logo para fora o que está incomodando minha cabeça — Ele estava com um cara lá. O esquisitão. E eu vi a cara dele quando os dois desceram... Ele não parecia nem um pouco surpreso.

—Como assim?

—E se ele tivesse feito o cara subir lá para se jogar, mas no meio do caminho viu que a ideia era ruim e se arrependeu? Parecia que ele sabia o que ia acontecer antes de tudo...

—Não cara — Ele me corta — você já tá pirando.

—Não acha que ele deve ter alguma coisa a ver com a história?

Jhonny ri.

—Se tiver, então que esteja bem longe da gente. — Disse ainda rindo. Ele colocou os braços atrás da cabeça e respirou bem fundo enquanto fechava os olhos. — Não quero problemas para o meu lado tão cedo.

Ele começa a descansar, mas ainda assim eu estou com essas dúvidas na cabeça. Eu sei que não quero e que nem vou me envolver com essa parada toda… Mas é muito curioso. E eu sou muito curioso. Eu sei que o esquisitão tem alguma coisa a ver com a situação toda. Quando percebo que estou mordendo o lápis eu paro, fecho os olhos, respiro fundo e me coloco no meu lugar: eu não estou aqui para resolver a vida dos outros. Eu preciso pensar em mim agora e no que eu quero para o meu futuro. Lucca Angiani por Lucca Angiani.

—Falando nisso, onde você estava? — Pergunto.

—Transando — Ele responde rapidamente.

—Com a Sandy?

—Não com a Sandy.

Ele sorri com malícia e parece lembrar-se de quem estava pegando, como se fosse um troféu. Eu sei que já disse isso antes, mas o Jhonny é mesmo um babaca.

A semana foi passando e, no começo, ainda dava para ouvir todo mundo falando sobre esse negócio do cara que tinha se jogado. Que *quase* tinha se jogado. E eu não vi mais o rosto dele no caminho pelos corredores. A maioria sabia que era o Anthony. Na verdade, eu acredito que apenas algumas pessoas o conheciam, porque ele não era popular. Esse tipo de coisa, contudo, torna alguém popular automaticamente. Boatos disseram que ele estava interessado em artes cênicas. Queria ser ator. E todo mundo estava inventando muita coisa sobre o motivo dele querer se jogar. Muita gente estava dizendo que a namorada tinha terminado com ele, outros contestaram dizendo que nem namorada ele tinha já que ele era gay. Depois inventaram que ele sempre se cortou e que dava para ver umas marcas nos pulsos quando ele estava nas aulas de teatro.

E, claro, nada era verdade, pelo menos eu não acredito que seja. Muita gente postou o vídeo dele quase pulando no YouTube. E em muitos vídeos dá para ouvir o Jhonny gritando para que ele pulasse logo. Os gênios da informática fizeram montagens ridículas de como ele começava a voar igual ao super-homem. Outros tiraram uma foto e colocaram como se ele estivesse pulando em coisas idiotas, como numa cama elástica, ou num tanque com tubarões, ou em cima de um príncipe. O diretor, obviamente, proibiu qualquer prática ofensiva desse tipo com o pretexto de expulsão. Ele vetou de verdade e ele podia rastrear de onde as artes foram feitas. Ao menos doze alunos foram suspensos durante uma semana inteira. Não era uma coisa com a qual se podia brincar.

Assim, no fim da semana, as coisas já estavam esfriando. E então eles dois voltaram. Tanto o esquisitão quanto o suicida. Eles não estavam andando juntos nem nada, mas eles já estavam na primeira pausa. Eu consegui ver o cabelo bagunçado do esquisitão e depois vi como o suicida bonitinho escapou pelas pessoas que passavam por ele em direção ao banheiro. Todos o olhavam. Sem exagero algum. Parecia que ele estava sendo observado por câmeras num reality show. As coisas ainda estavam confusas para todo mundo, mas ninguém tinha coragem de falar qualquer palavra sobre o "incidente" como o diretor preferiu chamar. Quando o sinal tocou, todos nós voltamos para as aulas. A segunda aula depois da primeira pausa era de Biologia novamente, mas dessa vez eu não precisava ajudar os outros, ao menos o Sr. Jackson disse que conseguia dar conta sozinho.

E foi assim que eu acabei me sentando atrás do esquisitão.

Eu não puxei conversa com ele em momento nenhum, mas fiquei bem atencioso com cada movimento que ele fazia. O modo como ele não cansava de rabiscar aquelas coisas no caderno. E ainda me irritava o fato de que ele não estava prestando atenção na aula e nem no que o professor tentava explicar. Estava me atrapalhando a pensar, é verdade, mas não conseguia me controlar.

O esquisitão fazia algumas perguntas avulsas de vez em quando, quase nunca tinham a ver com o assunto que nós estávamos estudando de verdade. O professor tentava responder com toda a cautela possível, para poder prosseguir com o planejamento. Eu não sei o que dá na cabeça desse cara de ficar fazendo isso toda aula... Por que ele não consegue simplesmente prestar atenção na porcaria do conteúdo? O que tem de errado com ele?

Quando ele abaixa a cabeça para rabiscar no seu caderno dá para ver uma tatuagem escapando da gola no seu pescoço. Parece que o esquisitão é radical. É uma tatuagem simples, um triângulo meio estranho, como se as pontas fossem maiores. Não dá para explicar. De qualquer modo, ele não tinha absolutamente nada de comum. As aulas acabaram. Fomos para a segunda pausa. E segui o dia inteiro sem ver ele até a última aula. Tínhamos Interpretação juntos. Eram duas aulas seguidas e eu não consegui prestar atenção nos textos que estávamos estudando.

Ele não se candidatou a nenhum papel, ele fazia parte do grupo que ficava nos bastidores. A Srta. Turner o escalou como um dos responsáveis pela pirotecnia de todo o espetáculo e ele aceitou calado. Eu estava no setor dos efeitos especiais. Quase uma subdivisão da pirotecnia. A verdade é que eu estava incumbido de fazer chover e alguns fogos de artifícios não letais que eles pudessem utilizar. Eu e mais alguns garotos que também eram aspirantes em química/biologia. O tempo todo ele ficou parado no mesmo lugar e, pela primeira vez, ele não estava anotando nada no seu caderno.

Mas ele também não prestava atenção na aula.

Na hora dos exercícios ele foi para o banheiro, escapando de todo o suor. Como eu pensava, ele não era do tipo que gostava de se mover. E, convenientemente, ele voltou assim que os exercícios acabaram. Claro que ninguém percebeu e ninguém sequer pensou que ele existia, porque essa era a verdade: ele não existia para nós. Era um aluno novo então seus pontos de popularidade eram nulos, ele não falava com ninguém, o que o tornava ainda mais invisível. E ele era quieto. Extremamente quieto.

As aulas acabaram e o fim de semana chegou.

Só que dessa vez, pela primeira vez, eu não parei no meu dormitório para me trocar e ir para casa. Eu segui em frente. Ou melhor, segui-o. Porque eu queria ver aonde ele ia. Tinha muita gente animada para o fim de semana, porque quase ninguém continuava no colégio no sábado e domingo. Ou se divertiam no shopping e depois voltavam para os dormitórios — isso só pra quem morava muito longe e não dava para voltar todo fim de semana pra casa — ou encaminhavam-se para o estacionamento onde os carros lhes esperavam.

Só que aquele esquisitão se enfiou no meio do mato.

Como se estivesse indo em direção à quadra de fora.

E quando eu parei na frente das árvores eu vi como aquilo parecia idiota. Incrivelmente idiota. Essa obsessão estava acabando comigo, mas eu precisava descobrir para onde ele estava indo. Não porque eu queria ser reconhecido como um herói que salvou a White Cloud de um maníaco, mas porra, o que é que ele foi fazer no meio do mato?

—Lucca — era a voz do Jhonny. Ele começou a se aproximar com a Sandy do lado, eles estavam sorridentes e com os olhos bem fechadinhos. O cheiro da maconha acompanhava os dois — Você precisa vir com a gente.

—Não, vocês estão chapados...

—Vem com a gente — disse Sandy — tem muita mulher para onde a gente vai — eu tive vontade de responder "como se eu me importasse", mas eles já estavam muito dosados. E não ia fazer sentido me colocar no nível deles. Eu respirei fundo enquanto via os resquícios do esquisitão desaparecer no meio de todo aquele verde.

Virei-me bruscamente para eles.

—Qual é o plano de vocês?

—Passar esse fim de semana inteiro bem bêbado e bem louco.

—Não, não só esse — disse Sandy corrigindo-o e se apoiando no seu ombro — esse, o próximo, e o próximo do próximo e todos os fins de semana possíveis.

—É! — Ele estava gritando e prolongando a letra no mesmo momento em que a Sandy começou a gritar junto com ele. E eles depois começaram a rir como idiotas, e foi quando o Jhonny tirou do bolso da camisa uma ponta de baseado que parecia ter sido recentemente fumado. — Se você não vier com a gente, não ganha baseadinho.

—Eu posso fazer meu próprio baseado, otário — rebati ironicamente.

—Nossa — O cara levantou as sobrancelhas e olhou para a garota que fez uma cara de surpresa, reações falsas, obviamente — Você ouviu isso? Você ouviu mesmo isso? Esse virgem tá me falando que sabe bolar um baseado… É melhor eu tomar cuidado com ele, Sandy. — ele ficou atrás da namorada e colocou a cabeça em seu ombro — Por favor, não deixe que ele me leve para a Terra dos Caretas.

Eu revirei os olhos do modo mais dramático que pude.

—Vai tomar no seu cu. — falei pausadamente enquanto colocava um sorriso no rosto. Mas eu não resisti. Eu sei que tinha muita coisa acontecendo e sei que eu estava com aquele negócio do suicídio na cabeça, mas eu precisava parar. Não tinha nada a ver comigo. Aquele cara não tinha nada a ver comigo. E, se eu não parasse, muita merda ia acontecer.

Por isso eu peguei o baseado da mão do Jhonny quando ele me ofereceu mais uma vez. Não sei por que eu ainda tentava ficar preso nesse mundo sendo que existem mil outras coisas que me levam para fora dele num passe de mágica.

—Por que você tá aqui? — Diz ele, percebendo isso somente agora.

—Estava indo me masturbar no mato, porque eu tenho esse fetiche de sentir a natureza roçando no meu pé enquanto eu gozo nas árvores, sabe?

—Você também? Caralho, eu achei que era o único!

Ele levantou a mão para um "toca aí" e eu retribui. Depois disso eu coloquei na boca o pedacinho de seda com maconha enrolada e acendi com agilidade, mão na frente do isqueiro por causa do vento. E, ao puxar toda a fumaça e começar a sentir a incógnita do surrealismo, olho para o céu. Eu vejo mais cores agora. São cores que me fazem lembrar dele… E eu não quero lembrar dele. Fecho os olhos para capturar essa imagem, como uma câmera fotográfica. Guardo cada pequena cor, o laranja e o rosa, o azul com o roxo, o verde e o amarelo… E é como se as cores estivessem *falando*. Como se elas falassem… Como se falam…

Sorri, mesmo sem motivo.

É bom fazer isso algumas vezes: sorrir mesmo sem motivo.

Eu tive que avisar aos meus pais que eu não ia para casa no sábado, mas que provavelmente estaria no domingo com eles. Disse que estava com Jhonny e isso foi o suficiente para que eles não se preocupassem. Na verdade, eles nunca se preocupavam, não quando eu estava com ele. Aquele ápice todo da loucura se foi imediatamente no momento em que colocamos os pés dentro da casa dele. Já estava de noite, umas onze horas, eu acho.

Então, de repente, começo a lembrar de uma mina que me deixou uma marca no pescoço. Eu vejo o que a filha da puta fez no meu pescoço e eu não me orgulho disso, mas também lembro de gozar na cara dela e isso não me deixa mais orgulhoso. Eu vivo fazendo coisa errada. Na verdade, eu não tenho orgulho de nada do que estou fazendo. Sem ele. Sem ele, tudo está mais cinza. Na melhor das hipóteses, eu sou só metade de um homem sem ele.

Eu demoro no banho na casa do Jhonny porque não quero encarar a realidade e não quero dormir. Mas é inevitável. No momento em que eu coloco minha cabeça no travesseiro não consigo nem pensar no que mais aconteceu, não consigo pensar nas merdas que estou fazendo e não penso nem mesmo no Sam ou no esquisitão... Nada. Eu não penso em nada. Eu não sonho com nada. E, quando acordo no meio da noite, é por causa da televisão ligada.

O filho da puta do Jhonny não consegue dormir com ela desligada, ele ainda tem medo do escuro. Ele está de pau duro na cama e todo jogado, eu coloco o lençol em cima dele porque eu não quero ver essa merda. Eu não quero pensar que, daqui um tempo, pode ser eu. Não sei o que eu estou fazendo com a minha vida, eu não sei por que o prodígio da White Cloud está se transformando... Nisso. Eu não quero me transformar nisso.

Não quero... Mas ninguém nunca quis também.

Abro os olhos para encontrar o botão de desligar, só que, um minuto antes, eu vejo a reportagem que está passando. É uma reprise do jornal das seis horas. Não parece nada importante e nem uma chamada mundial da qual todo mundo deveria ver. Mas o mais incrível é que eu vejo o nome da nossa cidade. Eu vejo o nome da White Cloud. E vejo o nome do Anthony. Do cara que ia se jogar.

A princípio não estranho, porque eles devem estar cobrindo o furo que a escola deixou. Aquela coisa toda de que um aluno estava sofrendo e os diretores não viram, e, por isso, quase se matou. Sim, bem entediante. Acontece que, dessa vez, a história é bem diferente.

—*... dezessete anos, foi diagnosticado com alta depressão e bulimia pelo colégio local White Cloud, um dos maiores centros escolares da região. Não se sabe ao certo quando o incidente aconteceu, mas tudo indica que não há mais de um dia. A arma usada por Anthony O'Connel, aluno da White Cloud,* *ainda tem origem desconhecida. O jovem estudante já apresentava alguns problemas de socialização há alguns dias e já tentara o suicídio antes, sem sucesso. Anthony era um aspirante a ator e tinha o sonho de se apresentar na Broadway, sonhos interrompidos pela pressão e confidência em si próprio. Parece que é uma grande lástima para a White Cloud nessa noite.*

Eu fiquei parado, ouvindo bem baixinho tudo o que ela dizia. Todas as cenas do corpo dele sendo resgatado da escola e dos alunos que estavam vigiando todo o espaço. Vi também os pais dele cercando a ambulância que o carregava para o necrotério. E sim, era a minha escola. Com todos os detalhes e com todas as estruturas. Até o diretor tinha se reunido. Depois as imagens mostraram que os cinegrafistas entravam na floresta, onde o corpo tinha sido achado com uma arma. O sangue espalhado na grama e nas árvores. Bem onde ele tinha entrado. O esquisitão. Ele entrou lá antes disso tudo acontecer. Ele entrou na floresta totalmente sozinho, como se soubesse o que estava fazendo. O esquisitão entrou lá, matou o Anthony e colocou a arma na posse dele, para que a reportagem ficasse completa.

O aluno que já tentara se matar uma vez, agora havia conseguido.

Quando a matéria acaba eu fico puto comigo mesmo. Se eu tivesse sido um pouco mais humano, eu podia ter salvado uma vida. Eu podia ter impedido que isso tivesse acontecido... E agora ele está morto.

CAPÍTULO NÚMERO SETE

"Nesse mundo há lugar para todos; a Terra é boa e farta e pode alimentar a todos. Nosso estilo de vida poderia ser livre e lindo, mas nós nos perdemos no caminho"

    Todos estão falando sobre o suicídio. Está tudo nas redes sociais, nos vídeos da internet, em absolutamente qualquer lugar. A White Cloud é bombardeada de câmeras e vigilância nesse fim de semana, é recorrente o número de entrevistas com o diretor que, notavelmente, não sabe o que fazer a respeito disso. Contudo ele parece bem calmo, sua postura impecável e séria, pedindo desculpas a todos quando não consegue responder alguma coisa.

    Ainda é domingo e eu não quero ficar na casa dos meus pais sem fazer nada, só parado olhando para a tela do computador. Porque eu sei que se ficar parado aqui em casa uma hora ou outra vou acabar pesquisando mais sobre o suicídio dele. E já tive que aguentar minha mãe perguntando se eu o conhecia. O que eu poderia dizer? Eu deveria ser honesto e dizer a ela que eu fui grosso pra caralho com o cara? E para quê? Nós rezamos pela alma dele e pela segurança de todos na White Cloud. E eu não aguento um segundo disso. Por isso eu me arrumo para ir à casa do tio Mark. Avisei minha mãe e me preparei para todo o discurso de sempre. Aquela coisa do tipo "você sabe que sua tia não gosta de visitas inesperadas". Minha tia tinha raiva de toda a família do lado do meu tio, até mesmo de quem não tinha nada a ver com nada. Alguma coisa aconteceu no passado que deixou todo mundo assim, mas é aquele tipo de coisa que nós nunca vamos saber. Nem quando ficarmos mais velhos. Aquele segredo que todo mundo guarda por "ser melhor assim".

    De qualquer jeito ela não falou mais nada quando eu saí da porta pra fora. Estava um frio do caralho, por isso subi o zíper do casaco, coloquei as mãos para dentro dos bolsos e fui caminhando até a casa do meu tio, chutando as pedras no caminho. A maioria das pessoas estava trancada em casa, todo mundo bem quente, fazendo o almoço ainda, assistindo à televisão em qualquer canal meio bobo. Era uma vida bem artificial de se viver. Mas eles que se fodam.

Virei as três ruas de sempre para chegar à casa do tio Mark, aquela casa toda bonita onde eu sempre quis morar. Bati na porta bem rápido para poder colocar a mão no bolso de novo. Eu estou congelando aqui fora. Esperei alguns minutos — a mesma demora de sempre, porque minha tia provavelmente devia estar cuidando do tio Mark — e quando ela abriu vi sua cara de bosta. Tia Sarah era muito velha, tinha sessenta e poucos anos se eu não me engano. E o cabelo dela parecia estar ficando cada vez mais branco toda vez que eu via. E ela estava diferente, não sei por quê… Mas talvez tenha só sido o tempo que eu fiquei sem vê-la.

—Oi tia — Meu tom era paciente, e era só assim que a gente podia falar com ela. Porque se não ela já ia gritando pra gente ir embora, sem dó nem nada. Ela era assim mesmo, meio amargurada com tudo.

—O que você quer aqui?

—O tio Mark tá em casa?

—E onde mais ele ia estar? — Ela ainda estava parada na porta e não me deixava ver o que tinha atrás dela. Como uma verdadeira parede, mesmo eu sendo maior que ela — Ou achou que ele ia estar por aí na rua nesse frio? Como se aquela pneumonia já não tivesse sido o suficiente para acabar com a garganta dele…

—Eu não quis dizer isso…

—Claro que não. — Ela rebate — Vocês, Angiani, nunca querem falar nada. — A tia abre a boca pra falar mais alguma coisa, mas pensa duas vezes e deixa quieto. São raras as vezes que ela deixa quieto. Como se finalmente tivesse visto que estava sendo muito grossa sem necessidade. Algumas vezes ela tem esses momentos de reflexão. Mas só algumas vezes. — Vai ficar me olhando assim ou vai entrar?

Eu dei um passo à frente e ela abriu passagem para que eu pudesse passar. Tudo ficou bem mais quentinho quando ela fechou a porta, mas ainda assim não estava quente o suficiente. Ouvi-a dizendo que ele estava no quarto e então fui até lá, já podia ouvir a televisão à distância. Meu tio era vidrado naqueles programas de comédia onde as pessoas tem que cantar certo, mas nenhuma delas sabe a letra de verdade. Quer dizer, eram programas da época dele. No começo, quando eu era bem pequeno e não entendia essa história toda do meu tio, minha mãe gravou vários desses vídeos para ele. Meu tio assiste aos mesmos episódios há quase dez anos. Ele ria de cada um deles. Só que agora já não dava mais para ouvir a risada dele.

Parei na porta aberta e olhei-o deitado na cama, as pernas cobertas por umas três ou quatro cobertas, o peito subindo e descendo junto da ajuda daquele pulmão artificial no lado da cama. Ele vinha piorando cada dia mais depois do AVC. A pneumonia também não tinha ajudado. Ele era o clássico exemplo de "pé na cova". Ninguém sabia como ele ainda estava vivo e ninguém sabia por que ele ainda queria viver. O que importa de verdade é que ele ainda estava dando alguns sorrisos quando as pessoas erravam as letras e isso era gratificante.

—Ei tio — chamei-o.

Imediatamente ele olhou para mim e abriu ainda mais o sorriso e balançou a cabeça lentamente. Ele não me respondeu. Porque ele não podia. E esse era um dos motivos pelos quais minha família não gostava de visita-lo: porque ele não falava. Ele não conseguia falar tão bem desde que suspeitaram que ele pudesse estar com tuberculose. Depois da cirurgia sua capacidade vocal foi reduzida a 27%. Isso é muito menos do que o necessário para articular as palavras corretamente.

Eles não conseguiam entendê-lo nas poucas vezes que ele tentava falar então os médicos pediram para que ele reduzisse a fala ao máximo possível, já que era o melhor a se fazer. E assim ele aprendeu a se comunicar por mimica. Por gestos.

Aproximei-me dele, sentei no pé da cama e fixei meus olhos nele por um segundo, só para ver que a marca da cirurgia ainda estava ali em baixo do seu queixo, bem perto da traqueia. Vendo os olhos cansados, os lábios rachados, a pele encoberta de manchas, o cabelo translúcido... Ele estava bem acabado e parece que toda vez que eu volto ele está um pouco mais perto de morrer. Porque, na verdade, ele realmente está. Ao lado do tanque de oxigênio que movia seu pulmão defeituoso tinha a máscara de inalação que ele fazia seis vezes ao dia para que os pulmões funcionassem corretamente.

Pelo menos... ele ainda estava vivo.

—O senhor tá mais bonito, sabia? Cortou o cabelo?

Ele moveu negativamente a cabeça, com o mesmo sorriso.

Faltavam muitos dentes na sua boca, e por isso ele só conseguia comer sopa ou coisas diluídas. Na maioria das vezes a minha tia misturava proteínas e vitaminas em cápsulas nas sopas.

—A minha mãe disse que eu devia vir aqui te ver mais vezes, tio, e eu já estava com saudade mesmo. Então eu aproveitei enquanto a escola ainda não tá exigindo muito e reservei esse fim de semana para vir aqui. — Tio Mark fechou os olhos lentamente, como se estivesse agradecido pela minha presença. Ele não recebia visitas. Pretendo continuar com essa mentira para que ele se sinta mais feliz, porque minha mãe não disse nada e eu não tinha reservado porcaria de fim de semana nenhum. — Desculpa não ter vindo nas férias. Eu estava muito ocupado...

Ele levantou a mão e fez um sinal de como se estivesse escrevendo alguma coisa num papel.

—Ah sim, estudei pra caralho.

—Garoto, olhe como fala — repreendeu minha tia.

Dessa vez ele sorriu com os dentes. Aqueles poucos dentes que ainda restaram na boca. O que era uma coisa bem difícil de acontecer, um ruído da sua garganta. E eu sorri junto com ele.

—A escola já tá acabando, esse ano é o último. Eu ainda estou desenvolvendo alguns projetos e participando de uns concursos. E, se tudo der certo, esse ano vai ser incrível. O senhor vai lá me ver na minha formatura, não vai? — Ele levanta as mãos e começa a rodá-las na lateral do corpo, como se estivesse numa cadeira de rodas. — O que tem a cadeira?

—Quebrou no verão. Você saberia se tivesse vindo aqui.

—E não tem como consertar?

Os olhos furiosos da minha tia preferem não me responder. Meu tio levantou os dedos. "Sem dinheiro". E realmente... minha tia era aposentada assim como meu tio. Eles ganhavam o dinheiro do governo e tudo mais, assim como todos os remédios que ele precisava, mas não era o suficiente para cobrir todos os gastos que tinham. Minha tia se sacrificava pelo meu tio como ninguém fizera antes. Essa era uma das grandes reclamações recorrentes dela: a minha família nunca ajudava. Não posso dizer que era mentira.

Dei mais uma olhada pelo quarto e vi o que ela estava falando. Não sei há quanto tempo essa casa existe, mas eu posso afirmar que ela estava aqui muito antes de eu nascer. Talvez tivesse sido criada junto da cidade. Ela não parece estar se aguentando em pé, a pintura está descascando e os móveis são todos feitos de madeira grossa e velha... Eu entendo o que ela está falando: eles estão pobres.

Cada vez mais. Porra.

—Eu vou dar um jeito, pode ser?

—Vai fazer o quê? Curar a paralisia das pernas dele? Nem toda a biologia e genética do mundo vai fazer seu tio voltar a andar. Essa coisa não tem cura, garoto. — Ela se move até o outro lado da cama do meu tio e pega a máscara de inalação para que ele possa respirar melhor. Tia Sarah não se importava de falar essas coisas do lado do meu tio, porque eles dois sabiam que era verdade. Eu sabia que era verdade. Merda... por que tinha que ser verdade?

—Então a gente compra uma cadeira nova — sugeri.

—Com qual dinheiro? Com o dinheiro da sua família? — Ouço um riso de deboche enquanto ela liga o inalador e prepara a máscara no seu rosto. Meu tio move a cabeça com um sorriso triste. — É melhor eu esperar sentada se for pra ter alguma ajuda daquele lado. — Completou.

—Eu vou dar um jeito tio — digo bem baixinho, para que ele saiba que dessa vez eu estou falando só com ele — nem que eu tenha que te carregar até lá a formatura inteira. Você vai, né? — Dessa vez não tive resposta. Nem mesmo uma mimica. Respirei fundo e me controlei para não enlouquecer... eu sei que não resta muito tempo para o meu tio e sei que é por isso que ele não disse nada. E, infelizmente, não sei se eu vou ser capaz de agir a tempo de curá-lo. Tento mudar de assunto o mais rápido que consigo — A gente pode te levar para um teatro com a cadeira nova. Um de comédia.

Seu sorriso em seguida foi de complacência.

Aquele tipo de sorriso que diz "muito obrigado Lucca, eu agradeço sua preocupação comigo, mas não vai dar certo". Algumas vezes eu imagino que seus sorrisos ou seus olhares são frases completas. Isso meio que me alivia. Eu ainda prefiro pensar que ele só está sendo pessimista.

—Você vai poder escolher...

Ouvimos o barulho da porta da frente sendo aberta e o repentino frio chegando cada vez mais perto. Eu já me preparo psicologicamente para o que está vindo. Lembrando de tudo. É claro que o universo está brincando com a minha cara. Minha tia coloca um sorriso no rosto e some pelo corredor deixando a máscara no rosto do tio Mark. Ouço os passos dos dois se aproximando e a conversa deles bem ali do lado.

Eu sabia que talvez fosse encontrá-lo aqui.

Espero que eles demorem bastante enquanto estou com meu tio no quarto, mas o tempo passa mais rápido e eles voltam em dois segundos. Então o Trevor aparece junto com a minha tia. Ele continua sendo muito gato, muito gostoso e tal, mas ele... Não... Quando eu olho para ele não consigo parar de pensar no Sam. É como se cada traço do Trevor fosse um pedaço esquecido do Sam. Até mesmo o sorriso.

—E aí Lucca? — Eu me levanto quando ele segura minha mão e me puxa para um abraço — Tudo bem, primo? — Eu confirmo com a cabeça e um leve sorriso para não parecer deslocado. Porque é exatamente assim que eu me sinto.

O Trevor cresceu, ele tem vinte e um agora, o cabelo está menor e bem aparado, um penteado que deve demorar meia hora para ficar perfeito do jeito que está. Os olhos azul-claros — vindos da parte materna — e os músculos por baixo daquelas jaquetas, tudo o que todo mundo iria querer numa pessoa.

Até a voz dele é bonita.

É aquele tipo de voz que você desejaria ouvir a todo o momento no seu ouvido. O tipo de voz que se estivesse gravada você colocaria no modo de repetição sempre que fosse possível. Não havia competição contra ele, o cara que estudava como a genética formava as pessoas com perfeição e o cara que era perfeito por causa da genética. Qual dos dois você acha que ganha? Merda... Eu não queria pensar nessas coisas hoje. Eu não vim aqui por causa dele, não vim aqui pra lembrar do que ele fez e nem queria ficar bravo com essas paradas... Só que, cara... É quase impossível não lembrar.

Fecho os olhos por alguns segundos, só para não ter que ver ele, só para fingir que ele não está bem à minha frente e fingir que posso voltar no tempo.

Onde eu ainda era a melhor opção.

※

Ser a melhor opção... Quando eu comecei a namorar o Sam há sete meses nós não éramos do tipo que passava horas e horas escrevendo textos sobre nossos sentimentos e sobre como sentíamos falta um do outro. Digo, eu era. Eu gostaria de ter sido um pouco menos sentimental, porque a verdade é que o Sam sempre foi um *filho da puta* em relação a isso. Eu sempre amei mais ele do que ele a mim. Eu sempre quis dizer "te amo" quando ele se calava por tempo demais, e eu nunca dizia... porque *ele* não dizia. O que eu quero dizer é que eu e o Sam nunca fomos do tipo que demonstra se amar na frente dos outros. Vez ou outra eu me lembro de algumas coisas bonitas que ele disse para mim, mas são apenas coisas... Não são gestos. Não são feitos. São palavras, só.

O ponto em que eu quero chegar é que tudo começou a ir por água abaixo quando ele veio pra cá. No tempo em que nós estávamos na casa dele estava tudo de boa, nós nos pegávamos e, cara, como ele era gostoso. Ele não era tão sarado quanto o Jhonny e nem tinha os olhos azuis do Kyle, mas caralho... como aquele cara era gostoso. E, tudo bem, a gente se pegava desde os dezesseis anos, isso é fato.

Só que tudo começou a piorar.

Eu tinha dito que antes de mim, o Sam amava um cara. Um cara que era da cidade dele, um cara que morava bem longe de mim, um cara que eu nem conhecia. E quando esse cara foi embora da cidade por causa dos estudos, o Sam começou a dar uma chance pra mim. E é claro que eu poderia ter me dado um pouco mais de respeito e ter dito "Lucca, não seja trouxa. Ele te iludiu esse tempo todo, não vai ser diferente agora", mas ser trouxa é uma coisa que está no sangue. E então nós ficamos, eu chupei o pau dele, ele chupou o meu, blábláblá, coisa e tal, sexo, delícia... Até que ele decidiu vir pra cá.

Faltava pouco — pouco mesmo — para que a gente oficializasse o nosso namoro para todo mundo. E o pior é que eu estava disposto a me sacrificar por aquele filho da puta, sabe? Eu estava só esperando o momento certo para chegar com ele de mãos dadas na minha casa e me assumir para os meus pais. E eu creio que ele também estava... Só que num dia, quando a gente foi pra Fulmine — só pra ficar vendo o Sol se pôr, e também pra gente se pegar no meio do mato onde eu passei minha língua pelo seu corpo todo, filho da puta — tudo mudou. Nós estávamos até andando de mãos dadas na hora da volta. Ele colocou a cabeça no meu ombro enquanto estávamos no ônibus.

E cara... parecia que ia dar tudo certo.

Até os sorrisos que ele dava eram mais sinceros.

Quando a gente chegou em casa vestimos a carapuça dos héteros que não se pegavam e que eram *só grandes amigos*, só grandes amigos. Eu ouvi a voz do Trevor quando comecei a entrar e já fiquei feliz, porque ele cresceu comigo. O cara sempre foi meu melhor amigo, ele sempre esteve comigo em cada parada... Até que a gente cresceu e se distanciou um pouco. Ele por causa do trabalho, eu por causa da escola.

Toda vez que eu o via eu ficava feliz pra caralho.

Ele me fazia lembrar do passado, quando a gente brincava na rua de jogar bola e dos dias no verão em que a gente corria pelas florestas, se escondendo para que o outro achasse. Os nossos três anos de diferença o transformaram em um irmão mais velho. Eu sempre pude contar com ele, o Trevor sempre me contou sobre as garotas que ele estava pegando. A gente já assistiu pornô juntos, a gente já bateu uma também... — não vou mentir que eu amava esses dias por causa do pinto dele, que era muito grande —.

Só que tudo mudou depois daquele dia.

Quando nós finalmente vimos o Trevor, o Sam ficou paralisado.

—Ei cara. E aí? O que você tá fazendo aqui? Tá perdido? — disse o meu primo apertando gentilmente a mão do Sam. E eu fiquei de canto, só olhando enquanto os dois se cumprimentavam. Aquele sorriso que o Sam deu enquanto olhava para os olhos mais azuis do mundo...

—Eu não sabia que... — Ele olhou pra mim — O Lucca nunca tinha me contado que conhecia você — Seus olhos demonstravam o espanto e admiração. Aquela coisa que eu jamais consegui causar nele. Eu, sem voz alguma, tentei parecer o mais normal possível. Controlar os nervos e pôr minha garganta para trabalhar.

—Ele é meu primo — revelei. E eu torcia no fundo do meu coração que o Trevor não fosse quem eu pensava que era. Ele não podia ser.

—Que mundo pequeno — Minha mãe se intrometeu.

—De onde vocês se conhecem? — perguntou meu pai.

—Lembra daquele tempo que eu fiquei em Atlanta? Então, o Sam morava lá. Ele me ajudou a me organizar na cidade, me ajudou a conhecer o lugar todo. O cara é da hora. Ele foi meu único amigo naqueles nove meses que eu fiquei lá, ele até me dava um auxílio quando eu não conseguia terminar os deveres. — O Trevor riu — O cara é legal. Nós temos cada história...

—Nossa — eu disse com um sorriso falso, olhando fixamente para o meu primo — que coincidência, né? — E foi aí que eles dois sentaram um do lado do outro e começaram a contar todas as histórias que eles tinham. Todas as coisas que o Sam já tinha me dito. Todas as coisas pelas quais ele chorava de noite, quando eu tinha que consolá-lo por amar alguém que não o amava.

Sabe por quê? Porque eles se conheciam.

Porque o Trevor *era o cara*. O cara que veio *antes* de mim. O cara por quem o Sammuel *sempre* foi apaixonado. E eu entendo por que... Porque o Trevor é irresistível. O que mais me deixa com raiva nessa história toda é que o Sam gostou. O Sam amou ter visto ele mais uma vez. Quando a gente se encontrou em casa eu pude ver um sorriso que ele nunca deu para mim.

Um sorriso que ele nunca teria dado.

Dava pra ver, sabe? Não era uma diferença pequena. Era uma ligeira mudança nos cantos superiores, o modo como parecia mais largo. O modo como parecia mais forte e verdadeiro. O Sam nunca foi de rir tanto e nem de falar tanto, mas naquele dia em específico ele contou todas as histórias junto do Trevor. Ele riu junto do Trevor. Ele falou sobre o começo, o meio e o fim junto do meu primo... E eu só escutei. Cada... pequeno... detalhe.

Naquele dia quando as luzes se apagaram, ele deitou no colchão do chão. E eu estava esperando que ele se levantasse e se colocasse na minha cama, pra que eu pudesse olhar para seus olhos e encontrar que a verdade era outra. Para que ele pudesse me segurar firme e dizer que eu era a primeira opção. Eu estava esperando que ele viesse me dizer que o passado estava no passado, só que durante as duas horas em que eu fiquei esperando ele... Nada aconteceu. Ele ainda estava acordado quando eu fui dormir. Eu sei que ele estava porque sua respiração estava diferente. E fazia tanto silêncio que eu ainda podia ouvir ecoando na minha cabeça aquela risada que ele dera com meu primo.

Nos próximos dias as coisas cederam.

Ele foi embora mais cedo da cidade. Eu fiquei sozinho.

Ele me deixou sozinho porque ele não ia conseguir mais suportar aquela mentira. Eu liguei para ele num dia mais tarde para ver se estava tudo acabado mesmo, para saber se ele estava bem, porque eu ainda pensava no filho da puta. Eu pensava em cada traço do seu rosto, eu pensava em cada gosto do perfume dele na minha língua quando eu passava pelo seu pescoço e arrancava suspiros… Eu me lembrava de cada pequeno momento em que nós pausávamos durante o sexo. Quando eu olhava para ele e imaginava que naquelas mãos eu poderia deixar meu mundo inteiro. Eu liguei pra ele pra ver se ele ainda se lembrava disso tudo… Só que o Sam é mestre em esquecer.

Ele nasceu com o dom do esquecimento.

A última mensagem que ele me mandou e que ainda está salva no seu número do WhatsApp é a seguinte "eu acho que você deve fazer o que nunca teve coragem: me esquecer".

Sam estava certo; nunca tive coragem.

E agora tenho menos coragem ainda. Não sei se um dia terei. Porque coragem não é algo que se adquire, mas algo com que se nasce. Está no sangue. E eu, infelizmente, sou biologicamente covarde.

Por isso eu nunca vou me esquecer dele.

Eu quero muito ir embora da casa do meu tio, eu sei que ele está gostando de uma visita para variar, mas eu não consigo ficar perto do Trevor. Ele não sabe nada sobre o Sam, e eu não quero que saiba. O Sam pediu que eu não contasse e é por isso que eu nunca vou falar para ele que sinto ódio por tudo o que ele causou no cara que podia ser meu namorado. No cara que está me levando pra essa depressão. Tudo por causa do mesmo cara.

Aguento mais alguns minutos com meu tio se comunicando com o filho e o Trevor rindo bastante de algumas piadas que meu tio tenta fazer com as mímicas. Tento olhar para todos os lugares em que o Trevor não esteja, mas ele percebe e me chama.

—Lucca, e o seu amigo? O Sam? — Eu sabia que ia dar merda. Sabia que se eu ficasse mais um tempinho ele ia falar alguma coisa do tipo.

—Que que tem ele? — Pergunto com os dentes rangendo.

—Quando é que ele vem aqui de novo?

—Ele acabou de ir embora, e não vem mais. A gente brigou.

—Quê? Por quê? — Trevor parecia realmente interessado. Como se o filho da puta do Sam fosse alguma coisa demais. Por que ele queria que o Sam viesse? Por acaso ele estava dando uns pegas nele e eu não sabia? Muito a cara do Sammuel fazer isso.

—Não sei, cara.

—Aconteceu alguma coisa?

—Conflito de interesses.

—Olha, eu sei que você é inteligente. Mas dá uma força aí, vai? Ainda não consigo entender tudo o que você diz, cara…

—Ele queria uma coisa e eu queria outra.

—Ah, — Era aquele tipo de suspiro que alguém solta quando quer saber mais da história, mas sabe que é inútil perguntar já que não vai ter uma resposta muito melhor — que pena, cara. Ele era um cara legal.

Olho para meu primo, e cara… ele não tem culpa de nada disso, né? Ele não pediu para que o Sam se apaixonasse por ele. Na verdade, nem o Sam pediu para se apaixonar por ele. Então que merda é essa que o universo fez? Não podia ser bem mais simples? Não podia ser eu amando o cara e o cara me amando? Tá bom, eu sei que o Trevor é maior e o Sam tem uma obsessão por caras maiores que ele — e olha que eu sempre fui muito maior que o Sam e ele não me notou — também sei que os olhos do Trevor eram mais bonitos e chamativos que os meus assim como o cabelo aparado contra o meu cabelo espetado. E eu sei que eu nunca seria tão musculoso ou malhado quanto meu primo e nem teria um pinto do tamanho do dele. Eu sei que o meu sorriso jamais valeria mais que o sorriso dele para o Sam… E isso tudo dói. Por saber que eu sempre fui a segunda opção.

Mas ele não tem culpa. Eu não tenho culpa.

O culpado disso tudo era o Sam. Era?

—É. Ele era um cara legal mesmo…

No fim de tudo eu fui embora mesmo. Eu dei tchau para o meu tio dizendo que viria visitá-lo mais vezes. Mesmo sendo mentira. Dei tchau para a minha tia que ainda estava com aquela cara de bunda que ela sempre faz para mim — sentia que ela estava mais feliz porque eu estava indo embora — e me despedi normalmente do Trevor.

Sem olhar diretamente para os seus olhos.

No caminho para casa o meu celular vibrou. E tinha uma mensagem no WhatsApp. Pode ser só coincidência do universo, talvez ele tenha me chamado agora mesmo porque eu estava pensando nele. Porque eu estava pensando no passado. Mas não era ele. Era a Alana pedindo para que eu passasse a nova música da *Ariana* para ela. Eu não sei por que eu fiquei com esperança de que fosse ele.

Nunca vai ser ele.

Nunca vai ser o Sam.

Quer saber? Foda-se. Se é pra gente pegar pesado com o universo, então que assim seja. A gente tem dezoito então já dá pra fazer mais merda do que nunca. Eu passo na casa do Jhonny quando está dando cinco horas e ele me recepciona com um sorriso. Mas eu só falo uma coisa.

—Preciso beber.

E o sorriso dele aumenta. Porque se tem um cara que é mais filho da puta que o Sam, esse cara é o Jhonny. Ele coloca um casaco e me leva para comprar as bebidas. A gente mistura Balalaika com refrigerante, mas o gosto é o mesmo. Sempre desce rasgando e estourando quando chega no fundo. Sei que amanhã é segunda e que eu ainda tenho que voltar para a White Cloud, mas eu quero que tudo isso se foda. Eu preciso esquecer do nome dele. Eu preciso mostrar que não me importo com aquela mensagem. Eu não estou esperando aquela mensagem.

Quando eu já estou bem alterado o Jhonny pega e coloca umas folhinhas na mão, mas não é maconha. Eu reconheceria o cheiro se fosse maconha. É uma coisa diferente, ele ainda não tinha me mostrado essa merda, mas eu quero. Foda-se o que seja. Eu quero. Coloco a mão pra frente quando ele coloca três folhinhas daquela na minha palma e mostra a língua. Eu faço a mesma coisa e coloco as três de uma vez.

Ele ri, dizendo que eu sou muito louco de ter colocado as três de uma vez, mas eu não rio de volta. Eu apenas espero o efeito chegar. E ele não para de rir, sabe? Como um filho da puta que gosta da vida. Ele ri como se o mundo fosse acabar… É a única coisa que ele quer fazer: rir. Até que a merda da risada dele se transforma na risada do outro. Ele se transforma no outro. E depois que eu vejo todos os detalhes do cara… ele começa a se inclinar até meu corpo, bem perto. E começa a me chupar. Primeiro no pescoço, onde eu sinto calafrios e onde eu mais gosto. Depois ele segura meus braços com força como ele costumava fazer, *exatamente como ele fazia*, o riso ainda está lá. Meio Jhonny meio Sam. Depois nós vamos um pouco mais para dentro do mato, onde eu abaixo as calças e ele também, mas o primeiro sou eu. Eu o coloco no chão e não perco tempo, porque eu nunca tinha feito aquilo. Minha boca está em direção ao seu pau e, bom, pela primeira vez eu estou sentindo que o Sam está feliz em receber um boquete meu. Nunca pareceu que ele ficava com prazer quando eu fazia o meu melhor, nem quando ele dava aqueles gemidos falsos pra caralho.

Depois de um tempo eu é que sou jogado para o lado e vejo o Jhonny se inclinando para mim, e depois o Sam está me chupando de novo. Como se ele… soubesse… fazer direitinho. Subindo e descendo com a língua… Eu só fico parado esperando o ápice de tudo. Até o momento em que ele me olha e vejo, num segundo, o rosto do cara. Não era do Jhonny, nem do Sam e nem mesmo do Trevor. Alguma coisa ali era bem familiar… o cabelo bagunçado e os olhos num castanho sombrio… a falta de expressão no rosto enquanto abaixava a boca para continuar me chupando.

Era o rosto do esquisitão.

Eu não sei por que e nem como, mas saber que é ele me dá um puta tesão. Eu coloco mais álcool na minha boca e tento esquecer do Sam. E pensar que eu estou transando com esse cara é simplesmente… revigorante.

E caralho... como ele faz isso bem. Cada vez que ele chega a quase engasgar... merda. Isso é muito bom. Isso é muito... bom...

Muito, muito... muito bom.

Eu abro os olhos. Estou na casa dele. Do Jhonny. E o desenho que está passando na televisão me diz que são seis horas da manhã. Hoje é segunda-feira? Tem aula. Daqui duas horas começa a primeira aula na White Cloud e eu não estou lá. Na verdade, eu devo ter perdido o horário, eu não sei... Porra, o que foi que aconteceu? O que foi que o Jhonny me deu na última noite? Merda... que vontade é essa de vomitar tudo? Minha cabeça tá doendo mais do que qualquer coisa. Minha garganta explodindo, meu corpo pedindo para que eu recuasse. Eu não vou para a escola hoje... Eu não vou conseguir ir, de verdade. Eu olho para o dia lá fora, mas ainda está de noite. Queria tanto ser só mais um adolescente normal que vai para a escola sem essa merda de ressaca... Mas parece que não nessa vida. Olho o celular mais uma vez e as mensagens da Alana só multiplicaram. Quero só ver a merda que eu fiz.

Coloco na nossa conversa e vejo uma atrás da outra.

"Bom, obrigado por passar a música da Ariana" era a última mensagem. Rolei mais pra cima e fui vendo todos os xingamentos dela, falando que eu estava perdido na vida, tentando me fazer enxergar que eu estava me estragando. Falando que *ele* estava me estragando. E daí surgiu uma foto... E mano... Eu não queria ter visto essa foto...

Era o Jhonny.

E era a boca do Jhonny engolindo meu pau.

Eu fechei os olhos mais uma vez por dois motivos: o brilho do celular estava muito alto, e eu não queria pensar que aquilo aconteceu de verdade. Em seguida da foto tinha uma mensagem dela "Porra, mano. Que merda é essa? O que é que vocês estão fazendo, Lucca?". Depois disso tinha um áudio.

Eu cliquei para ouvir.

Começou com a gente gritando, por isso eu baixei o volume no mesmo momento. E fui ouvindo o que nós dois estávamos falando. E sim, éramos eu e o Jhonny.

"A gente só está se divertindo, tá ligada?" foi o que o Jhonny disse e eu ri do seu lado, uma risada que não era minha. Uma risada que eu nunca tinha feito antes. E então eu disse "A gente tá usando umas paradas da hora, *sister*. Dá pra sentir a porra da cor. Saca? Que porra é essa mesmo?" daí o Jhonny se aproximou bastante do microfone e tentou dizer alguma coisa, mas eu não entendi o que era, duvido que a Alana tenha entendido também. Então eu, no áudio, fui repetindo o que ele tinha dito. "Mescalina, mescalina, *mesca a alina*" e lá fui eu rindo mais vezes, como um verdadeiro retardado faria "Só que *ó...* Não conta pra mãe e pro pai, viu? Segredo nosso, *sister*"

E lá vou eu fechando os olhos.

Esperando não ter que abri-los mais uma vez.

ALEXANDRE KLEIN

CAPÍTULO NÚMERO OITO

"Vocês, as pessoas, têm o poder de fazer essa vida livre e linda, de fazer dessa vida uma aventura maravilhosa"

No sexto dia após o suicídio do Anthony, tudo começava a esfriar mais. Era uma quinta-feira e já não dava pra ver tantos fotógrafos passeando por aí e nem mesmo os repórteres. Eu e Jhonny não comentamos nada sobre o que tinha acontecido no domingo, porque nós dois tínhamos "esquecido". Estava torcendo para que ele tivesse mesmo esquecido. O fato é que, quando eu pensei que tudo ia melhorar, foi quando as coisas começaram a ir de mal a pior.

Naquele dia após as aulas — lotado de trabalhos até a alma, com a tese de português e o seminário de história — o diretor me chamou na sua sala. Eu passeava por lá algumas vezes quando o Sr. Jackson pedia que eu me envolvesse com um projeto maior sobre a genética, mas não era muito comum que o próprio diretor solicitasse a minha presença. Eu estive evitando uma conversa com ele de verdade porque eu não quero criar mais laços no meu último ano na escola. Enquanto Alana se esforçava para marcar aquela parede com uma foto dela, eu estou mais na intenção de fazer com que ele me esqueça.

Infelizmente nós não podemos desobedecer algumas ordens.

Bati em sua porta esperando com ansiedade para o que se seguiria, ele pediu para que eu entrasse e assim o fiz. Havia uma cadeira reservada para mim na frente dele e foi lá onde eu me sentei sem que ele pudesse exigir.

—Me chamaram dizendo que o senhor queria alguma coisa.

Ele para de escrever qualquer coisa que estivesse escrevendo num caderno que parece uma ATA e depois me olha fixamente. O que é que ele quer, afinal? A caneta ainda está na sua mão, e posso ver que, pelo modo como ele a segura, não deve ser uma coisa boa. Seu cabelo está com algumas gotículas de suor e é possível notar a falha respiração. Cigarros. Se não fosse pelo forte cheiro de perfume, eu o sentiria fedendo.

—Eu gostaria de lhe dar as boas-vindas ao seu último ano aqui na White Cloud. Foi uma honra contar com a sua contribuição para o crescimento e o engrandecimento do nome da nossa escola. Como passou suas férias?

—Excelente, senhor. — Essa é a resposta curta que nós damos para as pessoas que realmente não precisam saber sobre toda a depressão e queda que eu sofri há um mês.

—Como sabe, Lucca, o nome Angiani já percorreu nos corredores dessa escola há muito tempo. Seu pai estudou aqui na época em que a White Cloud era restrita aos homens. Isso faz muito tempo. E, como produto do bom ensino que teve, ele matriculou sua irmã, Alana Angiani, que com toda certeza é um destaque notório em toda a história do campus. O nome dela ainda é muito recente. E eu acredito que falo por todos quando digo que seu nome será o mais novo destaque deste ano, Lucca.

—Eu fico honestamente muito honrado, senhor.

—Contudo, Angiani, bajulá-lo e superestimá-lo não é o motivo pelo qual o chamei aqui hoje. — Ele largou a caneta e suas mãos se juntaram no centro de seu corpo, acima do caderno. — Como sabe, assim como todos na cidade, o suicídio recente de um dos nossos alunos abalou as estruturas da nossa escola. A White Cloud sempre foi um grande alvo para críticas e debates pela questão do ensino e dos profissionais. Estamos no mercado estudantil há muito tempo, portanto é comum receber esse tipo de baque. O acidente da última semana, porém, veio com mais forças do que nós podemos aguentar.

—Senhor? — Não entendo o que ele quer dizer.

—Seja sincero, Lucca, o que você sabe sobre aquele garoto?

Primeiro a minha mente tenta raciocinar o que ele quer dizer, processar as informações. Depois, sem sucesso, decido perguntar o que ele realmente estava querendo saber:

—Desculpe… que garoto?

—Anthony O'Connel.

O cara que se matou.

—Ah… ele… — Por um minuto eu jurei que ele estaria falando sobre o Jhonny e sobre alguma merda que ele teria aprontado, não seria novidade ter que tomar conta dele — Senhor, desculpe, não posso te ajudar quanto a isso.

—Sério? Um aluno veio mais cedo para me contar que viu alguém entrando naquela floresta na sexta-feira minutos antes do garoto realmente "se matar". Acontece que pelo tempo que a perícia estima que o incidente tenha acontecido está tudo batendo. — Eu começo a suar um pouco, porque eu tenho certeza de para onde essa conversa está indo. Mexo os dedos uns nos outros para tentar ficar um pouco mais calmo. Só que não adianta, nem um pouquinho. — Alegaram tê-lo visto lá.

—Por Deus...

—Não estou insinuando que você o tenha matado...

—Mas é o que os outros estão pensando, certo? E é o que a perícia vai pensar em pouco tempo... — O diretor não me responde e isso me faz ter certeza de que estou encrencado. Merda, eu só estava no lugar errado e na hora errada... E eu podia tê-lo salvado daquele cara, do esquisitão... — Ai, caralho... — sussurro.

—Preciso que seja honesto comigo, Lucca. O que você sabe?

—Nada, senhor, nada mesmo.

—Está me dizendo que foi pura coincidência esse relato de que você estava no mesmo lugar no exato momento em que o garoto teria se matado? Eu, como seu diretor há quase três anos, entendo que seria impossível que fizesse qualquer coisa do gênero, mas os homens do governo estão ansiosos por respostas e eles não o conhecem como eu.

—É a verdade. Eu não matei o cara.

— Por favor, me diga por que eu não estou conseguindo acreditar...

—Eu estava seguindo uma pessoa — respondo.

—Seguia Anthony O'Connel?

—Não. — Rebato com força e de imediato. Decido jogar tudo para os ares, a merda no ventilador. Foda-se. — Estava seguindo o garoto novo. Aquele que estava na torre e fez o Anthony mudar de ideia ou sei lá — é a maior descrição que eu consigo fazer. Parece que ele consegue entender quem é, mas sua incredulidade está estampada no rosto. Como se não pudesse acreditar nisso. — Eu o vi entrar na floresta e então estava seguindo-o...

—Por que estava seguindo o garoto novo?

—Ele parecia estranho para mim.

—Viu o corpo morto de Anthony?

—Não, eu não cheguei a entrar na floresta. Meu amigo me parou.

—Você entende o que nós estamos fazendo aqui, Lucca? Eu não vou poder te proteger caso eles venham te culpar. As provas estão contra você. Isso não é uma brincadeira... — Seu tom é agressivo e me causa intimidação, porque eu sinto a pressão que cai sobre ele caindo em mim — Essas alegações que está fazendo precisam ser contestadas.

—Pode chamar o Jhonny, ele não vai contar outra versão.

—Ele viu o garoto entrando na floresta?

—Não. Eu acredito que não. — O diretor voltou a se recostar em sua poltrona, como se minhas informações não valessem de nada — Mas investigue o garoto que entrou na floresta. Eu estive observando ele por esses dias e seus modos são extremamente incomuns, senhor. Ele não age como um aluno legítimo da White Cloud. Na verdade, ele nem parece ser muito inteligente. Não sei se ele teria feito de propósito ou não...

—Um aluno legítimo?

—Ele nem presta atenção direito às aulas...

—Lucca — Ele interrompe-me — se você tem tanta convicção de que foi esse garoto o culpado, então eu preciso que você prove. O que está em jogo aqui não é só a sua pele, mas o nome da White Cloud e as suas palavras não serão o suficiente num processo contra a escola... Eu preciso que você seja concreto...

—O que o senhor está sugerindo?

Espero firmemente que ele não fale o que eu estou pensando, porque minha cabeça não funciona bem. Eu não queria estar mais envolvido nessa coisa toda... Eu jurei a mim mesmo que Lucca Angiani não ia fazer parte dessas merdas. Só que o universo estava conspirando para que o jovem geneticista fosse mais do que isso...

E então o diretor disse:

—Eu preciso de alguém que o observe, assim como você fez naquele dia; alguém que poderia estar em todos os lugares com ele para ter certeza do que ele anda fazendo e de como ele se comporta, preciso que você se torne amigo dele e conheça-o como ninguém poderia conhecer — Cara, ele não tá pedindo isso, tipo, logo pra mim... — se você acha que ele é suspeito de qualquer coisa relacionada à O'Connel, então é melhor que seja verdade. É a sua pele ou a dele.

Eu sei que não é uma ameaça, mas me sinto sem escolha. Merda, onde foi que eu me meti? Mas espera... Ele não pode fazer isso, pode? Me deixar sem opção... Eu posso muito bem recusar e posso muito bem contar para a polícia tanto sobre essa "ameaça" e sobre o estranho no meio da floresta. Isso não é uma matéria escolar, eu não sou obrigado a cumprir com os desejos peculiares do diretor. Na verdade, o diretor pode se foder sozinho se eu for inteligente o suficiente. Tenho certeza que só essas informações acarretariam um puta de um processo para a White Cloud.

Duvido que eles fossem abrir as portas novamente.

—E caso eu me recuse? — Pergunto duvidoso.

—Bom, então eu vou ter que encontrar outra pessoa — Ele começa a brincar com a caneta entre os dedos, ainda me olhando de um modo diferente, como se visse mais em mim do que eu mesmo poderia ver ao me olhar num espelho — aposto que o Jhonny não recusaria.

—Acho melhor o senhor pedir para ele — esquivo-me.

—Tudo bem — Ele balança a cabeça uma vez — obrigado pela sua atenção. E só uma coisa — O diretor retoma quando já estou de pé — nada do que nós conversamos aqui pode chegar aos ouvidos de qualquer pessoa. Não acho que seja a sua intenção fechar as portas da escola permanentemente…

—Claro que não, senhor — respondo-o imediatamente.

Ele sorri. Mas não é um sorriso amigável é um sorriso diferente, e não é malicioso. É um daqueles sorrisos que não são legais, como se ele estivesse tentando me manipular. Com sucesso. Eu não sei o que teria dado essa conversa toda e não sei o que ele quis dizer com aquela última frase… porque ele sabia que eu tinha esse poder de fechar a escola se eu quisesse… Eu mesmo sabia que tinha…

Por que ele teve que falar aquilo?

Minha mente confusa começa a trabalhar quando passo para o lado de fora da porta. Penso de novo em tudo o que ele me disse e o que propôs, penso no que poderia ter acontecido se eu tivesse impedido o esquisitão antes e penso no que pode acontecer se eu não impedi-lo agora. Quem seria o novo Anthony O'Connel? E eu sei que é besteira porque eu não tenho nada a ver com isso… mas eu me sinto responsável. Eu me sinto com um peso gigante nos ombros de terminar essa história. E eu não devia ter essa merda.

Eu não preciso me envolver com ele. *Porra, Lucca, tu não precisa se envolver nisso*. Não preciso ficar amigo do esquisitão e nem preciso saber da vida dele. Eu na minha e ele na dele. Simples. Começo a andar para longe da porta do diretor em direção aos meus estudos e ao meu verdadeiro objetivo: passar de ano e ir para a faculdade de Fulmo.

Tá… Vamos parar e refletir, Lucca… O que pode acontecer se você negar? A escola pode fechar por um novo assassinato, você pode ter o histórico sujo por "cumplice" já que você sabia quem era o assassino e, além disso, você sabe que vai ficar se culpando para o resto da sua vida.

Agora… se eu aceitar…

Eu não acredito que eu estou mesmo fazendo isso, mas meus pés me movem direto para a sala do diretor. Parado na porta eu penso uma última vez se isso é a coisa certa a se fazer. E quer saber? Foda-se. Certo ou não, eu vou em frente.

—Com licença, senhor — digo entrando gentilmente, ele tinha voltado a escrever naquelas páginas que ainda parece ser uma ATA — eu pensei melhor… e acho que não seria sensato da minha parte recusar…

—Não quero que se sinta na obrigação de realizar essa tarefa, Lucca.

Ah não. Não quer, não. Sou eu que quero né, seu filho da puta.

—Mas me sinto… Quero ajudar.

—Então que assim seja — Ele me entrega uma folha onde estão impressos todos os horários do cara e em cima tem um nome, quero dizer, tem o nome dele — de agora em diante a sua tarefa é manter Erick Johnson sob extrema vigilância.

Então esse é o nome dele. Do esquisitão.

Erick Johnson.

Meu trabalho de detetive para o diretor começou na quinta-feira, assim que as aulas começaram. Eu sempre chegava uns cinco minutos atrasados para cada aula, já que eu precisava me certificar de que o esquisitão entrava em todas as salas corretamente. Na primeira pausa ele ainda estava no intervalo, no pátio, comendo e escrevendo naquele caderno. Como sempre. Aquela luva não mão direita com tecido bom. Sem prestar atenção em nada ou ninguém além da própria escrita.

Que porcaria ele tanto escreve lá?

Na segunda pausa ele senta no mesmo lugar, mas levanta-se um minuto antes do sinal tocar. Não olha para os lados. É como um cavalo que apenas segue o rumo. Garanto que ele vá para sua sala e depois saio correndo para a aula de História. A porra do seminário que eu tinha esquecido. Chego a tempo, já que o meu grupo é o segundo a se apresentar. Lembro tudo no pé da letra porque já devo ter estudado o mesmo tema umas três outras vezes na minha vida. Fazia parte do embasamento histórico da minha última pesquisa. As aulas vão passando mais rápido e em uma das aulas Jhonny percebe que eu estou estranho, mas nem dou atenção a ele.

Na terceira pausa eu não vejo o esquisitão. Merda.

Não chego nem a sentar na mesa com o pessoal, mesmo com eles acenando para que eu me juntasse à eles lá de longe. Ignoro-os e saio à procura dele pelo pátio, mas ele não está em nenhuma mesa. Ele não está no banheiro. Então eu saio correndo para o lado de fora e vejo os alunos gritando de emoção enquanto caçavam seus bichinhos virtuais nos celulares, mas ele não está no meio deles também. São quase cinco horas e o Sol está ameaçando fugir da nossa visão. A floresta. Ele deve estar lá. Vou caminhando o mais rápido que consigo desviando dos corpos que estão vibrando por conta dos *pokémons*.

Porém eu paro alguns metros antes da floresta adentrar os domínios da White Cloud. Ele está sentado sob uma árvore, em sua sombra. Continua escrevendo o que quer que seja naquele caderno. Bom, se ele está ali eu só preciso esperar até que o sinal toque. É quando eu lembro das palavras do diretor: *preciso que você se torne amigo dele e conheça-o como ninguém poderia conhecer*. Ele diz como se fosse a coisa mais fácil do mundo, né? Vai lá e se torna amigo do cara.

Respiro fundo já me lamentando por ter que fazer isso.

Eu me aproximo já revirando os olhos.

—Ei — chamo-o, mas ele não me nota — oi — digo mais perto. E eu sei que ele sabe que eu estou bem na sua frente, mas ele não para de anotar as coisas no próprio caderno. Ele não me responde. Eu não sabia que existia alguém tão antissocial assim. — O que você está lendo?

—Eu o vi me seguindo — Ele diz.

—Quê? — Vamos lá, Lucca. Seja convincente. — Como assim?

—Nas primeiras três aulas e nas seguidas destas. Você estava atrás de mim, se escondendo nas pilastras. Admito que quase não percebi, seu erro foi não ser tão silencioso. Talvez não tenha percebido por conta dos outros alunos, mas em comparação aos outros passos o seu sempre estava na mesma intensidade. Mesma sonoridade. — era o sapato, certeza. Ele tinha salto, então toda vez que eu andava dava para ouvir. — Eu gostaria de saber por quê.

—Eu não estava *te* seguindo — digo rapidamente.

—Ah, não? — Sinto a ironia.

—Não — franzo a testa.

—Seguia a quem então?

—Tá, tudo bem… Eu estava te seguindo — assumo outra abordagem que espero dar certo, acontece que eu não faço a menor ideia de quem ele é e não sei se estou tentando socializar com meu possível assassino — mas porque eu queria falar com você. Sobre aquele outro dia…

—Sobre Anthony O'Connel?

—Não. — Merda, por que eu disse não? Eu tinha encontrado a merda da deixa que eu precisava. O que eu tô fazendo? Bancando o bonzinho? Vai à merda, Lucca — Sobre aquele dia na aula de Biologia.

—Ah sim, creio que um dos resultados estivesse errado. A questão cinco, na verdade, deveria ser 56%. Foi um erro de cálculo que é muito comum de se acontecer, mas não foi uma falha tão grande assim. Seu professor não notou então decidi não comentar.

—Ei, por que diz "seu professor"? Você também estuda aqui, não estuda? Você é da White Cloud agora e veste o nosso uniforme, cara. Ele também é seu professor… — tento sorrir enquanto converso com ele só para incitar que estou tentando ser amigável. Só que ele não olha em momento algum para mim. Ele continua naquela merda de caderno e não para de escrever em momento nenhum.

—Temporariamente.

—Pretende ir embora?

—Não. Não pretendo *ficar*. — Ele corrige.

—Bom — vamos lá cara, me ajuda aí, eu preciso ser seu amigo o mais rápido possível, assassino de merda — então acho que tenho pouco tempo para me tornar seu amigo. — Isso pareceu mais uma cantada do que um pedido de amizade. Cantada, eca. Se isso fosse uma solicitação no Facebook eu mesmo teria excluído.

—Não tenho amigos. Não quero ter.

E lá foi ele de volta aos rabiscos. A mão enluvada.

—É? — ele se silencia. — E quanto ao Anthony? — O esquisitão não responde, só mexe no cabelo com a mão direita e volta a escrever com a esquerda. Eu me ajoelho e fico de frente a ele, tentando, inutilmente, fazer com que ele me olhasse. — Você conhecia ele, não conhecia? Ele era seu amigo?

—Não conhecia Anthony O'Connel.

—Naquele dia, na torre...

—Pensei que ele precisava de um amigo?

—Ele precisava de um amigo? — perguntei firmemente.

—Ele precisava que alguém conversasse com ele — ouvi a caneta rabiscando no caderno com raiva, como se, por um momento, ele tivesse perdido o controle da própria mão — e embora sempre haja alguém querendo se jogar de uma torre, pensei que talvez pudesse ajudar. Anthony estava sendo assediado sexualmente por um grupo de garotos aqui da escola.

—Ele disse...

—Não me disse os nomes se é isso o que quer saber — seus olhos piscam várias vezes, meio roboticamente — ele estava com um bilhete no bolso naquele dia. Disse que, quando se jogasse, a perícia encontraria sua carta de suicídio e então ele finalmente estaria livre e seus agressores estariam presos. Ele estava com dor.

—Dor?

—Sim.

—Onde?

—Em tudo, sabe?

—Ele sentia dor por que...

—O antônimo de dor seria comprazimento. Anthony O'Connel não se sentia bem naquela tarde e, especificamente naquela tarde, ele estava sozinho. E, mais importante do que estar sozinho, ele se *sentia* sozinho. Por que não sentia amor. Nem todo mundo ama.

—Nem todo mundo sente dor também...

—Não. A dor é universal, o amor não. — Ele tem essa mania constante de querer me deixar sem argumentos. Ele não consegue manter uma conversa normal? Estou na White Cloud há três anos e ele acabou de chegar aqui...

Se ele está pensando que vai me passar a perna, então é melhor que ele tome mais cuidado.

—Não acho. Todo mundo ama.

—Nem todo mundo.

—Todo mundo.

—Não — Ele repete.

—Amar é um ato humano. Portanto todo ser humano é capaz, de fato, de amar. — Rebato já sem paciência e sei que desse argumento ele não pode refutar.

—Ter a *capacidade* de amar e *amar* em si são ações diferentes. Nem todo mundo ama todo mundo. Nem todo mundo ama — Ele vira a página do caderno delicadamente para poder continuar a escrever.

—Mas é possível tentar.

—E é por isso que existem pessoas pulando de telhados, por tentar demais. Essa nova era está cansando as pessoas mais rapidamente. Sem forças para querer ou ideias para ser…Tanta gente cansada de viver… Sabe por qual motivo? Por amor. Por amar. — Ele levanta os olhos e me encara, e é a primeira vez que vejo como o castanho dos seus olhos é incrivelmente indecifrável. Como eu não notei isso antes? Mais indecifrável do que uma máquina… Quem é ele? Por que eu tenho tanta convicção de que já o vi antes? — Acho que a genética não pode explicar isso, pode?

Respiro fundo.

—Acho que não.

A noite chega mais rápido do que eu imaginei e em momento algum o Erick faz menção de qualquer movimento em estranho. Ele se aloja no dormitório dele e não consigo ver quem é seu colega de quarto. Essa é uma pergunta que preciso fazer ao diretor. Eu e Johnny conversamos um pouco sobre como ele tinha terminado com a Sandy porque ela descobriu que ele estava pegando a Max. Ele disse que não estava nem aí já que não foi feito para ficar com uma. Me deixei levar nos livros que eu precisava estudar para as próximas atividades.

Eu olhei meu celular algumas vezes mais para ver se o WhatsApp tinha alguma nova notificação de mensagem, mas tudo permanecia vazio. Ele não tinha se lembrado de mim. Ele não vai lembrar. E tinha demorado mais do que eu realmente pensava.

É. Eu ainda estava esperando uma mensagem...

Fui dormir na esperança de que ele pudesse se lembrar. De nós.

Tentei. Eu juro, cara... Eu tentei mesmo dormir. Deitei a cabeça lá e fiquei encarando o teto, mas no escuro todas as lembranças começaram a voltar. Como sempre, esse era o Lucca se preocupando demais com o passado e se esquecendo que o filho da puta do Sam está feliz o suficiente com a vida dele. E eu comecei a lembrar que eu nunca mais vou ouvir a voz dele, lembrei que ele está mais longe do que nunca e que agora eu não vou sentir seus dedos correndo pelos meus braços quando nós estivermos quase transando. Eu lembro que agora ele não vai mais me dar aqueles socos quando eu zombava da sua altura, e lembro que os fracos hematomas jamais vão doer daquela maneira que me deixava feliz. Aquela dor me fazia lembrar dele. Toda dor me lembrava dele. Fecho os olhos me forçando a dormir, mas não dá... Ele está em todos os lugares que eu tento olhar. E ao mesmo tempo em lugar nenhum.

Fico tentando imaginar como ele deve ter seguido a vida sem mim, porque eu sei que o filho da puta não vai sentir minha falta como eu sinto a falta dele. Cara, ele já deve estar totalmente em outra. Eu sei que ele vai conseguir superar muito mais rápido, sei que ele já deve ter superado. Porque o Sam era o tipo de cara que pegaria uma garota só para mostrar para a família que ele é machão. Que ele não chora e que o pinto dele tem trinta centímetros. Mas não é nada disso. No fundo, o cara é mais frágil do que eu. Ele é mais vidro e eu sou mais ferro e, ainda assim, foi ele quem me quebrou.

Respiro fundo e tampo meu rosto. Que raiva!

Eu preciso parar de pensar nessas coisas. Porque elas nunca mais vão acontecer. Nunca mais. Entendeu isso, Lucca? Então entenda. Balanço a cabeça e me levanto no meio da madrugada. Meu celular diz que já passa da meia-noite. Eu preciso dormir logo já que daqui a pouco eu preciso levantar mais uma vez. O Jhonny não está na cama quando eu saio para usar o banheiro. Mas ele, provavelmente, deve ter ido transar com a Max. Ele gosta muito de colocar o pinto dele em qualquer lugar. Os corredores são bem escuros entre meia-noite e sete horas da manhã, por isso tem só aquelas luzes azuis fracas que servem para nos guiar até os banheiros. Mas eu saberia ir mesmo de olhos fechados. Conheço esses corredores.

Esvazio o meu garoto com aquela pressão na barriga de sempre, colocando até as últimas gotas pra fora. Inclina, força, suspiro de alívio. Depois eu vou lavar as mãos, mas ouço um barulho do outro lado do banheiro, ou melhor, do lado de fora. Dou os primeiros passos em direção à porta e então aguardo enquanto vejo uma sombra se movendo ao longe.

Acompanho-o lentamente.

No corredor em que fica meu quarto eu vejo a figura se esgueirando pelos cantos das paredes, indo em direção à saída. É o esquisitão. Sério que ele tinha que sair por aí no meio da noite? Vai tomar no cu, mano. Por que eu aceitei essa merda de ideia?

Ando furtivamente para que ele não me escute — e dessa vez eu estou de meia, então ajuda — e ele realmente estava indo em direção a saída. Eu o vejo abrindo e fechando a porta e fico indeciso entre segui-lo ou não. Por quê? Sério, por quê? Ele não podia ser só mais um cara normal que vai ao banheiro durante a noite pra mijar?

—Olha, Lucca... Se você fingir que não viu ele não precisa dar satisfação a ninguém. O diretor nunca vai saber que você deixou de cumprir sua tarefa — sussurro para mim mesmo paranoicamente. Estou tentando me convencer de que não preciso fazer isso. Só que eu mudo de ideia no mesmo instante em que vejo a câmera de segurança apontada para a minha cara, com a luzinha vermelha indicando que estava gravando tudo. — Você está vendo isso né, filho da puta?

E é quando eu realmente começo a pirar.

Abro a porta sutilmente para não causar mais barulhos e sinto o ar gelado da noite. Caralho. Estava muito mais quente lá dentro. E eu estou quase pelado. Tem só uma camisa e um short me cobrindo. Nem as meias ajudam. Olho para todos os lados procurando por ele, só que aparentemente ele sumiu. Pensa, Lucca. Onde você iria no meio da noite num frio infernal como esse? Exatamente, para a cama, que é onde eu deveria estar e não seguindo um lunático.

Atenciosamente eu escuto um barulho no mato. Na floresta. Que surpresa, não é? Começo a balançar a cabeça antes mesmo de me aproximar porque eu sei que eu vou ter que entrar nessa merda no escuro. Minha curiosidade não vai deixar que eu durma em paz. Por que, hein? Meus pés estão congelando e eu começo a tremer e ranger os dentes, mas eu vou em frente. A grama perfura meus dedos e me incomoda, o frio está me matando aos poucos e eu só prossigo. Vou xingando mentalmente todo mundo que eu me lembro de nome, mas sigo em frente.

A floresta é três vezes mais assustadora quando a lua começa a refletir nas folhas verdes. Eu não tenho medo do escuro como o Sam tem, mas eu tenho medo de tomar susto. Tenho medo de que o Erick seja mesmo um psicopata e esteja tentando me encurralar no meio dessas árvores para fazer a mesma coisa que ele tinha feito com o Anthony. Não é realmente impossível.

As árvores se alinham de uma forma diferente, como se dilatassem e ficassem maiores pela noite. Elas parecem vivas de verdade, sussurrando umas com as outras. Juro que posso ouvi-las rindo de mim. Sinto menos frio porque estou sendo protegido do vento pelas árvores, mas ainda assim é incrivelmente gelado. Sigo os barulhos que ouço do Erick pisando no mato e rumando para sei lá onde. A porcaria da minha meia já está molhada e suja, então piso na ponta do pé. Se ajuda em alguma coisa? Não, nem um pouco.

Consigo avistá-lo um pouco antes de vê-lo parar.

Ele está em frente ao lago. Antes da quadra e antes do Shopping. E ele está parado, com aquele agasalho de moletom todo surrado e preto. A lua faz seus cachos castanhos brilharem mais, junto com o reflexo verde da água do lago. Eu me escondo numa árvore bem ao longe com medo de que ele saiba que estou observando-o. Mas... o que raios ele veio fazer aqui? Por que ele tem que ser tão estranho assim?

—Vai lá amigão... Faz alguma coisa — sussurro o mais baixo que consigo, imagino que em qualquer momento ele vai remexer no solo e tirar a arma que ele escondeu, ou, eu sei lá... — o que você quer que eu veja? — E parece que ele responde imediatamente.

Ele puxa uma manga da camisa e depois a outra, em seguida sobe o moletom que o cobria acima da cabeça e o joga para o lado. Depois sua camisa branca fica junto do moletom. Ele retira a luva da mão direita e um reflexo atinge meu olho, acho que deve ter sido de alguma pulseira ou coisa do tipo. Não consigo enxergar direito de longe. Mas observo com atenção cada pequeno detalhe do seu corpo. Suas costas... e seus ombros... e eu não imaginei que ele era tão magro assim. Quase consigo ver suas costelas, ou melhor, a silhueta delas. Em seguida ele começa a abaixar a calça e eu... não paro de olhar. Quando o par de calças vai para o chão eu só consigo reparar com cuidado o modo como ele se livra delas, suas pernas são fortes, assim como os braços. Eu não sei... Nunca pensei nele daquele jeito... Ele tira a cueca, mas aqui de longe fica difícil de enxergar tudo.

Não que eu realmente tenha a necessidade de ver um cara pelado na minha frente... Só que ele me chama atenção. E eu estou nervoso, será que ele sabe que eu estou aqui? Será que ele está fazendo isso para mim? Sua pele é muito branca e ele é o contraste para o lago. Erick é bonito. Por que ele foi tirar a roupa aqui? Por que ele está pelado... aqui?

Sua mão esquerda se junta com a mão direita, como se estivesse coçando a palma da mão ou coisa do tipo. E depois ele parece jogar alguma coisa no chão, junto com as roupas. Aquela coisa que brilha. No outro segundo ele está na água do lago. Nadando. Por um longo tempo eu fico encarando enquanto ele se afasta da borda e fica nadando sem parar. Enquanto ele continua se aproveitando daquela noite. Eu não consigo parar de olhar para ele, mesmo que eu queira. E não é que ele seja gostoso ou coisa do tipo. Na verdade, ele nem chega perto de ser gostoso.

Até o Jhonny é mais gostoso que ele, mas sei lá...

Pisco algumas vezes para me concentrar e, num momento, vejo o Erick se levantando da água como a cabeça de um crocodilo. Seus cachos estão pesados e molhados, caindo sobre seu pescoço e cobrindo suas orelhas. Caralho... que cabelo. Ele está arfando no momento em que passa a encarar a lua. O queixo inclinado para o céu e os olhos castanhos fechados. Daquele jeito, todo molhado e diferente... eu até penso que existe mais do que um esquisitão dentro dele.

Começo a retroceder.

Saindo da floresta e voltando para o meu quarto, onde eu realmente deveria estar. De onde eu não deveria ter saído. Eu não tô nem aí se o diretor vai ver as filmagens ou não e nem quero saber o que ele vai me falar se souber que voltei sem o Erick. Tudo o que eu mais quero agora é voltar para a minha cama e tentar esquecer que eu vi o novato esquisitão nu. O concreto da White Cloud se aproxima e eu noto o prédio principal se aproximando. Estou passando pelo campo e vendo os portões fechados durante a noite e, quando olho para a fachada principal do Bloco Dois, vejo alguma coisa brilhando na escada. Uma coisa bem minúscula. É parecido como uma moeda, tem a mesma forma de uma e parece ser feito de bronze. Só que eu sei que não é uma moeda pelo simples fato de não ter nem cara e nem coroa. Não tem valor algum. Pesa bem mais que uma moeda tradicional. É só uma peça de bronze jogada no meio da escada. Seguro comigo e levo-a para dentro, dando tchau para o frio e acolhendo o calor.

Voltando para o quarto tento fazer o menor barulho possível ao abrir a porta. O Jhonny já está de volta e está morrendo de exaustão, com a barriga a mostra e a cueca apertada. Coloco-me abaixo das cobertas. Pego o meu celular para ver que horas são. Já passou da uma hora. Não consigo acreditar que eu fiquei mesmo encarando aquele cara por todo esse tempo...

Sinto o relevo da moeda na minha mão.

Uso o brilho do celular para ver melhor o que é aquilo. As bordas são curvadas e, em ambos os lados, é possível ver um símbolo. Eu já o tinha visto antes. Era o símbolo que o esquisitão tinha tatuado na parte de trás do pescoço. Então isso pertencia a ele... Provavelmente deve fazer parte de alguma corrente ou colar que ele usa. Quando eu acordar amanhã eu entregarei a ele. Será a primeira coisa que eu vou fazer. Não deixo de pensar, porém, que aquele símbolo me soa extremamente familiar. Jhonny não deve ter desconfiado de nada quando chegou aqui. Ele nunca presta atenção em nada. Aquela moeda... o que era aquilo? Por que estava do lado de fora do nosso bloco?

Estou com perguntas demais na cabeça, e perguntas sem respostas são coisas que eu não consigo aguentar por muito tempo. Estou mais cansado do que antes, então acho que se eu fechar os olhos agora eu consigo acordar a tempo para a primeira aula. Seja lá onde o Erick estiver e seja lá o que ele estiver fazendo... eu tenho que dormir.

Mesmo que sua imagem não saia da minha cabeça.

ALEXANDRE KLEIN

CAPÍTULO NÚMERO NOVE

"Você não odeia.
Somente os que não são amados é que odeiam"

Na semana seguinte, mais especificamente na terça-feira, no dia vinte e seis de setembro, após um fim de semana inteiro só estudando e retomando as pesquisas que eu tinha parado durante as férias, vi o esquisitão passando para o lado de dentro do pátio na terceira pausa. O Jhonny estava com o braço em cima da Max — e de uma hora para a outra parecia que ninguém mais sentia a falta da Sandy —, eu me sentei junto do Key e do restante do pessoal. A Cassie estava falando com ele sobre como seria quando eles se mudassem para a Polônia e que ela era descendente disso e daquilo e tal. As gêmeas não estavam na mesa, mas eu nem prestei atenção. Meus olhos estavam acompanhando os movimentos precisos do Erick, enquanto ele pegava sua bandeja e se direcionava à sua mesa. Junto do caderno e daquela luva. Do modo como sempre fazia.

—Provavelmente deve estar olhando um par de bundas — disse o Jhonny e só depois eu fui perceber que era um comentário direcionado para mim. A Max era uma garota bonita de cabelo curto e bem patricinha, não sei como ela foi realmente se envolver com o Jhonny. Tenho certeza que ela gosta mais de dar do que o Jhonny gosta de comer.

—Só estava pensando no meu projeto.

—Qual é? Vai negar que estava olhando umas tetas? — O sorriso no seu rosto diz que ele quer saber para quem eu estava olhando. Jhonny não consegue entender que a minha vida não é da conta dele. Com o braço livre o Jhonny me cutucou com as costas da mão e eu finalmente coloquei meus olhos sobre ele. — Me diz aí... Qual delas? — Ele se vira antes que eu possa falar qualquer coisa. E seus olhos voam imediatamente para onde eu estava mirando. Só que a novidade é que não tem nenhuma garota nessa direção, porque aquele louco era o único que sentava naquele canto do pátio.

—Eu não tô vendo nenhuma, Max. — diz ele gentilmente — Vê se você consegue achar uma bem peituda ou uma bem bunduda. Qualquer uma.

Max, contudo, não dá atenção para o que ele está falando.

—Eu disse que não era ninguém...

—Espera — Jhonny me interrompe. — Olha lá, é o esquisitão. Por que será que ele ainda não foi expulso da escola? Quer dizer, não foi só coincidência né? Ele estava lá na torre com o garoto que se matou. Cara, ele tá sozinho, né? Que otário. — Ele começa a rir e o Key ajuda com algumas risadas bem nada a ver.

—Será que ninguém quis chegar perto o suficiente da fera? — Diz Key.

—Posso apostar dez dólares que ele ainda é virgem.

—E como você pode provar? — Pergunto.

—Comendo o cu dele. — Ele diz virando-se e deixando o Erick em paz. Eu tento não sorrir, porque eu não quero sorrir de verdade. O Jhonny é um cara desprezível, mas é um instinto do meu corpo. Sorrio porque todo mundo na mesa está fazendo a mesma coisa.

—Duvido muito.

—O quê? Você acha que aquele carinha ali é homem?

—Não me parece uma mulher — eu ironizo.

—Você acha que ele é gay? — É a Max quem nos dirige a pergunta, e Jhonny dá um beijo na boca dela.

—Tenho certeza.

—Ouvi dizer que ele mora *naquela casa*. — tentava não prestar atenção no que o Kyle ou os outros estavam falando. Eu não queria saber o que eles "ouviram falar". Mesmo que estivesse com uma baita curiosidade.

—Naquela casa? A que a gente pichou?

Paro de comer instantaneamente e volto minha atenção para esse diálogo. Sei que pode ser só boato e sei que aqui na cidade todo mundo inventa coisa sobre todo mundo, o problema de verdade é que isso pode ser mesmo verdade. Talvez por isso sua voz tenha me soado tão familiar quando eu ouvi pela primeira vez na aula de biologia, e por isso eu tinha tanta certeza de já ter visto seus olhos alguma vez antes. E aquele símbolo na moeda e na sua nuca... Se isso for mesmo verdade, então tudo faz mais sentido... O modo como ele parecia não ser comum conversando com aquela máquina. As coisas que ele me disse naquela noite.

—Cara, que maluco...

—Ele não mora lá de verdade, mora? —Pergunto.

—Sei lá. Por quê?

— Não me diga que ficou preocupado com o seu amigo agora?

—Cala a boca — tento me defender.

Mas eu sei que logo em seguida o Jhonny vai me atacar, como ele sempre faz com todo mundo que é menos inseguro que ele mesmo. Sendo amigo ou não, isso não importa de verdade.

—Olha o cara, gente, ele ficou todo sentimental por causa do esquisitão. — Eu reviro os olhos para ele, com uma puta raiva dentro de mim e eu estou a um passo de socar sua cara como a gente costumava fazer quando éramos mais novos e não parávamos de brigar um com o outro. Agora todo mundo está rindo, mas eu ainda estou com os olhos vidrados no Erick e no que ele está fazendo, porque isso é o que eu quero saber de verdade. — Ei, fica calmo amigão. Eu não vou roubar ele de você não, pode ficar se quiser. Tenho essa gata bem aqui do meu lado — os lábios dos dois se encontraram como se tudo estivesse programado para isso, então, nesse momento, o Erick se levantou e começou a se movimentar para fora do pátio.

Fui mais rápido do que eles na hora de pensar e raciocinar e, quando os deixei sozinhos conversando e rindo, só pude ouvir a voz de Jhonny ao longe, com aquele mesmo tom irritante:

—Vê se não faz cu doce pra ele, viu Lucca?

Foi o que eu disse. Ele consegue ser um babaca.

No fim das contas o Erick não tinha ido para lugar nenhum, só para a sala de aula mesmo. É possível que tudo seja só um boato, mas parece tão sólido para mim. Eu voltei para os meus estudos na sétima aula do dia após a terceira pausa, mas fui interrompido quando o Sr. Jackson me chamou para fora da sala. Pedindo que eu o acompanhasse para o laboratório. E eu já suspeito sobre o que ele quer falar comigo.

Quando chegamos posso ver que a sala está completamente vazia a não ser pelas espécies vivas que nós temos para estudo. O coelho que era trocado de três em três anos pelas suas novas crias, os peixes no aquário, uma cobra e algumas aranhas. Fora isso, nós estávamos em particular, como ele queria que fosse. Sentei-me na cadeira à frente da sua e vi a papelada toda que ele tinha nas mãos. E reconheci muitas delas como projetos meus. Uns impressos e outros manuscritos.

E então ele começou com as informações:

—Você sabe por que eu te trouxe aqui, não sabe?

—A Associação já está cobrando, não é? — Eu digo com uma ponta de complacência, mas com um crescente nervosismo no estômago. Durante dois anos eu fui o aluno destaque da White Cloud para a Associação do Lago Fulmo. Era o órgão responsável por fazer com que os outros estados e países notassem que a White Cloud realmente existia e que não era só um nome estampado num uniforme.

—Exatamente. E dessa vez não é mais brincadeira de criança.

—O que eles querem agora?

—Lembra de quais eram as exigências da Associação nos anos anteriores? Eram coisas bem fáceis, e você foi o destaque da competição em 2016 quando foi à Dinamarca. A Associação está orgulhosa pelo avanço que está tendo. Só que esse ano as coisas mudaram. — Sua expressão é de inquietude. — A Associação de Fulmo cresceu e fez parcerias no restante do estado e ela está responsável pela candidatura de todas as escolas, não somente da White Cloud. Portanto, a concorrência é maior, Lucca. No último ano do Ensino Médio, a Associação exige algumas coisas e a gente vai ter que superar isso. — Eu não tinha certeza do que ele estava querendo dizer com "superar". Mas estava pronto para ouvir suas ideias. — Primeiro de tudo, como nós sabemos que além da White Cloud teremos diversas escolas como a River d'Ale, Zeit und Raum e a Prodigy School. — Porra, a Prodigy! — Você precisa estar em dia com todas as notas. E mais do que isso, precisa impressionar. Sabemos que isso não é um problema, mas é bom reafirmar. Depois disso eles exigem que o aluno tenha um projeto sucinto e que possa ser realizado sem problemas, com efeitos positivos em curto, médio e longo prazo, visando sempre a coletividade e desenvolvimento científico futuro.

—Eu tenho.

—Calma, Lucca. Eu sei que você está tão ansioso como eu, só que dessa vez nós vamos competir com meio mundo. A coisa cresceu mais do que eu sequer podia esperar. Você não é o único jovem interessado em genética nessa bola gigante — Ele está com um sorriso brincalhão no rosto e eu também. Porque nós sempre fomos muito íntimos em momentos como este, sempre dividimos o mesmo sonho. — Nós precisamos nos programar para o novo projeto que vamos mandar para a Associação do Lago Fulmo. Eles estão com grandes esperanças para você esse ano. E se for uma boa proposta podemos ir mais longe do que a última vez, Lucca.

—Quão mais longe?

—China — Ele sibila.

Certo, eu sei que nessa escola com mais de mil alunos eu não serei o único a enviar meu projeto para a Associação. Sei que posso ser o favorito para representar a White Cloud, mas isso não significa nada. E tento colocar os meus pés no chão e relaxar, porque vejo todas as barreiras que terei que superar. Mas... A ideia de passear pelas calçadas de um país diferente me enche de emoção, como foi na Dinamarca. Só que dessa vez é uma coisa muito maior, é uma coisa melhor. Se eu conseguir isso pode ser que meu caminho já esteja traçado como o de Stephen Hawking. Como o de Charles Darwin. Eu posso ser, futuramente, o cara que vai ter um retrato estranho nos livros de história e um nome bonito em vermelho. Lucca Angiani.

Toma essa, Alana.

—Seria maravilhoso — respondo no mesmo tom baixo.

—É muito mais do que isso, — O brilho nos olhos do meu professor me deixa com ainda mais vontade, com mais curiosidade, cada vez com mais ansiedade. — a Associação está presenteando o ganhador no estágio final antes da China. Eles estão oferecendo uma bolsa de estudos para cursar biologia.

—Onde?

—Califórnia. No Instituto de Tecnologia da Califórnia.

—*Caralho*. — Eu me jogo para trás da cadeira, colocando a mão na testa e levantando o cabelo, tudo bem que eu quero pôr meus pés no chão, mas isso já é demais para mim — Caralho.

—Pense nisso, Lucca. Dentre todos os meus alunos, você é o único mais capacitado para essa bolsa. Nossas fichas estão em você. Imagine como vai levar o nome da White Cloud longe. Você é o futuro desse lugar — Meus olhos estão cheios de ansiedade assim como os do meu professor. Eu sei que ele está tão dedicado nisso quanto eu. Sei que o diretor deve estar apreensivo também, sei que tenho o apoio de todo mundo. E sei que eu posso ganhar isso. Eu sei que a minha proposta é um projeto maior do que qualquer outro que eu já tenha pensado. — Está pronto?

—Estou.

O Projeto da Minha Vida, que ainda não tem um nome legal, era simples e completamente crível. Eu tive a ideia por causa do tio Mark. Isso foi quando ele teve o AVC e não pôde mais se movimentar se não estivesse numa cadeira de rodas. Contudo ele ainda conseguia falar. Depois a ideia voltou quando ele teve que operar a garganta por causa da pneumonia. Ou seja, tudo partiu dele. E, quando eu fosse reconhecido por esse projeto, ele seria dedicado completamente ao meu tio.

Há muito tempo eu estudei sobre células-tronco. Bem, um resumo sobre as células-tronco: são as células primárias que nascem em nosso organismo. Quando somos apenas um feto em desenvolvimento é essa célula a responsável por criar tudo o que um dia vai existir em nosso corpo. A cabeça e o cérebro, as mãos, os pés, os ombros, o tronco, o cordão umbilical. Tudo parte, primeiro, da célula-tronco. Mas, bem, se você estudou um pouco de biologia na sua sexta ou sétima série, mais ou menos, você deve saber exatamente do que eu estou falando. Só que no terceiro ano a coisa começa a ficar mais pesada.

Descobrimos que células-tronco são a cura para tudo. Ou para muita coisa. Como assim? Bem, é fácil de explicar. Coloquemos o câncer como um exemplo. Uma doença que o próprio corpo passa a desenvolver pela má formação de uma célula. E como é possível curar o câncer? Tirando essas células antes que elas se propaguem? É uma das opções. Só que não garante a curabilidade e nem sempre é cem por cento eficiente. No que as células-tronco poderiam ajudar?

Se são células que conseguem se transformar em todo e qualquer tecido do corpo humano, então as células-tronco seriam o equivalente ao milagre da ressureição de Cristo na bíblia. Pense em como tudo seria bem mais fácil se o câncer pudesse ser curado apenas com a injeção de células novas e melhores em seu organismo... Seria mágico, para não dizer miraculoso.

Então qual é a verdadeira incógnita? Não possuir as tais células. Pois elas só são encontradas nos primeiros estágios da fecundação do feto. Após isso elas simplesmente somem e não aparecem em nenhum outro estágio da vida humana. O que é preciso para tê-las? Fetos. Abortos. Crianças mortas. Eu sei... é bem estranho falando desse jeito. Mas é o único modo de conseguir esse acumulo necessário de células-tronco...

Ou é o que a comunidade científica pensa.

Recentemente eu desenvolvi uma tese que parte de uma coisa muito nada a ver: a borboleta. Porque, se você parar pra pensar e refletir, ela tem dois estágios. Antes do casulo e depois do casulo. O que acontece nesse meio? A metamorfose. O processo de metamorfose de uma borboleta é simples e já conhecido: ela se auto digere para ter energias o suficiente e se transformar no que realmente deve pelo seu destino biológico. Contudo, se fosse possível parar a metamorfose nesse tempo, após a digestão e antes da ruptura do casulo, teríamos células imaginárias. Esse não é o nome real, é só a minha denominação. São células que não deveriam existir, mas existem. Células que dão vida a novas células. Células de uma lagarta que deveriam dar vida a uma borboleta. E esse é o milagre da vida. A transformação. Se fosse possível conseguir essas células então teríamos a cura para doenças que até agora vêm aterrorizando o mundo. Câncer, Alzheimer, Lúpus, Ebola... Tudo isso poderia ser resolvido numa questão de tratamento. E, eu me arrisco em dizer, poderia curar o meu tio. Talvez ele pudesse voltar a andar.

Sei que é uma ideia que parece ter vindo de um conto-de-fadas, mas eu tenho esperança de que eu posso encontrar uma solução para isso. Eu posso fazer com que as borboletas sejam a cura para a vida humana. E, se eu fizer isso, eu não sei o que mais posso fazer... Não sei até onde o ser humano vai evoluir. Não sei o que vai acontecer com o mundo. Talvez a quarta fase da Revolução Industrial? Talvez uma nova revolução? Não posso dizer nada...

Mas sei que é possível.

Sei que farei ser possível. Pelo meu tio.

O dia acaba e eu finalmente volto para o meu quarto. Estou com a mente ocupada com essa ideia que preciso desenvolver. Eu tenho um puta de um trabalho pela frente se eu quero mesmo fazer com que isso seja real. A Associação do Lago Fulmo está trazendo todos os alunos prodígios das escolas do estado para essa competição. A primeira fase é ser escolhido entre os projetos da White Cloud. A segunda fase é ser escolhido entre os projetos do meu estado. E a terceira fase é ser escolhido entre os projetos do país. Caso eu chegue até a fase final, eu ganho a bolsa e vou para a China. É, Lucca. A gente precisa dar duro nessa pesquisa. Os livros que eu tenho que estudar, as teses que eu tenho que desenvolver, os temas, as discussões, as hipóteses, comprovações... Eu sei que depende muito de muita coisa, mas tudo começa por mim. Pelo que eu quero e pelo que vou fazer. Pela minha dedicação.

O Jhonny não está no quarto quando eu chego.

Estou começando a me acostumar com sua ausência, mas nem reclamo. Porque a verdade é que eu até me sinto melhor sem ele. Consigo me concentrar mais, consigo pensar em mais coisas do que eu pensaria se estivesse com ele. Só que, minutos depois, ele chega. Incrivelmente ele não comenta nada sobre nada. Apenas me dá boa noite e vai dormir apagando a luz. Ligo a luminária em cima da minha cama porque eu preciso estudar mais um pouco. Ainda são dez horas. Não sei porque ele quer ir dormir tão cedo, mas foda-se.

Estou com dois cadernos do lado e uma pilha de livros que eu preciso ler e encontrar uma boa desenvoltura para os meus discursos. Eu sei como funciona este trabalho que eu preciso mandar para a Associação do Lago Fulmo e sei que precisa ser brilhante. Mas eu estou interessado mesmo na prática. No que eu posso fazer com a borboleta. E quando eu vou realmente fazer isso. Por isso nem presto atenção quando a música para de tocar no meu fone de ouvido. Momentos depois eu relaxo um pouco a mão porque eu não consigo mais escrever. A palma está com câimbra, fico apertando o meio da minha mão com o dedão esquerdo. A dor é aguda, mas boa.

Levanto para tomar alguma coisa. Abro o frigobar e seguro a latinha já aberta de Pepsi contra a boca. Eu amo Pepsi. Pra ser sincero, é o meu refrigerante favorito. Aquilo me dá um gás e eu me sinto mais capaz de continuar com o trabalho por mais algumas horas e é só então que eu percebo que a música parou. Quando eu aperto o botão do celular para escolher a próxima e voltar para o meu trabalho eu noto duas coisas.

A primeira: já é quase meia noite. Sim, eu passei mesmo duas horas ouvindo música e anotando sem parar coisas que eu iria usar futuramente. Marcando as páginas dos livros, usando post-it em todos os lugares. E, sim, eu estava mesmo muito mais concentrado nisso do que em qualquer outra coisa. Só que daí vem a recaída.

O Sam tinha me mandado uma mensagem.

Ou melhor, quatro mensagens.

Eu juro que eu não queria ver. Eu juro por tudo que é mais sagrado que eu só queria deslizar a tela e colocar minha música para tocar de novo. Só que assim que eu coloquei meu dedo para cima o celular abriu imediatamente no WhatsApp. E eu não pude me conter de ler cada pequena sílaba que ele escreveu. Por que raios ele me escreveu? Ele estava com saudades? Com meu coração batendo mais forte, com a minha garganta seca e coçando, com as mãos suando... Eu estava completamente ridículo por ter recebido quatro mensagens. Só que eram dele.

Eram do filho da puta que tinha me quebrado.

"Lucca? Eu queria falar com você, se você ainda quiser falar comigo"

"Olha, me desculpa por tudo o que aconteceu. Eu sei que eu não estava certo em ter feito o que eu fiz pra você. Eu nunca pensei que o Trevor era seu primo. E nunca pensei que eu veria ele de novo. Eu sei que você deve estar bem ruim, mas você estaria pior se eu tivesse alguma coisa com ele. Eu só converso com ele"

"Eu não sei o que falar, algumas vezes só sai merda da minha boca, mas eu amo ele. E a gente não escolhe quem a gente ama. Eu não consigo esquecê-lo, essa é a verdade. Mesmo com ele sendo só meu amigo eu ainda acho que posso ter alguma coisa a ver com ele. E eu ainda queria ser seu amigo. Eu ainda queria poder conversar com você. Do mesmo jeito que a gente fazia antes"

"Me dá outra chance?"

Eu coloquei o celular no meu bolso e fiquei olhando para o nada, só fiquei em pé. Naquela sala escura. Sem ouvir nada e nem ninguém. A única coisa que eu estava ouvindo eram os meus pensamentos. E como eles estavam barulhentos. Puta que pariu. Eu já não conseguia me concentrar em nada, eu já nem lembrava o que eu estava fazendo antes daquelas mensagens. Eu não consigo me lembrar de como era respirar normal e nem me lembro de como era estar calmo. Foda-se aquela porcaria toda da Associação. O cara que eu gosto me mandou uma mensagem pra gente voltar com a amizade. Eu gosto dele? Que porcaria é essa que eu tô sentindo? O que eu quero agora de verdade é explodir alguma coisa. Eu quero tacar um notebook no chão. Ou qualquer coisa que quebre. Eu quero gritar e quero que todo mundo me ouça. Porque o filho da puta teve mais de um mês para vir falar comigo. O filho da puta podia ter vindo falar comigo quando eu estava bêbado no meu aniversário e, pelo menos, ter me desejado um feliz aniversário. E ele tocou mais no nome do Trevor do que no meu nome. Do que no nosso nome. Ele sabe que ele nunca vai conseguir esquecer o meu primo, ele sabe que sempre vai ser perdidamente apaixonado por ele. E eu sei que nunca vou ter uma chance com ele.

O que me deixa mais bravo é a última mensagem.

Me dá outra chance?

Porra, eu estava sonhando com que ele mandasse essa mensagem e eu queria mesmo que ele dissesse algo do tipo. Mas agora... Não sei. Agora não parece certo. Não parece certo que ele faça isso comigo. Eu não estava esquecendo dele, isso é verdade. Mas se ele tivesse calado a boca e ficado quieto como era o dever dele... Talvez eu ainda estivesse feliz. Talvez eu ainda estivesse prestando atenção na dor que eu sinto na minha mão e não no coração. E agora meus dedos estão doendo e tremendo porque eu os apertei demais contra as palmas. Eu respiro fundo e pego o celular de novo. Dou mais uma olhada nas mensagens para ter certeza de que foi ele mesmo quem mandou. Olho a foto. Olho o status. E, sim. Ele é o único "Sam <3" que tem na minha lista de contatos. Faz doze minutos que ele não está online. Mas sei que ele ainda não foi dormir.

Calmamente eu tento escrever uma resposta de volta.

"Sinto que você tenha tomado sua decisão, e eu não estou nela. Não quero te machucar, e não quero me machucar. Mas parece que você não pensa do mesmo modo. Sinto muito que você tenha decidido ele e não eu. Mas se é o que te faz feliz... boa sorte"

"Sim, eu desisto"

Eu fui muito forte por mandar isso.

Sabe qual é a verdade? Eu sentia muito a falta dele. Muito mesmo. Eu ainda queria que ele estivesse aqui para colocar a cabeça dele no meu ombro e andar de mãos dadas comigo. Porque parecia que a cabeça dele tinha sido feita especialmente para o meu ombro. Parecia que a porra dos dedos pequenos dele estariam sempre de acordo com os meus dedos grandes.

Mas não era verdade. Eu sempre quis que ele fosse o cara dos meus sonhos, porque ele já era. Só que tudo foi para os ares com essa mensagem. Eu sabia que não tinha volta depois disso.

Então ele ficou online.

Ele recebeu as mensagens.

Ele leu as mensagens.

Ele estava escrevendo.

E tudo o que ele respondeu foi "okay".

No mesmo instante eu fecho os olhos. Porque eu tinha certeza que era isso o que ele ia responder. Porque o Sam não se importava comigo do mesmo modo que eu me importava com ele. Toda vez que eu dizia que o amava não obtinha resposta. Era uma linha reta e vazia. Uma ou duas vezes, no máximo, ele falou "também". Nunca partiu dele. Nunca partiria. Todas as vezes que nós discutíamos a distância eu era o idiota de ir lá pedir desculpas para ele com um texto maravilhoso e gigante dizendo que ele era importante demais para mim e tudo o que ele dizia era "Eu também senti sua falta". Só que ele não sentia merda nenhuma.

Ele não sentia minha falta.

Ele conseguia dormir de noite mesmo quando a gente brigava, ele conseguia estudar normalmente e tirar boas notas porque sua mente não estava perturbada como a minha ficava. Essa é a verdade. O que o Sam sentia por mim nunca seria maior do que o que eu sentia por ele. Aquele famoso sentimento de não ser amado como ama. Acho que não sou o único.

Coloquei o celular abaixo do meu travesseiro e guardei livro por livro na cômoda do lado da minha cama. Apaguei a luminária e deitei de lado para onde estava o Jhonny. Ele estava completamente morto de sono, não tinha acordado nem com o barulho do frigobar abrindo. Minha mão chega perto o suficiente do meu celular, porque eu quero pegá-lo para ver se tem alguma mensagem dele. Alguma outra coisa. Quer dizer, ele não pode me responder somente com um "okay". O que mais ele quer falar? Cala a boca, Lucca. Você sabe que ele não vai falar mais nada. Eu sei que ele nunca mais vai falar nada. Eu me forço a não ver o celular até o próximo dia.

No escuro eu vejo um brilho descansando na minha cômoda. O brilho daquela moeda do Erick. Não sei por qual motivo, mas minha mão se move até a cômoda e eu seguro-a com os dedos. Ela é pesada e, segurando-a, eu me sinto melhor. Eu me sinto mais capaz de superar o Sam.

Não sei por qual motivo. Foi o que eu disse.

Mas o brilho que ela tem é o brilho que eu preciso.

Acabo fechando os olhos num instante e adormecendo esperando que no dia seguinte eu tivesse o mesmo tanto de coragem que eu tive para dar tchau para o Sam. Para sempre.

CAPÍTULO NÚMERO DEZ

"Para aqueles que conseguem me ouvir eu digo: não se desesperem"

— Como todos devem saber, hoje nós iremos dar as boas-vindas ao comitê de avaliação semestral da nossa cidade vizinha. O comitê especialista em cálculo preparou uma avaliação de cinquenta questões nas quais vocês devem se empenhar o suficiente. Só lembrando, pessoal, que essa prova não altera em nada o resultado de suas notas finais. — Um dos mais de vinte representantes estava falando o mesmo discurso de todos os anos. Acontece que as provas eram difíceis para caralho. Lembro de ter acertado só vinte e sete na primeira e ter um acréscimo de oito questões no segundo ano. Não sei como vou me sair agora, mas estou confiante.

A avaliação sempre acontecia na última semana de setembro.

O instrutor ainda estava parado na frente da sala, ele ficaria lá pelo resto do dia esperando que nós terminássemos a prova. Levava mais ou menos três horas até que o primeiro aluno se levantasse para entregar a primeira prova, errada ou não. Os dois estagiários que provavelmente deviam ser voluntários para o comitê começaram a distribuir as folhas. Pareciam mais grossas de vista... Eu já estava suando. Porque eu sou muito bom em matemática, verdade. Mas as provas do comitê eram três vezes mais difíceis do que qualquer outra prova aplicada na White Cloud. E se o Sr. Jackson estava certo, toda nota boa é bem-vinda para impressionar a Associação. Eu não podia vacilar dessa vez.

Seguro em minhas mãos quando as folhas passam por meus dedos, passando os olhos rapidamente pelo cabelo loiro do cara que tinha entregado a mim. Olho o formato dela e tento presumir que nota vou ter. Num total, dou quarenta e três. No máximo um quarenta e cinco.

Eu preciso ser rápido o suficiente.

Preciso ter eficácia na hora de responder cada pergunta. Se eu for o mais ágil de toda a sala também é um ponto positivo. Eu não sei que grau de importância esse instrutor tem na Associação, mas ele é minha ponte para a China. Por isso eu começo a responder com toda a força de vontade que eu tenho uma pergunta atrás da outra. E eu me concentro com todos os meus neurônios.

Vejo alguém se levantando quando estou terminando a conta da questão trinta e oito. Mas não me abalo, porque sei que deve ser apenas uma dúvida. Tinha gente que ainda não sabia que estava no terceiro ano. Era impossível que alguém tivesse terminado tão rápido, por isso eu ainda estava na frente. Continuei ainda com mais precisão o restante das contas e terminei.

Se eu tinha contado certo, foram duas horas e trinta e dois minutos.

Eu nunca tinha terminado uma prova do comitê nessa marcação, então estou completamente seguro de mim mesmo. Levanto silenciosamente e entrego minha prova para o inspetor. Só que, para a minha surpresa, ele já estava com outra prova na mão. O cara que tinha levantado... Ele havia concluído antes de mim.

Ao voltar para o meu lugar dou passos lentos e começo a fiscalizar o lugar a busca de quem teria terminado primeiro que eu. Joshua do outro lado da sala ainda está com a mão na cabeça, pensando em alguma questão, ou seja, não foi ele. Samantha está ereta e com o lápis ainda desenhando os números daquele modo perfeitinho que ela faz. Não. Elliot ainda está fazendo. Cameron também. Quem foi?

Um segundo antes de sentar eu o vejo.

O cara da tatuagem no pescoço está escrevendo ainda, mas não está com a prova na mesa. O que ele está fazendo agora é rabiscar mais coisas naquele seu caderno. Ele tinha se levantado para entregar sua prova, tenho certeza agora. Eu só fico me perguntando se ele as respondeu com vontade mesmo ou só foi chutando... É impossível que alguém consiga terminar uma prova do comitê em tão pouco tempo. O que esse garoto tem? Como ele veio parar aqui na White Cloud? Eu sei que eu não deveria pensar tanto assim nele, mas não faz nenhum sentido. Se ele é mais inteligente do que eu então por que ninguém o conhece? Por que ninguém conversa com ele?

Chegamos ao tempo mínimo da prova. E, depois de três horas sentados, eu, ele e Samantha nos levantamos para ir embora. Eu espero que ele vá na frente, porque eu ainda estou irritado com o fato de que ele terminou e entregou a prova primeiro. Sei que é totalmente desnecessário, mas tem alguma coisa nesse cara que me irrita profundamente.

Seguindo as ordens que tive do diretor, estou acompanhando o garoto enquanto ele se dirige até o pátio. Sentando no mesmo lugar de sempre. Escrevendo as mesmas coisas. E o pátio está quase completamente vazio, não fosse por aqueles que também já tinham terminado a prova. Fico na entrada esperando encontrar o Jhonny ou qualquer outro que já tenha terminado a prova. Só que a única pessoa que eu conheço é ele. O Erick.

Não mesmo... Você não vai lá, Lucca.

Uma parte de mim está dizendo para esperar a minha galera chegar e então me juntar a eles, como aconteceria em qualquer outro dia, sem nada novo. A outra metade — uma metade que parece falar mais alto — está dizendo que eu deveria ir lá falar com ele. Bom, se ele terminou mesmo a prova então ele deve ser mesmo mais inteligente do que eu julgava.

Algumas coisas ainda estão me perturbando.

Como aquela luva que ele usa só na mão direita. A tatuagem no pescoço. O caderno no qual ele não para de escrever. Aquela moeda de bronze que ele deve ter deixado cair. A cena dele nadando no lago... O assassinato do Anthony. E por tantas perguntas, mas poucas respostas eu decido ir atrás dele.

Eu me sento na mesma mesa que ele.

Mas, por alguns segundos, nenhum de nós fala nada.

—Espero que seu interrogatório sobre Anthony O'Connel tenha acabado. — Ele diz antes que eu me pronuncie. É por isso que ele não tem amigos. Ele não sabe conversar como um ser humano normal. Ele não sabe falar "e aí, como você está?". Ele sempre tem que dar mais importância para aquele caderno do que para qualquer outra coisa. — Seus amigos devem chegar em breve, não acho que eles gostariam de te ver comigo.

—Por quê? — Não conseguia pensar em outra coisa para perguntar.

—Estou acostumado com as pessoas me olhando estranho, por causa do caderno, da luva, da tatuagem, que seja. Você não é o primeiro e nem o único. Tenho dúvidas de que seja o último também. A questão é que pessoas como você jamais se enturmariam com pessoas como eu. — ele mexe bastante os olhos e as sobrancelhas para dar mais ênfase às frases que diz, e, no fundo, ele sabe exatamente o que está fazendo. Como se fosse um robô. Como se estivesse programado para agir perfeitamente. — É uma surpresa que você ainda não tenha desistido...

—Como assim "pessoas como eu"? O que você sabe de mim?

—Pode não parecer, mas você é bem mais previsível do que parece. Andando com aquelas pessoas, posso dizer que você parece, de longe, o que tem mais capacidade cerebral. O outro, o de cabelo claro — Ele está falando do Jhonny — deve ser inteligente também, já é um marco estar no terceiro ano da White Cloud, mas ele é mais músculos. Ele troca de parceira mais rápido do que troca de roupa. Tem aquele que anda com as roupas escuras também, e posso apostar que ele deve ser um crânio. Mas está se perdendo por andar com o outro. Acredito que você esteja se perdendo por andar com o outro. Ele não é uma boa pessoa, ele...

—Você está estereotipando as pessoas com quem eu ando.

—E não é isso o que todo ser humano comum faz? Cria padrões e semelhanças entre pessoas e objetos? Imagino que vocês já tenham criado algum apelido para mim ou algo válido e equivalente a estereótipos. Como vocês me chamam? — Ele para de escrever e deixa a caneta de lado por um segundo. — Desculpe se estou sendo evasivo demais, não sei conviver com as pessoas.

—Mas sabe terminar uma prova antes de todo mundo.

—Ah, aquilo.. — Ele fechou os olhos e movimentou a cabeça de um lado para o outro, seus cachos no mesmo balanço. — Eu fiquei preso na questão trinta e dois e demorei demais na hora de revisar. Eles entregaram uma prova com conteúdo acadêmico superior ao oferecido na White Cloud. — O que significa que ele deveria ter terminado antes. Muito antes.

—Você foi rápido. Eu costumava ser o primeiro em todos esses anos.

—Ser o primeiro não te torna o melhor em algo. Apenas o mais rápido.

—Nesse caso você é os dois...

Não sei o que eu estou fazendo. Algumas vezes as palavras só saem da minha boca e eu não tenho controle delas. Vejo um sorriso tímido no rosto do cara à minha frente e eu me sinto feliz. Me sinto diferente. Não feliz. Eu nem conhecia o cara, mas eu sabia que ele era diferente dos meus outros amigos. Ele não parecia ser do tipo que sai por aí de noite para beber e pegar várias. O esquisitão parece o oposto do que eu sou. E, ainda assim, eu sinto muita necessidade de falar com ele. Eu estendo minha mão por cima da mesa e sorrio.

—Meu nome é Lucca Angiani. Prazer.

O sorriso dele ainda é o mesmo quando ele me cumprimenta.

—Erick Johnson.

—Eu nasci aqui. Minha vida inteira eu ouvi histórias dos prodígios que passaram pela White Cloud e minha família me induziu a esse caminho, portanto eu cresci como um prodígio. Tenho uma irmã de quinze anos que já está na faculdade. Meu pai já estudou aqui há muito tempo. E acho que só. Me conte alguma coisa sobre você.

—Acho melhor não. — Ele tentou levantar um sorriso, mas foi falho.

—Vamos lá. Qualquer coisinha.

—Não. — O sorriso desapareceu. — Você não precisa me conhecer.

—Mas é o que amigos fazem. Eles conhecem um ao outro.

—Eu não pedi que se sentasse aqui e se tornasse meu amigo. — Ele é incrivelmente bipolar... porque até segundos atrás eu estava me dando bem com ele, mas foi só eu querer saber um pouco mais sobre quem ele é... — Você não precisa me conhecer.

—Eu *quero* te conhecer...

—Mas não vai. Em breve eu serei só um dos vários nomes que passaram por sua vida e, ainda mais breve, você não se lembrará de mim. Não preciso que me conheça. — Viu o que eu estou falando?

Ele não consegue se socializar.

Ele não consegue manter uma conversa e não consegue ser simpático. Por que é tão difícil assim manter uma conversa decente? Do que adianta ele ser tão inteligente, mas tão introvertido? Imagino que ele deve preferir mesmo o caderno dele às pessoas que sequer conhece o nome, mas a vida não se resume a um caderno. Eu queria que ele pudesse ver isso. Não sei por que razão eu quero, mas eu quero ajudar ele. Não estava mentindo quando disse que queria conhecê-lo. Quero de verdade.

Talvez eu consiga sua confiança de algum outro modo. Lembro da moeda de bronze que passei a carregar em meu bolso todos os dias com medo de que o Jhonny achasse e a vendesse para comprar alguma merda. Se isso for dele de verdade então ele provavelmente vai ficar mais feliz quando a ver de volta. Seguro-a em meu bolso, mas antes eu digo:

—Eu tenho uma coisa para você.

Mostro-lhe a moeda, colocando-a na mesa a nossa frente. A princípio ele parece não reconhecer, após dois segundos ele captura a pequena peça de bronze e a confere para ver se está tudo bem. Só que seus olhos não parecem alegres depois disso.

—Onde você pegou isso? Por que você estava com ela? — Seu tom de voz está alto e ele está completamente furioso. Não imaginei que ficaria desse jeito... Não tinha razão para que ficasse. — Por quê?

—Ei cara, calma aí... Eu a encontrei no chão.

—Quando?

—Não lembro. — Eu lembrava sim. Mas não queria que ele soubesse que eu o tinha seguido naquele dia. Sem mais nem menos, Erick se levanta da cadeira, pega suas coisas e vai embora. Ele está tão transtornado que nem vê quando esbarra em alguém.

—Olha pra frente, caralho! — ressoa a voz do Jhonny.

Jhonny e Kyle se juntam a mim.

—O que foi que deu no esquisitão?

—Não sei. — Ainda estou olhando para sua sombra quando ele desaparece pela porta principal e se dirige ao nosso bloco — Do nada ele ficou nervoso e se levantou.

—Vocês estavam conversando? — Kyle pergunta duvidoso.

—Ah não. — Jhonny começa com seu tom irônico, e já sei que merda ele vai falar em seguida, porque nada melhor viria da boca dele. — Não vai me dizer que você já terminou com o cara? Ah não, Lucca.

—Vai se foder. —D vez eu não digo de brincadeira.

—Ele era tão legal, não era? — Ele diz para o Key — Eram o casal do ano. Estavam saindo em todas as revistas. O que vai ser agora? O que todos vão falar? Eu posso ver as manchetes… "Lucca Angiani quebra misterioso relacionamento com o Esquisito Gay".

Eles dois começam a rir da minha cara, mas eu ainda estou olhando para o lugar onde ele foi. Minha mente começa a trabalhar no que ele pode estar fazendo. Erick estava com aquela moeda no dia em que foi para o lago, e ele está com ela hoje de novo. O que ele vai fazer com ela? Por que ela é importante?

—Que foi, Lucca? Ficou sem palavras? Foi difícil?

—Por que você está tão preocupado, Jhonny?

—É que agora você não tem ninguém pra comer…

—Se você quiser eu posso te virar de quatro de boa. Se esse é o problema então é só ir comigo ali no quarto e já era.

—Eita, olha o cara. — Ele começa a rir ainda mais e dar uns tapas nos ombros do Key, que também está rindo, só que menos que o Jhonny — Ele ficou todo atacado. Na boa, mano… Esfria essa cabeça aí. As duas.

—Na boa, mano… — imito-o — Vai tomar no cu.

Levanto-me percebendo que tudo o que o Erick disse era verdade. O Jhonny é muito inteligente sim, mas deixou-se ser levado por alguma coisa e não é o mesmo. Ele é mais músculos. Ele é mais socos. E o Kyle vai na onda. O Kyle segue o ritmo em que ele está. Se o Jhonny tá rindo então ele ri junto, porque ele não sabe o que fazer da vida dele. É simplesmente igual ao que Erick disse.

Por isso eu começo a me afastar deles.

—Ei, que foi? — O Jhonny grita enquanto me afasto. — Tá bravinho? Tá indo pra onde? — Ainda existe um resquício do seu riso e da artificial preocupação que pensa estar demonstrando para mim.

—Pra longe de vocês.

—Para de frescura, volta aqui. — Eu viro-me para encará-lo.

—Deixa o cara ir atrás do amor da vida dele — Kyle diz ao seu lado. O Jhonny começa a rir no mesmo instante. Respiro fundo para não voar no pescoço deles dois. Tento me convencer de que eles ainda são meus amigos, mas amigos não fazem essas coisas.

Volto a andar.

Sei como o Jhonny deve estar se sentindo, fomos melhores amigos a vida inteira. Eu sempre ri das coisas que ele me falava e vice-versa, nós sempre falamos tudo um para o outro. Chega um ponto da nossa vida, contudo, que percebemos que as amizades precisam ser renovadas. Cresci com ele, mas acho que nunca percebi como ele era babaca até agora. Quando nós olhamos uma pessoa por dentro é completamente diferente de como a olhamos por fora.

—Vai lá então — Jhonny tenta me intimidar com suas palavras, mas não consegue. — Vai seguir o esquisitão. — Mesmo longe eu faço questão de me virar e gritar o mais alto que consigo.

—*Erick*. O nome dele é Erick.

Saio bufando, esquecendo-me do que deixei para trás.

ALEXANDRE KLEIN

CAPÍTULO NÚMERO ONZE

"Eu gostaria de ajudar todos sempre que possível"

Fui para fora na intenção de procurá-lo, mas ele já não estava mais no meu campo de visão. Entretanto alguma coisa me entregava sua rota em direção à floresta. Eu podia estar enganado no fim das contas, mas não custava tentar. Sabia que as aulas tinham acabado naquele dia por conta das provas do comitê, então era uma exceção dentre poucas. Passando pelas primeiras árvores já dava para perceber que o lugar estava mais vazio do que nunca.

O pessoal tinha ficado com um pouco de medo do lugar desde aquele noticiário sobre o Anthony. A maioria da White Cloud acreditava em mitos do tipo "alma penada". Portanto, se o cara tinha morrido ali então sua alma continuaria vagando perdida no meio dos troncos das árvores procurando se libertar das amarras do mundo. Sim, eu tinha ouvido muito disso durante as semanas, mas o fluxo já estava voltando novamente a passar pela floresta. Os alunos que iam para a quadra ou para o lago... Eles não se impediram por causa do assassinato de um outro aluno.

Ouço o lago se aproximando por causa da leve corrente que passa por sua superfície, indo sempre ao leste. Primeiro me encosto na mesma árvore de antes, a árvore daquela noite onde ele nadou no lago... E ele está no mesmo lugar. Sentado, dessa vez. Erick não faz nada, não conversa com ninguém e não parece estar esperando qualquer pessoa. No fim, ele só deve ter vindo aqui para pensar. A imagem dele de costas é tão familiar que me causa uma sensação de acomodação. Não sei explicar direito, mas é como se ele já tivesse entrado para a lista mental que eu tenho de pessoas que sei reconhecer até mesmo pela camisa que está vestindo.

Ele não vira a cabeça quando eu, propositalmente, piso na grama emitindo ruídos audíveis. Talvez ele tenha imaginado que eu viesse atrás dele. Ou, talvez, ele só não se importe com os ruídos. Essa é uma daquelas clássicas cenas de filme, quando o cara popular e cheio de amigos prefere ficar com o cara excluído e ridicularizado por ser esquisito. Aquela coisa bem comovente que faz todo mundo se apaixonar imediatamente. Com um diálogo bem legal onde as pessoas vão pegar as frases e colocá-las de status no Facebook qualquer dia desses.

Sento-me ao seu lado.

Ele é o primeiro a falar:

—Por que você me seguiu?

—Achei que você precisasse conversar.

—Não vou me suicidar como Anthony O'Connel. — Sua voz é agressiva e ele não olha para mim, como sempre. Ele nunca olha pra qualquer coisa, merda. — Você pode parar de fingir que quer se socializar, eu sei o que você está fazendo. Imprudente da parte do seu diretor ter mandado o aluno mais conhecido do colégio criar laços com o novato. Provavelmente ele não deve saber o significado da palavra clichê. Então o avise de que eu não matei Anthony O'Connel. Não teria feito isso nem ao meu pior inimigo. — Então dessa vez sou eu quem fica quieto. Eu não imaginei que estaria tão óbvio assim, porque eu nunca tinha dito nada sobre minha suposição dele ser o assassino. Contudo, parece não ter sido o suficiente ter toda a cautela do mundo. — Você já pode ir embora agora. Sua missão está cumprida.

—Não vim atrás de você para uma confissão — estou sendo sincero.

—Não? — Ele ironiza com um tom debochado de alguém que pouco se importa com o que eu tenho para dizer.

—Dessa vez, não. — Aquele sorriso irônico permanece em seu rosto enquanto ele coloca o próprio entre os cotovelos e os joelhos, escondendo-se de mim e de todos. — Dessa vez eu quis mesmo vir aqui. Por vontade própria, sabe? Eu não queria ficar perto daquela gente.

—Olha a reviravolta que estamos tendo...

—Você me disse que eles são artificiais e eu estava enganado em defendê-los. — O sorriso já sumiu do seu rosto por baixo dos braços — Foi por isso que o segui hoje.

—Não quer mais ficar com seus amigos?

—Ainda quero. Mas agora eu prefiro esfriar um pouco a cabeça...

—Certo. E por que você achou que conversar comigo, um suposto assassino, melhoraria as condições de seus pensamentos? Era a melhor das piores opções? Ou você achou que seria uma boa ideia mostrar aos outros que você pode fazer amizade até com o mais odiado da escola? Foi algum tipo de aposta, Lucca Angiani? — era estranho como sua mente funcionava e pensava em todas as mil hipóteses que poderiam ter acontecido de verdade.

Porque o cara era mesmo o esquisitão, e em escolas como a White Cloud com pessoas como o Jhonny, essas hipóteses eram muito reais.

O que é mais engraçado é como ele me chama pelo nome completo...

—Cara... não.

—Por qual motivo então?

—Já disse, pensei que seria bom pra mim...

—Para não se sentir controlado como seus amigos são?

—Pensei — continuo ignorando-o (ou tentando) — que seria bom fazer um amigo. Um de verdade para variar. — Completo. Há um silêncio por certo tempo até que ele levanta a cabeça e passa a olhar para mim. E porra, eu sempre me perco naqueles olhos. Não são azuis nem aquela merda toda de serem os olhos mais bonitos do mundo, mas cara... tem alguma coisa dentro deles que me enche de curiosidade para saber o que é.

Como uma necessidade nova que surge inesperadamente.

—Com todos os seus amigos esperando-o pacientemente dentro daquele colégio, com pessoas que querem e realmente precisam da ajuda do prodígio da White Cloud, com alunos que não conseguem entender nem mesmo a própria sexualidade e até mesmo com esses programas de computador que deveriam nos trazer conforto e proximidade, mas só trazem a discórdia e a distância... Mesmo com tudo isso, você decidiu fazer amizade comigo?

—É... mais ou menos isso — concordo.

—Isso me parece tão desproporcional.

—Talvez seja — eu coloco as mãos atrás das costas, me apoiando e reclinando — mas... Bem, a vida não faz parte de uma igualdade onde duas grandezas são proporcionais. Eu tô a fim...

Erick balança a cabeça e desvia os olhos de mim quando solto um sorriso fraco, um sorriso que o Sam costumava dizer que amava. Não tenho certeza de até que ponto posso considerar as coisas que ele disse como válidas, mas que se dane. Espero que ele fale qualquer coisa, porque parece que a conversa ainda não terminou.

—Você é incomum.

—Eu sou incomum? — Estranho.

—Do gênero que não se parece com nenhum outro. — Erick me encurrala com seus olhos castanhos e eu me encontro paralisado. Imerso. Quase afundando. — Eu sou como uma gota no meio desse lago. O décimo número depois da vírgula. Uma parte de outras sete bilhões. Que diferença eu posso fazer? — Metáforas bonitas, mas dramáticas demais.

—Sem você, o lago seria menor.

—Menor... maior... quantidade não é qualidade.

—E é por isso que eu estou aqui com você. — O garoto permanece calado, observando o lago à nossa frente correndo para a direita, calmo e paciente — Não acho que você seja só mais uma gota. Alguma coisa me diz que você pode ser *a gota*. Pelo menos é o que parece. — Ficamos parados só aproveitando o som da leve correnteza e das árvores se mexendo atrás de nós como se dançassem despreocupadamente.

Meus olhos se fecham involuntariamente enquanto sinto todas as vibrações do mundo se recolhendo por meus braços. Essa vida que eu levo na White Cloud exige demais que eu seja a pessoa perfeita na qual outras pessoas se espelharão. Todos aqui me conhecem e todos aqui sabem o histórico da minha família nesse campus. Sou cobrado para ser uma pessoa que eu sequer escolhi ser. Essa sensação, contudo... eu me lembro dela. Eu só a senti poucas vezes, mas não faz muito tempo.

Abro os olhos novamente quando ouço o garoto partindo. Ele não falou nada, apenas se levantou e começou a caminhar em direção a floresta. Imediatamente me coloco de pé e dou os primeiros passos para segui-lo. Mas paro antes de completar o caminho... Se eu o seguisse agora novamente estaria me contradizendo. Teria jogado tudo o que disse no ralo. Eu sentia a necessidade de acompanhá-lo, não fazia a menor ideia do porquê. Só que eu queria muito que ele não tivesse ido embora.

Sei que deveria estar indo atrás dele, porque foi essa a ordem que eu recebi do meu diretor. Mas a verdade é que eu não preciso mais seguir nada... porque eu sei que não foi ele. Vejo sua silhueta desviando de algumas árvores e desaparecendo. Seja lá para onde ele tenha ido, não foi para a escola. Respiro fundo e começo a pensar em tudo o que tinha acabado de acontecer. O cara que eu mais odiava nessa escola agora estava conversando comigo como se nós fossemos amigos de verdade.

Minha cabeça ainda estava a mil por hora depois do que o Jhonny disse contra o Erick e depois do que o Erick disse contra o Jhonny. Eu estava confuso sobre qual dos lados ouvir. Porque minha vida toda eu sempre estive perto do Jhonny então eu sabia que, como meu melhor amigo, ele estaria do meu lado em todos os momentos. Até mesmo na hora de ir para a lua. Só que o tempo passou e eu já não sabia mais se ele pensava do mesmo modo. E o Erick... Ele é diferente. Eu sei que ele é todo problemático por causa daquela luva que ele só usa na mão direita, por causa daquela tatuagem na nuca, por causa do caderno, da moeda... E eu não quero admitir para mim, mas seus pensamentos são mais iguais aos meus do que os de Jhonny são.

Não sei o que estou fazendo aqui, parado na floresta e sozinho.

Volto a andar em direção aos corredores da White Cloud já que hoje, nessa sexta-feira, eu não vou voltar para casa. É a última semana de Setembro e sinto que estou muito atrasado com meu projeto, ainda sequer terminei minha parte teórica. Tenho que terminá-lo assim que possível para mandar para a Associação. Quando volto para os dormitórios vejo que uma grande maioria dos alunos do terceiro e segundo ano já terminaram as provas. Por isso tudo está mais lotado. Volto para o meu quarto no Bloco Dois e deito na cama apenas por alguns segundos. Abro o celular e entro no WhatsApp. Vou deslizando o dedo para ver as mensagens, porém não há nenhuma nova.

Eu paro na mensagem do Sam…

Encaro o nome por alguns segundos. Fico pensando sobre o que ele deve estar fazendo agora mesmo… Porque lá na cidade dele, a cidade grande, tinha muita coisa mesmo para fazer. Se eu estou certo ele encontraria um substituto para mim em alguns meses. Era provável que ele já tivesse encontrado. Ele não era do tipo que saía por aí catando todo mundo, mas eu o tornei numa pessoa diferente depois de tirar sua virgindade. Eu sei o que ele deve estar fazendo… Sam deve estar na frente do computador do seu quarto com a porta trancada e segurando seu pau enquanto morde o lábio e fecha suavemente os olhos naquele breve momento do orgasmo.

Pelo menos um de nós dois está se divertindo.

Não chego a clicar na conversa dele porque recebo uma ligação bem na hora. A foto da minha irmã aparece na tela do meu celular e eu atendo-a no mesmo instante.

—Nossa, me atendeu de primeira. Estava esperando que eu ligasse? Pode admitir que já estava com saudades. — ouvir a voz da Alana de novo era reconfortante. Era um porto seguro que eu não tinha há tempos. Sorrio do outro lado do telefone enquanto ela deve estar com aqueles dentes à mostra, como sempre faz ao tentar ser gentil de todas as formas. É o que ela sabe fazer de melhor.

—Eu estava com saudades. — Minha voz é baixa e fraca, muito diferente da voz da minha irmã… até nisso ela consegue ser melhor do que eu, mesmo com quinze anos — Estava mesmo, Alana.

—Para de ser chorão, Lucca. Nem parece você.

—É, eu sei — digo rindo, com algumas lágrimas aparecendo no canto dos olhos. E não são lágrimas de felicidade antes que você se confunda. O cara estava mesmo mexendo com o meu psicológico.

—Liguei só para dizer que sua irmã favorita está indo embora.

—Indo embora? Para onde?

—Você lembra que quando eu era pequena, pequena no sentido de ser mais nova, porque convenhamos que eu ainda não cresci o suficiente para ser tratada como a dama que eu sou, enfim… Você lembra que eu sempre quis muito viajar para a Alemanha? Então… — ela diz toda sorridente.

—Não… Para de brincar com isso, Alana… É sério?

—Mais sério que isso impossível — ela cantarolou.

—Caralho, sua filha da puta. — tento parecer o mais animado que consigo, porque eu estou mesmo muito orgulhoso dela e não sei como reagir a essa notícia. Nós dois sempre fomos os orgulhos dos nossos pais e a Alana era, secretamente, o meu maior orgulho. Todas as coisas que ela fazia eu também queria fazer e eu me espalhava muito nela para ser o cara mais inteligente do mundo. — Você nasceu com o cu virado pra lua, né?

—É o que dizem — até posso sentir como se ela estivesse levantando os ombros e fazendo aquelas caretas que só ela sabe fazer... Eu amo tanto tela por ser ela. Merda, como dói saber que ela vai embora... — Foi um convite dos próprios alemães, Lucca... Nós nos encontramos numa conferência que teve aqui em Washington. — Cara, ela estava em Washington — Eu os recepcionei e os fiz rir, eles foram muito simpáticos e acredito que gostaram de mim. No fim da conferência o CEO da empresa me chamou para conversar no particular. Ele falou que ficou impressionado com a minha pronuncia e me disse que eu tinha um potencial muito maior do que estar ali apenas traduzindo. E me chamou para trabalhar em Berlim. Então sim... Sua irmã está embarcando amanhã mesmo num voo para o outro lado da Europa. Quem é o gênio mais sucedido agora, hein?

Nós brincamos disso mesmo. Sempre que nós conseguimos alguma coisa que seja notória, nós jogamos na cara um do outro. Seja um prêmio, um elogio, uma condecoração... Qualquer coisa que seja um pouco mais difícil de conseguir nós fazemos questão de mostrar como somos inteligentes. E não há maldade nessa brincadeira. Porque nós dois sabemos que vamos ter um futuro brilhante lá na frente... Ao menos eu sei que ela já está tendo. Eu ainda estou parado, esperando que o futuro chegue. Talvez, num dia desses, ele bata na minha porta.

—Estou feliz por você, *sister*. — admito. Meus olhos começam a marejar mais do que antes, as lágrimas estão ameaçando pular para fora logo de uma vez... Mas mantenho-me forte. Sei que ela não pode me ver estando do outro lado do telefone, mas é humilhante demais ter que admitir para mim mesmo que vou sentir falta dessa filha da puta.

—É um sonho, Lucca... Ter que arrumar as malas, se preocupar com a gramática correta, não se atrasar porque os alemães odeiam atrasos, sabia? É uma correria gigante e eu estou pirando aqui... Mas só de imaginar que amanhã... — Ela não completa a frase, porque sei que está começando a chorar assim como eu. Nós dois sabemos que estamos prestes a chorar, só não queremos provar isso. E ela é mais forte que eu, óbvio. Por isso ela continua sem se abalar — Pra não ser muito insensível, eu vou dizer que também estava com um pouquinho de saudade de você.

—Obrigado, me sinto bem melhor agora...

Rimos juntos. As lágrimas descendo pelas laterais dos meus olhos. O lábio pressionado contra os dentes. O maxilar rangendo. É tudo o que faço para tentar ser mais forte.

—Por quanto tempo? — Eu pergunto.

—Dois anos — E é claro que isso pesou ainda mais no meu coração, e sei que ela teve que tomar uma escolha difícil, já que ela teria que trancar a faculdade e se arriscar num mundo novo, num sonho novo... mas eu tenho certeza de que ela vai ir muito mais longe do que pensa, porque esse é um fato sobre a Alana: ela está sempre conseguindo mais e mais todos os dias. — Mas fica tranquilo, *sister*, — ela também me chamava de *sister* — eu volto antes de você se casar.

Eu ri. E merda, estava doendo para caralho.

—Eu te amo, Alana — digo com toda a sinceridade.

Escuto um suspiro do outro lado da linha, ele vem de longe. Sei que nesse momento ela colocou o celular longe da boca enquanto soltava aquele pequeno choro, um sinal de que sentiria saudade de tudo o que estava deixando para trás, mas que não se arrependeria em momento algum. Eu sorrio por saber exatamente o que minha irmã está fazendo. Por saber que ela está limpando os olhos e colocando a mão na boca para tirar aqueles fluidos estranhos e piscando mais uma vez. Dizendo para ser forte. E, quando ela volta para o telefone, ela diz.

—Eu te amo mais do que amo *Harry Potter*.

Depois que nós dois rimos, ela para e termina:

—Bom, sou uma mulher ocupada agora, então não tenho tempo para me distrair com o gênio menos sucedido da família. Tenho tanta coisa para fazer que você não gostaria de estar no meu lugar. E só uma última coisa, Lucca Angiani... — sei que o que ela vai dizer agora é importante, porque me chamar pelos dois nomes é como chamar minha atenção — Não esqueça de quem você é e do que quer fazer para esse mundo. Se disserem que seus sonhos são impossíveis, não acredite. Porque o sonho de um homem nunca morre. — Penso no que ela está falando e reflito levemente... sei que ela falou isso devido ao que mandei a ela pelo WhatsApp. Sobre eu e o Jhonny e sobre as drogas que nós estávamos usando. Sei que ela está certa. — Eu li isso em um *mangá* e achei que daria um impacto mais legal na cena toda.

—Você é ridícula.

—Ridícula, porém rica e famosa.

—Ou quase...

—Ou quase. — Ela concorda — Tchauzinho, irmãozinho. Até mais.

—Promete que vai me ligar sempre que não estiver ocupada gritando "heil, Hitler"? — Brinco com ela.

—Acho que você confundiu um pouco as épocas, amiguinho. — Um sorriso sobe no meu rosto, porque ela sabe como me deixar mais alegre apenas com algumas palavras. — Eu prometo, sim.

É ela quem desliga primeiro.

O vazio que se segue é como o vazio que o Sam havia deixado, é gritante e pede por socorro. Está doendo como uma cicatriz nova e incurável. Eu sei que ela volta, mas, de repente, a dor muda de fonte. Determinado, levanto-me da cama e abro minha cômoda. Na segunda gaveta, além das cuecas e meias, consigo encontrar um pacote envolto por plástico negro.

Pego-o e vou em direção ao local que tinha em mente.

O ferro-velho da cidade fica perto de uma boca de fumo, normalmente era onde o Jhonny conseguia comprar todas essas coisas loucas que ele usava de vez em quando. Por isso sempre estava cheio de pessoas usando drogas e coisas do tipo. Eu tomei todo o cuidado para não causar desconfiança por aquelas bandas. Porque eu estava sozinho e em pouco tempo a noite começaria a cair, então não parecia uma boa ideia brincar com a hospitalidade daqueles que estavam lá a mais tempo do que eu. Por isso fiquei na minha, com as mãos no bolso, carregando o pacote pela alça no pulso.

Hoje em si, há um latão vazio. Faz muito frio aqui na parte de baixo da cidade, então é comum ver os moradores de rua da região em volta de um desses latões de lixo, esquentando as mãos nas chamas que eles próprios causaram. E era só disso o que eu precisava: um latão e uma caixa de fósforos. No pacote pendurado pelo meu pulso encontro todo o resto.

Então a primeira coisa que faço é dar uma boa última olhada.

Aquelas fotos que eu imprimi depois das primeiras férias que eu passei na casa do Sam eram maravilhosas. E eram muito bem tiradas porque ele, apaixonado pelo cinema, tinha uma câmera profissional e tudo, ele amava tirar fotos de todos os nossos momentos. Elas me mostravam de um modo mais infantil e vulnerável, não gostava de ser retratado assim. Eu tinha acabado de voltar da Dinamarca e estava começando a perceber que minha vida seria maior do que eu imaginei. Olhando para aqueles olhos castanhos eu encontro um Lucca Angiani que sequer parecia se preocupar com algo que poderia acabar. Será que naqueles dias eu cogitei a ideia de que o Sam me largaria sem mais nem menos? Aquele tempo era muito bom… Hoje, porém, eu tenho certeza de que aquele Lucca jamais seria o mesmo Lucca de hoje se o Sam nunca tivesse terminado comigo. Eu não estou agradecendo o filho da puta, porque até mesmo agora eu sinto saudades dele. Olhando cada foto com um pesar no coração por ver que nós sorríamos juntos... Não, eu sinto muito a falta dele. Só que esse é o ponto: agradeço por ter passado.

Seria tão mais tedioso se permanecesse.

Coloco foto por foto no latão que já está cheio de espuma e coisa do tipo — materiais que eram encontrados em maioria no ferro-velho, menos ferro velho em si —, vendo meu passado desaparecer. Dou adeus a cada pequeno momento retratado. Está tudo sumindo. Como se estivesse sendo engolido por um buraco negro. Sei que Alana estaria orgulhosa de mim se pudesse me ver agora e não estivesse tão ocupada. Eu gostaria de estar fazendo isso com ela. De qualquer modo, faço o que deve ser feito.

Pego a garrafinha pequenininha de refrigerante que eu enchi de álcool e despejo quase tudo nas fotos, tentando criar um rastro no qual o fogo pode percorrer. Jogo um fósforo, mas não funciona no primeiro. No segundo uma chama consome toda a lata e um facho de luz cresce naquela escuridão toda que a noite está trazendo. O dia some assim como as lembranças que eu preservei por tanto tempo. Aquelas fotos tinham um valor sentimental como nada teve antes... Eu as guardava como se fossem um tesouro precioso.

Era a última coisa que me ligava ao meu passado com o Sam.

Desfazer-me delas significava muito mais do que apenas um latão sendo consumido pelo fogo. Aquele calor que estava em minhas mãos era todo o meu passado se desfazendo em pedacinhos, como um último basta. Foi ele quem quis terminar tudo e todas as coisas e eu tive que me adaptar. Essa é a minha adaptação, afinal, eu ainda estou vivo e sem ele.

Depois daquelas mensagens não tenho muita certeza se eu queria continuar vivendo no passado. Naquele passado em específico. Porque a verdade é que ele jamais se tornaria meu presente e jamais seria o presente que eu gostaria que fosse. Não sei exatamente como eu tive coragem de fazer isso agora, porque não faz muito tempo que nós terminámos. Contudo, estou me livrando da bagagem que não me pertence mais.

Aguardo, observando as lembranças morrendo.

E uma nova estrela nascendo na galáxia.

ALEXANDRE KLEIN

CAPÍTULO NÚMERO DOZE

"Os cruéis vieram ao poder cheio de promessas, mas eles mentiram. Não cumpriram suas promessas, eles nunca cumprirão"

Tudo estava normal de novo, eu estava na aula em que precisava estar, a presença do Erick já não me incomodava mais e aquela "briga" com o Jhonny e o Key nem parecia ter existido. Enfim estávamos em Outubro, na primeira segunda-feira do mês. Nós estávamos conversando normalmente enquanto o Jhonny dava uns beijos na Maxine. Eles estavam programando de todo mundo sair para se embebedar nesse fim de semana, porque o Jhonny e o Key estavam com novas paradas para experimentar. Uma cartela de Alex Grey — eles me falaram que era LSD, e que como eu ainda não tinha experimentado era necessário que eu estivesse presente nessa festa — o Jhonny ainda tinha um pouco de mescalina, falaram do tão casual narguilé e da costumeira maconha.

O plano, na verdade, era que os pais da Max não estariam em casa naquele fim de semana, então a casa dela, que na verdade é uma mansão de seis quartos e oito banheiros, serviria de concentração de drogas. Eu estava mais interessada nos meus estudos, de verdade, mas parece que o universo não queria que eu superasse o gênio mais sucedido da família. Naquele dia o sinal estava demorando demais para tocar. Estranhei porque eu sabia exatamente o momento em que ele tocava, porque meu relógio interno não falhava em nenhuma das vezes, porque quando eu olhava para o Erick ele já estava de pé para chegar nas salas antes do restante dos alunos. Só que não foram apenas alguns segundos de atraso, foram minutos. E, depois de um atraso de dez minutos, todos passaram a estranhar também.

Afinal, ninguém era realmente burro naquela escola.

—Será que eles querem que nós fiquemos aqui? — questionei para ninguém em específico. O intervalo estava bem barulhento por conta da agitação dos alunos. Todos os alunos que estavam do lado de foram passaram para o lado de dentro, como se tivessem sido ordenados a isso.

—Os alienados por pokémon estão entrando — disse Jhonny — não, essa palavra não parece certa. Key, sinônimos...

—Inconsistente, absorto, apartado, ignorante, desligado, alheado, doido, ensandecido, demente...

—Os dementes do pokémon estão entrando...

—Provavelmente deve ter um Mewtwo aqui dentro — Maxine se pronunciou falando o nome de um dos personagens que nenhum de nós parecia conhecer de verdade. Por isso todos nós olhamos para ela com reprovação. — Não? Vocês não conhecem?

—Caralho, você não falou isso... — Jhonny apertou os olhos.

—Mas ele é o mais legal...

—Ele não existe.

—Vai saber — Ela continuou — é provável...

—Não. — Eu nego, olhando para o modo como eles andam sem pressa nenhuma. — Se você prestar bem atenção eles não estão correndo. Se fosse uma novidade eles estariam loucos atrás para ver quem pegaria primeiro. Nenhum deles está com o celular na mão. Eles parecem assustados.

—É... Verdade. — concordou o Key — Talvez outro cara tenha se suicidado lá do lado de fora. — Não. Isso também não teria acontecido. Se mais alguém tivesse se matado teria gente correndo pra fora e com os celulares apontados em alerta, com as câmeras ligadas.

—Não... olha lá...

Jhonny chamou nossa atenção para a porta da frente.

—Tem uns caras entrando... — disse Maxine.

A novidade é que eles não eram alunos. E não pareciam criminosos ou coisa do tipo, pelo menos a hipótese de um extermínio em massa dos alunos da White Cloud já sumira da minha cabeça. Eles estavam vestindo terno, tudo preto e branco. Os cabelos aparados e armamento o suficiente nas costas para caso alguém tentasse uma fuga. Talvez eles estivessem à procura de alguém.

Um dos engravatados, um dos únicos que não segurava uma arma, levantou um megafone e, em alto e bom som, pediu para que todos fizessem silêncio. Mas não era preciso, porque a simples aparição deles lá já tinha causado certo estranhamento. Ninguém se atreveria a se opor contra eles.

—É a CIA? — Perguntou o Jhonny.

—Não... As insígnias são diferentes — Observa Key num sussurro quase inaudível — acho que é um departamento menor. Talvez alguma subdivisão da CIA.

—O FBI então? — Jhonny sugere.

—Cala a boca — digo para os dois.

Então, no silêncio, ouvimos o que eles querem falar.

—Alunos da White Cloud, somos um membro governamental, nossos empregadores são sigilosos e estamos aqui devido ao suposto suicídio do aluno Anthony Jameson O'Connel na noite do dia quinze de setembro. Sabemos que todos estão a par do acontecimento e viemos anunciar que todos vocês, assim como o corpo docente da escola, estavam sob uma minuciosa vigilância durante esse último mês. Apenas seguindo ordens, preciso que os alunos que eu chamar os nomes se apresentem, por favor — mesmo depois de tudo ter esfriado esse assunto ainda estava repercutindo.

O engravatado com o megafone chamava os nomes por completo e o ano no qual estavam cursando os alunos. Primeiro foram dois garotos do segundo ano. Depois uma garota do primeiro ano. E, na lista dos alunos do terceiro ano, tinha um cara que eu conhecia.

—Erick Anthon Johnson — virei os olhos para a mesa na qual ele estava sentado. E, diferente dos outros alunos que demoravam a levantar e quando levantavam tinham um olhar de medo, o Erick simplesmente se levantou de sua cadeira com seu caderno fechado e a caneta na mão. A verdade é que parecia que ele sabia que seria chamado. Caminhou até onde os engravatados pediram que fossem e depois disso desapareceu por uma porta.

—Olha só se não é o esquisitão — sussurrou Jhonny.

—Vocês acham que ele tem alguma coisa a ver com o carinha? Tipo... Acham que eles estavam transando? — A garota sugeriu. Maxine não deveria estar falando toda essa merda. Não dou três semanas até que eles terminem.

—Caralho, que puta matéria ia dar, hein? — Jhonny estava rindo sem se preocupar — Imagina só se o cara, no meio da coisa toda, sacou a arma, deu um tiro no outro e ficou com o pau preso no meio do cu.

—Que nojento...

—Vocês não conseguem levar isso a sério, porra? — digo.

—Cai na real. Tá na cara que eles estão tentando coletar mais informação sobre o outro lá porque eles acham que alguém o matou. Mas ninguém o matou. Foi o cara que pirou e... — Ele levantou os dois dedos e colocou, metaforicamente, uma arma na própria cabeça.

—Quem garante que...

—Lucca Lewis Angiani — ouço meu nome soando no megafone.

E eu sou mais um daqueles que fazem a cara de desentendido, do tipo "é comigo mesmo?" Acontece que eu sou o único Lucca Lewis Angiani de toda a escola. Olho para todos os meus amigos que retribuem o olhar com confusão. Mas eu não posso negar ao chamado, então me levanto o mais rápido que consigo para não mostrar hesitação. Não consigo falar nada para eles e nem ouço nada do que eles pretendem falar.

Apenas sigo o caminho até os engravatados.

Sou levado para um dos corredores que fica entre a porta principal e o pátio. Eu imagino porque estou aqui. Se tem alguma coisa a ver com o Anthony então eles vão querer saber tudo o que eu sei. Naqueles segundos antes de chamarem os últimos nomes eu fico me perguntando o que devo dizer. Falar sobre o Erick pode foder com a vida do cara... Porque eu sei que não foi ele. Eu tenho certeza que não foi ele.

Então o que eu vou fazer?

Foder com ele, ou me foder sozinho?

Não vou mentir e dizer que essa situação toda estava de boa e que meu cu não estava suando. Sério, eu não conseguia pensar em como isso poderia acabar de uma forma legal. Eu estava sentado numa sala que eu nem sabia que existia dentro da White Cloud no Bloco Um. A White Cloud é muito mais velha do que o meu pai, tem lugares nessa escola que deixaram de funcionar e que jamais seriam usados novamente. Depois de algum tempinho esperando lá vejo um cara aparecendo pela porta à minha frente. O mesmo cara que estava com o megafone e me chamou. Seu cabelo era liso e penteado para trás, porém uma pequena mecha se jogava na frente de seu rosto, mostrando que por trás de tudo aquilo seu cabelo era, na verdade, bem cacheado. Respiro fundo quando ele se senta na mesa e me encara. Os olhos frios não permitem que eu me distraia um momento sequer. O queixo é bem delineado assim como as sobrancelhas. Ele é magro e presumo que esconda um bom físico por baixo dessa roupa toda. Presumo também que ele deve estar morrendo de calor vestido desse modo, mesmo sem um pingo de suor no rosto.

—Lucca Angiani, perdoe minha falta de cordialidade. Meu nome é Florence Turner, tratado por meus agentes como Sr. Turner, é um prazer estar sobre a presença do futuro genético do país. — Ele tenta ser amigável comigo, mas acho que ele não notou ainda que mesmo a minha mente sendo a de um prodígio eu continuo sendo um jovem com medo deles — É presumível que você se pergunte o que está fazendo aqui. Tem alguma ideia do por que seu nome foi chamado há alguns minutos?

—Não, senhor.

—Ótimo. Quanto menos você souber, melhor. — Ele está mexendo em alguns papéis e não olha no meu rosto — Não queremos jovens cheios de hormônios espalhando nossas confidencialidades para os quatro ventos. É difícil controlar todos esses alunos.

—Então não seria mais sensato da parte de vocês não *confidencializar* as suas confidencialidades, senhor? — Seus olhos se movem imediatamente para meu rosto com as sobrancelhas apontadas para baixo. Sei que falei merda e por isso eu me retraio no meu lugar. Mesmo querendo permanecer de queixo levantado.

—Primeiro de tudo, Angiani, é *confidenciar*. Você, como um prodígio que me disseram ser, deveria estar entre os alunos mais inteligentes da região, me surpreenda que seja tão petulante a um superior. — Eu fico quieto, mesmo com um monte de coisas passando na minha cabeça eu não consigo falar nenhuma delas. Apenas escuto o que ele tem a me dizer. É só o que eu preciso fazer. Responder às perguntas e já era. — Vou ser direto. Qual era o seu grau de relacionamento com o aluno Anthony Jameson O'Connel? Você o conhecia?

O que é conhecer alguém?

—Eu o conhecia — lembro-me de como ele estava tentando se aproximar de mim no começo das aulas e de como eu fui grosso com ele. É assim que eu vou tratar a memória de alguém morto? — Ele participava das aulas de interpretação comigo. Mas não o vi na aula quando...

—Onde você estava no dia quinze de setembro às onze horas da noite? Era uma sexta-feira e temos o conhecimento que os alunos da White Cloud normalmente saem das dependências da escola para fazer o que bem entenderem. O que você fazia nesse dia?

—Estava com meus amigos.

—Estar com seus amigos não é um álibi. Sequer pode ser considerado como desculpa. O que você estava fazendo naquele dia? — Eu lembro sim o que eu estava fazendo naquele dia no mesmo horário em que o Anthony morreu. Eu estava me embebedando e esquecendo o Sam com o Jhonny e a Sandy. Mas não seria nada coerente falar que eu estava por aí ingerindo álcool e fumando maconha. Esse tipo de coisa não combina com o perfil de prodígio White Cloud, esse tipo de coisa não combina com uma boa desculpa para fugir de um interrogatório.

—Eu... não lembro...

—Você sabe que eu não estou aqui brincando, não sabe? — Turner parecia facilmente irritadiço — Garoto, quanto mais rápido você me der as respostas, mais rápido você vai poder voltar para os seus livros didáticos e uma vida em sigilo no *Redtube*. Por isso eu quero que me diga, onde você estava no dia quinze de setembro?

—Estava bebendo. Com meus amigos. Jhonny Nichols e Sandy Hills.

—Então você estava bêbado? — A caneta se mexia no papel que ele tinha apoiado na mesa, colocando tudo o que estava acontecendo. E lá se vai toda a minha imagem de aluno perfeitinho.

—Sim, senhor...

—As informações que nós temos é que Anthony não era um aluno muito popular, mas você o conhecia. Ele tentou fazer contato com você nesse ano? Antes de se matar, ele disse algo para você? Sabia com quem andava?

—Não.

—Não o quê, Angiani?

—Ele não tentou falar comigo. Nem sabia com quem andava.

—Sabia de alguém que tinha alguma pendência com ele?

—Não.

—Possui qualquer informação que nós provavelmente não temos?

—Não, senhor. — Estou olhando para baixo, tentando me esquivar de todas essas perguntas. Não queria estar aqui e não queria ter que passar por isso. Eu não faço ideia do que eles querem comigo... Eu não faço ideia de por qual motivo estou mentindo tanto.

—Angiani, pela segunda vez, isso não é brincadeira. — Ele levanta a voz para fazer com que meus olhos se encontrem com os dele — É possível que esteja acobertando um assassino. Pode não ser de seu consentimento, mas acobertar um assassinato é um crime tanto quanto o próprio assassinato. Se você conhece qualquer pessoa aqui que é minimamente suspeita...

—Não conheço, senhor. Gostaria de ajuda-los, mas não dá.

—Ótimo. — Ele anota mais algumas coisas, com pressa e sem nenhum tipo de cuidado. Parece que ele não está realmente muito interessado em anotar as respostas. Aposto que ele é mais do tipo que prefere a prática. Pegar numa arma e sair ameaçando as pessoas por aí. Ter o poder nas mãos e sobrepor-se aos inferiores. — Então só mais uma pergunta: o que Erick Johnson tem a ver com essa história toda?

—Como assim?

Seu nome me causa calafrios.

Imagino que já tenham interrogado o diretor, e ele é um puta de um cagão. Ele é um cara que não dá pra contar com a ajuda. Ele provavelmente abriu o bico e falou sobre mim e o Erick. Por isso Turner acha que o cara tem alguma coisa a ver com o assassinato do Anthony. Merda, merda, merda...

—Erick Anthon Johnson. O que você sabe dele?

—Sei que ele é o aluno novo, ele é muito...

—O que você sabe — Ele me interrompe fechando os olhos para manter a calma no interrogatório — de útil? Seja objetivo...

—Ele é inocente.

—Não cabe a você decidir isso.

—Com todo o respeito, senhor, mas tampouco cabe ao senhor.

—Meu trabalho é coletar as informações. Informações que eu sei que está resguardando. Por favor, Angiani, não torne isso mais difícil do que já é.

—Eu dei minha resposta, senhor. Ele é inocente.

—Não, você se esquivou. Essa não foi a minha pergunta.

—O que quer que eu responda? — Por um momento começo a tremer demais por estar elevando minha voz e encarando a fera de frente. Sei que não deveria fazer isso, mas foda-se. — Pensei que ele fosse o culpado porque o vi entrando na floresta no mesmo dia, mas os horários não são compatíveis. Eu estive seguindo-o por ordens do diretor e não descobri nada de diferente. Até onde sei ele continua sendo um aluno tão comum quanto eu ou qualquer outro, ele não é o culpado.

—Como pode saber?

—Porque ele me disse. Ele disse que dias antes de Anthony morrer ele carregava uma carta suicida no bolso para que, quando morresse, pudesse entregar seus agressores. Não sei se chegou aos ouvidos do senhor, mas ele estava sendo abusado. Tipo, estuprado. E talvez essa não seja a história mais legal do mundo, mas ele não se matou. Se você quer um nome e um culpado então encontre essa carta… senhor. — Tento me colocar no meu lugar como o aluno prodígio que eu sou. Com aquele perfil perfeito que criei. E, com isso, eu acabei de entregar tudo o que eu sabia. Talvez eu tenha fodido totalmente com a vida do Erick e… não sei. Eu não queria ter feito isso. Não queria ter dito tudo isso.

Turner se recosta em sua cadeira, olhando-me com satisfação.

—Está liberado, Angiani. Tudo o que conversamos é inteiramente confidencial, espero contar com a sua ajuda para isso. Vá para a sua casa imediatamente. A escola estará interditada até segundas ordens. Obrigado pela cooperação. — Eu tento me desviar de seus olhos no mesmo instante. Sei que ele pode ser só um homem, mas ainda assim me enche de medo estar no mesmo recinto que ele. É como se, a qualquer momento, ele pudesse voar para cima de mim.

Ao sair sinto o ar fresco nos poros da minha pele, e, ainda assim, não me sinto mais livre do que me sentia lá dentro. Eu preciso ir embora daqui. Eu não vou conseguir ficar por muito mais tempo. Só que estou paralisado. Apenas pensando no que acabou de acontecer. Minha audição está um pouco danificada por conta do nervosismo e da adrenalina, mas consigo ouvir o som da porta se abrindo atrás de mim e vejo Turner aparecendo.

Ele chama um outro aluno para dentro. Erick.

O tempo passa em câmera lenta e ao passar por mim, Erick não me olha. Queria que ele me olhasse, para que eu pudesse tentar encontrar qualquer coisa que me desse um pouco mais de segurança. Porém os dois se confinam naquela cabine e sou obrigado a ir embora pelos outros engravatados. Não posso ficar.

Vou descendo as escadas para o pátio. A única coisa em que consigo pensar é que provavelmente minha vida vai virar um inferno por causa disso. Peço desculpas mentalmente para o esquisitão... sei que não é o suficiente. Eu só espero que ele saiba dar conta de si mesmo sozinho.

Acontece que ninguém estava autorizado a sair. Todo mundo estava dentro daquele pátio, até mesmo os professores se reuniram lá e tentavam manter a calma. Não tinha ninguém se manifestando ou perguntando para os guardas o que estava acontecendo, mas quando eu cheguei lá e passei pela barreira deles tentando encontrar meus amigos todos passaram a olhar para mim. Como se eu fosse a fonte de informações que eles precisavam. Só que não pude dar nem três passos à frente, porque um dos guardas com armas segurou meu braço e me puxou para trás. E, por trás da máscara de proteção, ordenou que eu passasse pela porta e fosse embora.

Não consegui ver meus amigos depois disso.

O lado de fora da White Cloud estava mais vazio e silencioso do que nunca. O Sol estava alto no céu, porque ainda eram três ou quatro horas. E eu ainda estava suando, não por conta do Sol, óbvio. Tento encontrar qual é a melhor solução agora... porque eu não faço ideia de como prosseguir. Ligar para meus pais não rola, eles ficariam preocupados e eu não quero ir para casa. Eu quero esperar por ele. Pelo Erick. Eu preciso saber se ele está bem e se não fizeram nada com ele.

Olho para a direita, onde a floresta se esconde após o Bloco Dois, mas as árvores estão com aquelas fitas amarelas e pretas, tem pelo menos cinco guardas do lado de fora com as armas que me olham como se eu não devesse estar ali. Sei que devem ter mais homens do lado de dentro da floresta, cuidando para ninguém entrar ou sair. A White Cloud virou uma verdadeira fortaleza em quarentena. Sei que o Erick não vai conseguir passar pelas árvores, então ele obviamente não vai para lá na hora que sair. Então eu decido que vou esperar por ele no portão de ferro. Ele também está sendo vigiado por dois guardas e tremo quando passo por eles. Eu fico parado em frente ao estacionamento, vendo o carro dos professores em um lado específico para eles e, do outro lado, os carros das pessoas que estão no Shopping. Depois de ficar esperando por quase três minutos ouço um dos guardas me chamando.

Ele manda eu ir embora então digo que estou esperando meus pais e que já liguei lá de dentro, mas eles vão demorar para chegar porque moram longe. Então eles ficam quietos e deixam que eu espere ali. Até que o Erick passa pelos portões da White Cloud também e passa por mim. Como se eu não tivesse importância alguma. Ele está silencioso e parece mais calmo do que eu estava há meia hora. O interrogatório dele pareceu durar mais do que o meu. Turner provavelmente deveria ter muito mais o que perguntar a ele do que a mim. Espio pelos ombros para ver se os guardas vão dar a minha falta, mas não me importo e passo a seguir o Erick.

Já ao seu lado eu pergunto:

—E aí? O que perguntaram para você?

—As mesmas coisas que você já havia me perguntado.

Como sempre, não consigo ver seus olhos. Mesmo que ele seja menor do que eu. Parece até que ele não gosta de olhar para mim. Eu tento pensar no que mais perguntar, mas parece que ele está bem. Parece, na verdade, que ele só quer esconder. Esconder o que está sentindo no interior. Aquela expressão de sempre no rosto...

—Te culparam pelo assassinato do Anthony?

—Sim. — Ele confirmou de forma pacífica — Até que eu conseguisse provar que eles estavam errados e que eu tinha um álibi do qual eles não podiam contestar. — Aguardo enquanto penso que ele vai falar qual foi o álibi e, contudo, ele permanece em silêncio. Com o caderno em uma mão e a caneta na outra.

—Bom... isso é bom — afirmo — então, qual era o seu álibi?

—Não estou autorizado a falar — chegamos numa bifurcação e eu sabia exatamente para qual dos dois lados ele viraria — parece que, por enquanto, é melhor que eu mantenha sigilo do que ando fazendo. Sua preocupação é admirável como o prodígio da White Cloud, porém é desnecessária, Lucca Angiani, está tudo bem agora. Não preciso que cuide de mim. Até breve. — Ele parte sem olhar para trás.

Alguma coisa muito frágil se rompe dentro de mim e eu fico com raiva dele. Porra... eu fiquei todo preocupado do lado de fora esperando que ele estivesse bem, achando que ele não saberia como se defender... e ele vem me dizer que não precisava que eu cuidasse dele? Tá bom, eu sei que ele nem me conhece e sei que eu mal o conheço, mas caralho... O que custa ele agradecer de vez em quando? Falar "valeu por me esperar" ou então "obrigado por estar aqui". Só queria que ele pudesse entender que eu estava preocupado com ele! Eu o vejo andar mecanicamente por aquela estrada reta até que ele contorne a curva e continue andando. Sumindo do meu campo de visão.

E, quando ele vai embora de verdade, sinto outra coisa que não é raiva. É um sentimento mais profundo e que se esconde numa parte não muito conhecida de mim. É quase uma necessidade por informação... mas não diria que é de informação que eu necessito. Aquele cara, o esquisitão, ele mexeu comigo em algum lugar que eu não vou conseguir consertar depois. Eu sei disso. Não quero pensar na hipótese de que agora o meu coração está batendo por outra pessoa, eu não quero imaginar que ele está entrando furtivamente pelas barreiras que estou tentando construir. Não... ele não tem o direito de fazer isso.

É uma coisa que eu não vou admitir a mim mesmo.

Ligo meu celular para chamar a única pessoa que vem à mente e tento esquecer dele. Porque eu sei que se ficar pensando demais a coisa vai acabar acontecendo. Eu só preciso esquecer do nome dele e, se eu esquecer do nome dele, acabo esquecendo do que eu posso estar sentindo por ele. A voz do Trevor aparece do outro lado do telefone e ele fica surpreso. Eu nem lembro qual foi a última vez que eu realmente liguei para ele.

—Fala aí mini cuca — era engraçado quando nós éramos pequenos porque tinha certa sonoridade com o meu nome. Então "cuca" era o meu apelido para o Trevor.

—Tem como você me buscar aqui na escola?

—Aconteceu alguma coisa? — Sua voz era suave por trás do telefone e também estava preocupado. Porque o Trevor sempre foi como um irmão mais velho para mim. Ele sempre cuidou de mim e sempre me tratou como se eu fosse o irmãozinho dele. Nós crescemos juntos... e eu sempre tento me lembrar disso para tentar esquecer que eu o odeio. E, ainda assim, fico cada vez com mais ódio por ouvir a voz dele. Por saber que foi por aquela voz que ele se apaixonou e não pela minha. — Você tá bem?

—Eu tô bem. — mordo o lábio e tento soar o mais gentil que eu consigo, mesmo não sendo muito. — Você tá muito ocupado pra me dar uma ajudinha aqui? No caminho eu te explico o que aconteceu.

—Claro. Segura as pontas aí, pode ser? Apareço em dez minutos, só vou me trocar. — O ouço saindo da cama e me dando tchau. Ele devia estar com alguém num motel. Provavelmente devo ter estragado seu dia. E ele ainda estava disposto a sair de lá para me socorrer aqui. Eu não sei por que eu me importo tanto com o que o Sam me fez pensar dele.

Eu não deveria me sentir assim em relação ao meu primo.

Minha cabeça está uma grande confusão pensando sobre tudo o que aconteceu. Sobre a Alana ter se mudado para a Alemanha e não poder me contatar todos os dias, sobre o assassinato do Anthony e sobre o suposto criminoso estar dentro da minha escola, sobre a falta de reconhecimento que o Erick tem sobre mim, sobre o meu ódio indevido pelo meu primo... Tudo está confundindo meus sentidos, eu sei. Eu, como um prodígio, deveria ter a mente limpa de coisas desnecessárias e lotadas de informações.

Parece, contudo, que não sou o prodígio mais sucedido.

Talvez eu nunca seja, essa é a verdade. Merda.

CAPÍTULO NÚMERO TREZE

"Desculpem-me, mas não quero ser um imperador. Este não é o meu ofício"

  A White Cloud estava realmente interditada. Eu não sabia até quando, não sabia se ela voltaria a abrir as portas e sequer sabia como o Lewis estava lidando com isso, mas como nós não estávamos autorizados a retornar por enquanto, todos foram obrigados a retornar para suas casas. Durante a semana eu conversei bastante com os meus pais sobre isso. A minha mãe me levou para a igreja para que pudéssemos rezar pela alma do Anthony e pedimos que isso tudo fosse resolvido logo. Meu pai fez inúmeras ligações para a escola para conversar com o Lewis, em vão. Eu particularmente visei meus estudos. Jackson me ligou dizendo que a Associação entendia que talvez eu demorasse um pouco mais e estendeu o prazo por mais uma semana. Meu prazo final era até dia quinze de outubro, um domingo. E, por isso, não fiz nada além de estudar e escrever. Porém, o que acontece de verdade, é que hoje, sexta-feira, o Trevor me ligou. Depois que ele me levou para casa nós tivemos uma breve conversa. Muito breve mesmo. Porque eu sei que vivo dizendo que não deveria tratá-lo desse modo, a questão, contudo, é que eu não consigo. Toda vez que eu o vejo, eu ainda penso no Sam e penso, consecutivamente, nas merdas que ele fez pelo meu primo.

  Eu pensei em recusar o convite, porque eu não conseguiria suportar o Trevor uma noite inteira. Eu não queria ficar do lado dele e fingir que gostava dele ou que sequer estava gostando do que nós dois estávamos fazendo. Só que eu aceitei. Sei que sou o prodígio mais controverso do mundo, sei que a Associação ainda está cobrando muito de mim, mas aceitei. Porque nós dois somos primos e, para ser sincero, estava com uma puta falta dele.

  Queria, no fim das contas, sair para conversar com ele.

  Minha mãe ficou feliz por mim. Porque ela sabia que eu tinha me desligado um pouco do meu primo e de todo o resto da família — mesmo que o tio Mark fosse uma exceção —. Então, lá por volta das nove horas, o Trevor me chamou na porta de casa. Ele estava arrumado, com uma camisa bonita e azul, uma calça de couro sintético pelo que parecia e aquele cabelo perfeito e penteado. Como de costume esperei que minha mãe o abraçasse e fizesse as perguntas que sempre faz, depois disso nós dois saímos. Ao entrar naquele carro eu só torci para que o resto da noite fosse boa, torci para que não me arrependesse depois.

—Qual é o plano para hoje, cuca? — Estava quase perguntando isso a ele, porque achei que ele tinha preparado alguma coisa.

—Beber — digo antes de qualquer coisa — muito.

—Sério? — Trevor diz ironicamente, colocando a marcha para funcionar e ligando o carro — Achei que o plano era ir à igreja. — Não consigo evitar e sorrio. Esse era o tipo de comentário que ele fazia quando só nós dois estávamos juntos.

—Se você aceitar, eu conheço um lugar...

—Se tiver as três coisas que um homem precisa, então tudo bem.

—Quais três coisas? — Ponho o cinto.

—Qual é? Mulheres, bebidas e drogas.

O carro começa a andar enquanto, em minha mente, eu fico me perguntando o que foi que eu perdi por esse tempo todo. Quero dizer, o que eu perdi na vida do Trevor para não notar o que ele estava fazendo também. Sei que parece irônico e hipócrita da minha parte achar que ele estava fazendo alguma coisa errada quando, na verdade, eu faço o dobro do que ele deve fazer.

Encosto a cabeça na janela e vejo o mundo passando do lado de fora só para lembrar a mim mesmo que eu poderia ser melhor do que isso.

Eu já estava completamente bêbado. Estava me apoiando no Trevor e ele segurava um copo de whisky na mão. Eu acho que naquela hora eu estava escolhendo as garotas que ele deveria beijar. Apontava uma e ele tinha que chegar nela para conseguir um beijo. Ele não tinha conseguido nenhuma até agora e foi por isso que eu fiquei feliz. O filho da puta não era tão lindo assim quando estava bêbado. Ele tinha um defeito. Nós não podíamos usar nada lá dentro, nem mesmo a maconha que eu levava no bolso. Então nos contentamos com alguns — ou talvez muitos — copos de whisky e vodca. E acho que alguns goles de tequila.

Apontei para outra garota que também estava com um copo na mão, dançando com umas amigas. Ela era loira e usava uma roupa muito curta, não conseguia entender como era possível. Ele lambeu os lábios, deixou o copo do meu lado e disse que essa era o seu prêmio. Então ele foi com toda a confiança para cima da puta e, um segundo depois, começou a comer ela com a boca. Ela se entregava para ele como se fosse ele uma isca e ela um peixe desesperado. Ri bastante porque ele conseguiu, mas de repente o tempo começou a passar mais devagar e eu parei de rir em momentos. Minha mente confusa começou a colocar o Sam no lugar daquela garota e fiquei imaginando quantas vezes ele deve ter pensado em coisas desse tipo.

Quantas vezes ele já deve ter tocado no próprio pinto pensando no meu primo pelado comendo o cu dele? Eu sei que o Trevor é gostoso para um senhor caralho porque eu já o vi sem roupa do mesmo modo como já tomamos banho juntos, sei que todo mundo deve se derreter pelo modo como seu queixo é extremamente quadrado e delineado. Todo mundo ama seu sorriso e elogia o seu cabelo. Sei que com o Sam não era diferente, tenho certeza que aquele filho da puta deve ter se apaixonado na primeira vez em que viu o meu primo.

Engulo todo o resto que tem no meu copo e bebo o que tem no copo do Trevor e só espero até o momento em que ele volte. Não lembro exatamente de como aconteceu, mas nós saímos daquela confusão na pista de dança no mesmo instante e ficamos parados numa daquelas mesas. Tinha até uma cortina para privacidade. Não queria mais olhar na cara do Trevor pelo resto do dia, eu não queria mais viver do lado dele, para falar a verdade. Porque toda vez que eu olhava para ele as coisas mudavam. Mesmo quando eu tentava fazer diferente, ainda era a mesma coisa.

Ainda era o cara que destruiu meu único relacionamento.

—Que noite, cara. — Ele estava segurando uma garrafa de *51*. Eu não falei nada, apenas fiquei olhando para a cortina. Roxa, eu acho. Ele foi tomando a garrafa como se fosse água — Fazia tempo que eu não me divertia assim com alguém da família. Fazia quanto tempo que a gente não saía? Uns dois anos? — Não sabia o que dizer, na verdade eu nem queria dizer nada. A partir daquele momento eu só queria que ele morresse. Minha barriga começava a doer e eu não sabia por quê. O Trevor voltou a falar qualquer coisa, mas eu não dei a mínima. Não estava ouvindo. Então eu comecei a vomitar. — Eita caralho — Ele levantou os pés e começou a rir, colocando a garrafa na mesa e batendo nas minhas costas, queria poder me desviar do toque dele, mas tudo estava escorregando pela minha língua — Você é bem fraquinho, né?

—Cala a boca...

Eu sempre precisei de muita atenção, eu já disse isso. Só que agora, nesse exato momento, eu não queria ter atenção nenhuma, tudo o que eu queria ter era um segundo de paz. Parar e respirar o ar. Nunca tinha percebido como isso tudo era tão artificial. O meu relacionamento com o meu primo. Eu fingia que gostava dele e ele fingia que se importava comigo.

Quando foi que isso tudo começou a acontecer?

—Eu estava com saudades de você, sabia? — Trevor colocou a garrafa de novo na boca e depois arrotou, então continuou — Depois que você entrou na Cloud nunca mais fizemos o que nós costumávamos fazer. A gente sempre dormia um na casa do outro, né? Quando a gente era pequeno e tal. Crescer é uma porcaria. E porra, também tinha o meu trabalho. Eu sentia falta de rir assim com você, Lucca…

—Eu não. — levanto-me e encaro-o.

—Não sentia falta de mim? — Balanço a cabeça negativamente, porque o gosto do vômito ainda está na minha garganta e eu não consigo falar nada sem que queira vomitar de novo. — Então você me odeia mesmo, né? Cara… eu achava que era só impressão…

Começo a rir.

Só que não estou rindo de diversão, mas sim de nervosismo. Esse sentimento ruim tá crescendo dentro de mim e tomando meu corpo. O Trevor tem a mania de conseguir tudo o que quer porque ele é charmoso e consegue fazer com que os outros se dobrem a ele. Às suas vontades. Mas há muito tempo eu não sou o mesmo…

—Cala a boca Trevor… Como você consegue ser tão otário?

—Por que você me odeia? — Eu ainda estou rindo.

—Sam. — digo em voz alta, mas ele não entende da primeira vez, então eu grito mais alto — Por causa do filho da puta do Sam! Lembra dele? Do Sam!? É claro que lembra, deve lembrar… — Primeiro o rosto dele mostra estranhamento, ele ainda não soltou daquela garrafa. Meus olhos estavam piscando e eu pensei que a qualquer momento poderia desmaiar ou vomitar mais uma vez. Não tinha a menor ideia do que estava fazendo ao contar tudo isso ao Trevor, mas ele precisava saber como eu me sentia. E que se foda todo o resto. —Então, aquele otário te amava. Que otário, né? Quando eu conheci ele eu nem sabia que ele te conhecia nem nada. Depois eu até disse pra ele que você gostava de mulher, eu disse pra ele que você comia uma diferente de semana em semana, eu disse pra ele que você não dava a mínima pra ele. Mas, coitadinho, ele sempre achou que você fosse mudar de opinião por causa dele. Porque ele é igualzinho a você sabia? Ele acha que o mundo inteiro pode se dobrar por conta dele, porque ele tem um sorriso bonito e porque ele é engraçado. — voltei a rir enquanto o Trevor me encarava — Sabe o que é mais engraçado nessa história toda? Eu amava ele, Trevor! Tipo, bem antes de tudo dar errado, eu ama ele de verdade. Eu amava quando ele falava de mim e esquecia de você. Sabe quantas vezes ele fez isso? Não…

nem eu sei. Acho que dava pra contar nos dedos de uma mão. Que bosta… Eu amava aquele filho da puta como se ele fosse a única coisa que importasse nesse mundo, e ele não deu a mínima quando viu você lá em casa. Ele saiu correndo como um cachorrinho atrás do dono, como ele sempre foi. Porque o Sam era um filho da puta. Sabe o que ele ficava pensando? Que um dia você ia correr atrás dele do mesmo modo como ele correu atrás de você…

—Eu não sabia…

—Claro que não sabia, Trevor. Ele não queria que ninguém soubesse, por isso ele nunca me contou quem era o amor da vida dele. Não era eu, por sinal. Nem eu sabia. — Eu ainda tinha um sorriso no rosto enquanto tentava gritar mais alto, porque eu queria que ele escutasse tudo. Estava tocando a música mais irritante do mundo. — Sabe por que você não sabia? Porque você é cego. Porra, ele te amava e eu amava ele e isso estava tão na cara que qualquer pessoa com um mínimo de inteligência teria visto. Você acha que ele passou aquele tempo todo em Atlanta te ajudando por quê? Porque ele queria ser seu melhor amigo? Ou porque ele queria ser uma boa pessoa? Porra nenhuma. Ele queria te chupar. — Não conseguia me controlar enquanto ria, porque simplesmente saía, como se fosse um impulso — E qual é o sentido nisso tudo? Sei lá, não podia ser bem mais simples? Eu… — minha risada vai sumindo quando vejo que estou muito patético — Eu achei que poderia voltar a olhar na sua cara qualquer dia desses, porque porra, nós somos primos. Né? Primos e esse negócio todo de família. Mas não dá, não. Toda vez que eu olho para você eu vejo ele e toda vez que eu vejo ele eu vejo que nunca mais vai dar pra ver ele de verdade. Ele tá longe e eu tô longe dele e a gente sempre vai estar longe, tipo, sempre. Dá pra entender? Dá pra você entender a merda que você fez? Porra… porra! — Meus olhos começam a lacrimejar porque eu não consigo lidar com isso tudo. Eu sou fraco demais para mostrar ao meu primo que superei. Porque eu não superei. Não de verdade. — E eu gostava tanto de você…

—Mas cara, eu não sabia…

—Foda-se, Trevor. Foda-se. Eu sei que você não sabia. Mas foda-se.

—Cara, para de falar assim comigo.

—Então o que você quer que eu diga, caralho? Que eu te desculpo?

—Desculpar pelo quê? — Trevor diz indignado.

—Por você…

—Por eu ter conhecido o cara? — Ele me interrompe com um rosto cheio de raiva. — Caralho. Então beleza. Me desculpa por ter ido estudar lá em Atlanta e ter conhecido esse cara sem nem saber que vocês já se conheciam. Porra… você me odeia por um cara que nem dá a mínima pra você? Quem é o mais idiota aqui? O cara por quem você era apaixonado ou você? Porra, Lucca.

—Cala a boca, Trevor. Cala a boca!

Ele bateu na mesa e deixou a garrafa de lado.

—Agora é você quem vai me escutar seu filho da puta. E eu vou dizer só uma vez porque eu quero que você entenda essa porcaria. Eu amo você. Eu sou seu primo e eu amo ficar do seu lado porque você é como meu irmão mais novo. Porque nós somos uma família! Se você quer ficar bravinho por causa daquele cara, então beleza. Vai estar sendo trouxa sozinho. Porque eu esperava mais de você. Você não se lembra de como a gente era quando a gente era criança? Ou você esqueceu tudo isso quando conheceu ele também? Ele é tão mais importante do que o cara que cresceu com você? Ele é mais importante do que todas as partidas de futebol que nós jogamos no videogame?

—Você não sabe do que tá falando, Trevor...

—Sei que eu senti sua falta — Ele começa a respirar mais fundo, como se também estivesse passando mal — porque eu queria que você estivesse do meu lado para contar as coisas que você me contou hoje. Seria tão mais simples se você tivesse me dito tudo isso antes... Seria bem mais fácil ser sincero como eu queria que fosse. Eu queria que você tivesse me contado antes que me odeia porque daí eu faria de tudo, *de tudo* para te lembrar que eu sou seu primo. Para te lembrar que *nós* somos uma *família*.

Nós continuamos nos olhando e eu não queria piscar ou me mover, porque eu sabia que qualquer coisa me faria chorar. O Trevor não está falando a verdade, isso tudo é a bebida e esse negócio de querer que todo mundo o ame de qualquer modo. Por isso eu só permaneci encarando-o como se nada daquilo tivesse me machucado. Eu não era frágil como o Trevor esperava que eu fosse. Porque ele estava errado nessa história toda, ele estava completamente errado e eu não diria o contrário nunca. Até que ele cedeu e se sentou na cadeira novamente, encostando-se em seu assento. Num lugar tão escuro que eu mal conseguia ver seus olhos reluzindo.

—Acho que você se esqueceu disso. — Ficamos em silêncio por muito tempo o que me fez pensar em tudo o que ele disse. Não queria ter que pensar nisso por mais tempo. Eu estava quase esquecendo o Sam. Não... não estava não. Eu continuo dizendo isso de que estava quase esquecendo dele, mas eu nunca quase esqueço dele. Sam ainda continua na minha mente mesmo quando eu não quero admitir. Mesmo quando eu queimo as fotos. Mesmo quando eu deixo tudo de lado... Ele ainda está preso na minha cabeça como se ele fosse a isca e eu o peixe desesperado. — Vamos. Eu vou te levar para a sua casa. Estou cansado...

Aceito e me levanto junto com ele. Sei que não deveria ser tão grosso assim e que nem deveria fazer o que estou fazendo, porque ele não tem culpa de verdade. Minha mente conflituosa, contudo, não sabe reconhecer isso. Eu sempre vou pensar em qualquer outro culpado pela minha dor que não seja eu. O orgulho é mais forte. Bom... agora o Trevor também sabe que eu sou gay. Totalizando três pessoas na conta final.

Vamos embora sem olhar para a cara um do outro.

Talvez o universo estivesse querendo nos matar. Estava sentado no banco ao lado de um cara que estava bêbado numa pista molhada por causa da chuva que caía às duas horas da manhã. Não lembro qual foi a última vez que andei num carro com alguém desse modo. Nós não trocamos uma única palavra desde que saímos daquela balada, não falamos nada sobre o Sam e nem mesmo sobre minha sexualidade. Eu estava um pouco mais sóbrio, mesmo com a barriga doendo muito e com vontade de cagar. O que pairava entre nós era a música que saia do rádio.

Ainda estava com a cabeça no vidro analisando todas as árvores pelas quais passávamos naquela pequena parte da estrada que nos levava direto para casa e, foi no meio desse pequeno pedaço que o Trevor viu alguma coisa. Com o farol ligado por causa da noite ele viu um cara passando pela estrada na mesma direção em que estávamos indo. Estava puxando um carrinho cheio de coisas encobertas por uma lona.

Mesmo na chuva ele não parecia desistir.

Trevor parou o carro ao lado do estranho e desceu a janelinha para poder falar com ele. Toda vez que isso acontecia num livro ou num filme o cara do carro morria minutos depois.

—Ei parceiro — A chuva caía forte do lado de fora e eu estava torcendo para que fosse um sujeito do bem e que não estivesse segurando uma arma com a outra mão — pra onde você tá indo?

—Pra casa — respondeu.

—Tá precisando de uma carona?

—Não. Obrigado. — Olhei por trás do Trevor e encontrei o cara com quem ele falava. Era o Erick. Sua voz era familiar mesmo com o barulho da chuva e aquela música horrível tocando no som. O que é que ele estava fazendo? Carregando um carrinho sozinho na chuva a essas horas? Para onde ele estava indo?

—Ei, Erick. Sou eu, o Lucca — abri a porta do passageiro e sai pela chuva no meio da estrada, sei que isso é muito imprudente, mas não tinha nenhum carro andando por ali às duas horas da manhã. Meu corpo inteiro se inundou em segundos e estávamos no mesmo nível agora. Meu cabelo no meu olho e o rosto dele pingando. Me aproximei e falei: — Entra aí. A gente te leva até a sua casa.

Ele parecia diferente daquele jeito; o cabelo molhado. Me lembrou daquele dia em que o vi nadando no lago, porém os cachos ainda estavam firmes, dessa vez, contudo, pareciam mais brilhantes.

Os olhos transparecendo serenidade.

—Entra. — digo mais uma vez, mas o Erick balança a cabeça sem dizer mais nada e começa a andar para o mesmo lugar em que estava indo. A mão firme no carrinho. Eu dou passos à frente para segui-lo e digo — Você é meio estranho de vez em quando. Tá chovendo, você vai ficar doente.

—Meu sistema imunológico é melhor do que você pensa.

—Ei! — Eu paro na frente dele e sussurro — Tá vendo o cara que tá comigo no carro? É meu primo. E nós acabamos de brigar então o clima tá meio estranho entre nós dois. A gente até ligou o rádio para ter alguma coisa pra ouvir. Será que você podia fazer um favor para mim e me ajudar a passar por essa?

Erick olha para mim e para o carro. O Trevor andou até nós com o automóvel bem lentamente e parou na nossa frente, o esquisitão balançou a cabeça e eu sorri agradecendo-o. Então, nesse momento, pedi que ele abrisse o porta-malas para colocar as coisas do Erick. Mas ele recusou. Pegou uma corda embaixo da lona que cobria o carrinho e amarrou-o no carro para que pudéssemos puxar.

—Bem melhor assim — disse.

Olhei para o cara do meu lado, mas seu rosto ainda estava do mesmo modo. Sem agradecer, sem recusar. Os cachos imutáveis tanto quanto seu humor. Ele só estava me ajudando a passar por aquele constrangimento de ter que encarar o Trevor pelo resto da noite. Ele entrou nas portas de trás e eu voltei para o meu lugar à frente. Meu primo achou estranho o cara entrando sem mais nem menos então eu o apresentei:

—Esse é o Erick, ele estuda comigo.

—Estou molhando seu carro. — recitou para Trevor, quase como se fosse um pedido de desculpas. Mas não era. Olhei pelo retrovisor para encontrar seu rosto inexpressivo enquanto meu primo tentava se socializar com ele.

—Tranquilo. É só água. Evapora. — Trevor não ligava de verdade pra esse tipo de coisa. Principalmente quando estava bêbado. Erick ficou quieto pelos primeiros minutos enquanto saíamos da estrada de vagar por conta das coisas que carregávamos e pelo medo que tínhamos de tudo aquilo cair no meio do nada, na chuva.

Eu tinha convidado o Erick para entrar na esperança de que o clima ficasse menos pesado, mas incrivelmente estávamos ainda mais quietos do que nunca. A música era o único preenchimento de vácuo existente. Que grande bosta, hein?

—Então Erick, você também estuda na Cloud?

Ele respondeu:

—White Cloud. Sim, estudo lá.

—Então estou na presença de outro prodígio? — Mas o esquisitão não respondeu, manteve-se calado, o que deixou Trevor incrivelmente tímido e sem vontade de falar mais nada.

Por isso eu me intrometi.

—O que você estava fazendo na rua agora? — espero por qualquer resposta, porém também sou ignorado pelo garoto do cabelo cacheado. Erick está olhando para um ponto abaixo do retrovisor, concentrado na estrada à frente. Isso me irrita tanto... — Estava perdido?

—Não.

—O que são aquelas coisas? No carrinho? — Continuo sem receber nenhuma resposta. — Não é irônico que nós tenhamos te dado carona e você não responde nada?

—Não acredito que seja realmente irônico já que não pedi por uma carona. Entrei porque você parecia desesperado para que eu entrasse — Ele não revelou diretamente que eu estava puto com o Trevor, mas eu tenho certeza que meu primo devia ter sacado a coisa toda. Ele não é tão burro assim. Então nós ficamos em silêncio de novo, um bem mais pesado. Olhei várias vezes pelo retrovisor para ver como Erick estava e, de vez em quando, ele olhava para trás para ver o carrinho. Ele mexia no cabelo com a mão esquerda e, pela primeira vez, ele não estava com a luva na mão direita.

Na verdade, ele estava com a mesma mão entre as pernas. Até parecia que estava prensando-a com força, como se ela pudesse assumir vontade própria e escapar. Eu não sei o que há de diferente nesse cara, mas ele é muito estranho.

Ao chegar a nosso bairro o Trevor perguntou:

—Para onde devemos leva-lo?

—Lucca Angiani sabe — Ele girou seus olhos para trás confirmando que sua bagagem estava segura. Eu não entendi exatamente o que ele quis dizer com aquilo, mas alguma coisa lá no fundo estava se conectando com os fatos do dia do meu aniversário. Quando nós fomos pichar aquela casa.

—Então, Lucca Angiani... — Meu primo me zoa com seu humor de sempre — Para onde devemos levar seu amigo? — Erick me olhou pelo retrovisor como se confiasse em mim.

Guiei Trevor até aquela pracinha onde a casa se escondia no meio das árvores. Estava tudo muito escuro. Se não fosse pelo poste de luz no qual paramos tudo estaria invisível.

—Aqui? — Perguntei a Erick.

Ele desceu do carro sem se importar com a chuva que já não caía mais e foi até a parte de trás do carro para desatar o nó do carrinho. Também desci para acompanhá-lo e pensei em dizer qualquer coisa, mas eu não fazia a menor ideia do que eu poderia dizer numa situação dessas. Por isso eu só observei enquanto ele colocava sua luva na mão direita e tirava a corda do carro do meu primo.

Após isso ele diz:

—Tchau.

—Erick, — sussurro mais uma vez — antes de você chegar lá o clima não estava muito legal — o garoto continua me encarando como se não soubesse o que eu estava querendo dizer, mas esse é o mesmo rosto que ele usa para toda e qualquer ocasião — então... Valeu por ter entrado no carro. Você salvou a noite.

—Você parecia ser mais esperto quando nós conversamos. Nem todo mundo ama todo mundo, então seja grato por ele ainda o amar — Ele começa a se distanciar indo para a sua casa, com a cabeça baixa eu posso ver a tatuagem na sua nuca e antes de ir embora ele para e termina — Obrigado pela carona, Trevor. Estou agradecido.

Com isso ele vai embora e eu entro no carro.

Após bater a porta o Trevor liga o carro.

—Seu amigo mora mesmo numa casa mal-assombrada?

—É. Bem estranho, né?

Ele desaparece na escuridão carregando seu carrinho e nós vamos embora porque temos que voltar para casa. Trevor diz que eu posso dormir na casa dele se ele quiser, mas eu recuso e ele entende isso como uma confirmação de que eu ainda estou muito puto com ele. Ou melhor, eu sempre estarei muito puto com ele. Eu não queria que fosse assim... queria olhar para ele e encontrar o meu primo do modo como ele me encontra. Vê-lo do mesmo modo como ele me vê. Eu tinha que escutar o Erick.

Tento não fazer barulho quando entro em casa, minha mãe e meu pai estão dormindo aqui no andar de baixo e eu ainda preciso subir as escadas. Por isso eu vou direto para meu quarto e, sem acender a luz nem nada, me jogo na cama com todo o corpo de bruços. É nesses momentos que eu desejaria não ter bebido, porque minha cabeça começa a vagar por milhões de lugares que eu nunca iria se eu estivesse sóbrio. Abro a janela para fumar o baseado que eu não dividi com o Trevor e pego o isqueiro no bolso. Estou com ele na boca e com a mão na frente por causa do vento gelado, mas eu paro. Antes de acendê-lo começo a pensar no que eu estou fazendo.

Aquela seda embrulhando a erva… o isqueiro irradiando o fogo… um garoto prestes a viajar pelas mais altas nuvens… o que eu estou fazendo da minha vida? Tudo isso por causa dele? Do Sam? Tiro o baseado da boca e o seguro junto com o isqueiro. Olho para cima, encarando a lua bem de longe.

Eu sei que ele está vendo a mesma lua que eu. O Erick.

Pela primeira vez, substituo os nomes. De uma forma muito natural. Tenho medo de que aquela imagem não saia da minha cabeça e que eu me apaixone por ele, pelo estranho do cabelo cacheado e olhos castanhos. Só que, incrivelmente, substituir os nomes não me deixa tão triste como antes… Pela primeira vez começo a pensar nele. Jogo o baseado para fora da janela e o isqueiro também. Que desperdício, eu diria.

Fecho-me dentro do meu quarto e cerro os olhos, viajando para aquele dia… quando o Erick entrou no lago. Vejo todas as imagens como se estivesse mais próximo dele agora, como se eu pudesse tocá-lo. O seu rosto na chuva está preso nas minhas pálpebras, o modo como seu tom de voz é sempre ameno e caloroso… Sua pele está em contato com a minha e eu posso segurar em seus cabelos, sinto suas mãos passando pelo meu peito enquanto eu passo a língua pelo seu pescoço e estamos juntos… não sei por que eu estou imaginando tudo isso, sei que nunca vai acontecer, mas é a primeira vez em muito tempo que penso em coisas assim.

Há muito tempo eu não me masturbava sem pensar no Sam.

ALEXANDRE KLEIN

CAPÍTULO NÚMERO CATORZE

"Vocês não são máquinas, vocês não são desprezíveis. Vocês são homens. Vocês têm o amor da humanidade em seus corações"

      Quando as aulas retornaram depois daquele incrível incidente, todos os alunos estavam ansiosos por informações. Não acho que ansiedade é a melhor palavra... Eles — nós, para me incluir também — estávamos loucos por trás de respostas. Muita gente veio me encher o saco perguntando o que eles queriam comigo e eu, assim como alguns outros que foram interrogados também, apenas fiquei quieto. Ao que parecia, todos nós fomos ordenados a manter o sigilo.

      Só que tudo começou a perder a intensidade enquanto a semana foi passando. Eu ainda mantive certa distância do Erick porque me causava vergonha lembrar do que tinha feito naquela noite, pensando nele e... enfim. Concentrei-me nos estudos, em desenvolver o projeto e concluir minha introdução para a Associação. Essa era a minha última semana e esse documento precisava ser o suficiente para que eles aprovassem minha ideia e, portanto, me levassem para China. O professor Jackson me encontrou inúmeras vezes durante e depois das aulas para que nós desenvolvêssemos a ideia das borboletas juntos.

      Certo que a Associação só pedia a introdução ao trabalho, mas nunca parecia ser o suficiente. Todos os dias em que pesquisávamos achávamos mais coisas que seriam úteis. Espécies de borboletas que se desenvolvem diferente das demais... céus, era tanta coisa que eu nem sabia quando eu poderia parar. Dava sempre para acrescentar material acima de material... Até que o dia do envio da introdução à Associação chegou e nós dois estávamos de acordo que não poderia ficar melhor. Enviei tudo na sexta-feira para ter garantia. Estava tudo completamente explicado e detalhado. Uma breve pesquisa de três folhas com as principais ideias. A gente tinha confiança no nosso trabalho.

Então, naquele dia treze de outubro pela manhã, após a terceira aula do dia — Física com o pior professor desse mundo — eu me juntei ao Erick nos corredores. Ainda era estranho ficar ao lado dele porque estive me lembrando daquela coisa... quando fiquei pensando nele e... enfim. A questão é que, agora, eu estava mais preocupado em tentar conversar com ele do que em descobrir onde meus amigos estavam e o que é que deveriam estar fazendo. Nós dois estudávamos juntos em cinco matérias: Física, Biologia, Interpretação, Inglês e Geografia. Por isso eu sempre o via dentro e fora das salas mesmo sem nenhuma intenção.

Ele se lembrou que, naquele dia, a introdução estava sendo enviada para a Associação, não sei bem como ele sabia disso e nem por que tinha lembrado, mas foi bom ouvir alguém mais falando sobre isso.

—Você deve estar ansioso pela resposta. — Erick disse.

—Pra ser sincero eu estou de boa...

Eu não estava.

Falar isso em voz alta, contudo, me deixava aliviado. Um pouco.

—É exatamente o que se diz quando está apavorado por dentro. Eu estaria do mesmo modo se apresentasse o projeto da minha vida para essas pessoas... é normal do ser humano — Ele colocou o capuz para cima, deixando apenas alguns cachos escapando, encobertando seu rosto. O moletom azul e vermelho que ele tinha tornou-se um escudo e eu quase parei de falar com ele.

Mas insisti.

—Bem, eu estou confiante. É um bom projeto. — acho que estou dizendo isso para me animar mais do que a ele, porque o Erick parece que não se importa com nada... e eu ainda insisto em contar as coisas para ele, porque eu quero que ele saiba — Quer dizer, ainda pode melhorar... mas durante três anos de competição eu só tive uma concorrente.

Chegamos ao pátio e ao encontro de todos os outros alunos que saíam da primeira aula e estavam famintos pelo café-da-manhã. Quase sempre era alguma coisa boa, porque a renda anual da White Cloud era exorbitante. Mas só era bom no café-da-manhã, porque as outras três pausas...

Só dez por cento dos alunos tinham bolsas integrais, o restante tinha dinheiro o suficiente para pegar. Eu era um dos exemplos das bolsas e o Jhonny era um dos exemplos dos ricos. O dinheiro era convertido para diversas áreas, principalmente para a manutenção da escola e dos materiais. O que era reservado para a comida não era tanto, mas era o suficiente.

—Quem? — Erick pergunta dispersamente.

—Quem o quê?

—Quem é sua única concorrente?

O pátio está um pouco mais silencioso que o de costume e embora as pessoas ainda estejam conversando é possível ouvir o barulho do *ukulele* ao fundo. Eu sabia que ela ia chegar mais cedo ou mais tarde. Escuto as palavras e a canção dedilhada por diversas vozes, porque todo mundo começa a acompanha-la. Mesmo os que não sabem cantar.

E eu reconheceria aquela voz a quilômetros...

—Emma. — sussurro parando na entrada do pátio com o Erick.

A garota do cabelo loiro está cantando *Hey, Soul Sister*. Sua voz é muito boa e eu não sabia que ela estava aprendendo a tocar um novo instrumento. Ela vive surpreendendo todo mundo. Eu conheço bem a Emma...

—Tá vendo aquela garota em cima da mesa? A do violãozinho? — Eu aponto para ela sem me preocupar se ela está vendo, porque eu sei que Emma está mais preocupada com o público que está entretendo. Isso é algo que temos em comum: a necessidade de atenção.

—Se chama *ukulele*.

—Sim, eu sei como se chama. — Eu apresso-me em dizer — Ela é a Emma. Há três anos que nos conhecemos e nesses mesmos três anos só nós dois da cidade toda fomos chamados para as finais. Ela não faz parte da White Cloud, passou o fundamental todo em casa. Emma se tornou notória no primeiro ano quando mandou seu projeto para a Associação e eles viabilizaram sua participação. Portanto, há três anos, ela vem para nossa escola e fica alguns meses até que a Associação decida qual dos nossos trabalhos vai ser levado para a próxima fase. — Eu respiro por um segundo, semicerrando os olhos par a minha competidora. — E embora ela seja a única pessoa da cidade que compete comigo, sou sempre eu quem ganho.

—Então ela é inteligente — Erick admite sem intenção alguma.

—Ela é um crânio. — escuto sua voz porque ela tem uma afinação do caralho, alguma coisa acontece dentro daquela garota que é impossível se descrever, como se suas cordas vocais entrassem numa sintonia incrível e vibrante — só não mais do que eu, claro. Talvez por isso ela me odeie tanto. Bem, é recíproco.

Todo mundo aplaude quando ela para de cantar, mas eu fico quieto junto do Erick. Ela desce da mesa e vem direto ao meu encontro, como se tivesse me visto desde o momento em que entrei no pátio. Eu fico rígido para não demonstrar que estou sendo intimidado por uma garota. Machista? Talvez um pouco.

—Aja como se ela fosse a melhor pessoa do mundo — sussurro.

—E se ela não for? — Erick sussurra de volta.

—Ela não é. — afirmo assim que Emma chega mais perto, segurando seu instrumento e balançando o rabo de cavalo. Ela está sem óculos e seus olhos estão azuis, o que significa que ela está usando lentes de contato. Seu sorriso ainda continua o mesmo e seu cinismo só aumenta quando ela "fica feliz" ao me ver.

—Lucca. Lucca Angiani. — Ela segura o braço do ukulele com as duas mãos mesmo não sendo tão pesado assim — é sempre um prazer te ver. Seu cabelo está diferente, o que você fez?

—Cortei — respondi seco.

—Ah., — Emma tentou não parecer afetada. — Bem, estou feliz por voltar mais uma vez a White Cloud por conta do concurso. E eu tenho certeza que dessa vez nós teremos um resultado diferente. A Associação está assídua por minhas novas propostas, me mandaram uma carta recentemente solicitando minha presença.

—Achei que só eu tinha recebido a carta. — Eu começo a mentir sobre esses assuntos, porque eu nunca vou me fazer inferior à Emma. Não pelo fato de que ela é uma mulher. Mas pelo fato de que ela é a Emma. — Como você ficou quando eles mandaram o fiscal para os bastidores?

—Fiscal? — Repentinamente ela parece um pouco mais desligada.

—Ah… eles não foram na sua casa ainda? Bom, provavelmente isso deve acontecer em breve, já que eles sempre entrevistam os possíveis candidatos após terem entregado a carta. — Eu sorrio para tentar confortá-la. É claro que estou mentindo, ela sequer sabe que eu mandei meu projeto nessa manhã um pouco antes de encontrá-la. E jamais saberá. Tudo o que eu estava dizendo era uma mentira gigantesca, porque eu não recebi carta nenhuma e muito menos um fiscal para me entrevistar, só que eu tinha que mostrar à Emma que, pela última vez, ela não levaria a melhor.

—Lucca — Ela inclina a cabeça, o seu olhar duvidoso no rosto, o lábio curvado no lado direito — você sabe muito bem que eu moro do outro lado do estado. Eles não iriam até lá para me entrevistar, não sou tão requisitada assim. Eu só sou a mais recente aposta da Associação para o Prêmio Fulmo, o que é uma honra considerando que eu nem estudo na White Cloud.

—Você não é daqui? — Erick interrompe nossa falsa cordialidade.

—Não, não sou. Porém fico hospedada aqui na White Cloud pelos meses em que a Associação escolhe o representante para os campeonatos internacionais. Sempre ficam indecisos entre nós dois, não é Lucca? Claro, isso tudo é uma exceção que o Sr. Lewis abriu para um prodígio de fora, o que não é muito rotineiro.

—Erick também é de fora. — digo tirando-a de seu pódio mais uma vez, porém falando a verdade — Ele entrou na escola esse ano e você sabe que a política impede que alunos entrem no último módulo do curso. Loucura, não é? Ele é incrivelmente inteligente, então é uma sorte a nossa que ele não esteja nas eliminatórias da Associação, não é mesmo? Eu duvido que qualquer um de nós pudéssemos competir com… ele.

Eu nunca falei nada do tipo sobre o Erick antes, mas isso tinha sido por minha causa. Para mostrar à Emma que ela não é tudo o que ela pensa. Ela quase chegou a ganhar nas eliminatórias no ano passado, mas eu sou quem foi para a Dinamarca no fim das contas. Não imagino quanto ódio ela deve guardar de mim.

—Sim, que sorte a nossa. — Os olhos da garota encaram o menino ao meu lado, como se o enxergasse como a mais nova ameaça. — Será um prazer estudar esses dois meses com você, Erick.

—É que dentro de dois meses ela vai ter que voltar para casa.

—Na verdade o plano é ir à China com os outros concorrentes.

—Acho que não dessa vez, Emma — digo sorridente.

Caralho, como eu quero matar essa garota.

—Não custa nada tentar, não é? — Ela bateu no ukulele com as unhas, como se estivesse tão irritada quanto eu. — A primeira etapa está logo aí, e ser a campeã logo no último ano não me parece uma ideia tão ruim.

Eu rio mesmo querendo ranger os dentes.

—Acho que consigo encontrar um espaço na minha prateleira para um novo troféu, então a meta é ganhar. — Ela diz convicta. Emma aparenta ser a personificação da simpatia. Mas ela não é! Que garota irritante do caralho. Que vontade de enterrar ela na beira da praia e pisar na cova…

—Não deve ser tão difícil encontrar um espaço na sua prateleira. Quer dizer, deve ter espaço de sobra, né? — Eu seguro minhas mãos porque meus dedos estão coçando para socar qualquer coisa e arrancar os olhos de qualquer pessoa. — Talvez se você limpar um pouco a poeira você consiga ver melhor, já que fazem alguns anos que não tem nada de novo por lá.

—Ah Lucca…

—Emma — Nós dois rimos como se estivéssemos brincando. Mas não estamos. Eu, pelo menos, não estava. Como é que ela consegue me irritar tanto sem nem tocar em mim? Nos abraçamos e eu tenho um ódio incrível do seu toque. Assim que ela me larga posso ver como suas mãos estão tentando se livrar de mim mais rápido do que eu estava tentando me livrar dela.

—Bom, será ótimo ter um concorrente como você novamente.

—Não sei se eu posso dizer o mesmo, recente aposta da Associação para o Prêmio Fulmo — Nós dois rimos mais uma vez e, com o canto do olho, eu posso ver como o Erick está estranhando toda a situação.

—Acho que é minha hora de ir, eu com certeza devo ter atrapalhado qualquer coisa que vocês estavam prestes a fazer. Eu sou meio distraída mesmo, por isso preciso me focar mais na minha pesquisa. A tese é fácil de ser defendida, mas claro, nada parece o suficiente para a Associação. Eles sempre são *tão* exigentes, não é Lucca?

—Ah sim, sempre. — concordo.

—Aproveitem o dia, garotos. — Seu sorriso permanece estampado no rosto como se fosse uma característica que ela não pudesse mudar, ela sempre tenta sorrir para que os outros pensem que ela é uma cabra, quando, na verdade, é um lobo — nos vemos por aí.

—Até mais, Emma.

E, finalmente, ela vai embora. No mesmo momento eu mudo o sorriso para a cara de nojo, que é exatamente o que eu sinto por ela. Porra. Como ela consegue ser tão cínica e tão competitiva? E ainda vir jogar na minha cara que é a mais nova aposta para o Prêmio Fulmo? Ela acha mesmo que pode competir contra mim do mesmo modo como competiu ano passado? Merda...

—Isso foi muito estranho. — Erick sussurra — Eu já posso sentar na minha mesa ou será que outro amigo seu vai aparecer de repente para uma demonstração gratuita do que quer que isso tenha sido?

—Ela é muito cínica, não é? Meu Deus, como consegue...

—Eu acho que ela gosta de você.

—Ela me odeia. Ela tem medo de mim, pare ser mais exato. Porque eu sou a única barreira entre ela e a China. E como ela nunca ganhou o prêmio nesses dois anos, está tentando fazer de tudo para me derrubar — Erick me olha de lado e depois começa a caminhar em direção a sua mesa. Sozinho, como sempre. Penso em segui-lo porque estou com muita vontade de passar mais tempo com ele. Só que eu não quero atrapalhá-lo nas anotações que ele faz todos os dias em seu caderno.

Encontro a mesa habitual onde o pessoal costuma ficar e eu vejo o Key e as gêmeas sentadas lá. Jhonny não está em lugar nenhum, quando eu me sento acabo percebendo que estou com fome. E estavam dando aquele suco de laranja que é bom pra porra. Eu tomo um pouco do copo do Kyle antes que ele termine e ele diz que o Jhonny tinha ido se resolver com alguém. A Cassie se junta ao Kyle e eles começam a se beijar em público. Ao que parece eles assumiram mesmo a imagem de namorados. Nada de aliança ou coisa do tipo, são só os beijos em público mesmo.

—Aí, Lucca, a Emma tá de volta, hein? — Key diz.

—Que notícia boa, né? — Reviro os olhos.

—Qual é? Acha que ela tem chances esse ano? — Ele está sorrindo.

—Tá na cara que a Emma vai ganhar essa competição. — A Cassie levanta os ombros e balança a cabeça.

—Por que está tão na cara assim, Cassie? — revido.

—A garota está concorrendo a esse prêmio durante dois anos, sempre sendo deixada de lado por sua causa. Ela vem de sei lá onde para concorrer ao prêmio e não ganha. Imagino que o mínimo que ela deve ter feito durante esse último ano é ter estudado para um projeto novo que fosse o suficiente para te mandar para o brejo, Lucca Angiani — Eu reviro os olhos e franzo a minha boca — A minha aposta é nela.

—E quando foi que isso virou uma aposta? — Pergunta o Key.

—Cala a boca. — interrompe a Cassie — Quer apostar quanto, Lucca?

—Aposto cem que eu ganho.

—Fechado — apertamos as mãos enquanto o Kyle sorri.

Alguns minutos depois o Jhonny se junta a nós. O cara não entende de início o que nós estávamos falando, ele está sozinho, porém com um sorriso no rosto. E eu o conheço o suficiente para entender o que é que aquilo signifca.

—Você viu quem é que tá de volta? A Emma, porra. A Emma!

Ele está todo animado com o retorno dela, porque ela é linda, ela é inteligente, ela tem curvas maravilhosas e é um possível passaporte para o sucesso. A White Cloud inteira estava ansiosa por conta da volta dessa garota. O Jhonny sempre foi amarradão nela, por exemplo. O problema de verdade é que ela estava namorando até o ano passado. As notícias corriam rápido porque o Jhonny *stalkeava* ela de semana em semana.

—Você sabe que ela não vai ficar por muito tempo — admito.

—Cala a boca, seu virgem — Ele semicerra os olhos e muda sua fala para o Kyle — mano, tu viu ela cantando hoje? Caralho, imagina como ela deve gemer na cama com aquela voz. Eu segurando aquele cabelo loiro enquanto ela vem com força — Ele tenta fazer toda a cena com as mãos e com os quadris embaixo da mesa e o Kyle ri.

Mas é incrivelmente nojento. E babaca.

—Eu vou pegar ela de jeito, caralho — Jhonny afirma.

—E a Maxine? — Kyle pergunta.

—Ah, comi ela há uns dez minutos e depois a gente terminou. Eu já estava me enrolando demais com ela. Porra, do nada a mina vira e começa a falar sobre aliança e relacionamento sério. — Ele leva isso como uma coisa completamente errada, balançando a cabeça e fazendo cara de decepcionado. O Jhonny não parecia do tipo que se dobraria a um relacionamento com uma garota só para o resto da vida. — Então o grande Jhon-jhon tá na pista de novo.

—Você sabe que ninguém te chama de Jhon-jhon — digo.

—Caralho, quando foi que você ficou tão chato, Angiani? É só diversão, velho. Aceita numa boa e fica quieto aí mano — Cada dia mais eu vejo que o cara não tem mais volta. Ele só se mete mais fundo no buraco que ele mesmo cavou. Eu me levanto e ele me olha de pé — Ah, qual é? A princesa da Disney ficou chateada mais uma vez? Tá com o cu azedo nos últimos dias né? Que foi, Lucca?

—É melhor você calar a boca antes que eu tenha que calar.

—Vai calar porra nenhuma. — Ele tem aquele tom de brincadeira na forma como ele fala, mas eu não estou brincando em momento nenhum com nada do que eu falo, ele sabendo disso ou não — Você tá andando demais com o esquisitão. Ele tá te transformando num bixinha...

—O que você sabe dele para falar qualquer coisa do meu amigo?

—Olha ele. — Seus olhos se viram para os amigos que estão sentados na mesa junto dele — nem conhece o cara direito e já tá chamando de amigo. Dá pra acreditar? — Ninguém se manifestou, por isso Jhonny voltou seus olhos para mim, mexendo no cabelo espetado — Que foi? Tá defendendo o cara por quê? Ele pagou um boquetinho gostoso pra você?

—Acredite, foi melhor do que o seu depois da mescalina.

Eu sorrio e olho direto nos seus olhos. Aquele medo profundo e o temor repentino me faz ter certeza de que ele também lembra. Ele sabe que já me chupou e que eu já chupei ele. Para os outros, essa frase não teve sentido nenhum. Para nós dois, foi uma cutucada no passado.

Decido ir embora. Eu não consigo aguentar mais um minuto daquela voz estridente e irritante do Jhonny. Sei que a próxima aula é com ele e eu estou completamente incomodado com isso. Eu não queria ter que aguentar um minuto a mais com aquele estúpido. Não sei quando foi que o meu melhor amigo começou a se tornar nesse babaca que ele é, mas caralho... como eu sentia falta da época em que ele era melhor do que isso.

O sinal toca e todo mundo volta para as aulas. Inclusive eu.

Evitei o Jhonny durante todas as outras pausas e não consegui encontrar o Erick — na verdade eu queria ficar sozinho e longe das pessoas, por isso eu coloquei os fones de ouvido e fui correr pelas árvores —. Era muito melhor não pensar em nada naquela sexta-feira. Só relaxar. Eu estava pensando sobre o que eu estava fazendo de verdade... porque o tempo estava passando rápido demais. Até semana passada eu estava fazendo dezoito anos e mês passado parecia que eu estava na minha cama com o Sam. Tudo passou rápido demais e agora já estamos na metade de outubro. É só um passo para o fim do ano.

Penso nos meus amigos e reflito no que devo fazer de agora em diante porque mesmo embora eu tenha uma carga histórica de anos com o Jhonny não parece ser suficiente nem para ele e muito menos para mim. Sei que ele deve se lembrar do que significa para mim, só que as pessoas mudam. Eu mudei. Não quero ficar perto de um cara como ele é...

Vejo Emma algumas vezes percorrendo pelo campo do lado de fora com seu ukulele e uma legião de fãs e punheteiros. Não ouço muito as músicas que ela está tocando porque estou evitando-a ao máximo. A terceira e a quarta pausa acabam e então somos dispensados. O plano para esse fim de semana era sair com meus pais. Nós íamos comemorar o aniversário de casamento deles num lugar muito bonito e muito longe de onde nós vivemos. Ou seja, eu estava fugindo da minha realidade.

Assim que pude liguei para minha mãe — meu pai sempre foi mais distante de mim e quase nunca podia atender ao telefone, minha mãe como uma boa e renomada católica sempre estava à disposição para ajudar aos outros, como Deus ensinou-a a fazer — Ela atendeu com felicidade porque fazia bastante tempo que não saíamos e fazia mais tempo ainda que eu não conversava com ela.

—Oi mãe — digo assim que ouço sua voz.

—Lucca, tudo bem filho? — Aceno com a cabeça e confirmo com a voz depois. Estou andando para fora do meu bloco pelos corredores, em direção à porta de entrada. — Como tá indo a escola? Entregou aquela introdução para o concurso?

—Você lembrou. — soo animado — Sim, entreguei.

—É claro que eu lembrei. Você é o futuro dessa nova geração, como achou que eu poderia esquecer? — Fiquei surpreso por ela não ter tocado no nome de Alana também. Porque meus pais sempre falavam bastante sobre a Alana, quase sempre mais do que sobre mim. — Enfim, tá tudo bem?

—Tá sim. Só estava ligando para confirmar que horas vocês vão passar aqui para me pegar — passo pela porta da frente e o frio bate gentil e fraco em meus braços, me arrepiando. Sei que ainda vai esfriar mais quando a noite descer, mas eu até que gosto de sentir os pelos arrepiados. Naquele único segundo que minha mãe usou para confirmar o horário com meu pai do outro lado da linha eu o vi.

Erick estava passando pela porta de ferro da White Cloud, indo em direção ao estacionamento e, consecutivamente, para o lado de fora dos domínios da escola. Devia estar indo para a sua casa. Só que eu também vi uma coisa não muito legal. Tinham três caras seguindo ele... Eu sabia que ele estava sendo seguido porque eu conhecia os caras. Jhonny, Kyle e um outro. Eles estavam se aproximando dele com rapidez. Analisei com os olhos para ver o que viria em seguida e o que eles pretendiam fazer.

Jhonny estava sorrindo quando olhou para Kyle e, descendo um pouco os olhos, pude ver algo reluzindo na sua mão. Uma corrente. Ele não estava nem louco de agredir o cara... Minha mãe disse que me encontraria na porta da escola às oito horas e eu tentei responde-la da melhor maneira possível e quando ela perguntou pela terceira vez se estava tudo bem eu quase tropecei. Quase desliguei na cara dela, mas não tive coragem o suficiente. Então eu tentei parecer o mais tranquilo possível e controlar a respiração para não parecer que eu estava correndo:

—É... na verdade eu acabei de lembrar que não vou poder ir com vocês hoje. O Sr. Jackson disse que a Associação vai mandar um fiscal aqui para ver se eu estou nos conformes para participar do concurso — Eu ainda estava insistindo nessa ideia do fiscal. Minha mãe pareceu desapontada no mesmo instante e eu sei que eu estava fazendo uma merda gigantesca. Eu podia simplesmente pedir para ela me ligar depois.

—Mas já estava tudo programado para o fim de semana...

—Aham — concordo inutilmente.

—Que pena... Nós estávamos contando com você lá...

—É — Me aproximo mais dos garotos.

—Que barulho é esse? Você tá correndo, Lucca?

—Acabei de perceber que estou com vontade de mijar.

—Mijar?

—Fazer xixi — corrijo-me ao passar pelo Jhonny e pelo restante, quase alcançando o Erick — tô entrando no banheiro e a gente não pode estar com o celular no banheiro porque os caras acham que a gente vai filmar o pau deles ou então assistir um pornô.

—Lucca! — Minha mãe repreende-me. Que desculpa de merda!

—Desculpa, um filme de conteúdo adulto — Eu tento soar humorado, mas acho que não sou bem-sucedido — eu te ligo mais tarde mãe. Te amo.

—Eu também te amo — Não sei ela disse isso mesmo porque eu desliguei assim que eu cheguei perto do garoto. Eu estava ofegando e ele apenas me recepcionou com aquela falta de expressão. — Oi. E aí?

—Você está bem?

—Ah... Tô de boa. Por quê? Não parece?

—Parece que você estava correndo de alguém...

—Parece? Que estranho... — olho para trás no mesmo momento em que o Kyle me para segurando meu ombro e o Jhonny interrompe o caminho do Erick. O outro garoto fica de lado, apenas dando a garantia de que nenhum de nós vai fugir. Bom, eu sei que eu posso contra esses caras. Eu sei que eles não vão fazer nada porque eu estou aqui.

Ao menos espero que não façam nada.

—Ei parceiros. — Jhonny diz — Já estão indo embora?

—O sinal da escola já bateu e é sexta-feira, isso quer dizer que não precisamos ficar aqui. É o que dizem as diretrizes escolares que o Sr. Lewis passou a todos os futuros alunos. Deve ser de seu consentimento. Acredito que você também não quer perder seu fim de semana na White Cloud — Erick responde antes que eu possa me posicionar. Ele não parece estar com medo dos garotos como eu achei que ele ficaria se fosse intimidado. Pelo que parece eu estou mais assustado que ele.

—Acertou em cheio, novato. — O Jhonny parece bem alegre, e eu consigo ver pelo modo como suas mãos se mexem que ele usou alguma coisa, não sei que tipo de droga e nem quando… mas ele não está sóbrio e não é uma boa confiar nele — Ninguém quer perder o tempo na White Cloud, né? Você quer Key? Peter? Não, ninguém quer. — Os garotos não responderam por que ele não deixou que eles respondessem. — Por isso a gente tá aqui.

—Jhonny, vai embora. — Eu sussurro, tirando o braço do Key de mim.

—Calma aí, amigão. — Ele estende o braço para me fazer parar — O novato aqui não passou por nenhum tipo de iniciação. Não é justo, é? Todo mundo que entra na White Cloud tem que passar por algum tipo de iniciação. O pessoal do primeiro ano é pintado pelo pessoal do terceiro ano e assim consecutivamente, estou certo? Qual é…

—O Sr. Lewis me absteve de qualquer processo iniciativo inclusivo.

—Mas o Sr. Lewis não está no nosso círculo de amigos, está? — O sorriso no rosto do Jhonny me mostra que ele não pretende fazer nenhum tipo de iniciação amistosa como é a iniciação da White Cloud. Aquela corrente na mão dele diz a mesma coisa. — Então nós viemos aqui pra te chamar pra festa que a gente vai dar daqui a pouco na casa de uma amiga. Você topa?

—Não. — Ele responde secamente e desvia seu caminho do Jhonny.

—Calma lá, novato. — Jhonny o segura pelo ombro com muita força e eu fico com medo do que ele pode fazer em seguida. — Isso não foi bem um convite, tá ligado? É simples… ou você vai pra festa e participa da iniciação ou então a gente vai ter que fazer a iniciação aqui. E aí? Escolhe…

—Não sou obrigado a escolher. — Ele bate de frente com meu amigo.

—Então beleza. Galera, ele quer fazer aqui mesmo. — Eu vou pra frente do Erick e puxo o Jhonny de canto e ele mostra resistência, mas nós sempre tivemos a mesma força. Ele nunca me machucaria, por isso ele me acompanhou até o canto. — Qual foi? Tá defendendo o amiguinho de novo, Lucca? Que porra, velho…

—Jhonny, eu quero que você me escute agora! Você tá vendo o que você tá fazendo? Tá vendo essa porra de corrente na sua mão? Sabe o que fariam com você se descobrissem o que você anda fazendo? Se descobrissem que você tá com drogas dentro da escola? — Parto para a ameaça, porque o Jhonny ainda precisa manter a imagem que seus pais criaram para ele.

—Qual é? Vai me dedurar, é? Eu tô fora da escola, tá ligado? E até que você consiga provar o que eu ando usando as toxinas já vão ter saído do meu corpo, irmãozinho...

—Quer apostar comigo?

—O quê? — Ele ri. Ri daquele jeito insuportável que eu não aguento, daquele jeito que os lábios comprimem os olhos e franze a testa, o nariz arrebitado e o queixo pontudo. Como se fosse um vilão de quadrinhos.

—Quer apostar quanto que em questão de segundos eu consigo tornar a sua vida um inferno? — Jhonny ainda está rindo e eu estou apertando cada vez mais forte o seu braço. — Não esquece que você é meu amigo e que eu sei de cada podre que você fez...

—Sabe? — Ele para de rir e me fita com seus olhos arregalados, como se duvidasse do que eu realmente sabia. Ele se solta bruscamente das minhas mãos e olha bem na minha cara. — Você... não sabe... de nada — seus olhos estão alucinados e ele já não parece ter controle da própria consciência ou sequer do que está falando. — Você é um lixo. Quer pagar pra ver, Angiani?

Nós nos encaramos como nunca fizemos antes, e eu consigo ver por trás daqueles olhos. Eu me lembro de cada coisa que nós já fizemos juntos como amigos, porque ele ainda parecia ser meu amigo... aquela parte profunda que se esconde atrás dessa máscara superficial de drogado. Seu sorriso some e suas sobrancelhas afundam em direção ao nariz.

—Vai lá com o seu amigo. — Ele acena com a cabeça — Ele deve precisar de ajuda mais do que eu, né? — Estava tremendo por dentro, mas, por fora, eu era uma muralha. Mesmo quando o Jhonny sorriu pela última vez eu permaneci. Eu fiquei.

Quando ele me deu as costas eu falei bem alto:

—Eu achei que você era meu amigo...

Jhonny olhou para trás.

—Eu também achei. — E com isso eles foram embora.

Erick veio ao meu encontro logo depois, mas não ficou do meu lado por tanto tempo. Ele continuou andando na frente. Claro que eu queria que ele perguntasse o que tinha acontecido, porque eu já disse mais de uma vez que eu gosto de atenção. Eu gosto quando as pessoas se lembram de mim e eu queria muito que ele tivesse parado e conversado comigo. Mas, ao que parecia, ele não estava muito a fim de ficar parado.

—Ei, espera aí — corro atrás dele.

—Estou atrasado e não queria atrapalhá-lo na sua confraternização.

—Ah, aquilo... É, não foi nada demais. Eles só estavam te zoando.

—Se chama agressão, Lucca. — Eu sei que ele está certo, mas eu tinha certeza que o Jhonny não faria nada se eu estivesse lá. — Você tem um péssimo gosto para amigos.

—Isso inclui você?

—Sim. — Eu sorrio de lado para que ele não veja.

—Bem, o que nós vamos fazer hoje?

—Eu vou para a minha casa.

—Que coincidência, eu também ia para a minha casa hoje. Mas daí eu pensei "ah, melhor não, acho melhor seguir aquele cara e perguntar o que ele vai fazer hoje, talvez seja uma coisa legal".

—É uma coisa legal, — Ele mexe no cacho que estava atrapalhando seus olhos e o joga para cima no meio daquela confusão — para mim.

—Entendi. — olho para trás só para confirmar que os caras não estavam seguindo a gente, mas eles já saíram do radar há muito tempo, devem ter ido para algum lugar longe do estacionamento para usarem todas as drogas que tinham. — Então, como eu não vou fazer nada de legal hoje, posso ir com você?

—Fique à vontade se quiser me seguir, mas eu trabalho sozinho.

—Legal. Tipo o *Senhor Incrível*, né? Eu também não gosto muito de trabalhos em grupo. Por exemplo, eu desenvolvi praticamente sozinho essa ideia para o concurso. Então eu entendo o seu lado. — Mas ele não disse nada, ele não parecia estar muito interessado no que eu estava falando — Você sabia que o câncer pode ser curado? — Eu consigo capturar sua atenção por uma fração de segundos e ele parece interessado, finalmente, no que eu tenho para falar. Então eu começo a contar tudo sobre o meu plano e sobre as borboletas.

—Então as borboletas são a solução? — Ele ouviu atentamente a cada detalhe, mas nunca tinha pensado em nada do tipo. Mesmo ele sendo um cara bem inteligente, jamais pensara na metamorfose da borboleta como a cura para a grande maioria das doenças degenerativas.

—Sim, isso mesmo. — Admito com orgulho de mim mesmo e do desenvolvimento que dei para a ideia. — Não é brilhante? — Espero que ele concorde comigo, mas o efeito é contrário.

—Não. É destrutivo.

—Tá... Mas destrutivo no bom sentido, né?

—Não existe um bom sentido para a palavra destrutivo.

—Então eu não entendi. — Ainda estávamos andando a quase trinta minutos conversando sobre a ideia das borboletas e todas as teses e doenças que ela atingiria, ele tinha ouvido tudo com atenção e parecia ter ficado maravilhado com as coisas que eu tinha falado... não compreendo o que foi que aconteceu — Você não gostou?

—É uma ideia revolucionária, Angiani. — Ele admite. — Posso te garantir que você vai ouvir muita gente dizendo isso. Se for testado e comprovado será um grande passo para a vida humana, mas uma grande perda para a vida terrestre. — Tento refletir sobre o que ele está querendo me dizer, mas não consigo chegar ao ponto em que ele quer tocar.

—O que você quer dizer?

—Sua tese parte da ideia de que existem "células-tronco" no casulo de uma borboleta. Se a metamorfose for interrompida para a extração dessas células então não existirão mais borboletas. Elas entrarão em extinção por todo o mundo — concluiu Erick.

—Você está exagerando. — Rebato revirando os olhos e colocando o que aprendi em prática — É comprovado que existem mais de 20 mil espécies diferentes de borboletas no mundo. Li livros e matérias o suficiente para ter uma estimativa do número de borboletas no mundo e por isso eu sei que elas jamais vão se extinguir.

—Também é comprovado que existem sete bilhões de pessoas no mundo e que em 2020 esse número pode alcançar a estimativa de dez bilhões. As borboletas ainda serão suficientes para todos esses zeros?

—Bom, talvez não sejam. — Eu entendo o que ele está querendo dizer, porque o mundo sempre estará avançando para a penúria e para o desespero, sempre haverá mortos e doentes, e as borboletas não vão se multiplicar do nada. — Mas é possível cloná-las. Não parece sucinta a ideia de que os humanos passarão a cuidar mais e se preocupar mais com as borboletas? Se elas salvam nossas vidas então não a deixaremos morrer...

—Não é sucinto. É desperdício. É a mesma coisa que fizeram com o petróleo e com a água. Abusaram de tudo enquanto era farto e ao perceberem a escassez passaram a valorizar. Mas borboletas são efêmeras. Elas passam. E o ser humano não sabe lidar com coisas que passam...

—Bem...

—Ninguém será capaz de impedir o avanço medicinal que sua pesquisa visa alcançar. O ser humano está à procura da imortalidade. Caso a borboleta seja a solução então nada vai se opor ao seu extermínio para um bem maior. Veja o que fizeram com as árvores... é necessário um exemplo maior?

—Não. — admito receoso. Eu sei que ele está certo em partes porque o ser humano não vai parar. Se existir qualquer possibilidade de alcançarmos a melhoria vital... então as borboletas vão sumir, assim como as árvores, assim como o petróleo, assim como a água... — Mesmo que tudo isso seja verdade, o que importa mais? Humanos ou insetos?

—Pensei que eram todos iguais...

—É sério. — digo tirando o sorriso do rosto dele. — Se é para uma beneficiação mundial, de que importa? Quem vai se importar se as borboletas vão morrer ou não?

—Eu vou. Eu me importo. — Erick me encara como se isso fosse fazer toda a diferença do mundo. Seus olhos me penetram, tentando achar minha alma. Ele não parece estar brincando, não dessa vez. — Eu gosto de borboletas. Gosto de borboletas mais do que gosto de humanos. Elas têm uma coisa que nós nunca teremos.

—O quê? Asas? Liberdade?

—A capacidade de mudar.

Eu fico em silêncio quando nós chegamos à pracinha e andamos diretamente para a porta de sua casa. A verdade é que eu estou pensando em tudo o que ele disse e, até hoje, eu só tinha visto minha pesquisa como uma melhoria. Como algo que os humanos adorariam ter descoberto. Meu tio adoraria voltar a andar, e eu tenho certeza que as pessoas adorariam poder ouvir e ver novamente. Eu tenho certeza que seria maravilhoso para o mundo... mas a ciência não pararia de avançar. E eu seria como Einstein ao descobrir o átomo, ou como Santos Dumont e seus aviões.

Imagino que tipo de guerra eu poderia ocasionar com as borboletas.

—É uma boa pesquisa. Você vai impressionar o mundo com isso.

—É, eu espero. — Pela primeira vez eu não falo com todo o entusiasmo que eu sempre tive ao falar sobre meu trabalho. — Bom... tchau. Até segunda na escola.

Erick anda até a porta da frente, carregando o caderno embaixo do braço e eu o observo abrindo-a e entrando. Ou quase entrando. Ele para. Ele olha para mim e inclina a cabeça para a esquerda.

—Eu estava pensando... será que você podia me ajudar?

—Com o quê? — Pergunto instantaneamente sem nem pensar direito.

—Assim como você, eu tenho uma pesquisa. E queria que você me dissesse o que acha dela. — Eu o encaro e ele faz o mesmo. Não imaginei que ele um dia me convidaria a entrar... nem imaginei que voltaria a vê-lo. E olhe só onde estou... — Preciso da opinião de um prodígio.

Eu sorrio e balanço a cabeça.

E lá vou eu entrando na casa mal-assombrada.

ALEXANDRE KLEIN

CAPÍTULO NÚMERO QUINZE

"Nós desenvolvemos a velocidade, mas nos fechamos em nós mesmos. Máquinas que deveriam dar-nos abundância, deixou-nos em necessidade"

    A casa era muito diferente do que eu tinha pensado. Da última vez que eu entrei aqui ela parecia estar caindo aos pedaços — não que ela não esteja, mas parecia prestes a desabar —. A escuridão encobria muitas coisas que eu não teria visto normalmente. Já passava das oito horas, mas estava mais claro do que naquela madrugada. As paredes estavam bem desgastadas, a pintura, rachada. O assoalho rangia um pouco menos do que eu pensei que rangeria. Talvez eu tenha feito uma imagem ruim da casa porque naquela noite eu já estava alto de álcool e maconha…

    Erick se move a frente e eu penso que ele vai começar a subir as escadas para me mostrar aquela máquina, mas antes ele entra numa porta à direita e pede para que o siga. Estamos na cozinha que, devo admitir, não tem nada a ver com o restante da casa. Tem até uma geladeira e um fogão… são bem velhos, dá pra ver. Dá para acreditar nisso? Eu não daria nada para aquela casa quando vista do lado de fora.

    Ele me oferece água e eu aceito:

—Você mora sozinho aqui? — Sei que estou sendo curioso e ele não costuma responder às perguntas que não o convém. Já estou acostumado com seu jeito. Ele nunca respondia nada quando não parecia interessante. Vejo-o passando pela cozinha e pegando dois copos de plástico (não são copos descartáveis, pelo menos) — Tipo, sozinho mesmo?

—Sim.

—Quantos anos você tem mesmo?

—Dezessete. Fui emancipado aos dezesseis.

—Eu nunca conheci ninguém que tinha sido emancipado. Você é o primeiro. Isso é bem legal, e esquisito também. Como funciona esse negócio? É tipo um acordo? Tem juiz envolvido na parada e tudo mais?

—Na verdade é bem mais simples. É apenas um documento.

—Tipo... seus pais assinam como uma autorização dizendo que você pode fazer o que quiser? — Erick encheu os copos para nós dois e me entregou o primeiro. Encostei-me na mesa de seis lugares que estava completamente vazia.

Antes que bebêssemos ele disse:

—Na falta dos dois pais, um deles pode responder. E meu pai não queria que eu estivesse por perto da vida dele, portanto estou emancipado e, tecnicamente, órfão. — Mil perguntas sobem à minha cabeça e eu fico com a curiosidade entalada, porque eu sei que mesmo fazendo as perguntas não terei as respostas que quero.

—E para que essa mesa?

—Eu achei bonita. — Erick diz.

—Ela é bem grande.

—É — ele concorda.

Sorrio levemente com o copo perto da boca.

—Não te passou pela cabeça que poderia comprar uma menor já que você vive sozinho? — Levanto a sobrancelha esperando por sua resposta.

—E onde as pessoas se sentariam caso viessem me ver?

Fico quieto. Dentro dele existe um adolescente como eu, que também precisa de atenção. Que tem esperança de que encontrará seu grupo no mundo que fará uma visita à sua casa, e que vão comer coisas juntos e rir. O que aconteceu para que ele se tornasse desse modo?

Tomo a água o mais rápido que consigo e o Erick, após colocar meu copo na pia, me leva para cima das escadas. Nós dois sabemos que eu já fiz esse percurso antes, a única diferença é que eu não lembrava de como era ver tanta luz assim. Os detalhes eram bem mais vivos. As paredes de madeira e bem revestidas estavam com a cor de verdade, o Sol quase inexistente do fim de tarde estava desaparecendo e em breve estaríamos sentenciados ao escuro.

—Então você vive desde os dezesseis anos aqui?

—Não. Eu me mudei recentemente.

—E por que escolheu essa casa?

—Estava no meu nome. — Cada vez mais curioso pela história completa, mas o cara parece aquele tipo de pessoa que libera uma informação de cada vez. Como um conto que você precisa acompanhar pedaço a pedaço para não se perder e, no fim, todas as peças formam um quebra-cabeça fodido. Estamos no terceiro andar, indo em direção ao quarto.

—Foi por isso que decidiu vir à White Cloud?

—Como assim?

—Para estudar para essa pesquisa? — Tento fazer perguntas que ele possa responder e que não tenha relações com o seu passado.

—Sim — responde-me. — Já morei em outros lugares e estudei em outras escolas, mas a White Cloud sempre esteve na lista. Sabia que teria um papel fundamental para a pesquisa. — Eu tento criar a história dele, mas não consigo encaixar os detalhes que estão faltando com os que eu já tenho. Parece muito pouco, mas sei que dá para pensar em alguma coisa.

Subimos a última escada.

Aquele cômodo é muito familiar, totalmente vazia com aquela janela gigante, o armário no qual me escondi à nossa esquerda e, bem no meio, a máquina. Aquele negócio gigante com quem ele ficou conversando. Eu posso me lembrar de como a sua voz era estranha e de como os seus olhos brilhavam sem luz alguma... Lembro de como ele queria protegê-la. Como se fosse um filho, uma pessoa, gente de verdade... Olho para Erick e ele parece estar apreensivo. Acho que ele nunca mostrou isso a ninguém antes.

Ele caminha lentamente em direção ao pano que cobre a máquina, eu não me lembro de como ela era, mas tenho certeza que ele saberia descrevê-la mesmo de olhos fechados.

—Lucca Angiani, sei que já esteve aqui antes e sei que já a viu, porém eu quero que você prestigie este momento. Pois você verá o futuro da humanidade — Erick remove o pano branco jogado por cima da máquina e a anuncia. — Apresento-lhe A Máquina.

Sei que até pouco tempo eu tinha dito que não lembraria dela de nenhum jeito, mas cara... ela estava do mesmo modo como eu tinha visto. Mesmo com pouca luz, mesmo bem chapado, ainda lembrada dos detalhes. Todos aqueles botões que giram do lado direito, alguns painéis que eu não fazia a ideia de para que serviam. Um teclado digital em um pódio na frente da máquina como se fosse um dos membros mais importantes. Materiais se misturando ao ferro, como alumínio e aço. Alguns objetos metálicos que parecem de cobre. Tem uma portinha de vidro trancada por parafusos com muitos fios dentro e várias alavancas minúsculas. Eu não sei qual é o nome disso. Parecem tomadas. Interruptores. Acima deles três conectores gigantes que parecem passar toda a energia para a máquina funcionar, outra portinha de vidro que dá para abrir fica ao lado, com um monte de mecanismos à mostra. Bem atrás do pódio tem um botão vermelho protegido por uma capa de plástico com um lugar para colocar a chave que deve desproteger o botão. E tem mais! Os botões giratórios ao lado esquerdo parecem mais complexos do que tudo, eles ficam acima de dois galões compridos de gás, sei lá para quê. Posicionado em cima da máquina tem uma sirene, também protegida por uma arquitetura de grades que formam uma redoma.

Eu não sei exatamente o que falar agora, porque eu já a tinha visto antes, eu já vi essa confusão de informação e de botões, eu não sei para que eles funcionam. Dessa vez a máquina não está apitando como fazia da última vez, ela está quieta e, se eu posso dizer, até parece tímida à minha presença. O Erick se aproxima de sua invenção e acaricia o painel eletrônico até que ele emite um ruído. Ligando-se em seguida.

—Minha irmã, Alana, teria dito "faltou originalidade". Sabe, aquela coisa do tipo "PA" impacto. — tentei chamar a atenção do Erick, mas a menção a Alana passou despercebida por ele.

—É só um nome provisório. — Erick digita rapidamente em seu painel e as coisas começam a funcionar e ranger na máquina, algumas luzes se acendem acima dos três conectores, como se o processador estivesse se aquecendo. Os pequenos painéis abaixo dos botões giratórios estão mostrando os números pouco a pouco, parece até que eles estão registrando alguma coisa. Os fios naquela porta de vidro permanecem os mesmos assim como o botão na capa de plástico e os galões de gás. Contudo, as engrenagens passam a girar. Colocando a máquina para funcionar. — Lembra daquele dia que saí correndo quando você me devolveu aquela pecinha? — foi no mesmo dia em que preferi ficar com ele do que com Jhonny e todo o restante. É, eu lembro perfeitamente. — A pecinha era um dos mecanismos que faltava para completar uma das etapas d'A Máquina.

—É uma coisa bem... grande. — digo pela falta de adjetivos.

—Obrigado — Erick ainda está digitando tudo naquele painel, como se eu não fizesse muita diferença ali — o que você achou disso?

—Foi o que eu disse, é grande. Mas faz alguma coisa?

—Ela cura.

—Cura? Tipo... igual às minhas borboletas?

—Por aí. — Ele começa a dar mais atenção a mim assim que para de digitar o que quer que fosse naquele painel. — Suas borboletas estão apenas ligadas a fatores degenerativos. Minha máquina está ligada a fatores genéticos. Para ser mais específico, um fator: a homofobia.

As coisas começam a se encaixar. O quebra-cabeça está montando-se e as engrenagens na minha cabeça rodam assim como na máquina.

—Estou com essa pesquisa há um ano e meio e eu já li o bastante para entender que o ser humano crê que a homofobia está ligada a inúmeros motivos. Mas nenhum livro explica de verdade como a homofobia cresceu dentro do ser humano e nenhum deles pôde me ajudar, mas é fácil perceber uma coligação entre ciência e vida. O estudo da genética nos diz que tudo o que somos parte de um filete dentro de nosso DNA que nos torna quem seremos. Características físicas, características psicológicas... tudo o que somos vem desde o berço, antes mesmo de termos ar nos pulmões. — Eu sei de tudo o que ele está falando então não me surpreende. Só não consigo entender aonde ele quer chegar. — Portanto a minha tese parte da pergunta: homofobia tem cura? Pense comigo, o argumento de homossexuais para sua consecutiva homossexualidade é a nascença. E eu concordo que não é uma escolha. Então se a homossexualidade nasce com alguém, está, obviamente, no DNA de uma pessoa.

—Era isso o que você queria ter falado naquela aula...

—Sim, mais precisamente sobre como encontrar esse gene. Sei que nossa tecnologia é avançada o suficiente para descobrir qual filamento de cromossomo nosso é responsável por cada mínimo detalhe de nosso corpo. Olhos, cabelo, cor... Mas a genética ainda não conseguiu encontrar o filamento que torna uma pessoa homossexual. Se eu conseguir encontrar isso eu já estarei na metade da pesquisa. Para cada gene existe um oposto. Se há algo que o torna hétero, há algo que o torna homo. E, se há algo que o torna indiferente a homossexualidade, então há algo que o torna diferente a isto. Há algo que o torna homofóbico e deverá ser biologicamente comprovado — Ele estava se atropelando em suas conclusões, mas eu conseguia entender sua linha de raciocínio, mesmo que um tanto bagunçada. Eu consigo ver a que ponto ele quer chegar, consigo ver esperança transbordando pelo sorriso em seu rosto e pelo brilho nos olhos, algo que deve ser encorajado. — E eu tenho a solução, Lucca.

Lentamente ele gira seu corpo e começa a encarar sua máquina, tudo funcionando como uma assustadora maestria. Não consigo parar de imaginar quanto tempo ele deve ter dedicado para fazer com que aquilo funcionasse, quanto suor e quantas coisas... quanta história essa máquina deve carregar. Eu estou sem palavras com a ideia dele, porque é genial! É incrivelmente louco e é por isso que sei que vai funcionar.

—A Máquina vai fazer isso para mim. Não vai? — A pergunta, posso perceber, não foi para mim. Ele ainda era o mesmo cara que tinha conversado com o pedaço de lataria da última vez que estive aqui. — Ela tem um futuro maravilhoso para a humanidade, ela vai ser a cura para todas as doenças do mundo. Você sabe qual é o índice de pessoas da comunidade LGBT que se suicida por conta da homofobia? Sabe quantos deles entram em depressão antes disso? Lucca, se essa máquina funcionar... — Ele olha para mim, e, pela primeira vez, sinto como se ele estivesse falando com um amigo de verdade e não com um simples conhecido. — *Quando* essa máquina funcionar, ela vai curar o mundo.

Olho através de seus ombros.

Mas ele retoma minha atenção.

—Isso é o futuro.

—Você tem uma grande responsabilidade nas mãos. — Erick ainda está me olhando com a mesma expressão, aquele brilho que diz que está preparado para o que tiver que enfrentar. Por que eu não consigo parar de pensar nesse garoto? Tudo o que ele faz parece soar três vezes melhor para mim... Esse é o maior mistério que carrego comigo: por que me sinto tão atraído por ele? — Você não sente nem um pouco de medo?

—Eu tenho medo. Todo ser humano sente medo — Um sorriso se forma no canto de seu lábio enquanto ele franze a testa. — Quem não sente um pouquinho de medo às vezes? Sabe qual é o meu maior medo?

—Não.

—Desistir de tentar. — O garoto dos cachos se vira mais uma vez depois de sorrir e volta a dar atenção à sua máquina, mas ainda está conversando comigo — O único problema de verdade é que eu não consigo encontrar a existência desse gene. Parece que não há diferença nenhuma entre os genes de um heterossexual e de um homossexual. Mas sei que estou perto, eu sinto isso, a minha pesquisa está se encaminhando para o ápice e quando isso acontecer... — Ouço um barulho na máquina, como uma gaveta sendo aberta, aço correndo sobre aço — Quero que saiba.

Erick me estende o braço e vejo que há algo na sua mão esquerda, um pedaço redondo e metálico com aquele símbolo. O mesmo símbolo que está em alguns lugares da máquina, o mesmo símbolo que se esconde atrás de seu cabelo, no pescoço. O triângulo com as pontas maiores. Parece ser um tipo de celular ou coisa do tipo, não sei muito bem como descrever. É redondo como aqueles carregadores da Samsung, eu acho. Aqueles que você só coloca o celular em cima e já começa a carregar. É compacto e cabe na mão. Tem um botãozinho também metálico e parece não fazer nada.

Aceito mesmo sem saber para que aquilo serve. Não é tão pesado assim e é bem confortável na minha mão. Erick me olha e espera até que eu pergunte:

—E que dispositivo é esse?

—É O Dispositivo.

—Cara, é sério. Quando você ficar famoso eu vou te dar uma ajuda para criar nomes melhores do que esses, pode ser? — Ele dá de ombros à minha piada e continua sua explicação.

—Ele vai te avisar quando a máquina for capaz de curar a homofobia.

—Isso se ela curar, né?

—Ela vai!

Eu sorrio junto dele. Porque nós dois temos esperança de que vai acontecer mesmo. Eu quero muito que aconteça. Eu só fico pensando em como as coisas vão mudar quando isso for verdade... Meus pais não vão se preocupar por ter um filho como eu. Eles não vão ter que se preocupar se eu estarei andando seguro nas ruas, porque as ruas serão seguras. O meu melhor amigo não vai me julgar por ser o que sou, por comer ou dar... e eu não vou ter que ouvir sempre "ah, mas você é o que come né?"

Não consigo parar de imaginar em como tudo isso parece irreal...

—Você me ajuda nisso? — Erick pergunta.

—Me dê um bom motivo para ajudá-lo... — Eu o desafio.

O garoto sorri contidamente e eu levanto a sobrancelha ainda pedindo que ele me responda. Eu não sei por que ele parece tão irresistível, mas eu não consigo desgrudar os olhos desse filho da puta. E não tem nada a ver com o cabelo dele, porque é uma bagunça sem fim, nem tem a ver com o modo como seus olhos me prendem a atenção, porque eles não são nem da cor que eu gosto, e eu tenho certeza que não é por causa daquele sorriso que sobe pelas bochechas, porque, no fim das contas, ele só sorri uma ou duas vezes. Não... tudo isso não tem nada a ver. Ou talvez tenha tudo a ver.

Merda, eu não posso estar pensando nisso...

—Bem, se me ajudar você estará contribuindo para que milhões de pessoas entendam que não se trata de uma opção. Você estará evitando suicídios, homicídios e genocídios. Você sabia que cada vítima de suicídio deixa, em média, cinco afetados diretamente para trás? Você estará ajudando seis pessoas, cada uma delas, que estiverem com problemas. Se me ajudar você estará libertando o mundo de amarras de séculos que não nos cabem mais e fará com que nós ouçamos a nossa própria voz. E não vai precisar se preocupar com guerras ou com extermínio. Não existirão raças superiores ou inferiores, seremos irmãos; como a bíblia nos ensina que somos. Aprendemos desde o berço que amor e respeito são nossas maiores qualidades, mas nós nos perdemos no caminho. Se me ajudar, Lucca Angiani, estará mostrando ao mundo que a diferença é comum. Negros e brancos, altos e baixos, gordos e magros, castanhos, loiros, ruivos, olhos azuis, verdes, nariz redondo, arrebitado, bunda grande, sem bunda, bem-dotado, pinto pequeno, músculos, espinhas, bafo... — Ele para de falar rápido mais uma vez e me encara com apreensão nos olhos — nNada disso vai importar de verdade.

Levanto o queixo e digo:

—Eu ainda me importaria com o bafo...

—Lucca. — Ele dá um passo à frente — Lucca Angiani. O futuro da genética mundial; o prodígio da White Cloud; me dê um bom motivo para que você *não* me ajude...

Eu fico calado por um segundo.

—Acho que eu venci — Ele responde.

—Você... tem problemas, garoto — nós dois sorrimos.

Eu guardo o dispositivo no bolso enquanto ele começa a me explicar direitinho a mecânica da máquina e enquanto faço várias perguntas. Eu não me importo com o fato de que a noite está caindo e que, em breve, eu terei que voltar para a White Cloud e tentar encontrar os dormitórios abertos já que meus pais não estarão em casa.

Não, nada disso tem importância.

Estava disposto a ajudá-lo desde o momento em que ouvi e entendi sua ideia, eu queria fazer parte disto. Eu queria ajudá-lo no momento em que ele dividiu comigo um espaço que, ao que parecia, ele não tinha dividido com ninguém. Gostava do cara. Não queria admitir isso, mas eu gostava muito daquele cara. Eu gostava demais daquele cabelo, porque merda… Era muito bonito. Eu adorava cada vez que seus olhos encaravam os meus, porque, porra, eram quase como estrelas. E, Deus… como eu amava quando ele soltava um sorriso.

Eu não queria admitir. Era tudo imaginação minha. Uma paixãozinha pós-término. Ia passar, disso eu tinha certeza. Mas caralho, eu ficava mais feliz toda vez que ele sorria.

Principalmente quando sorria para mim.

CAPÍTULO NÚMERO DEZESSEIS

"Não se entreguem a esses homens cruéis. Homens que os desprezam e escravizam. Que querem reger suas vidas e lhes dizer o que fazer, o que pensar e o que sentir"

Na terceira semana de Outubro, para ser mais específico na quinta-feira dia dezenove, eu ainda estava sem trocar uma palavra com o Jhonny. Toda vez que eu entrava no quarto evitava olhar para a cara dele, e nem era tão necessário assim. Ele também não parecia interessado em vir falar comigo, mas sabe o que é incrível? Desde que as aulas começaram ele só chegava no nosso quarto depois de mim e, agora, ele sempre está deitado na cama mexendo no celular ou com o caderno, fingindo estar ocupado. Mas eu conheço o filho da puta e sei que está fazendo de propósito. Porque ele quer que eu o veja ali e quer que eu peça desculpas por tê-lo trocado. Eu sei o que ele está sentindo, mas não sou o culpado disso tudo.

Naquele dia, contudo, ele ultrapassa os limites.

Tinha uma cueca dele na minha cama, para começar. Então, ao entrar no quarto, eu simplesmente peguei e joguei no chão do lado dele, sem falar mais nada. Fiz o que tinha que ser feito, estudei para as provas do outro dia enquanto ele aumentou o som do joguinho que estava em seu celular. Coloquei os fones para não ouvi-lo e deixei no modo aleatório, passando por músicas bem variadas. A maioria que passava pelos meus ouvidos era da minha banda favorita, *Of Monsters And Men*, mas eu também tinha músicas novas da *Meghan Trainor*, raramente uma *Miley Cyrus* e *Demi Lovato*, mas eu gostava mais de músicas como as do *Avicci*. Eu não sei... tentei me concentrar em qualquer letra ou coisa do tipo, eu só não queria lembrar que o Jhonny estava do outro lado do quarto tentando chamar minha atenção com qualquer coisinha irritante.

Então eu descobri que estava tarde demais e que eu já tinha que ir dormir, mas no mesmo momento em que decidi apagar a luz — isso porque já era meia-noite e pouco — o Jhonny acendeu uma luminária do lado dele. Isso não me incomodava. Passei anos da minha vida dormindo no mesmo quarto que a minha irmã que tinha medo do escuro então sempre tínhamos a luz da televisão. Assim como o Jhonny também tinha medo do escuro.

Só que eu sabia que dessa vez não era por causa disso.

Dei as costas para ele só que ele não se importou em baixar o volume do joguinho. De dois em dois segundos era possível ouvir o barulho do aparelho, quase dava para sentir ele vibrando. Eu tentei me controlar, porque eu sabia o que ele estava fazendo. Ele queria que eu ficasse irritado o suficiente para falar com ele.

Bom, ele conseguiu:

—Jhonny, desliga — foi só o que eu disse.

Por alguns poucos minutos eu não ouvi nada, então achei que ele tinha desligado de verdade. Só que ele só tinha pausado, ou trocado de jogo. De qualquer forma, o barulho parecia ainda maior. Mais uma vez me convenci a ficar calmo. Cobri minhas orelhas com o travesseiro, porque eu não ia conseguir dormir desse modo. E descobri que não ia conseguir dormir de maneira nenhuma.

Então arremessei o travesseiro nele.

—Desliga, porra! — falei mais alto.

—Decidiu falar comigo agora? — Seu tom de voz soava do modo como eu esperei que soasse. Porque o Jhonny é incrivelmente infantil. Era como se ele não tivesse feito nada para me provocar, agia como se eu estivesse indo falar com ele por vontade própria.

—Já é meia noite, cara. — Ainda estou encarando a parede. — Desliga isso, sério — tentei ser o mais calmo e maduro que conseguiria ser numa situação dessas. Mas ele não respondeu.

Ele ignorou e voltou a jogar.

—Você quer que eu vá dormir lá fora?

—Se você quiser. — o personagem do jogo emitiu um ruído como se tivesse perdido, acho que ele estava jogando Subway Surfer, e ele odiava esse tipo de jogo. — Seu amigo não tá disponível agora?

—Vai tomar no cu. — Eu viro e finalmente olho diretamente para os seus olhos, ainda estou deitado porque eu quero muito dormir em paz, só essa noite. — Você tá com ciúme do cara?

—É isso aí, você acertou em cheio — disse ele, irônico.

—Então qual é o problema, caralho?

Jhonny colocou o celular de lado depois de um tempo e jogou os pés para fora da cama. Por segundos ele só me encarou com a cara mais brava do mundo, em seguida ele se levantou, abriu a janela e deixou que a luz da lua entrasse. O seu rosto estava sério mesmo embora eu achasse que era algum tipo de piada.

—Tá vendo aquela porrinha brilhando lá no céu? A promessa era ir até a lua. Eu e você. — escuto cada coisa que ele tem a falar, porque há muito tempo o Jhonny não fala alguma coisa sobre nós dois. — E, do nada, surge uma terceira pessoa? Você quer levar ele lá também? Para a nossa lua?

—Vai se foder, cara...

—Qual é? Não quer admitir que prefere ele?

—Eu nem sabia que você se lembrava disso...

—É óbvio que não sabia. — Ele fecha a janela com força e avança um passo em minha direção. — Duvido que saiba qual foi a última vez que me perguntou como foi meu dia.

—Cala a boca, você nem gosta desse tipo de coisa.

—Lá vai. — Jhonny virou o rosto.

—Você gosta? — Eu não obtive resposta alguma. Eu paro um momento para refletir... acabo pensando que, no fim das contas, o amigo ruim podia ter sido eu. Pelo ponto de vista do Jhonny eu não dera atenção o suficiente para ele e, talvez, seja verdade. Talvez eu tenha me distanciado, talvez eu o tenha deixado de lado, mas eu não vi que ele se importava com isso. Achei que nós dois sempre nos lembraríamos do que nós éramos e do que já fizemos, mas não parecia ser o suficiente para lembra-lo.

Cansado e no silêncio, Jhonny se deitou novamente na cama. Eu parei para entender a situação, porque não queria admitir que nós poderíamos estar brigando por conta do Erick. Não. O Jhonny destruiu a nossa amizade por motivos muito maiores do que aquele garoto. E ele sabe disso.

—Algumas vezes você nem me trata como se fosse seu amigo.

—Cala a boca...

—Isso é tudo o que você sabe falar, não é? — Jhonny ainda estava olhando em direção à luz amarela enquanto eu estava encoberto de escuridão. Seus olhos brilhavam, mas era só o reflexo — Por isso a gente nunca mais conversou, porque você não deixa. Já percebeu isso? — É... acho que eu tinha errado. Tá certo que o Jhonny é um babaca com muitos assuntos e ele não consegue se comportar como um quase adulto, ele não consegue assumir a idade que tem, ainda parece querer brincar com a vida mesmo em situações críticas. Talvez ele não se orgulhe de todas as merdas que ele fez por estar drogado, mas ele está certo. Foi por isso que ele não nos atacou naquele dia, porque ele sentia falta de mim. Mesmo drogado, ele ainda se lembrou de mim.

E eu o esqueci.

—Ei cara. — Eu me levanto e me sento na cama também, do mesmo modo como ele estava sentado antes. — Me desculpa. Eu achei que você queria que fosse desse jeito — Jhonny ainda se recusa a olhar para mim. — Desde que a gente entrou na White Cloud você mudou, então eu preferi mudar com você... Achei que você nem se lembrasse mais da nossa promessa...

—Eu sempre lembro, Lucca...

Seu rosto se move em minha direção e ele sorri para mim. Contudo é um sorriso sincero, é diferente daqueles sorrisos de excitação ou de ânimo que ele tinha quando consumia drogas, e era diferente daqueles sorrisos que vinham após uma gargalhada. Era só um sorriso de felicidade. Fazia tanto tempo que eu não via o verdadeiro Jhonny...

—Você vai me desculpar ou vai ficar olhando para essa lâmpada até conseguir imitar um choro e me fazer me sentir mais culpado?

—Dá pra fazer isso?

Ele ri levemente e eu rio também.

E é assim que nós voltamos com nossa amizade.

—Vai, levanta aí. — Jhonny pega o celular que estava jogado na cama e eu acho que ele quer me dar um abraço para reconciliar de verdade, o Jhonny que eu conhecia iria querer fazer isso — Aa gente já tem que ir.

—Ir pra onde? Tá louco? — Pego rapidamente o celular para conferir que horas são — Quase uma hora da manhã. Tem prova de Física amanhã, cara. Volta lá pra sua cama e me deixa dormir, vai...

—Não mesmo — Ele arranca a coberta grossa que eu usava para me cobrir e minhas costas ficam expostas, minhas pernas também e agora estou só de short — coloca uma roupa bonita porque hoje a gente vai comer muito.

—Eu não tô com fome. — respondo.

—É por isso que você ainda é virgem. — E então eu entendo que ele quer me arrastar lá para comer alguém. Ou melhor, transar com uma garota. E mano... eu não tô nem um pouco a fim de trocar uma noite na minha cama me preparando psicologicamente para a prova de Física por uma puta de saia curta que vai dar pra mim na primeira oportunidade que tiver. — Vamos, eu ainda tenho algumas pílulas de Alex Grey.

—Porra Jhonny, eu não quero transar hoje. Preciso dormir.

—Cara, pelo amor que você tem ao seu pinto, — Seu timbre é sério e ele está falando na minha cara. — é só sacar a rola pra fora e a puta cai em cima. Acabou... não tô pedindo mais nada.

—A gente faz isso outro dia.

—Não. Tem que ser hoje. — ele impõe-se.

—Por quê?

—Para de reclamar e levanta. — Jhonny me puxa e abre minha gaveta para pegar minha calça e o resto das roupas — A gente vai ficar muito doido a madrugada toda e voltar de manhã para fazer a prova. Vai por mim, é muito mais legal…

—Jhonny, eu não vou fazer isso…

Começo a deitar novamente, mas ele segura minha mão e me puxa para perto. Muito perto mesmo. Eu sinto seus ombros e seu peito, mas eu também sinto nojo por estar tão próximo. Jhonny começa a sussurrar…

—Faz isso por mim.

—Não é por que a gente acabou de se reconciliar que você pode me pedir qualquer coisa que eu vou aceitar, amigão. — sussurro do mesmo modo que ele. Então ele franze a sobrancelha, como se estivesse chateado.

—Mas por ele você faria, não é?

Juro para você que eu não queria ser tão cabeça fraca para essas coisas, às vezes eu até penso que sou uma fraude por conta da minha falta de rancor. Queria que meu coração fosse mais duro, mas é exatamente com esse tipo de discurso que eu acabo cedendo e fazendo a vontade de Jhonny. Mesmo com uma prova do caralho no outro dia. Eu digo a mim mesmo que eu não vou fazer nada demais. No máximo beber alguns copos do que me oferecerem, mas não vou ir além disso.

E já que o Jhonny quer me ver com uma mina, então eu só preciso pegar uma guria e dar uns beijos nela. Isso não vai ser difícil. Se eu estiver na pista de dança eu consigo fazer isso bem rápido. Então o plano é simples. A prova de Física é na sexta aula, a última aula antes da segunda pausa. O que eu vou fazer, então, é ficar até umas quatro horas lá e voltar para as aulas. Dormir as primeiras três aulas e só entrar depois da primeira pausa, fazer a prova de Física e voltar para minha cama na segunda pausa. Claro que isso não é a cara de um aluno da White Cloud, mas é sexta-feira e nem todo mundo obedece às ordens da escola na sexta.

Eu não vou ser um aluno tão ruim assim.

A única coisa que eu não posso fazer é passar dos limites.

Eu passei dos limites. Puta, eu passei muito dos limites. A mina que eu peguei na pista de dança me arrastou para um lugar reservado na balada, lá dentro mesmo, onde as pessoas iam para transar. E eu não sei como o Jhonny também chegou lá, mas eu sei o que ele fez. O idiota colocou aquele tal de Alex Ryder na minha bebida… não, Alex Grey… Foda-se o que é.

Acontece que quando eu peguei nos peitos daquela puta eu senti um tesão do caralho e eu não queria isso... eu queria estar de boa e ficar na minha cama, mas mano, meu pinto já tava duro antes que eu pudesse controlar, tá ligado? Foi como se eu não estivesse mais no controle.

Por isso ela arrastou eu e o Jhonny para esse lugar.

E eu não sei como, mas ela foi passando a língua pelo meu pescoço enquanto o Jhonny chegou por trás dela, segurando sua cintura com as duas mãos e passando seus dedos desde a barriga até os peitos, segurando-os como se pudessem cair. E ela estava gostando. Eu conseguia sentir as costas dos dedos deles contraídos no meu peito, já que ela estava se jogando em cima de mim. Eu segurava ela pela cintura enquanto ele dava um jeito de tirar toda a roupa dela. Primeiro a camisa rosa foi para o chão enquanto ela suspirava e desabotoava o sutiã.

Seus peitos pularam para fora e eu fiquei assustado, e eu percebi realmente porque eu não gostava disso. Não tinha graça. Não era bonito como eu pensei que seria... eu não estava com tanta vontade assim... Até ver ela se virando e tirando a roupa do Jhonny. Primeiro desabotoando a camisa dele. E caralho, vendo o peito branco do Jhonny com aqueles pelos finos foi de arrepiar. Eu lembrei daquele dia em que a gente transou, mesmo sem ele lembrar e isso foi o suficiente para me deixar excitado de novo. Como a mina estava de costas para mim eu já aproveitei para deixar ela completamente pelada. Tirei a saia e percebi que ela estava sem calcinha.

Ela dava uns beijos nos peitos do Jhonny e ia descendo e se ajoelhando e, quando eu vi, ela estava tirando o pinto do meu amigo para fora. Eu não lembrava direito como ele era, até porque eu só tinha visto uma vez. Sei que o Jhonny sóbrio não gostaria que outro homem visse seu pinto, mas ele estava tão preocupado com a língua dela fazendo o pinto dele ficar mais duro que nem se importou com a minha presença. Ele mesmo arrancou o resto da camisa e deixou que as calças caíssem.

Não consegui aguentar de tesão.

Ver ele sem camisa me deixava mais excitado, porque eu imaginava como seria tocar aqueles músculos e passar a língua pelo tanquinho, ir baixando até o umbigo e passando os dedos pelo seu pau... caralho, como eu queria sentir aquilo de novo. Inesperadamente a mina começa a passar a mão dentro da minha calça e, mais inesperadamente, tiro meu pinto para fora. Então enquanto ela está ajoelhada começa a trocar de brinquedo. Uma hora está com a boca comendo o meu pau e, em certo momentos — quando ela passa a língua pela cabeça — eu até penso em enfiar mais fundo. Depois ela está chupando o Jhonny novamente.

—Caralho, eu quero te comer — ele diz.

Então ela, que já está pelada, senta naquela mesa de bilhar — nem sei como a mesa surgiu ali, mas eu estava apoiando minha mão o tempo todo nela —. Suas pernas já estão abertas para que o Jhonny comece o trabalho e o meu amigo completamente sem roupa se ajoelha e mete a cara na buceta dela e isso não me dá nenhum tipo de tesão. O que ainda deixa o meu pinto duro são os suspiros abafados dela enquanto sua boca está me engolindo de novo, indo e vindo, passando pela cabeça, lambendo como um pirulito, babando igual uma filha da puta faria. O Jhonny move ela um pouco mais para ajeitar o pinto na entrada e, pouco a pouco, sinto o corpo dela indo e vindo enquanto o meu amigo está comendo ela. Ele está com uma cara muito ridícula, mas porra, isso dá um tesão do caralho. Algumas vezes a mina solta do meu pinto para pedir que ele vá com mais força e ele obedece, enquanto eu tento socar tudo o que eu tenho dentro da boca daquela piranha. Eu sei o que ela quer, e eu tô com uma puta vontade de gozar na cara dela. Não tô vendo o tempo passar, mas o Jhonny pede pra ela ficar de quatro e ela aceita.

Ele sobe na mesa de bilhar e eu também, fico deitado enquanto ela me chupa, inclinada. Já o Jhonny está comendo ela como um cachorro, metendo mais forte. Sinto o dente dela roçando algumas vezes, mas isso só dá mais tesão. Eu estou pirando. Algumas vezes eu troco o rosto dela pelo do Erick... eu não sei por quê. Eu estava tão acostumado a ver o Sam, mas dessa vez não era ele. Dessa vez era outro cara. Eu sentia como se ela... como se ele... sei lá, sentia como se estivesse me levando até um lugar diferente de qualquer outro. E merda, como isso era bom.

Não tenho orgulho dessas coisas.

No fim, acabei gozando dentro da boca dela.

Eu e Jhonny chegamos sete horas da manhã na White Cloud, uma hora antes das aulas começarem. Esperamos do lado de fora dos portões, porque eles só abrem às oito horas, assim que as aulas começam também. Disse para mim mesmo que ainda daria um tempo de dormir e eu pensei que isso realmente ia acontecer, mas eu estava em êxtase. Porra, ele tinha me dado tanta coisa para ficar acordado que eu nem sabia mais o que eu tinha ingerido. Não queria pensar que podia morrer de uma overdose, mas foda-se. Eu estava me sentindo muito vivo, eu estava com vontade de correr pela escola peladão, gritando para todo mundo o que foi que eu fiz.

Nós ficamos conversando sobre como aquela filha da puta era gostosa e eu não estava me reconhecendo, porque eu estava falando sobre mulheres, sobre bucetas, sobre tudo o que eu nunca conversaria. Eu queria muito voltar a pensar como o antigo Lucca, o cara que gosta de uma piroca. Mas eu não consigo. Eu quero falar cada vez mais sobre como eu estou arrependido por não ter comido ela quando eu tive chance, nós dois estamos rindo ao falar que ela era gostosa para um caralho. E que eu perdi essa oportunidade.

Ainda estamos bebendo catuaba quando os portões se abrem os guardas da White Cloud não se importam muito com nossa presença, apenas nos instruem para ir o mais rápido para as salas. Mas eu e Jhonny não estamos nem um pouco a fim de ter aula hoje. Eu quero muito cair na minha cama e fingir que estou transando com ela, eu quero muito comer o meu travesseiro e foder com os meus sonhos.

Que merda eu tô falando velho?

Minhas mãos estão agitadas quando vejo todos os alunos se dirigindo para o Bloco Um, vejo as garotas saindo do Bloco Três e vejo os meus amigos prontos para o dia no Bloco Dois. Todo mundo está fazendo o que eu deveria estar fazendo, mas eu não estou ligando muito para isso. Consigo ver a Emma com sua disposição, ela ainda está aqui estudando. Ainda bem que ela não está me vendo desse jeito, tenho certeza que estou com uma aparência horrível.

Eu e Jhonny nos desviamos do caminho e encontramos as portas do Bloco Dois. Sabe o que é? O universo estava querendo foder comigo, mas não era uma foda gostosinha que você tinha tesão e depois se masturbava pensando em como a foda tinha sido foda. Era aquele tipo de foda no qual você só toma no cu e se afunda em pensamentos que vão te fazer se arrepender de qualquer coisa que você tenha feito. Aquele tipo de tomagem no cu bem gostosa, sabe?

No momento em que eu e o Jhonny abrimos as portas para o nosso bloco um cara passou por nós. Indo em direção às aulas eu vi o Erick. E ele me viu também. Sei que ele me viu. Ele passou por mim e me olhou diretamente nos olhos, não vi nenhum tipo de sorriso e nada que pudesse dizer que ele estava a fim de conversar comigo. Primeiro pensei que as pessoas não costumam sorrir às oito horas da manhã, e isso é a mais pura verdade, mas depois eu tirei essa ideia da mente. A verdade é que ele não estava sorrindo porque ele me viu com o Jhonny. E eu sei que ele também deve ter visto que eu carregava a garrafa de catuaba que Jhonny tinha escondido...

Ele foi embora.

Eu e Jhonny entramos e fomos diretamente para os nossos dormitórios porque eu não aguentaria mais um minuto em pé. Não. Peguei meu celular e descobri que ele estava com apenas quinze por cento de bateria. Motorola de bosta. São oito e quinze, isso me dá exatamente... sei lá quanto tempo exatamente, acho que umas duas horas. Eu tenho que acordar daqui duas horas para enfrentar duas aulas de História e depois fazer a prova. Estou completamente chapado, estou completamente de ressaca e meu pinto está latejando. Aquela filha da puta devia ter alguma doença. Nojenta. Eu quero muito dormir agora e esquecer de tudo o que eu fiz nessa noite. Queria esquecer do rosto do Erick também.

E, não contente em me foder bonitinho, o universo ainda fez questão que meu celular desligasse — porque eu não lembrei de desligar os dados móveis e a localização, e o brilho estava no máximo —. Então eu nem me dei conta de que fui dormir às nove horas da manhã e só acordei às dezoito horas da noite. Já estava anoitecendo quando eu percebi e eu não queria me levantar da cama, eu só queria ficar deitado ali e pensar em como eu tinha sido otário por ter escutado o Jhonny.

Por causa dele eu transei com uma garota e perdi uma prova. Alguns garotos no meu lugar estariam pulando de felicidade para contar isso aos pais, eu já estava me preparando para as perguntas que meus professores fariam na próxima segunda-feira.

Que bosta de vida, hein?

ALEXANDRE KLEIN

CAPÍTULO NÚMERO DEZESSETE

"Vocês, as pessoas, têm o poder. O poder de criar máquinas; o poder de criar a felicidade"

São duas horas da tarde do sábado e o Jhonny ainda não acordou. Eu tive que ficar na casa dele já que meus pais estavam viajando por conta do aniversário de casamento. O que acontece de verdade é que eu estou completamente entediado e o tédio me leva a ter o peso na consciência mais forte. Desde ontem ando pensando em que merda eu me meti, e eu nem estava tão dopado assim. Eu não quis conversar sobre isso com ele, o Jhonny, mas algumas vezes o idiota ainda ria sobre os acontecimentos de sexta-feira. Ele não me deu nada além daquela coisa… Alex Grey. Sei que eu não queria ter feito aquilo, mas fiz. E, sabe, eu já beijei muito mais garotas do que garotos. Então o maior peso que carrego não é o de quase ter comido aquela garota, mas sim o de ter visto o Erick e não ter falado nada.

Eu me lembro do modo como ele cruzou seus olhos com os meus, quase sem pretensão nenhuma, quase como se não pretendesse nada. Só que foi algo com reprovação. Se não fosse o Erick, não teria pesado tanto. Talvez eu esteja completamente paranoico com isso, mas eu sei que, se fosse ele no meu lugar, eu não ficaria feliz em me ver com o Jhonny. Isso faz sentido?

Sei que não faz.

Por isso eu levanto da cama sem nem olhar para o relógio, deixando o notebook e os vídeos pornôs de lado, tirando o fone de ouvido. O Jhonny está parado na cama, jogado, só de cueca. Sei que eu provavelmente deveria avisar a ele para onde estou indo, mas não me importo. Erick me chama mais atenção. Coloco uma calça do Jhonny e um moletom por cima, o mesmo moletom azul e vermelho de sempre porque aqui faz muito frio. Muito frio mesmo. Até penso em deixar qualquer bilhete avisando-o de que estou indo embora e de que, provavelmente, voltarei ao anoitecer. Mas não acho que o Jhonny vá realmente se importar com isso.

Os pais do Jhonny já acordaram e já estavam trabalhando. Afinal devia ter algum motivo pelo qual os dois eram tão ricos. Saio da casa do Jhonny já sabendo para onde vou me dirigir e em menos de dez minutos consigo ver a pracinha no meio da neblina. O poste de luz junto dos brinquedos e, lá no fundo, a casa do Erick. Imagino que ele deve estar lá porque sua máquina está lá e é só nisso que ele pensa.

Lembro que não tem campainha.

Então eu vou no tradicional grito.

—Erick! — Seu nome ecoa no meio das árvores que cercam a casa e eu só fico esperando até que ele apareça. Minhas mãos estão presas nos bolsos do moletom e meus ouvidos são aquecidos pelo capuz. No primeiro minuto eu não escuto nada além do vento trepidando as folhas. Os arbustos balançando junto das árvores. Então eu o chamo mais uma vez. E ouço seus passos se aproximando da porta.

Aquela mesma falta de expressão.

Sei que ele é assim mesmo, mas dessa vez eu suspeito que isso é devido ao que aconteceu no dia anterior. Parece proposital. Acho que ele não quer mesmo me ver.

—Oi — Eu sorrio com hesitação.

—Oi — Ele diz.

—Eu vim te ver — Sério Lucca? Nem tinha percebido.

—Eu vi. — responde-me.

—Eu… é… tá tudo bem? — Ele balança a cabeça positivamente e eu percebo que sou realmente muito ruim nisso. Fecho os olhos por um segundo e abaixo a cabeça. — Certo… é que eu estava sem fazer nada na minha casa, e como eu já entreguei a pesquisa, eu pensei em sair para algum lugar.

—Entendi.

—E eu não queria ir sozinho… Vu pensei em ir com você… Você topa?

—Não costumo sair de casa.

—Eu vi. — imito-o até com um pouco de grosseria e me arrependo no mesmo instante, porque não é assim que eu queria pedir desculpas a ele pelo que aconteceu no outro dia, mas algumas vezes eu não consigo botar para fora tudo o que estou pensando, e é ainda mais difícil quando se trata do Erick, porque ele não é como qualquer amigo meu — Quer dizer, eu achei mesmo que você não saía muito…

Caralho, o que eu tô fazendo?

—Entendi — Ele arregala os olhos e assente com a cabeça.

Ficamos em silêncio. É o pior silêncio do mundo. Eu olho diretamente para o brilho em seus olhos e ele encara qualquer coisa no meu rosto. Talvez ele seja capaz de enxergar toda a minha insegurança e nervosismo, e, se puder enxergar mesmo, é óbvio que ele não sairá comigo. Respiro fundo, tomando coragem para falar o que eu tinha que falar de verdade.

—Olha, me desculpa. — começo — Eu sei que foi meio hipócrita da minha parte ter debatido com o Jhonny e aparecer com ele dois dias depois. Sei que você deve ter ficado chateado com isso porque eu também ficaria, mas sei lá… — Não tem mais o que falar. Queria enrolar um pouco mais para dar a entender que eu tinha muita coisa para dizer, mas não tem mais nada na garganta. E ele percebe isso. — Eu sou uma grande confusão, e muitas coisas que eu faço não condizem com meus pensamentos…

—Está me pedindo desculpas por ter saído com seu amigo?

—Bem… é!? — Assumo um tom duvidoso.

—Eu tenho muita coisa com o que me preocupar, Lucca Angiani, e A Máquina não vai funcionar se eu não lhe dedicar tempo, então eu recuso seu pedido. Outro dia, talvez… — Ele ainda está parado. Esperando que eu vá embora.

—Eu não vou embora.

—Pode ficar aqui na frente, se quiser.

—Quero que você venha comigo.

—Lucca… Eu entendo que você está se sentindo culpado e, talvez, na obrigação de retomar o pouco de confiança que eu depositei em você porque, ao que parece, você é o tipo de pessoa que precisa de atenção para saber que existe, caso contrário parece que é tão útil quanto um poste de luz que não ilumina. Entendo que você necessita de pessoas, mas eu não posso suprir a necessidade que você tem. Então eu agradeceria se você pudesse tomar seu caminho de volta para sua casa…

—Erick, — Eu paro seu discurso antes que ele me atinja mais com todas essas verdades — eu não vou sair daqui. Eu quero mesmo que você venha comigo. Eu estou com vontade de conversar com você sobre… nada. Sobre tudo e qualquer coisa. Não tem mais ninguém que quer falar comigo. E, ainda que tivesse, eu queria falar com você. Eu quero, na verdade. Então me dá só mais uma chance. — Seus olhos ainda estão inexpressivos e parece que ele não vai mudar de ideia, e eu imagino que não vá mesmo. Porque *eu* não mudaria. Eu não deixaria que o Sam voltasse para a minha vida se ele se ajoelhasse na porta da minha casa pedindo desculpas…

—Para onde quer me levar? — Mas o Erick é diferente.

—Para Fulmo — Eu lembro das gotículas de água batendo nos meus pés enquanto o barulho da cachoeira soava ao longe, aquele banco que fica parado bem à frente da queda de água… a última vez que estive lá foi com Alana… — Você vai adorar.

O ônibus parou bem próximo da cachoeira já que era um ponto turístico visitado por todos os que passavam por Fulmo. Eu e Erick descemos, aqui estava mais calor do que lá em casa. O que não fazia sentido nenhum já que estávamos mais próximos da água e mais longe do solo. Vai entender como esse mundo louco funciona.

Caminhamos até aquele banco e, como sempre, ele estava vazio.

O garoto ao meu lado — usando um moletom cinza e com as mãos dentro dos bolsos do mesmo — parecia estranhar a imagem que visualizava. Ele nunca tinha ido até lá. E eu entendo perfeitamente o porquê. Sentamo-nos no banco e ficamos parados por alguns segundos… Até que ele diz:

—É uma visão bem… nublada.

—É, eu sei.

—Era isso o que você queria me mostrar? — Ele parece desapontado.

—Bem, não isso de verdade. Esse lugar é completamente diferente nos dias de Sol. Acho que a gente só teve um pouco de azar. É que não dá para ver, mas se você prestar atenção vai conseguir enxergar a sombra dos pinheiros ali no fundo e normalmente tem um monte de pássaros cantando. Nos dias de Sol, eu digo. Agora eles devem estar dormindo. Mas você tem que ver esse lugar quando faz Sol — minha promessa é ridícula. Sei que não faz nenhum sentido ter trazido ele a esse lugar sendo que não tem nada do que eu queria que ele visse. Então, quando ficamos em silêncio mais uma vez, eu boto para fora qualquer coisa — Me desculpa, mais uma vez. Isso é muito inútil, não é?

—O pedido de desculpas?

—Também… Mas principalmente ter te trazido aqui. Não é o exemplo de um lugar realmente bonito. Você estava certo quando disse que eu preciso de pessoas para saber que eu existo, eu sempre preciso de atenção. — Abaixo a cabeça porque não quero encará-lo e ver que ele está me reprovando com aqueles olhos castanhos. — Sou muito otário.

Erick suspira e diz:

—Se fazer de vítima não vai te ajudar na situação, Lucca Angiani. Esse tipo de pessoa não costuma chegar num ponto muito longe da vida, e não posso acreditar que você estará num nível tão inferior quanto o dessas pessoas.

—Porque sou o prodígio da genética na White Cloud?

—Não. Porque eu te acho uma boa pessoa, com boas intenções e com uma mente brilhante demais para ser tão minimizado com o estereótipo de prodígio. Acredito que você é mais do que mostra aos outros, Angiani. Mas estou feliz que me trouxe até aqui. — Isso me faz levantar a cabeça para encontrar seu rosto. Ele não está olhando diretamente para mim, mas, ao que parece, está tentando encontrar os pinheiros por trás de toda aquela neblina, como eu disse que existia. — Todos nós precisamos de alguém para dizer que nem tudo está perdido.

—Então você me desculpa?

—Não teria vindo até aqui se já não tivesse te desculpado.

Sorrio, mesmo embora ele continue com o mesmo vazio no rosto. Percebo que estou me acostumando com esse tipo de coisa. Ele mexe no cabelo com a mão direita, a luva no mesmo lugar de sempre. Eu me aproximo um pouco dele quase imperceptivelmente e penso em tocar em sua mão, mas tenho receio de que ele acabe se ofendendo de algum modo.

É por isso que eu só pergunto:

—Qual é a ideia da luva?

—É um problema genético. — Por um instante sinto como se ele, de repente, tivesse ficado triste por ter tocado no assunto. — Apenas mais uma anomalia para o conjunto de bizarrices que eu agrupo.

—Por isso você é canhoto?

—Sim.

—Entendi... mas o que aconteceu? Você tem seis dedos?

—Não, — Ele sorri, mesmo embora não tenha sido uma piada. — não é bem isso. Existe um defeito de fábrica, por assim dizer. Minha mão direita não atua tão bem quanto a esquerda — diz, acanhado.

—Posso ver? — Sei que estou sendo muito intruso ao pedir isso e o Erick me olha como se realmente não fosse deixar. Porque que tipo de pessoa pede para ver um defeito em outra? Que tipo de pessoa pede para ver a deficiência física de outra? Mas ele não se importa.

Erick me estende a mão e eu, cuidadosamente, retiro sua luva de tecido grosso. Tocar na sua mão é eletrizante. É uma parte dele que eu ainda não tinha experimentado. Um esqueleto metálico aparece cobrindo toda a parte da sua mão, exatamente onde os ossos estão no interior. Não é bem uma mão robótica como aquelas que se vê em filmes, como no Exterminador do Futuro. É como um exoesqueleto, apenas as principais partes da mão — como um quadrado na palma e as ligações dos dedos cobrindo todo o perímetro restante —. Contudo, sua mão parece completamente normal. Parece um tom a menos na coloração, porque não deve receber tanto Sol quanto a outra. Todos os dedos estão lá, o polegar funciona perfeitamente e o pulso também. Essa armação toda se prende como uma pulseira e, não sei como, mas parece estar ligada. Como um mecanismo de verdade.

—Não tem nada de errado aqui.

—Eu quero te mostrar uma coisa. — Ele fica de frente para mim, colocando o joelho em cima do banco no qual estávamos sentados e me olhando diretamente nos olhos, fico apreensivo esperando até que ele coloca a mão esquerda em cima do pulso e diz. — Já vou me adiantando com as desculpas. Então, me desculpe.

O dedo da mão esquerda se mexe pela pulseira na mão direita e, do nada, eu recebo um tapa na cara com a mão robótica. Doeu pra caralho por conta de todo aquele metal e eu tenho certeza de que deve ter deixado uma marca, mas porra... o que foi aquilo? Por que ele me bateu? Eu tomo distância dele e fico em pé, encarando enquanto aquela mão direita dele começa a se mexer como se fosse um animal incontrolável.

A falta de expressão é substituída pelo pequeno pavor de não conseguir controlar a si mesmo... ao que parece ele não queria fazer aquilo, mas... que merda é essa? O que está acontecendo com a mão dele? Ou melhor, com ele? Fico atônito e sem saber o que dizer enquanto ele tenta controlar o braço, mas a mão dele escapa e começa a se sacudir e bater na madeira do banco e depois voa em direção à própria cara, com agressão e violência.

Corro até ele e seguro seu braço inteiro com as duas mãos e ele me olha com um pouco de medo. Medo e tristeza. Não... isso tem um nome mais específico... vergonha. Como se esse negócio todo fosse algo do qual ele não se orgulhava...

—O que é isso?

Ainda seguro a mão dele até que sua mão esquerda encontre a pulseira e clique novamente no botão. Em instantes a mão para de se mexer por conta própria e volta a obedecer ao dono. De vez em quando uns tremeliques afetando-a.

Ele recoloca a luva.

—Um tipo de apraxia.

—Um tipo de quê? — Entoo.

—Apraxia. É uma desordem neurológica que o incapacita de realizar movimentos objetivos. Um defeito de fábrica. — Eu apenas encaro-o enquanto ele parece se estabilizar novamente, tomando controle do próprio corpo. — É como se eu não tivesse controle da minha própria mão.

—Eu percebi. — coloco a mão no rosto, massageando-o.

—Desculpe, deveria ter te avisado — repreende-se.

Agora estamos quietos, apenas encarando a situação.

—Isso foi muito estranho...

—Sim. — Ele confirma.

—E como isso funciona? — Aponto para sua luva.

—A luva é impermeável e serve para cobrir o mecanismo que uso para controlar a mão. Essa pulseira está ligada diretamente ao meu sistema neurológico e aos músculos do meu braço inteiro por meio de vibrações. É assim que eu consigo mandar comandos do cérebro para a mão e da mão para o cérebro. É como se eu estivesse ligando os dois novamente após uma ruptura no sistema...

—Então não é consciente?

—Absolutamente não. — Erick responde como se isso já fosse óbvio antes mesmo de falar. — É uma síndrome e não tem cura. — E isso me parece incrível e novo, porque eu não conhecia nada do que ele tinha me dito até agora. Sim, eu estava mesmo muito impressionado com a situação toda, mesmo com o rosto doendo.

—Mas você descobriu.

—Descobri o quê?

—A cura. — Eu digo. Seguro sua mão novamente e tiro a luva para mostrar o pulso metálico a ele mesmo — Se isso daqui funciona para você, então vai funcionar para muitas outras pessoas que têm o mesmo problema. Você descobriu a cura.

—É mais para um tratamento...

—Eu sabia que eu estava certo.

—Certo em quê?

Nós dois nos sentamos bem linear ao banco e às nossas costas.

—Em apostar em você.

—Como num cassino?

—Como no futuro da humanidade. — corrijo-o.

Espio pelo canto dos olhos sem que ele possa me ver e consigo ver o sorriso que ele solta involuntariamente. E isso é simplesmente satisfatório para mim, saber que ele está sorrindo porque eu o fiz sorrir. Dá para ver como é genuíno e sensível e, caralho, como eu sou apaixonado por aquele sorriso. Tento não sorrir para que ele não veja e eu simplesmente não consigo. Olhando para as nuvens de neblina que se formam acima da cachoeira eu começo a me perguntar: quando foi que minha vida mudou desse jeito?

Há três meses eu estava aqui com o Sam e, agora, eu estou aqui com outro cara. Pode ser que ele nunca seja como o Sam e que ele nunca substitua o espaço que ele deixou no meu coração. Só que, por outro lado, o cara ao meu lado está fazendo algo que ultimamente o Sam não me fez: estou sorrindo por causa dele. Não somente com ele, mas por conta dele. Eu me sinto feliz apenas por estar perto dele. É uma coisa bem besta, uma coisa que não me acrescenta nada fisicamente. Certas pessoas teriam preferido focar em suas pesquisas, mas aquele momento foi diferente para mim. Como se sua presença fosse uma explosão de sentimentos novos.

Não sinto isso há tanto tempo...

Nem mesmo com meu melhor amigo, nem mesmo transando com uma garota, nem mesmo me masturbando com os vídeos pornôs. Eu não me sinto feliz assim com nada e com ninguém. Nem mesmo o meu amor por genética pode superar essa coisa, porque é indescritível. E então eu entendo porque eu realmente me senti na obrigação de vir aqui pedir desculpas para ele. Não somente pelo Jhonny.

—Erick?

—Sim? — Ele responde.

—Eu vou sentir falta de você. Quando você for embora, eu quero dizer. — Lembro de todas as vezes que eu conversei com ele e ele me disse que não estava lá permanentemente e que, em breve, partiria. Lembro de como ele disse que se mudou recentemente e que a White Cloud sempre esteve em sua lista. Eu tento criar a lista de outras escolas nas quais ele pode parar na intenção de concluir sua pesquisa. Porque o Erick não vai ficar aqui para sempre e eu sei disso. E lembrar disso me dá um aperto no coração que eu não consigo aguentar. Não quero ser dramático, mas é como ser perfurado por vidro. Machuca. — Sei que ainda falta um tempinho para que você consiga terminar a máquina e, caralho, eu estou muito ansioso para que ela funcione. De verdade, eu quero muito que isso funcione. Mas... sei lá... eu sei que quando funcionar... vai acabar, sabe? Você vai embora quando isso terminar e eu vou voltar a ficar sozinho. É, eu sei que eu estou sendo ridículo e que meu medo é irracional, porque todos nós ficamos sozinhos no fim. Por isso eu me senti tão culpado, porque tive medo de que o único cara que estava do meu lado desaparecesse. E eu não aguentaria, tá ligado? Ia ser uma bosta viver... sem você. — olho para o Erick apenas para descobrir que ele está me olhando desde o momento em que eu comecei a falar demais. — E eu não faço a menor ideia de onde quero chegar falando tudo isso porque eu não quero te impedir de terminar a máquina e eu não quero te ver sumindo. Como outros já fizeram. Eu queria que você ficasse. Caralho... — sorrio para ele e tento segurar as lágrimas, mas merda, por que eu estou chorando? Isso não faz o menor sentido. — Eu sei que eu nem te conheço direito, mas cara... Eu vou sentir muito a falta de ter alguém com quem conversar após todas as aulas. E eu vou sentir falta da sua mão robótica tentando me matar. — Lembro da minha conversa com a Alana aqui. Nesse mesmo lugar. Eu estava com medo de não ter ninguém que me entendesse na escola, porque o Jhonny estava se tornando um babaca e meus amigos estavam indo junto com ele. A única pessoa que me fazia feliz morava a quilômetros e provavelmente estava se pegando com uma garota para fazer os pais felizes.

E eu estava sofrendo. Até que ele apareceu.

O Erick.

—Acho que tudo isso é muito relativo — Ele me contradiz. — Eu não posso afirmar que ao terminar vou partir. Talvez eu encontre um motivo maior para ficar assim como é possível que eu tenha que ir embora. E, se eu precisar ir, então eu vou encontrar outro caminho. E você também. Cedo ou tarde todo mundo encontra um caminho. — Erick sorri para mim. — Não tenha medo de ficar sozinho; a solidão é passageira. Tenha medo de não ser feliz. — Depois disso ele volta a encarar a neblina que, agora, começa a se desfazer, lenta e gradativamente. — De qualquer modo, tudo isso é muito relativo, entende? Nós somos como aviões em um céu de ilusões. Só temos o tempo que o tempo nos dá. Então é nosso dever viver por agora e não por depois…

Tento ficar um pouco mais calmo com o que ele diz por que eu sei que é tudo verdade. Erick não tentaria mentir para mim. Eu tento me acalmar ao pensar que não tem como ele ir para qualquer lugar que eu não possa encontrá-lo qualquer dia. Afinal, nós sempre moraremos no mesmo planeta.

As suas palavras continuam na minha mente, eu ouço a sua voz mesmo quando ele não está falando mais nada. É como uma música que eu continuo repetindo a mim mesmo, para me tranquilizar. Eu nunca conheci alguém que fosse tão inteligente quanto ele. Alana era o prodígio mais perfeito que já existiu, mas os pensamentos do Erick eram diferentes dos dela. Não eram apenas paradidáticos. Era algo a mais. Suas ideias me faziam refletir sobre o que sou e sobre o que faço.

E eu não lembro qual foi a última vez que eu realmente fiz isso.

—Nossa. — Ele se surpreende e sussurra enquanto olha para frente e vê a neblina desaparecendo e o Sol surgindo, mesmo embora tímido e não tão radiante… E, lá ao longe, os pinheiros começam a riscar o céu azul e os pássaros acordam para cantar. Um sorriso subindo por seu rosto com um tipo de paz interior completamente satisfatória. — Você tinha razão, — Ele diz com felicidade. — esse lugar é lindo. — Em momento algum ele fecha os olhos para respirar o ar da cachoeira, parece que ele consegue ouvir cada som e sentir cada coisa. Como se estivesse em contato direto com a natureza.

É nesse momento que eu percebo… percebo como seus olhos são lindos à fraca luz do Sol, como se o brilho fosse equivalente ao próprio, eu vejo como seus cachos são incríveis e completamente macios, mesmo que eu nunca tenha tocado antes, consigo sentir a maciez de sua pele somente com os olhos, e o modo como os lábios se contraem para cima num sorriso é simplesmente exuberante. É nesse momento que eu percebo aquilo que eu estava tentando esconder esse tempo todo:

Estou apaixonado pelo Erick.

ALEXANDRE KLEIN

CAPÍTULO NÚMERO DEZOITO

"**O ódio do homem vai passar e os ditadores morrerão. E o poder que eles tomaram das pessoas vai retornar para as pessoas**"

Erick me acompanhou, mas eu o deixei em sua casa quando a noite já tinha caído. Eram oito horas e nós dois estávamos cansados. Amanhã era domingo e, depois disso, já era segunda-feira de novo. Eu estava ansioso para os resultados da Associação. Quando eu voltei para a casa do Jhonny tudo estava em ordem. Ele já tinha acordado, obviamente. Seus pais me recepcionaram de braços abertos, como sempre acontecia em nossas famílias. Só que ele não parecia muito feliz quando eu o vi no quarto.

Ele estava jogando Resident Evil no X-Box, e parecia realmente muito concentrado em matar os zumbis. Ele tinha uma mira perfeita, como se soubesse fazer isso melhor do que ninguém. Nós conversamos um pouco, mas ele não parecia querer conversar. E eu também não estava muito a fim de conversar com ele.

Eu queria que a Alana estivesse aqui.

Queria conversar com ela. Para dizer tudo o que aconteceu. Eu queria que alguém soubesse que meu coração voltou a bater por outra pessoa, mesmo que não fosse uma notícia muito boa. Eu deitei minha cabeça por um momento no colchão do lado da cama do Jhonny, mas lembrei que precisava estudar. Pesquisar. Terminar minha tese. E assim foi meu fim de semana: o rosto em livros, tentando me distrair do meu amigo ao meu lado matando zumbis ou se masturbando, tentando tirar meus pensamentos daquele garoto do cabelo cacheado… tentando me concentrar em mim. Quando segunda-feira chegou, assim que nós entramos na White Cloud para estudar, eu procurei pelo Erick.

E ele também estava feliz por me ver.

Não queria que os outros percebessem que eu estava a fim dele, não queria que soubessem que eu estava correndo atrás de um cara que ninguém gostava. Eu sei que não deveria me importar com isso já que vejo muitos caras andando por aí de mãos dadas e muitas garotas também. É comum, no fim das contas. Só que não é comum para os meus amigos.

Por isso eu coloquei na minha cabeça que eu tinha que ficar duas pausas com meus amigos e duas pausas com o Erick. Isso parecia muito racional. Só que, na quarta-feira, o Erick percebeu. E acho que meus amigos estavam começando a perceber também. Nenhum deles estava falando comigo de verdade. O Jhonny já não estava conversando comigo do jeito que ele conversava e nem mesmo ria de coisas idiotas como antes. Não estava mais fazendo aquele tipo de piada nojenta e homofóbica quando sentávamos na mesma mesa. Talvez ele tenha se tocado de alguma coisa e preferiu não me ferir mais. Não tenho certeza.

Num desses dias eu o escutei dizendo "ele só se importa com o outro agora" ou coisa do tipo. E eu me recuso a acreditar que ele esteja com ciúmes do Erick, porque o Jhonny nunca se importou com isso. O cara sempre pareceu estar mais interessado nas garotas do que em nossa amizade. Não é justo ele me cobrar isso.

Até que, em um certo momento, nenhum dos dois estava falando comigo do mesmo modo. O Erick sempre fora estranho então eu me acostumara a não receber respostas normais, porque não eram do seu costume. Entendia porque ele me dava respostas monossilábicas e não reclamei. Mesmo que fosse muito estranho depois daquele dia na Fulmine. O Jhonny passou a me ignorar, então todas as vezes que eu sentava na mesa para comer com eles era como se eu fosse um intruso. As gêmeas nunca foram muito sociais, mas enquanto todos eles me ignoravam eu conversei com elas. Cassie e Kyle estava em seu próprio mundo e o Jhonny... bem, ele não queria papo com muita gente.

E, na sexta-feira — o bendito dia em que o professor Jackson deveria anunciar o resultado da Associação — eu não vi nenhum deles na hora da saída. Eles estiveram presentes o dia todo, mesmo que embora eu não tivesse conversado com nenhum deles. Podia ver o Erick ao longe enquanto eu me sentava com as gêmeas e eu conseguia enxergar o olhar carregado de raiva de Jhonny. Só que na última pausa a única pessoa que eu encontrei naquele intervalo foi a Emma. E eu não estava nem um pouco a fim de falar com ela, só que ela veio direto na minha direção.

—Procurando alguém? — A garota disse ao se aproximar, sem nem me cumprimentar. Ela não se preocupava de verdade comigo, mas parecia que estava na minha cola mais do que nunca. Talvez ela quisesse saber alguma coisa relacionada à Associação, porque ela sabe que o Jackson é o cara responsável por essas coisas e ele é meu professor, então...

—Estou.

Respondi o mais seco que consegui para não prolongar o assunto, mas ela ainda estava do meu lado, movendo os olhos pelo intervalo no mesmo compasso. Parei perto de uma das colunas para poder verificar com mais precisão os rostos que passavam. Mas o Erick não estava do lado excluído naquela mesa e o pessoal estava perdido sem o Jhonny.

Todo mundo esperando o sinal tocar.

—Bem, o professor Jackson não costuma ficar no intervalo.

—Sei que não...

—Seria mais sensato que o procurasse na sala dos professores, ele provavelmente vai querer falar com você. — Seu tom era animado, como se soubesse de alguma coisa que eu não sabia. Não estava me importando.

—É? Valeu, Emma — desvio os olhos dela.

Saio pelos corredores e vou para o lado de fora da escola, alguns garotos estão lá com os celulares ligados, como sempre, mas eles estão passando por mim como se isso não importasse. Meus olhos se movem até a orla da floresta, depois pelas árvores espalhadas pelo campus e pelos monumentos. Emma está do meu lado, tentando obter um pouco de atenção.

—Lucca, você acredita que eles adiaram o resultado?

—Que incrível. — digo sem prestar atenção.

—Bom, eles provavelmente devem estar tentando nos matar com o suspense, porque eles sabem que eu venci e só estão adiando o... — Ela volta a falar aquele monte de merda para tentar me abater, mas a minha cabeça está em outros lugares. Eu me lembro de ter acordado o Jhonny hoje de manhã para que nós fossemos na primeira aula juntos, e ele não me seguiu. Mas o vi na primeira pausa, mesmo que não estivesse falando comigo. E eu também vi o Erick. Eu vi os dois até a segunda pausa, para ser mais sincero. Só que, pensando agora, eu não me lembro de ter visto o Erick voltando do banheiro na aula de Interpretação. — Você não vai ficar chateado, sei disso. É preciso incentivar novos talentos como você.

—Emma, você pode me fazer um favor e ficar quieta?

—Que grosseria. — Ela tenta parecer furiosa, mas não consegue.

Num instante as coisas passam a fazer sentido... se ele não voltou dos banheiros isso quer dizer que ele só poder ter ido a um lugar: para a floresta. Por qual motivo? Não tem motivo... Tá, isso não faz sentido nenhum. Porque ele teria que ter voltado e terminado as aulas, como todos nós fizemos. Só que hoje é sexta-feira e tudo o que o Erick faz durante o fim de semana é se concentrar naquela máquina, então ele provavelmente deve ter escapado para a casa dele indo pela floresta. Parando no lago. Talvez ele ainda esteja lá.

Só que o meu medo é o Jhonny. É coincidência demais ambos terem desaparecido no mesmo dia e no mesmo instante. Sei que isso não vai acabar bem...

Começo a correr para longe de Emma, me aproximando rapidamente das árvores. Mas a garota não desiste de capturar minha atenção, parece até que isso vai fazer alguma diferença para ela. Que merda, ela não consegue simplesmente ficar na boa no canto dela? Porra...

—Lucca, — Ela grita enquanto corre atrás de mim, já sem fôlego nenhum. — pra onde é que você tá indo? — Não quero respondê-la para não ser mais grosso do que já fui. Eu quero encontrar logo o lago e eu sei para onde devo seguir. Sei a trilha que o Erick faz pelas árvores e como chegar até lá.

A Natação praticada no lago é proibida após as dezesseis horas porque começa a esfriar e já existiram inúmeros casos de alunos que quase entraram em hipotermia ou tiveram pneumonia. Então, para variar, não tinha ninguém lá quando nós chegamos. Nem mesmo o Erick.

—Merda. — murmuro para mim mesmo.

Já eram quase cinco horas, em breve as próximas aulas iriam começar. História. Onde é que eles estavam? Grito por seu nome enquanto Emma me encontra no meio das árvores e para ao meu lado, parece que ela não é muito boa em exercícios. Ela está ofegando, encarando o lago e respirando bem fundo. Não estou muito interessado no que ela faz aqui, só que ela não me deixa em paz.

—Sabe, não é sensato correr do modo como corremos para tão longe da escola antes do último sinal ter tocado. As advertências que podemos tomar são... — Emma ainda está falando quando eu dou um passo para frente e encontro algo saindo do lago. Um pedacinho de tecido que parecia não vir de lugar nenhum.

Eu puxo-o e encontro uma calça carregada de água e pesada. Mas também tem uma camisa e um moletom enrolado e eu lembro daquele moletom. Porque ele estava usando, o Erick.

—Que estranho. — Ela tenta soar preocupada. — Será que deve ter sido alguma brincadeira dos veteranos? Eles costumam fazer esse tipo de coisa por aqui, não? Tirar as roupas de uma pessoa e jogá-las no lago...

—Não, seria burrice demais.

—Então...

—Eu sei para onde levaram ele — interrompo-a.

—Ele quem?

—O Erick. — deixo-a para trás mais uma vez, estou correndo ainda mais rápido em direção à saída. Emma está me acompanhando só para variar, mas eu não espero que ela vá tão longe comigo. Porque eu preciso ser ágil, eu sei onde ele está. Porque seria o único lugar onde o Jhonny o levaria.

Não quero pensar na pior das hipóteses, mas o meu amigo não costuma ser muito carinhoso com pessoas que ele não gosta. É por isso que eu estou com tanto medo.

Emma ainda está tentando me convencer de que o melhor seria voltar para a White Cloud, mesmo que já tenha passado da hora de retornar para as aulas anteriores. Estou em tom de desespero porque eu temo pelo pior e sei que ela não tem nada a ver com isso. Eu só queria que ela fosse embora e me deixasse fazer isso sozinho. Por isso ainda não consigo entender por que ela me seguiu até a pracinha na frente da casa do Erick.

Quando estávamos quase chegando ela disse:

—Pra mim chega. — Ela parou na pracinha enquanto eu continuei em frente, porque ela não era importante — Eu vou ligar para a polícia e vou ligar agora! — Ameaçou.

—Vai em frente. O que você vai dizer?

Eu giro o corpo e a vejo com o celular na orelha. Eu sei que ela não tem nenhuma desculpa plausível para chamar a polícia já que eu estava livre da escola e não tinha raptado ela, mas eu sei também que a mente dela funciona de um jeito macabro e fico com medo de que invente qualquer desculpa. Por isso eu corro até ela enquanto ela corre para longe.

—Emma, volta aqui. — Eu agarro seu braço e o celular voa para longe.

—Olha o que você fez! — Ela grita. Sua voz é muito ruim de escutar de tão perto e tão alta. Estamos nós dois procurando pelo seu celular no meio da grama não aparada do parquinho. Somos guiados pela voz do policial que atendeu ao telefone de Emma — Onde é que ele tá?

—Para de gritar! — Reclamo.

Fico dividido entre achar o celular dela, arrancar a bateria para que ela finalmente se esquecesse da ideia de chamar a polícia e entrar na casa do Erick para ver se estava tudo bem. Ela está me atrapalhando. Emma se agacha e segura o cabelo ao mesmo tempo em que encontra seu celular e o coloca no ouvido.

—Alô? — É só o que ela tem tempo de falar.

Taco o celular de novo no chão, mas dessa vez eu sei onde ele está e por isso saio correndo. Quando estou quase lá a Emma me empurra e eu caio no chão e me ralo todo, e, por um momento, eu acho que ela vai conseguir mesmo encontrar o celular. A única coisa que vejo, contudo, é ela escorregando na lama que a chuva do dia anterior criou e gritando como uma donzela em apuros.

Eu me levanto e quase volto para o chão por ter escorregado na lama também. Meu tênis já era, duvido que alguma lavagem possa fazê-lo ser branco de novo. Pego seu celular e, de uma vez por todas, tiro a capinha e depois a bateria.

Emma se levanta e vejo-a pingando com a lama, o cabelo amarelo todo emaranhado e com uma californiana de barro, o uniforme da White Cloud imundo, o rosto numa mistura de fúria, indignação e nojo. Ela é aquele tipo de garota mimada que não gosta de se sujar à toa. Ou melhor, que não gosta de se sujar por nada. Ela volta a gritar comigo, fechando os punhos e tentando me acertar, mas eu volto para a rua e levanto o celular para que ela não possa pegar.

—Me devolve, Lucca! — Meu nome sai como um pedido de socorro, mesmo sendo eu seu "agressor". Mas não obedeço a ela. Vou caminhando de costas até a casa do Erick enquanto me concentro para não deixar que ela pegue o celular na minha mão. Sabe por que eu não gosto de garotas? Porque elas jogam pesado.

Quando Emma viu que não conseguiria o celular na boa, ela deu um soco no meu pinto e isso me retraiu de um modo quase fetal. Deixei que o celular escapasse da minha mão e ela o agarrou no ar como se já soubesse o que ia acontecer. A bateria ainda estava comigo e sabia que ela não encontraria. Mas eu não conseguia pensar em outra coisa senão na dor que estava sentindo. Filha da puta.

—Lucca! Ele não tá ligando! — Emma ainda está gritando.

—Cala a boca, porra! — Eu digo ainda de olhos fechados — Ele tá sem bateria, sua burra! — A garota fica em silêncio por dois segundos e depois volta a procurar em mim, mas eu coloco a bunda em direção ao asfalto para que ela não encontre no meu bolso de trás.

—Devolve, Lucca. Devolve — Ela começa a dar socos no meu peito e eu começo a me retrair de novo, mesmo que não sejam tão dolorosos assim. O problema de verdade é que qualquer impacto me faz lembrar da dor no saco. Olho para o outro lado, na casa do Erick.

E vejo a porta aberta.

A dor parece sumir instantaneamente.

Jogo Emma para o lado enquanto mando ela calar a boca mais uma vez, só que ela ainda está desesperada atrás da bateria. São apenas segundos que se passam, eu sei disso, mas quando eu vejo o Jhonny sair de dentro da casa do Erick eu me levanto num solavanco. Mais rápido do que eu pensei que seria possível. Merda. O que aquele filho da puta está fazendo aqui? Eu sei que não é nada legal por conta do sorriso no rosto dele, e o pior de tudo... ele não estava sozinho. Tinha um cara do lado guardando um celular no bolso e segurando uma lata de spray vermelho. Emma se levanta junto de mim quando percebe que tem duas pessoas estranhas lá na frente.

Eu não preciso falar nem fazer nada, porque toda a cena se desenrola como num filme. Os olhares do Jhonny se cruzam com os meus e aquele sorriso desaparece para uma careta de raiva e fúria, eu sei o que ele está sentindo: satisfação. Essa expressão no rosto dele é o ódio transbordando, mas dá para ver que ele se sente feliz com alguma coisa que fez. É pelo modo como sua mão está fechada num punho que eu percebo que ele fez merda. Porque é só isso o que o Jhonny sabe fazer.

Cara... o que foi que ele fez dessa vez?

—Lucca... — Emma sussurra com medo — liga pra polícia...

Mas eu não dou ouvido a ela e apenas saio correndo em direção aos dois. Não conheço o outro cara e nem faço ideia se é amigo do Jhonny ou não, mas não tenho tempo suficiente de alcançá-los porque eles também vão correndo para outro lugar. Entram num carro que eu sequer tinha visto e vem em nossa direção, saindo o mais rápido possível. Quando passam por mim, o Jhonny grita.

—Tomou no cu. — E eles vão embora.

Eu não paro de correr. Emma está gritando atrás de mim, mas foda-se ela. Eu quero estourar a cara dele. Eu quero deixar aquele filho da puta sem ar. Quero que ele precise usar sondas para fazer o pulmão pegar. Filho da puta do caralho. Nunca fui tão capaz de correr como hoje, eu poderia virar por todas as linhas que eles foram com o carro, mas quando eles dois viraram a esquina eu percebi que aquele não deveria ser o meu objetivo.

Erick.

Voltei imediatamente, já ofegando. O pé escorregadio por causa da lama, mas a vontade me levando em frente. Eu conheço a casa dele agora porque já vim aqui mais de uma vez e não sei onde a Emma está. Olho para a cozinha e depois para a sala, mas o Erick não está lá. Começo a gritar por seu nome conforme vou subindo as escadas, mas eu não ouço nada. Ele não parece estar em nenhum dos andares.

Meus pés me levam até o último andar, onde A Máquina está, onde eu sei que ele deveria estar também. Eu fantasio de que ele está bem e que não precisa de ajuda como eu presumo. Ele só deve estar dormindo, porque nem todo mundo é uma máquina para ficar acordado por tanto tempo trabalhando num projeto. Eu vou abrir qualquer porta e ver que ele está numa cama, meio rabugento por eu tê-lo acordado. Sim, eu tento me convencer disso realmente. Mas não tem nada que me faz acreditar nisso.

A Máquina está intacta.

E ele também não está aqui.

—Porra! — Exclamo.

Vou descendo andar por andar para ir procurando em todos os quartos. Não há ninguém em lugar nenhum no quarto e no terceiro andar, e quando estou voltando para o primeiro andar para gritar pela Emma eu escuto um barulho. Com se alguém estivesse se remexendo em algum lugar. Abaixo de mim. Merda, como eu não pensei nisso antes? Vou buscando uma porta para o subterrâneo e encontro uma parte do tapete revirado na sala. Puxo o mais forte que consigo e jogo-o para o outro lado. Abro a portinha que me mostra uma escada na qual eu devo seguir. O sótão. Grito o nome do Erick mais uma vez e ouço o barulho, desço de uma vez os degraus como se eles sequer existissem e acho que vi um vulto de Emma no andar de cima enquanto descia. Vou correndo pelo corredor escuro e encontro uma divisão, e depois mais outra, vou seguindo meus instintos e, puta que pariu, eu estava certo.

O barulho fica cada vez mais alto.

Então eu acendo o interruptor de uma sala quadrada e pequena, como um armário de vassouras. E ali está ele. Caralho… eu nunca quis matar tanto o Jhonny… Eu queria arrastar a cara dele no asfalto enquanto o olho dele saltava da órbita e ele agonizava. Porra, o que deu na cabeça dele pra fazer isso? Que merda de droga ele usou?

—Erick…

O armário de vassouras na verdade é um pequeno depósito de peças mecânicas. E a cena que vejo é como um aviso, como algo que eu deveria ter visto antes. O Erick está amarrado como se fosse Jesus. Eu simplesmente esqueci a porra da palavra. Os braços abertos um em cada direção, os pés juntos. E eu sei que ele não consegue se mover, pois todos os seus membros estão amarrados por cordas fortes e marcas enchem a superfície de seu corpo inteiro. A cabeça para cima em tom de desespero, os olhos arregalados pedindo por ajuda, a boca tampada por um pano enrolado… Olho para onde as cordas vão e os nós se encontram em ganchos na parede. Como se isso não fosse o suficiente, ele está nu. E não só a parte de cima, mas tudo. Da cabeça aos pés. Ele está sem a luva e sem a parte mecânica que o permitia controlar a própria mão, não consigo evitar e acabo olhando para todas as partes. Seus pés estão se contraindo como se estivesse morrendo de agonia daquele modo, porque ele está muito exposto. Seu pinto está quase duro. Aquele estado em que fica metade sim e metade não. E não é pequeno não. Sua barriga pelada e magra exibe um desenho em tinta vermelha. Uma cruz de ponta-cabeça. Como se ele fosse a personificação do anticristo. Do diabo. Os braços musculosos indo em direção às paredes, a mão direita tentando se soltar, debatendo-se mais do que o próprio garoto. Os olhos do Erick mostravam o desespero que ele estava sentindo, como se quisesse se libertar. Só que isso nem era a pior parte. Em cima do Erick eles escreveram uma mensagem com aquela lata de spray vermelho:

"PAU NO CU"

Era a letra dele. Do Jhonny. Já vi ele pichando outras vezes e sei reconhecer de longe o modo como o spray é fixo, o modo como ele faz com precisão. Eu tiro a mordaça de sua boca e, no mesmo instante, ele começa a gritar para mim:

—A Máquina! O que eles fizeram com ela? Eles machucaram A Máquina? — Porra… ele estava com o olho roxo e com a boca inchada, ele estava tremendo de frio e completamente sem roupa, mas ele só conseguia se importar com aquilo… com A Máquina. Meus olhos ameaçam lacrimejar, mas eu não quero fazer isso agora. Eu quero encontrar ele. O Jhonny. Eu quero fazer ele pagar por isso. — Lucca, A Máquina…

—Não fizeram nada com A Máquina. — sussurro sem forças.

—Eles sabiam onde eu morava, Lucca. Eles sabem onde eu moro agora. E sabem como entrar — A angústia em seus olhos era arrebatadora, não conseguia parar de tentar imaginar sobre como ele se sentia. — E agora que eles sabem eles não vão parar, eles vão voltar por causa dela. Por causa da Máquina. Eles sabem o que eu estou fazendo…

—Eu não vou deixar. — tento acalmá-lo.

Mas isso parece ser uma tarefa impossível.

Emma chega logo em seguida e eu tento tampar a parte da frente do Erick e ela entende que ele está nu, porque recua um pouco. Eu tiro a bateria do meu bolso e entrego-a para Emma. Finalmente ela vai ser útil para alguma coisa. Seus olhos ainda estão passando por toda a cena com calma, tentando entender o que está acontecendo.

—Chame a polícia! — Ordeno.

—Não faça isso. Não faz isso, Lucca. — Erick sussurra para mim, seu corpo está tremendo mais do que antes. Isso tudo é devido à falta da adrenalina que estava consumindo suas veias. — Eles virão até aqui e verão que eu estou aqui. E eu terei que ir embora…

—Isso não faz sentido. — murmuro de volta.

—Não é necessário que faça, — rebate — apenas me escute e confie em mim. Eles estão de olho, Lucca. Estão me observando e não podem saber que isso aconteceu. — Pela primeira vez ele não estava falando do Jhonny. Agora ele queria se referir a outras pessoas, a outras coisas. A algo maior de tudo o que ele me contou. E eu não fazia ideia do que ou de quem. Sabia que essa não seria a hora certa para perguntar. — Confie em mim…

—Eu confio…

—Diga que não contará nada a eles…

—Não vou — eu seguro seu rosto e o sinto mais próximo de mim do que nunca. Como se eu pudesse protegê-lo de todo o mal. Só que não é verdade. Eu achei que poderia impedir que o Jhonny viesse ataca-lo por conta da minha amizade, mas isso não adiantou. Eu deixei que o mal entrasse, e olha só no que deu… — Emma — giro o rosto enquanto ela ainda está ligando o celular — não chame a polícia.

—Isto é um ato de vandalismo. — Eu sei que ela está certa e sei que não faz sentido nenhum não chamar a polícia. Mas eu preciso fazer isso por causa dele. — Sem contar agressão física e abuso sexual. O que mais eles fizeram com você? Eles te doparam?

—Emma. — Essa é a primeira vez que digo seu nome com um tom de misericórdia. Pedindo que ela fosse um pouco mais compreensiva com a situação. Porque isso não era uma cena qualquer da qual nós vemos todos os dias. Sim, era um vandalismo, era uma agressão física e um provável abuso sexual. Mas isso não deveria ser divulgado.

Os olhos de Emma se encontram com os do Erick.

E é como se eles dois conversassem sem ao menos soltar uma palavra, os olhos assustados da garota se tornam calmos e passíveis. E acho que ela entendeu a gravidade da situação… Mesmo que não faça sentido nenhum. Mas quando seu celular liga, a única coisa que ela faz é colocá-lo em seu bolso e, então, vem me ajudar a desamarrá-lo. Eu fico com a mão direita porque eu sei que ela vai querer atacar a Emma. Os nós são fortes e duvido que fossem armadores. Aquele cara que estava com o Jhonny estava com um celular.

Eu não precisei adivinhar para que o Erick contasse a história.

Na aula de Interpretação, quando ele foi ao banheiro, ele se encontrou com o Jhonny. Mas não foi bem um encontro amigável porque o Jhonny se irritou ao vê-lo e o desacordou com alguma coisa dura na cabeça. Quando o Erick acordou novamente ele estava sem roupa e estava vendo flashes na sua cara. Porque ele estava naquela forma, como se amarrado num crucifixo, e com o corpo totalmente dolorido. O Jhonny estava na frente dele depois que os flashes acabaram. Ele pintou aquela cruz na barriga dele e lá se foram mais fotos. Depois disso ele começou a masturbar o Erick, porque ele disse que "um pinto duro vai trazer mais publicidade para as garotas que curtirem esse tipo estranho". E quando o Erick ficou ereto eles tiraram mais fotos. Ele me disse que ficou com medo de que mexessem com A Máquina, porque ele pensou que esse tivera sido o objetivo desde o começo. Mas não creio que o Jhonny soubesse da existência da Máquina. Ele só estava furioso demais com tudo o que estava acontecendo e teve que descontar em alguém. Ou melhor, teve que descontar na única pessoa que ele sabia que era o "culpado".

Quando eles estavam indo embora, o Erick cuspiu na cara do Jhonny para que ele não se atrevesse a tocar no seu bem mais precioso, e foi assim que ele ganhou aqueles lábios inchados e os olhos roxos. A mordaça foi posta logo em seguida e se eu não conhecesse demais eles dois, jamais teria descoberto onde eles estavam.

Tive que ajudar o Erick a controlar sua mão até o momento em que ele se vestiu, e por fim bateu a humilhação em seu rosto por se deixar ser ajudado em uma tarefa tão simples por outro garoto. Parece que ele não gostou muito de mostrar-se do modo como tinha mostrado. Só que seus olhos ainda estavam preocupados após se vestir. Emma foi embora assim que terminamos de ajudá-lo, antes que nós subíssemos ao último andar para ver a Máquina. Quando ele finalmente viu que estava tudo bem, seus ânimos descansaram e ele passou a respirar melhor.

Ele se sentou no chão e ficou encarando sua criação.

—Fiquei com tanto medo de que eles tivessem te machucado.

E isso não era para mim. Erick estava se dirigindo à sua máquina, porque ele esteve muito mais preocupado com aquele monte de engrenagens do que com seus próprios machucados. Não se importava de maneira alguma com o olho roxo ou o lábio inchado. Ela era prioridade. Sentei-me junto a ele, protegendo sua mão com cautela, mas ela parecia ter descansado um pouco. Como se seu corpo estivesse em acordo que agora estava tudo bem.

Ficamos encarando A Máquina até a noite cair e quando a Lua iluminou aquela claraboia o Erick finalmente cedeu. Ele caiu no sono com a cabeça encostada no meu ombro. Eu sabia que não ia conseguir sair dali com tempo o suficiente para voltar para a White Cloud e dar uma lição no Jhonny como eu queria. Eu também sabia que no dia seguinte teria a viagem para o acampamento em Michigan com os outros prodígios envolvidos na competição. E eu sei que a viagem começava às nove horas da manhã com um dos primeiros voos. Só que eu precisava ficar aqui. Eu queria ficar aqui. Peguei meu celular e coloquei o despertador para às sete horas da manhã, tínhamos que sair da White Cloud às sete e cinquenta para chegar no aeroporto com antecedência. Mas eu não me importaria de perder a hora e ficar aqui.

Ficar com ele.

Senti o cheiro no topo do seu cabelo, aquele cheiro característico da pessoa. Eu me perdi no meio de todos os seus cachos e torci para que ele não acordasse. Porque não queria que ele me visse no meu momento mais fraco enquanto pensava no melhor modo de esconder que eu o amava. Enquanto me pegava pensando que seria muito bom se ele me amasse também.

Fechei os olhos e deixei que os sonhos me levassem a qualquer lugar, desde que estivesse ao lado dele nada importava de verdade. E foi assim que eu adormeci…

204

ALEXANDRE KLEIN

CAPÍTULO NÚMERO DEZENOVE

"**O avião e o rádio nos aproximou. A própria natureza dessas invenções grita em desespero pela bondade do homem**"

Ofegante, volto a correr para o meu destino, porque eu sei que estou muito mais do que atrasado. A única coisa que eu vou conseguir fazer é pegar minha mala — que já estava pronta há dois dias (ainda bem que minha mãe me ensinou a ser organizado com esse tipo de coisa) — me juntar ao grupo da escola que também vai e tentar dormir no ônibus em direção ao avião.

Os prédios começam a aparecer depois das ruas que eu passo e vejo o ônibus estacionado do lado de fora, é assim que eu descubro que estou muito mais atrasado do que eu pensei que estava. Consigo reconhecer o rosto do meu professor de longe, ele está organizando todos os outros que já estavam entrando e se acomodando. Olho para meu celular rapidamente só para descobrir que deixei três chamadas de lado; foda-se.

Levanto a cabeça e volto a correr, a barriga doendo por não ter comido nada e já estar me exercitando às sete horas da manhã. Que merda. Encontro com o meu professor e ele faz perguntas que eu já esperava, querendo saber onde eu estava e dando uma bronca dizendo que eu sou muito sortudo por tê-los encontrado ainda aqui.

Eu sorrio quando ele me manda buscar minha mala.

Foi estranho ter deixado o Erick para trás depois do que tinha acontecido ontem, mas eu sabia que ele estaria bem. Eu esperava realmente que ele estivesse… Sei que não previ os movimentos do Jhonny antes e não conseguiria prevê-los agora. A verdade é que eu confio no Erick e sei que ele vai saber se virar sem mim, ao menos por um fim de semana. Os dormitórios da White Cloud estão solitários e completamente silenciosos, porque os alunos estão em suas casas agora. E eu também deveria estar já que meus pais queriam me ver. Eles sabem que eu tenho esse compromisso com a Associação, então não me impediriam de ir. Viro todos os corredores em direção ao meu quarto e tenho a surpresa em ver o cara sentado na cama com uma injeção enfiada no braço.

O quarto inteiro está uma bagunça. As camisas dele estão no chão e ele está só de short. Parece que ele está com muito calor, percebe-se isso pelas gotas de suor que descem do seu rosto e deixam seu cabelo preso no próprio rosto. Ele não se assusta com a minha chegada. É como se ele soubesse que eu estava por vir e, por isso, armou toda aquela cena. Talvez ele estivesse querendo me comover, mostrando o caso do melhor amigo que está se dopando com heroína e precisa da atenção do outro. Mas o Jhonny nunca foi assim antes e eu já caí uma vez no papo dele.

Eu já me fiz de otário demais para agradá-lo. Eu já dei demais de mim e recebi muito pouco do que ele pode me dar. Porque agora eu consigo me lembrar de tudo o que ele usou em mim... Minha solidariedade por permanecer ao seu lado mesmo quando todos os outros sumiram pelo simples fato de que ninguém aguentava o Jhonny por mais que dois dias. Minha ingenuidade por pensar realmente que ele precisava da minha ajuda para superar o que quer que ele estivesse passando, porque nós éramos melhores amigos. Porque nós tínhamos que ir até a lua... E, no fim das contas, ele nunca se importou com isso.

Vejo aquele sorriso meio paranoico em seu rosto.

—Tá calor né? Tira a roupa aí. — é a primeira coisa que ele diz e, ao ouvir sua voz, também consigo ouvir o tom de deboche. Consigo ouvir a risada que ele não solta, pois está entalada na garganta. E caralho, minha mão está coçando para derrubar esse filho da puta no chão e socar o rosto dele...

—Lewis sabe que você está se dopando em território escolar?

—E ele devia saber? — Jhonny sorri e fecha os olhos. Eu também sinto o cheiro da maconha no ar. Não sei o que mais ele usou, mas caralho, ele está muito, muito fora de si. Quando ele se levanta eu dou-lhe as costas, porque eu não quero estar mais um segundo ao lado dele — Aquele otário não sabe nem administrar uma escola direito. Que direito ele tem de mandar em alguém? Porra nenhuma.

Pego a minha mala abaixo da cama, os fones de ouvido em cima da cômoda e o livro que eu estava lendo para o seminário de Inglês. Deixo o Jhonny de lado, porque eu só quero ir para o acampamento. São sete horas da manhã e eu não quero me meter em encrenca agora. Não por causa dele. Me viro mais uma vez e o cara tá pelado.

Tipo, totalmente pelado.

—E aí? — Ele segura no próprio pau com a mão direita, o short jogado no chão, o movimento lento de vai e vem com os dedos. Me recuso a acreditar que ele está mesmo fazendo isso na minha frente. — Cai de boca, amigão.

—Caralho, você tá muito ferrado quando eu voltar.

Dirijo-me à porta, mas ele a fecha antes que eu possa passar.

—Você fala um monte de merda e nunca faz nada. Cuzão. Fraco. Sabe por quê você nunca faz nada, Lucca? Porque você não é homem o suficiente pra fazer porra nenhuma. Seu bixa. Fica andando por aí com aquele viadinho, acha que ninguém aqui notou nada? A gente sabe que você não é homem de verdade. Tu não é homem nem pra admitir que não é homem. — Ele começa a rir. Soltando aquela risada que estava guardada dentro de si. Eu não consigo acreditar que esse era o meu melhor amigo... — Vai lá amigo, o garotão aqui tá te esperando. Não é disso que você gosta? Dá aquela lambida gostosa...

Largo a mala no chão e jogo o livro na cama. E meto um soco na cara dele. O Jhonny se surpreende e se joga na parede, mesmo que não tivesse sido com tanta força assim. Eu senti a pele dele sacudindo junto com o meu punho e porra... eu queria muito voltar a socar ele. Eu queria socar ele até que toda a minha raiva se transformasse em sangue e começasse a sair pela boca dele. Queria que ele sentisse os lábios inchados como deixou o Erick sentir, queria que ele perdesse o sentido da visão e que quando abrisse os olhos enxergasse tudo turvo. Eu queria que ele agonizasse pelado na cama até que o diretor fosse chamado e visse o estado em que estava.

Aproximo meu rosto do dele e coloco uma mão ao lado de sua cabeça.

—Eu vou deixar uma coisa bem clara, *amigão:* — soo ameaçador e irônico, jamais pensei que chegaria à esse ponto com o Jhonny — se eu souber que você voltou a entrar naquela casa e tocou um dedo no Erick, eu mesmo me encarrego de destruir a sua vida. E eu não estou falando no sentido literal de te fazer ser um ninguém e te colocar numa clínica pra gente doente, porque isso você vai acabar fazendo sozinho. Eu tô falando no sentido *hard* da palavra. Eu vou acabar com você, tá entendendo? Eu vou socar tanto o seu rosto que você nem vai lembrar de como era antes, eu vou fazer questão de tirar tudo de você que ainda sobrou — concluo. — Tá me entendendo?

—Vai é? Disso eu duvido.

—Ah cara, eu quero muito que você duvide. Você não sabe como isso aumenta a sede de te esmurrar até a morte. — Nossos olhos estão parados um com o outro, eu sinto o cheiro do Jhonny com repulsa, o suor quase passando para o meu rosto — Paga pra ver...

—Você gosta, né? Disso aqui — ele tocou no meu quadril e começou a se aproximar do meu rosto, fechando os olhos com um sorriso que, além de ser nojento, me irritava. Fazendo com que seu corpo se encostasse no meu e deixando seus lábios o mais próximo que eu permiti. Mas isso não durou nem dois segundos.

Dei outro soco. No outro lado da cara.

—Caralho velho, você tá maluco? Isso...

—Eu vou te falar do que eu gosto, Jhonny. — Minha mão se move até a parte de baixo do seu pau que já nem estava mais ereto, e acabo apertando suas bolas. Seus olhos se arregalam e ele começa a se segurar no meu ombro, tentando fechar as pernas. Mas ele sabe que isso só vai piorar a situação, ele não é burro. Nenhum homem é burro quando se trata dos filhos que estão guardados no saco. — Eu amo sentir essas bolas batendo na minha cara quando eu tô transando com um cara, eu amo sentir o cheiro de piroca no meu nariz e saber que em uns minutos eu vou gozar na cara de alguém e alguém vai gozar na minha. Eu acho que você sabe como é sentir isso não sabe?

—Lucca, para. — ele diz sem ar.

—Tá doendo? — sei que está e sei que ele provavelmente vai se jogar no chão assim que eu soltar. Mas eu faço questão de segurar bem forte por mais alguns minutos. — Também tá doendo em mim, *amigão*. Porque eu acreditei de verdade que você era diferente...

—Cara, tá legal...

—Mas você pediu pra eu pegar, Jhonny. Não lembra? Eu não tô te entendendo agora, *amigão*. — Meu desejo era apertar o suficiente para fazer com que ele desmaiasse. Mas a figura dele é patética. Se debatendo em meus ombros pedindo para que eu parasse. O ponto em que ele chegou não é nada mais do que vergonhoso. — Sabe qual é a nossa diferença, Jhonny? Você não acredita em si mesmo. — Solto suas bolas e ele escorrega pela parede. — A gente podia ter ido até a lua juntos.

Pego o livro e a mala mais uma vez.

—Sai da porta — ordeno quando estou pronto para ir embora e ele está me atrapalhando, mas logo em seguida ele se move para o lado, segurando o próprio pau e respirando fundo, quase choramingando. Sei que dói. E essa era a intenção. Abro-a e vou para o lado de fora, fico de joelhos ao lado dele e sussurro em sua orelha — Nunca mais toca nele.

Levanto-me sem nenhum tipo de ressentimento.

Não fiz metade do que eu queria ter feito com ele, mas acho que é o suficiente por enquanto. Porque eu não quero matar ele de verdade. Tenho medo de perdê-lo, devo admitir. Mesmo ele sendo um otário, ele ainda é meu amigo. E, lá no fundo, eu ainda amo ele. É por isso que dói tanto ver como ele se estragou.

—Coloca uma roupa, liga o ventilador, abre as janelas e vai dormir antes que alguém venha aqui e perceba que você não está tão bem quanto deveria estar. E não se preocupa não, a dor passa. — fecho a porta e deixo-o no chão. Sei que ele não vai fazer nada do que eu disse para fazer e sei que ele não vai ser pego porque a escola não ficava de vigília para saber quais alunos estavam em seu domínio e quais não estavam no fim de semana.

Corro para o ônibus com minhas coisas. Sei que estou atrasado.

Dessa vez, contudo, estou um pouco mais leve.

Só sobrou um lugar no ônibus — e não era o lugar da janelinha como eu queria que tivesse sobrado —. E sentar ao lado de Emma só me confirmou que Deus realmente adora brincar comigo, aquelas brincadeiras que só fode a minha vida mesmo. Mas pelo menos agora eu estou no ônibus. Nos primeiros minutos eu tento não conversar com Emma, até porque ela está lendo alguma coisa. Eu acho que é "A culpa é das estrelas" porque a capa é azul, e todas as capas azuis me lembram desse livro. Só que nem presto muito atenção já que eu coloco os fones de ouvido enquanto o ônibus parte em direção ao aeroporto. Eu sei que eu não fui muito específico sobre o lugar para onde eu estou indo, então deixa eu explicar mais detalhadamente. Normalmente no último fim de semana de Outubro e o primeiro fim de semana de Novembro, a Associação do Lago Fulmo revela os resultados do representante da White Cloud. E, nessa mesma semana, todos os representantes eram convidados a se reunir para uma confraternização e acampar. No Michigan. A White Cloud tem um acordo com a Associação para que possam levar mais alguns alunos que são destaques, a maioria é do primeiro ano — funciona como incentivo para se tornarem melhores ao estarem rodeados de prodígios — além dos competidores ao prêmio da Associação. Certo que isso sempre acontecia próximo ao inverno e quase nunca tinha graça porque ninguém podia nadar nas piscinas ou no lago, mas essa não era a intenção. Então saíamos de Ohio e partíamos de avião até o destino. Muitas outras escolas do país todo se juntavam para essa reunião. Não era uma coisa pequena, não. A viagem demorava apenas algumas horas, então a previsão era de que, até o meio-dia, estaríamos lá. Todos que estavam lá eram prodígios ou ao menos muito inteligentes. Inteligentes acima da comum, quero dizer. Contudo, somente eu e Emma estaríamos competindo para as semifinais com o restante do país e às finais na China.

Nós dois não sabíamos quem iria representar o estado já que o resultado tinha sido atrasado pela Associação por conta do meu atraso não proposital. Era um passeio pelo fim de semana e voltávamos na segunda-feira de tarde. Sei que eu nem sai da minha cidade ainda, mas já estou querendo voltar. Para ver o Erick.

Meus planos eram simples: ir até Michigan, passar os dois dias apenas aproveitando essa confraternização que eles tinham preparado, voltar para Ohio e me reencontrar com o Erick. Só que a Emma atrapalhou tudo o que eu tinha planejado quando ela fechou o livro e tirou os meus fones de ouvido sem nenhum tipo de cuidado.

—Você vai ignorar o que aconteceu ontem? — Ela sussurra.

—Não há o que ignorar. Ele está bem. Eu dei um trato no Jhonny. E é só. Acabou. — Tento ser grosso o suficiente para que ela me deixe em paz, mas eu esqueci que ela não consegue me deixar em paz. Faz parte da Emma querer tirar até o último pingo de paciência que eu tenho.

—Eu ainda acho que nós deveríamos ter chamado a polícia.

—Bom, não chamamos. E está bem melhor assim.

—Lucca, e se eles voltarem? — Emma sabia que estava falando do meu melhor amigo. Quer dizer, nem sei mais o que ele é agora. Só que eu não tinha nenhum controle sobre ele, e era por isso que ela estava tão alarmada com a possibilidade de que eles pudessem voltar. — Não estaremos lá para poder impedir que eles façam qualquer coisa pior do que já fizeram…

—Eles não vão fazer nada, Emma — reviro os olhos.

—Me surpreende que você esteja tão calmo — diz ela, com um tom de revolta e franzindo a testa, indignada — você viu exatamente o que eles fizeram com o seu amigo. Não estou dizendo isso por minha causa, Angiani. Mas o seu amigo, é ele quem está correndo perigo.

—Erick. — corrijo-a no automático. — É o nome dele.

—Se você se preocupa tanto com o Erick, então deveria ter feito alguma coisa. — Emma me repreende. É como se eu tivesse sido um inútil. Mas cara, eu não podia fazer muita coisa. Sim, eu queria chamar a polícia. Só que seria um constrangimento tão grande para o Erick e para nós que eu nem conseguia imaginar. E não só por isso. Como nós íamos explicar para a polícia que um amigo nosso tinha feito aquilo? E como poderia eu explicar que era o meu melhor amigo que provavelmente deveria estar drogado? Sem contar que o Erick pediu para que não contássemos.

—Da próxima vez eu falo para você acionar o *bat sinal*.

—Isso realmente teria sido hilário se não se tratasse de uma situação como a qual estamos lidando. O garoto tinha uma cruz invertida na barriga e foi quase crucificado. Se você quer fazer piada do que aconteceu, então seu conceito cai para mim. — sei que ela usa palavras difíceis só para tentar parecer mais inteligente do que eu, mas, agora, ela parece se importar mais com tudo isso do que eu julgava que se importava.

—Eu agradeço que esteja tão preocupada com ele, de verdade, mas ele sabe se cuidar. — tento ser convincente o suficiente para que ela realmente possa entender isso, porque nem eu mesmo acredito que ele consiga se cuidar sozinho. Mesmo sabendo que ele já é emancipado e que sobreviveu sozinho por mais tempo do que eu sei... Ele não é mais uma criança. — Ele ainda vai estar bem quando a gente voltar.

Emma fica em silêncio. Acho que ela acreditou no que eu disse. Sei que se não tivesse acreditado ela teria continuado com a discussão com todos os argumentos que já tinha planejado. Só que eu me sinto na obrigação de puxar assunto com ela. Não sei por quê. Apenas quero conversar.

—Eu achei que era A culpa é das estrelas.

—O quê? — Quando ela vê que estou olhando para o livro azul em seu colo com o título "O Extraordinário" ela dá uma leve risadinha, quase parece irônico, mas sei que é genuíno. — Você achou que eu estivesse lendo *Jhon Green*? Deus, que tipo de leitora você acha que eu sou?

—Do tipo que lê qualquer coisa que tenha uma capa bonita porque não sabe ler uma sinopse e interpretar a história, assim como todos os jovens de hoje em dia que fingem ler. — Digo para provocá-la.

Emma abre levemente a boca e começa a discussão:

—Olha aqui, — Ela dá uma forçada na voz — saiba que eu sou uma leitora nata desde os meus cinco anos de idade quando comecei a ler Dostoievski. Literatura russa de primeira, caso você não esteja familiarizado. Deveria experimentar. — Ela levanta o ombro se gabando de algo que eu sei que não é verdade. Ninguém aprende a ler aos cinco anos, muito menos com Dostoievski. Eu tenho medo das palavras desse cara.

Mas eu caio no jogo dela.

—Nossa, você aprendeu a ler aos cinco? — finjo surpresa. — Dá pra entender porque você é assim, coitada. Deve ter sofrido algum tipo de retardo. Eu aprendi a ler no meu aniversário de quatro anos quando vi aquela faixa linda e colorida que dizia: "parabéns ao nosso futuro gênio". Saudades daquele dia...

—Futuro gênio? Sério que seus pais te iludiram desde criança? — Um sorriso — O quê? Você ainda acredita que é a fada-do-dente que coloca o dinheiro embaixo do seu travesseiro? — Ela levanta uma sobrancelha e deixa o livro de lado. — Dá pra entender por que você é assim.

—Meus pais nunca colocaram dinheiro embaixo do meu travesseiro, mas isso explica porque você é assim. Quero dizer, mimada. Até que idade seus pais colocaram dinheiro no seu travesseiro? — Emma realmente fica chateada com o que eu digo, dá para ver por seus olhos. E isso me diverte cada vez mais. Porque eu adoro ver que estou ganhando. — Até ano passado?

—Para a sua informação, Angiani, eu sempre trabalhei o suficiente para poder comprar minhas próprias coisas. Ao invés de me preocupar com coisas artificiais como bonecas e livros de colorir, eu juntava o dinheiro dos meus aniversários para comprar material escolar. Para estudar. Para me tornar o prodígio que eu sou.

—Que discurso emocionante, — Eu abaixo as sobrancelhas, ela vê como meu sentimentalismo é falso e fica ainda mais brava — mas a Emma Watson já disse isso antes. De qualquer modo, parabéns por ter decorado essa história tão comovente. — Eu sorrio com satisfação.

—Nossa, olha só como ele é inteligente pessoal. Ele conhece a Emma Watson. Sabe quem é a Emma Watson, mas não sabe nem explicar porque tem dezoito anos e ainda está no terceiro ano. Quanta inteligência, não é mesmo? Cadê o Nobel para esse gênio?

Eu respondo seu comentário com mais ironia:

—Eu realmente repeti a primeira série, porque estava tão adiantado na matéria que fazia tudo errado por saber demais. Mas qual é a sua desculpa por ter dezoito e estar no terceiro ano? — Ela fica em silêncio por um segundo, como se estivesse se questionando qual das histórias contaria, e foi nesse momento de hesitação que eu a provoquei mais ainda. — Parece que você não tem uma desculpa boa o suficiente.

—Cala a boca, eu estudei em casa. Você sabe disso. Só entrei no primeiro ano um ano mais tarde — explica.

—É, você deve mesmo ser atrasada para a vida, Emma. E é por isso que você está atrás de mim — Ainda estamos frente a frente, respirando o mesmo ar. E mesmo que ela pareça brava, sei que está se divertindo tanto quanto eu. Ela é uma pessoa de bom coração.

Emma fica parada por um minuto inteiro me olhando, como um jogo psíquico de duas partes para ver qual de nós dois vai ganhar. E é claro que eu não vou desistir. O canto do meu lábio se levanta quando ela franze as sobrancelhas e, ao revirar os olhos, eu dou uma leve risadinha. Vejo um sorriso escapando do seu rosto quando ela volta a falar:

—Você é ridículo, sabia?

—Ridículo, porém mais inteligente que você.

—Vai sonhando. — Ela me dá as costas e olha para a janela.

—Vou mesmo — rebato.

—Então vai — ela insiste.

—Já fui — é assim que eu fecho meus olhos com os fones no ouvido, esquecendo do mundo do lado de fora. Dormindo até o aeroporto.

A viagem até Michigan foi muito tranquila. Eu amava andar de avião, era como me sentir nas nuvens. Talvez porque eu realmente estivesse nas nuvens. Estava mais quente lá do que eu pensei que estaria, mesmo que nós estivéssemos em uma cidade perto da costa também. O clima desse país é todo esquisito. O professor conferiu a lista de chamada de todos — os outros professores que estavam responsáveis por cada casal de cada escola também estavam juntos, porém somente o Sr. Jackson se pronunciou —. Isso porque a White Cloud já tinha o costume de ser a ganhadora todos os anos e dessa vez não seria diferente.

Nós tínhamos crédito.

Pegamos outro ônibus que nos levaria direto para o acampamento, com o mesmo pessoal das outras escolas. Eu sabia que tinha que conhecer gente nova, porque eu amava conhecer meus inimigos. Eu até brinquei com a Emma de que eu ia derrubar um a um daqueles adversários, inclusive ela. E ela pediu para que eu não chorasse quando ela me deixasse para trás. Chegamos no acampamento bem cedo.

Não era aquele tipo de acampamento com barraca e tudo mais, na verdade era até um pouco mais sofisticado. Nós tínhamos chalés. Três chalés, para ser mais específico. Os garotos num chalé, as garotas em outro chalé e os professores no chalé do meio. Onde sobrava espaço. Quase como a programação dos blocos na White Cloud. Naquela noite todos nós nos reuniríamos no pátio para receber o cara fodão do concurso. Era como ouvir um pronunciamento de um rei.

Antes disso eu fui para o lado de fora do acampamento e fiquei encostado numa árvore, lendo aquele livro chato para a aula de inglês. Ouvindo apenas uma música qualquer, as pessoas passavam por mim, mas nenhuma delas parecia realmente notar a minha presença ali. E bom, eu até que estava gostando de ser um pouco invisível. Acho que pela primeira vez eu não estava com essa necessidade de precisar ser notado. Mesmo embora eu estivesse querendo morrer por conta daquele livro horrível, estava bom me perder naquelas palavras enquanto ouvia minha música nos fones de ouvido.

Eu só queria que uma pessoa me visse.

Repentinamente um cara senta do meu lado:

—Ei o que você tá lendo? Você veio mesmo aqui para ler? — tiro o fone do ouvido e meio que dou espaço para que o cara sente do meu lado. Seu cabelo é bem engraçado. Completamente raspado dos lados e a parte que cresce no meio é jogado para o seu lado direito. Ele tem um *piercing* no septo. E outro que atravessa a orelha. Um transversal, acho que é assim. E tem dois alargadores muito fodas. Seu rosto é magro e ele é moreno, nada muito escuro. Acho que ele é gay.

—Tenho que ler para a aula de Inglês.

—Posso ver? — Ele pede o livro e eu o dou. Ele vê o título do livro e já revira os olhos. Acho que ninguém gosta de ler "O apanhador no campo de centeio". — Caralho, isso é chato.

—Muito — eu rio um pouco.

—O que você estava ouvindo? — O garoto pega o fone de ouvido que eu deixei cair e, acidentalmente, tira o fone que estava do outro lado. Ele pega o meu celular e faz uma careta quando ouve — Essa música é muito deprimente. Parece ser *Adele*. — rio com toda a sinceridade, porque foi engraçado de verdade. — Eu posso? — Ele pede o meu celular e eu não recuso também. Ele me devolve o livro e eu fico apenas esperando para ver em qual música ele vai colocar. Quando ele chega na lista de músicas ele começa a fazer uma careta para cada título que ele vê.

Mas quando chega numa certa parte ele começa a pirar.

—Para tudo, viado. — Ele me olha com espanto nos olhos, como se eu tivesse feito algo muito maravilhoso — é sério que você conhece *Of Monsters*? Tipo, como assim? — Eu fico com o mesmo nível de entusiasmo, porque ninguém no mundo conhece essa banda. Ninguém conhece a minha banda favorita. — Não brinca — ele começa a gritar.

—Você conhece? Como assim, cara?

—Berro — ele diz pegando o celular e ficando um pouco mais próximo de mim, descendo a minha lista de músicas — *Of Monsters* é só a melhor banda em todo o mundo. Mas porra, faz tanto tempo que eles não lançam músicas novas que eu já estou entediado. Juro, se eu fosse músico eu ia fazer uma música a cada mês. Não, a cada semana.

—Sim, exatamente! — Eu bato no meu joelho porque ele está dizendo tudo o que eu sinto sobre essa banda. Parece que ele sabe precisamente o que eu estou pensando. — Nunca pensei que encontraria alguém que gostasse também. Achei que ia morrer sozinho, ouvindo as músicas deles no meu túmulo.

—Agora seremos dois — Nós rimos. — Gus, Oregon.

Aperto sua mão e me apresento também:

—Lucca, Ohio. — Nós ficamos sentados por mais algum tempo enquanto eu faço várias perguntas sobre onde ele estuda e ele faz a mesma coisa e estamos num clima muito legal de se conhecer. Ele realmente é gay e não parece querer esconder isso, e eu não consigo esconder que sou também, mesmo que nenhum de nós dois admitamos, sabemos dentro de nós a verdade. Me sinto à vontade falando com ele, como se ele me fizesse ser quem eu sou de verdade. Gus olha uma última vez para o relógio no meu celular e se levanta, dizendo que precisa ir para um compromisso.

—Vamos comigo?

—Cara, eu tenho que ler. — Aponto para o livro que está jogado ao meu lado, mas eu estou sem vontade nenhuma de voltar a ler. O Gus me olha de cara feia, como se não acreditasse no que eu estava falando.

—Olha, eu sei que você deve ser inteligente para um caralho, e eu sei que todo mundo deve conhecer seu nome por aqui, quer dizer, todo mundo fala bem da Cloud. Eu não conheço nada, já que eu sou o novato, mas os amiguinhos que eu arranjei me convidaram para um evento super divertido onde a gente vai tacar aquelas bexigas em todo mundo e seria uma puta desfeita se meu novo amigo de Ohio não viesse.

—Obrigado, mas eu preciso ficar.

Gus se ajoelha e se segura nos meus joelhos.

—Lucca. Lucca de Ohio, ninguém precisa ser um prodígio vinte e quatro horas por dia, sete dias por semana, trinta dias ao mês e trezentos e sessenta e cinco dias e seis horas ao ano. A melhor parte é quando a gente mostra que a gente ainda é humano. — Ele sorri para mim — Sai desse tédio, viado. Vem se divertir um pouco. Estamos entre amigos — Gus se levanta mais uma vez e me estende a mão. Olho para o livro que está do meu lado e eu simplesmente deixo-o onde ele está. Porque não me importa.

Eu aceito o convite.

Esquecer que aquilo tudo era uma competição fez muito bem a mim, jamais imaginei que poderia me sentir tão feliz em um lugar repleto de pessoas que estavam nessa corrida para o prêmio da China. Tinha gente muito legal. Pessoas que realmente estavam ali para confraternizar, para brincar e se divertir. Era esse o foco do acampamento.

As bexigas estavam muito mais geladas do que eu pensei que estariam, talvez por conta do vento que fazia naquele momento. Mas eu estava rindo quando acertava no Gus e nas outras gurias que estavam jogando com a gente. Depois que nós começamos não conseguíamos mais parar. Era muito legal ver o Sol batendo no rosto das pessoas com aqueles sorrisos.

Tinha uma garota de cabelo vermelho e eu sempre achei muito engraçado as pessoas que tingiam o cabelo de vermelho. Não sei por quê. Mas era uma cor que me fazia rir. Eu fiquei amigo dela mais tarde, ela era a Anna do Wisconsin. E ela era muito divertida.

E tudo estava indo muito bem quando as coisas acabaram e nós tivemos que ir embora, porque em breve teríamos que ouvir aquele discurso chato do representante do concurso. Mas tinha sido legal. Sentir aquelas bolas de água na minha barriga e tacar água em todo mundo. Era um incrível desperdício ecológico, mas era divertido. Era uma coisa que nós não costumávamos fazer todos os dias.

Fiquei sentado um pouco enquanto todos estavam indo embora, apenas conversando com o Gus e com a Anna e a Lory — elas estavam namorando há três anos — quando eu o vi. Primeiro foi só um relance e eu nem achei que era de verdade. Porque fazia muito tempo que eu não o via, pensei logo que estava sendo trouxa o suficiente para ter alucinações.

Mas era ele de verdade.

Meu ex-namorado.

CAPÍTULO NÚMERO VINTE

"Não se entreguem a esses homens artificiais. Homens-máquina, com mentes e corações de máquina"

Coincidência ou não minha irmã me ligou no dia seguinte. Era seu primeiro domingo de folga, num belo domingo e ela já estava com aquele sotaque carregado com as letras puxadas e bonitas. Quase como se estivesse na Inglaterra, só que pior. E era bem engraçado vê-la trocando algumas palavras. Estava um dia ensolarado e cheio de diversão, nós estávamos livres para fazer qualquer coisa que quiséssemos hoje, já que o representante daquela porra toda de concurso já havia se pronunciado.

—Feliz Halloween! — Ela gritou no meu ouvido. — É estranho. Esse é o primeiro ano que eu não vou comemorar aí em casa. Mas a vida é assim mesmo, enquanto uns estão acampando no Michigan outros estão trabalhando em Berlim.

—Eu odeio você. — digo rindo.

—Então você e a Emma estão sem saber o resultado? — Minha irmã perguntava quase exigindo uma resposta do próprio resultado. Ela, assim como toda a minha família, estava muito ansiosa para isso. — Essa Associação costumava ser melhor na minha época. Mas é claro que não havia concorrência quando eu estava na parada.

—É, talvez eles estejam querendo variar um pouco.

—Ou só estão te fazendo de trouxa e estão…

—Eu vi o Sam. — jogo do nada.

Até o momento nós tínhamos perguntado como estava a vida de cada um e eu fiquei sabendo de coisas incríveis que ela fez lá na Alemanha, ela me disse cada aventura que eu ri de gargalhar naquela mesma árvore. Eu contei a ela sobre o Erick, mas bem superficialmente. Apenas disse que ele estava se tornando alguém especial para mim, mas Alana já estava certa de que ele se tornaria o novo amor da minha vida. Correspondido ou não. E, bem do nada, eu decidi tocar no nome dele.

Falar do Sam.

—Viu na onde? — Disse assustada.

—Calma, não fui ver o perfil dele no Facebook. — acalmo-a, quer dizer, ao menos tento — Ele está aqui. No acampamento, eu quero dizer. Ele deve ter vindo com alguma das escolas.

—Fazer o quê? — Esganiçou sua voz. Com nojo e repúdio.

—Sei lá. Provavelmente deve estar no concurso também.

—Ele?

—É.

—Caramba, a Associação realmente era muito melhor na minha época. O que esse garoto tem de inteligente, Lucca? Ele é só um cabelo bonitinho e olhos chamativos. O que tem de mais nele? — Eu sei que Alana não gosta dele nem um pouco, porque ela nunca foi com a cara dele. Desde o momento em que nos conhecemos naquele festival de cinema. Ela já achava que ele era uma bosta de pessoa e que não valia um tostão, mas eu não quis ouvir porque a voz dele era mais bonita também.

—Eu não sei se ele já sabe que eu estou aqui, mas nós dormimos no mesmo dormitório. Eu vi quando ele chegou lá no quarto. Acredita que o filho da puta ficou olhando para os menininhos das outras escolas, quase com o pau duro? Viado do caralho. — olho para os lados para certificar de que não tem ninguém do lado.

—O que aconteceu de verdade?

—Olha, eu vi ele quando nós estávamos numa brincadeira aqui, depois de ter conhecido uns caras legais e tal. Você sabe como eu sou social, então não consegui não arranjar amigos novos. E eu o vi. Daí eu evitei ele de todos os modos.

—Você ficou de olho nele, Lucca? — pude ouvir a raiva dela por trás do telefone quando ela meteu o maior tapa na própria perna, indignada com o que eu tinha feito. Mas a questão é que eu não estava de olho nele porque eu ainda gostava dele. Alguma coisa na imagem dele ainda mexia comigo.

—E você queria que eu tivesse feito o quê? Fingido que não o tinha visto? Porra nenhuma. — Eu rebato, e quando eu percebo que ela fica quieta eu continuo a história. — Enfim, na hora do pronunciamento do diretor ele estava duas fileiras à frente da minha e ele virava toda hora para conversar com a menina da escola dele. Sei que era da escola dele porque eles gritaram quando o diretor falou o nome da escola. Viado. Depois que nós fomos dispensados todo mundo foi dormir, porque a gente tinha acordado cedo para um caralho. E eu vi ele indo para a outra cama, acho que ele não me viu porque eu estava na cama de cima do beliche, então... Daí hoje, quando eu acordei, me chamaram para ir à uma caminhada, mas eu não estava a fim porque eu pensei que ele estaria lá. Portanto eu peguei o livro, vim aqui para fora, sentei em baixo de uma árvore e me enfiei na leitura. E então você me ligou.

—Então você ainda não viu ele hoje?

—Não. A gente comeu e tudo mais, só que eu não sei se ele estava por perto. Você lembra como o acampamento é grande, não dá para encontrar todo mundo aqui. — Nós ficamos quietos por alguns segundos enquanto eu só brincava com a ponta do livro de inglês. Caralho, eu nunca ia terminar aquela merda até terça-feira. Mas foda-se. Tinha coisa mais importante, eu acho. Nada que uma bela buscada por várias resenhas dele em vários sites diferentes não pudesse resolver.

—E como você se sentiu?

—Sinceramente? Com medo.

—Medo? — Eu concordei, e depois ela perguntou. — Mas medo do quê, Lucca? — Parei um segundo para refletir do que eu estava com medo. E porra… do que eu estava com medo?

—Eu… — parei. Congelei a frase no meio porque eu não conseguia me concentrar o suficiente para ir até o fundo. Fazia tanto tempo que eu não me permitia pensar sobre o Sammuel que eu mal pude perceber que deixei tudo o que tinha em relação a ele no passado. Eu já nem lembrava mais como era o tom da voz dele, já nem lembrava qual era a cor dos seus olhos. E quando eu pensava nele me tocando era apenas uma memória vã. Voltando agora no tempo eu já nem consigo me lembrar direito qual era o gosto da boca dele e nem consigo entender porque eu tinha pensado que ele beijava melhor do que qualquer outro. O Sam parecia ser um cara diferente quando eu o conheci, o cara que ia me fazer feliz para o resto da minha vida, mas não foi bem assim. Do que eu sinto medo? Do quê? — Eu deveria sentir medo?

—Deveria?

—Eu não sei, Alana. Sinceramente. — paro mais uma vez, quero muito encontrar as palavras certas para poder me explicar para a minha irmã, mas parece que elas simplesmente sumiram — Eu nem sei o que eu sinto de verdade por ele. Nem sei se sinto mais alguma coisa.

—Para de usar a palavra "sinceramente" se não for sincero.

—Eu estou sendo — digo.

—Não. Você vive falando isso e ainda assim vive escondendo as coisas de mim. Porra, essa ligação vai ficar cara pra caralho e você nem vai contar a verdade para mim? Que tipo de irmão você é? — Ela raramente usava palavrões comigo, mas foi engraçado ouvi-los naquele sotaque diferente. Ela até me chamou de alguma coisa em alemão, mas não consegui entender. Até porque eu não sei falar alemão.

Vamos lá, Lucca. Do que é que você sente medo?

—Eu tenho medo de me apaixonar por ele de novo. — sussurrei. Não sei se essa era toda a verdade, mas pouco a pouco começou a fazer mais sentido. Gradativamente. — Acho que é... acho que é difícil falar dele de novo depois de ter conhecido o Erick. Eu sei que eu estou gostando desse cara e eu não queria me perder de novo quando visse o Sam. Eu queria que ele fizesse parte do passado e que não voltasse, eu não queria ouvir notícias dele, mesmo sabendo que ele tinha o meu número e que eu tinha o número dele. E quando eu vi ele... meu coração bateu mais rápido...

—Mais rápido bom, ou mais rápido ruim?

—Mais rápido ruim. — penso bastante antes de responder. Mas sim, meu coração acelerou com algum tipo de rancor junto. Quase que do nada surgem todas as palavras que eu queria dizer à Alana. — Eu tive medo quando o vi porque pensei em coisas ruins. Quer dizer, eu lembrei dos nossos beijos e de como eu amei ele, e lembrei de como as decisões dele o levaram à solidão. Só que acima de tudo eu tive medo porque pensei que ele pudesse me machucar mais uma vez. Se eu chegasse perto demais dele seria o equivalente a chegar perto demais do fogo, eu me queimaria e as cicatrizes permaneceriam. Tive medo porque pensei que teria que voltar da estaca zero e esquecê-lo mais uma vez...

—Mas você voltou à estaca zero. — Ela afirma.

—Não. — Eu olho para as árvores que estão a minha frente e sinto a grama no meu pé, aqui é tudo tão diferente — Não dessa vez. — sei que ela não deve fazer a mínima ideia do que eu estou falando, mas após ter falado tudo isso eu lembrei de uma coisa. Eu me lembrei dele. E lembrei de que ele precisava da minha ajuda. Eu lembrei que tinha um cara de Ohio que estava sozinho esperando para que eu retornasse e que mesmo que ele não soubesse de nada do que eu sentia por ele, eu sabia. E eu sabia o que eu tinha que fazer. Foi exatamente por isso que eu sabia que não tinha voltado à estaca zero. Foi por isso que eu fiquei mais aliviado por ter percebido que o Sam jamais seria o mesmo que ele foi para mim. Eu jamais sentiria o mesmo que já senti. E que se foda que ele é um gostoso e que tem aquele cabelo todo bonitinho... Meus olhos brilhavam mais por outra pessoa. — Tem uma pessoa me esperando no fim da linha, Lana. E é por isso que eu não voltei à estaca zero.

—O Erick? Você vai mesmo se meter nessa?

—Vai implicar com ele também?

—Não. — Sua voz era quase falsa, mas eu conhecia minha irmã o suficiente para saber que ela estava praticamente satisfeita com a minha escolha, mesmo que ela não tivesse nada a ver com a história. — Eu até que gostei desse daí.

—Você nem viu ele.

—Olha, eu até procurei o perfil dele em todas as redes sociais, mas parece que ele não existe nesse mundo. — Ela brincou. — Só que eu vou apoiar qualquer pessoa que se dê ao trabalho de te fazer esquecer o outro lá. Podia ser o Juan? Podia. Eu sempre gostei mais dele. Ele era quase fluente em espanhol! Você foi muito burro de terminar com ele.

—Esquece um pouco o Juan e foca no Erick.

—Bem, se você está feliz com as coisas que ele te faz, então ótimo.

—Essa é a melhor parte, ele não fez nada. — estou feliz por finalmente estar falando do Erick e não do Sam. Porque estou conseguindo substituir os nomes sem me sentir mal. Sem sentir que estou fazendo alguma coisa de errado. — Ele simplesmente apareceu.

—É ele?

Consigo sentir o sorriso dele mesmo daqui. Consigo lembrar de como foi tocar nele e sentir o cheiro do seu cabelo quando ele dormiu no meu ombro. Eu também me sinto aquecido, minha pele está quente onde uma vez ele já tocou. E eu sei que posso estar me enganando e enganando ao meu cérebro dizendo que o Erick é mais importante que o Sam. Porque eu ainda não superei... mas dessa vez meu cérebro vai me escutar. Dessa vez sou eu que vou mandar nele e é ele que vai me ouvir. Eu gosto do Erick. Eu me lembro do Erick. Eu sei quem ele é e sei por que eu sinto isso por ele.

Porque ele sim foi diferente. Porque ele sim é diferente.

Ele veio para mudar as coisas. Ele tinha que vir.

—Sim, Lana, — Eu confirmo — é ele.

Depois disso eu desligo o celular com um sorriso.

Esse é o meu novo trajeto, e não estou com medo de ir até o fim.

Gus sabia onde eu estava quando eu me recolhi para o meu canto, porque tudo o que eu mais queria era que aqueles dias no acampamento acabassem logo de uma vez. Hoje, domingo, era tecnicamente nossa última noite aqui. Nós iríamos partir assim que o Sol clareasse no outro dia, e eu pensei que nada demais ia acontecer. Se eu me escondesse por tempo suficiente não ia ser necessário ver o Sam mais de uma vez.

Só que aquele viado me puxou pelo pé.

—Você sabia que é o único que está aqui?

Eu me sentei e olhei para o restante das camas e percebi que ele estava falando a verdade. Da última vez que eu tinha olhado no relógio eram oito horas e eu já estava com vontade de dormir, mas permaneci lendo. E, porra, decididamente eu não terminaria esse livro antes de voltar.

—Gus, eu já disse que eu tenho que terminar esse livro.

—Eu resumo ele pra você pelo Whats quando eu voltar. Eu já li e sou um ótimo escritor. E também sou uma ótima pessoa. Então se essa é a sua melhor desculpa eu sugiro que você levante agora e coloque uma boa roupa, porque hoje é noite de fogueira, é noite de gente bonita dar uns beijos, é noite de cantar, é noite de beber e é noite de maldade — seu cabelo era muito engraçado quando se mexia junto de seu rosto. Os alargadores pareciam maiores cada vez que ele aparecia.

—Eu nem tenho roupa bonita.

—E pra que você quer ficar bonito? É uma fogueira, garoto da cidade. Não sei se lá em Ohio vocês fazem muito isso, mas você tá em Michigan. Deixa de ser chato. Coloca logo um short e uma camisa qualquer e é isso. — Ele desgrudou do meu pé e eu não consegui resistir ao impulso de ir. Sei que eu tinha todas as minhas obrigações que eu estava deixando para trás. Como sempre. Mas eu queria ir para qualquer lugar que tirasse a minha mente das preocupações que estavam martelando meu cérebro.

Eu me vesti na frente do Gus, porque eu sabia que ele era gay e queria dizer a ele que eu era gay. Do nada ele me perguntou exatamente isso, bem do nada mesmo. E ele foi a primeira pessoa que eu não me impedi de responder. Foi simples.

—Sou.

—Mó delicinha você. — Ele riu e eu ri também.

Não levei a mal porque eu sabia onde minha mente estava e sabia que o Gus não estava se jogando para cima de mim. Bem, talvez ele estivesse um pouco a fim de mim, mas caramba, nós dois gostávamos da mesma banda, falávamos igual e tudo parecia combinar entre nós, mas é exatamente por isso que eu não gostei dele. Não do modo como gostei do Erick. Porque ele é igual. E eu preciso de algo diferente. E eu acho que ele entendeu isso, não sei como… mas o cara era um prodígio e por isso devia saber de coisas que eu não sei.

Vai entender.

Estava com uma jaqueta jeans e uma camisa branca, um short também jeans e sapatos. Minha sede por bebida cresceu, mesmo que eu não quisesse ficar bêbado… A única coisa que eu queria fazer era beber um pouco e curtir as músicas em volta da fogueira. Naquela noite escura a única coisa que brilhava lá ao longe eram as chamas alaranjadas. Era tão grande que um círculo de pelo menos quinze pessoas conseguia fechá-la.

As risadas eram ouvidas de longe.

Nós nos intrometemos bem no meio de uma música, e o Gus não quis fazer muita balbúrdia ao me inserir. Sentei num espaço ao redor da fogueira, em cima de uma toalha que eles forraram. Anna e Lory estavam de mãos dadas e eu senti falta de alguém para segurar a mão. Tinha uma outra garota ao lado que estava sorrindo, com vários piercings também. Nunca imaginei que existiriam tantos prodígios desse modo.

Isso porque eu já tinha uma imagem de como um prodígio deveria ser. Como meus pais me ensinaram que eu deveria ser, quero dizer. Um prodígio é comportado e, portanto, veste roupas que mostrem seu caráter aos outros, seu cabelo é sempre aparado e penteado, ou bem cuidado e longo no caso de minha irmã. Faz parte de um prodígio impressionar os outros quando não esperam mais nada e se superar todas as vezes que um obstáculo se impor. Ser um prodígio é mostrar que sua capacidade de aprender é maior que a de outros. Só que eu era um prodígio muito diferente. Eles eram prodígios muito diferentes. Me pergunto o que meus pais diriam um dia se vissem Anna, Lory e Gus. Porque eles são toda a contradição da imagem de prodígio que eles criaram em cima de mim.

Minha mãe provavelmente repudiaria no seu interior, pedindo a Deus que cuidasse da vida desses garotos. Ela tentaria convencê-los de que aquilo é uma atitude errada e que se vestir daquele modo não chamaria atenção de ninguém para o lado importante. Eles nunca seriam reconhecidos se andassem daquele modo, e ela notaria o cabelo do Gus. Diria a ele que aquilo não é um cabelo apropriado para um garoto e que a *opção* deles não é uma coisa do todo poderoso.

Meu pai, mesmo reservado, diria que eles precisam crescer e daria aquele tipo de sermão que "na época dele" todas as garotas andavam com garotos. E aquelas que não andavam eram chamadas de putas. Os caras que andavam com outros caras eram chamados de boiolas. E não que isso tenha mudado hoje em dia. Mas ele só acentuaria o fato de que aquilo era errado e sempre seria. Ele nem ligaria muito para o modo como eles se vestem ou pela quantidade de metal que carregam no rosto, mas o que mais o incomodaria seria a sexualidade deles.

E é ao som de um violão e de uma bela voz cantando *Cindy Lauper*, a melhor música de todas — *Girls Just Want To Have Fun* — que eu percebo que jamais seria o filho que meus pais queriam. E isso não é de maneira nenhuma uma coisa ruim. Eu me sinto até lisonjeado por não ser o padrão perfeito que tentaram criar. Eu tenho certeza que eles me expulsariam de casa no momento em que eu contasse para eles todas as merdas que eu já fiz. Todas as garotas que já beijei apenas para satisfazer à necessidade deles. Todas as drogas que usei para tirar minha cabeça do mundo real. E todas as vezes que eu chupei um pau. Isso tudo os levaria à loucura.

Mas ali... bem, ali eu me sentia incluso.

As músicas iam passando enquanto eu acompanhava cada uma delas, todas as letras que eu conseguia me lembrar em todos os timbres diferentes. Como um show ao vivo. Estávamos bebendo catuaba, sem que os professores soubessem já que eles estavam tendo o tão esperado descanso deles. Os únicos supervisores vinham de vez em quando para ver o que estava acontecendo e nós escondíamos todas as bebidas como mestres. Até que eu fiquei com uma puta vontade de fazer xixi. E eu já estava levemente alterado.

Levemente.

Por isso eu me levantei e caminhei até o banheiro, fiz o que tinha que fazer, fiquei de pau duro, mas coloquei ele de volta no lugar onde deveria ficar. Só que, ao voltar, entrei por uma porta errada e acabei indo para o pátio onde todos nós ouvimos aquele discurso do representante do concurso. Pensei em ir embora assim que pisei lá, já que não tinha nada para fazer. Mas as luzes estavam acesas e tinha uma garota deitada no meio da quadra toda. Como se todos os holofotes estivessem apontados para ela, como se ela fosse o centro das atenções. E ela amava ser o centro das atenções. Talvez por isso ela estivesse deitada ali...

Dei alguns passos, mas ela mal se moveu.

—Ei loirinha — digo — o que cê tá fazendo aqui?

—Tentando chorar um pouco. — Ela responde com sinceridade. A Emma nunca conseguia dizer qualquer coisa que não fosse sincera, mesmo quando machucava. Era uma coisa que vinha dela com fluidez. Ela só não sabia esconder as coisas.

—Chorar? — rio em meio à palavra.

—Não ri, — repreende-me — não é nada engraçado.

—É engraçado que você queira chorar. Por que você quer chorar?

—Queria sentir essa sensação...

—Você nunca chorou antes? — Pergunto.

—Não. — solta. — Não que eu me lembre.

—Bem... você poderia chorar ao se machucar, ou ao se sentir muito triste. Ou sei lá, você simplesmente poderia esperar até o momento de chorar de verdade... Por que você veio aqui?

—Os holofotes são muito fortes, mas não são o suficiente. Eles estão muito longe. Primeiro achei que se eu os olhasse por muito tempo eu ia chorar de verdade, mas eu só conseguia olhar para um de cada vez, então eu deitei no chão para que eu pudesse ver um pouco de todos. Eu estou aqui há pelo menos vinte minutos e não consegui soltar uma lágrima. Isso é normal? Achei que livros não mentissem.

—Bem... livros são escritos por pessoas. E pessoas mentem.

Ficamos em silêncio. Como sempre. Eu me aproximo, me ajoelho e depois me deito no chão com ela, porém do lado contrário. A única coisa que está perto o suficiente são nossas cabeças que quase chegam a se tocar, mas mantenho distância para não irritá-la. Mesmo daqui eu consigo sentir o cheiro do seu cabelo… é um cheiro doce e irritadiço, não é muito bom. As luzes são bem mais fortes aqui dentro, mas ela provavelmente já deve ter se acostumado com isso. São luzes artificiais demais. A intensidade delas me cega e eu não consigo ver mais nada a minha frente.

Então ela decide falar qualquer coisa.

—Por que você me odeia?

—Ah… Eu não te odeio.

—Odeia sim. — Ela afirma. — Sei que sou mais inteligente que você e que sou insuperável, mas isso não é motivo para me odiar. Tem muita gente por aí muito mais inteligente do que nós dois, Lucca. Eu sei de muitas respostas para muitas perguntas, mas queria saber porque você me odeia.

—Eu não te odeio, Emma. — sussurrei — Não odeio mesmo.

—Por que você age como se odiasse? É um jogo?

—Não…

—Se for, é um jogo muito ruim.

—Não é um jogo.

—Você está bêbado. — Ela diz logo de cara, como se tivesse percebido isso desde o momento em que pisei naquele lugar.

—Um gole de catuaba não deixa ninguém bêbado.

Ela respira fundo e solta o ar.

—Eu nem sei por que eu estou falando isso… Seria muito melhor estar bêbada e se divertir do que ficar parada olhando para essas luzes e tentando achar algum motivo para sorrir. Eu deveria aproveitar esse fim de semana e voltar para casa com uma história divertida. Mas eu sei que não vai acontecer. É por isso que eu não sorrio, não faz nenhum sentido. — Eu fico quieto ao menos por um segundo, e não somente porque eu não sei o que dizer, mas porque eu quero ouvir o que ela tem a falar. Emma suspira e volta a seus pensamentos altos. — A verdade é que desde meus seis anos eu estou sendo pressionada para impressionar. Ganhar prêmios. Ter reconhecimento. Ser alguém… Eu fui criada para ser vista, sabe? Fui criada para que as pessoas soubessem que eu era o orgulho do Sr. e da Sra. Grayson. "Nossa, a garota é um crânio" era o que diziam para mim. Era o que queriam que eu acreditasse, mas Lucca… Eu nunca acreditei que era um crânio. Eu nunca quis ser um crânio. — Eu não consigo acreditar que ela está mesmo falando isso para mim, passo a pensar que ela está tão bêbada quanto eu, só que eu quero escutar mais. Por isso mantenho o silêncio. — Tudo bem que nós dois sabemos que eu sou mais inteligente que você — diz com um tom quase sarcástico —, mas não é como se eu estivesse tentando. — Emma fica em silêncio e depois continua em um tom mais brincalhão — Isso quer dizer que eu sou melhor do que você mesmo sem tentar.

—Sonha menos, Emma. — eu rebato com um sorriso no rosto, e sinto o mesmo sorriso estampado nela. Até que eles desaparecem.

—Nunca tive amigos que realmente estivessem interessados em mim, e nenhum deles se importava de verdade. Quando eu fiquei com Jerry Oak ele me convidou para dançar na formatura dele. Ficamos quase um ano inteiro enquanto eu o ajudava em matérias que ele não entendia. No fim, ele disse que a única coisa que conseguia ver em mim era a passagem para o ensino médio. Eu nunca dancei em uma formatura, sabia?

—Que coisa triste.

—Cala a boca, você também deve ter ficado sozinho.

—É bom saber que você não consegue bancar a docinho o tempo todo.

Sinto os ombros dela subindo e descendo enquanto nós rimos sem nenhum motivo em específico. Essa coisa toda é tão estranha, mas ao mesmo tempo é tão engraçado estar ao lado da minha concorrente e saber de todos os pensamentos que ela guardava... Isso mostra como a Emma não é realmente o robô que julguei que era. Emma é tão humana quanto eu e tem tanto problemas quanto eu... Por que estou sabendo deles?

—Por que você está me contando isso?

—Queria que alguém soubesse — diz Emma, esperançosa — pelo menos uma pessoa. Pode ser sonho de garota, mas eu sempre quis ter um amigo. Não para ficar postando fotos no *Facebook* com aquelas legendas retiradas de um trecho bonito de uma música há muito esquecida. Acho isso bem superficial. Não para ficar dividindo a atenção e me perguntar se eu realmente era importante para ele. Em *Donnie Darko*, o protagonista acredita que todos nós morremos sozinhos. Nos isolamos para a morte. Queria um amigo que provasse que isso não aconteceria, sabe?

—Decidiu contar para mim? — rio levemente, com surpresa.

—Foi a primeira pessoa que apareceu, não se sinta lisonjeado.

—Nossa, ainda bem. — suspiro — Eu já estava achando que você queria que eu fosse seu amigo. — descanso minha cabeça para o outro lado, escapando dos cabelos loiros da Emma e tirando minha visão dos holofotes brilhantes. Não tinha mais nada a falar e eu não sei por que ainda estava ali, já que o pessoal estava me esperando na fogueira.

Por um segundo eu cai na real. E entendi porque estava ali. Estava feliz por ter alguém do meu lado que entendia perfeitamente como eu me sentia. Porque a Emma não era a garota perfeita que todo mundo pensava ao olhar, ela tinha os medos que eu tinha e tinha os mesmos defeitos. Sua mente era sua maior armadilha quando ela estava sozinha. E o pior é que ela sempre se sentia sozinha. Por trás daquele crânio havia uma pessoa ainda.

Uma pessoa tão comum quanto eu.

—Meus pais sempre me disseram que eu tinha uma única obrigação: mostrar o trunfo da família Grayson. Oferecer ao mundo o meu nome e minha herança sanguínea. Eu estudei o suficiente para manter a tradição da inteligência hereditária que todos acreditaram que a família possui. Sou a única herdeira disso, compreendo, mas… e se eu não quisesse ser assim? E se, de repente, eu quisesse largar tudo? Sei lá — Ela balança a cabeça de um lado para o outro, pensando em tudo o que eu já pensei um dia. Ou melhor, pensando em tudo o que eu ando pensando. — Esse tempo todo eu acreditei em algo que meus pais queriam que eu acreditasse. Se eu fosse inteligente, teria sucesso. Se eu tivesse sucesso, teria dinheiro. E, se eu tivesse dinheiro, teria reconhecimento e com o reconhecimento vem a retribuição. Só que tudo isso pra quê? Você consegue me entender, Lucca?

—Sim.

—Pra que tudo isso se eu não vou poder contar nenhuma grande aventura aos meus filhos? Que grande aventura a minha ter passado mais de dez anos da minha vida estudando e sendo atacada por aqueles que quiseram se aproveitar de mim. E afinal, quando tudo isso acabar o que é que vai acontecer com a gente? Ainda serei o orgulho dos Grayson? Você ainda será o geneticista prodígio da White Cloud? Há alguma coisa que nos registrará em livros de história? Ou que não sejam em livros de história, mas nossos nomes ainda estarão escritos em uma página qualquer daqui cem anos? Eu fico apavorada com isso Lucca… Parece que eu estou vivendo em vão, porque em breve eu vou sumir e ser erradicada da memória de todo mundo que já me conheceu. As pessoas ainda se lembrarão do que eu fiz daqui alguns anos? Ou terei estudado doze anos apenas para cair no esquecimento?

—Bem… eu não sei. Talvez escrevam nossos nomes em algum livro.

—Eu queria escrever um livro. — Ela admitiu. — Um bom livro que mostrasse a solidão que as pessoas têm dentro de si. Porque todos nós nos sentimos sozinhos, isso é um fato. Contaria a história de uma garota suicida com sonhos impossíveis e um garoto otimista sem grandes pretensões. E faria com que eles dessem certo. Eu daria bons nomes a eles e faria um bom final, talvez eu até chegasse a publicar. Eu colocaria o seu nome lá, Lucca. Na página de agradecimentos.

—Na página de agradecimentos?

—Sim. Eu agradeceria por ter me feito acreditar num futuro melhor para mim mesma. E por ter me escutado. Eu faria uma boa declaração para todas as pessoas que me ajudaram a escrevê-lo, mas acho que daria menos de uma página porque os nomes não são muitos. E quando eu acabasse de escrever eu finalmente teria orgulho de ter escrito algo bom. De ter *feito* algo bom para mim mesma. Se você fosse escrever um livro você também colocaria o meu nome? Só para mostrar que se lembra de mim?

—Colocaria — murmuro.

Caralho… essa garota é muito diferente do que eu pensei, ela não é só a imagem que teve que construir. Ela é completamente igual a quem eu sou. Emma tem o mesmo espírito de humanidade que eu, o mesmo espírito que todos temos. No fundo, ela só escondeu. Porque ela foi ensinada a esconder e a mostrar somente o que agradaria aos outros. Uma boa aparência, um bom comportamento, um bom cérebro e bons conhecimentos a tornaram o que ela nunca quis ser.

Fico de joelhos e me levanto.

Dou um passo em sua direção e estendo-lhe a mão para que ela se levante comigo. Vejo-a encolhendo os olhos quando eu tampo sua visão das luzes, como se a escuridão a atrapalhasse mais do que a luminosidade. Ela não entende o que meu braço faz estendido à sua direção. Até que eu peço que ela o segure:

—Vem, — chamo-a — eu queria dançar com você.

Ela não hesita. Talvez ela tenha esperado isso por mais tempo do que eu tenha pensado. E eu sei que ninguém costumava dar gestos de bondade para essa garota. Sei disso porque meu amigo Jhonny nunca fez nada disso comigo. Mas eu precisava fazer isso em nossa memória.

Emma, já de pé, me olhou com um pouco de medo e surpresa. Nós nunca estivemos em um momento tão íntimo e tão reservado. Parece que a tão antiga história dos rivais que se tornavam amigos estava se repetindo, e olha só quem é que estava virando minha amiga… Emma Grayson.

—Não tem música.

—Melhor ainda, — respondo — assim a gente não precisa dançar aquelas músicas ruins de formatura que ninguém gosta. Nós podemos imaginar a melhor música do mundo. Então imagine você. Se você quisesse dançar uma música na sua formatura, que música gostaria de ter dançado?

—Não faz pergunta difícil.

—É sério, Emma. Agora essa é a sua noite.

—The Scientist.

—Então é o que dançaremos — Eu me aproximo dela, e ela não recua. Não há um sorriso no seu rosto, apenas hesitação. Como se não soubesse direito o que fazer. — Imagine que estamos num salão bonito e com luzes bonitas, eu estou segurando sua cintura aqui, e sua mão — digo, colocando-a no meu ombro — fica bem aqui. E, se você não se importar, eu posso ficar um pouco mais perto.

—Você não vai me beijar, né? — Ela dá um passo para trás.

—Eca, que nojo. — coloco um sorriso no meu rosto e, em seguida, no rosto dela, começo a ir de um lado para o outro e ela tenta me acompanhar, mas Emma é muito desengonçada.

—Eu não sei dançar.

—Não tem importância. Tem gente demais aqui, ninguém vai te ver pisando no meu pé ou indo para o lado errado. — O sorriso formado em seu rosto é genuíno e eu me sinto feliz apenas por estar vendo-a parada na minha frente, como se o sonho dela estivesse se realizando. Não por dançar num baile com um cara legal. Mas um amigo. — Agora canta.

E merda, como a voz dela era boa.

Sem ukulele nem nada. Sem um violão e sem acompanhamento. Era só a voz dela, pura e suave. Talvez os pais dela nunca tivessem visto que a voz daquela filha da puta era maravilhosa, mas era um dom. Ela estava fazendo direito, cantando no ritmo em que nós nos movíamos. Acho que era a primeira vez que estive tão perto da Emma sem querer jogá-la longe. Era a primeira vez que eu via um sorriso de verdade. Um sorriso por minha causa.

A música acabou, mas nós ainda estávamos dançando.

—É fácil, não é?

—Não. Nem um pouco. — rimos em conjunto. — Mas estou me saindo melhor do que eu imaginava. — Eu confirmo com a cabeça.

—Bom, você pisou mais no chão do que no meu pé, isso já é um bom sinal. Agora é só se aperfeiçoar um pouco. — Ainda estávamos girando por aquele salão gigante e sozinho — Pelo menos vai saber dançar na formatura do terceiro ano. — Terceiro ano... Isso nos assustava na mesma intensidade. Sei disso. — Parabéns, Emma Grayson.

—Eu não danço tão bem assim.

—Não. Não dança mesmo.

—Seu ridículo.

—Não estou te parabenizando por isso.

—Pelo que, então? — Pergunta com curiosidade.

Eu sorrio e não hesito em falar:

—Mais uma vez você vai mostrar aos outros do que é capaz. Você é quem vai representar nosso estado e é você que vai representar nosso país no concurso da China. Você vai ser brilhante. — Emma não era o tipo de garota que sabia lidar com um elogio, não era aquele tipo de gente que dizia "para com isso, você é que vai ganhar, é muito mais inteligente que eu". Nós dois sabíamos quem seria o vencedor e sabíamos quem iria para as finais. Ela era genuína e não hipócrita. Por isso apenas sorriu quando eu disse que ela venceria. Não porque eu estava anunciando a derrota, mas porque estava feliz em saber que eu realmente achava que ela era mais inteligente do que eu. Talvez esse fosse o reconhecimento que ela queria. — Quando você subir naquele pódio ao receber o prêmio internacional lembre-se de mim. Pode ser?

—Angiani, eu vou estar tão entusiasmada e extasiada com o prêmio que eu nem vou lembrar do seu nome. Você acha mesmo que eu treinei meu chinês só para tentar falar o seu nome francês? — E lá estava a garota que eu conhecia.

—Para a sua informação, é italiano.

—Perdão pelo erro. — percebe-se a falsidade em seu arrependimento.

—Está perdoada.

Ainda no mesmo ritmo, no mesmo balanço, Emma diz:

—O Erick tem sorte de ter alguém como você ao lado dele.

—Pelo contrário. — exibo um leve sorriso — Eu sou quem tem sorte.

Rio mais uma vez com ela antes de nos soltarmos. Emma parecia muito mais leve em relação a tudo o que ela queria me dizer. Sei que não ficou oficial que nós nos tornamos amigos, mas nenhuma amizade é selada com um contrato e nos mínimos detalhes.

Suspiro e digo:

—Olha, se você ainda quiser ficar aqui, tudo bem. Vai ser estranha sozinha. Só que eu estou indo para uma roda de gente estranha e eles têm um violão, eles têm bebidas e têm uma garota que destrói a sua voz em dois timbres.

—Angiani, por favor, você nem sabe o que é um timbre.

—Parece que eu nunca vou saber se você ficar aí.

Começo a andar na frente, saindo daquele lugar e voltando para a minha roda de prodígios. Sei que Emma não é social e não costuma atrair a atenção de todo mundo, mas também sei que ela não gosta de ficar sozinha. E é exatamente por isso que ela me segue quando eu atravesso a porta indo em direção ao luar lá fora. Ela ainda tem a mesma voz irritante e mimada de sempre, mas pelos menos dessa vez eu posso chamar Emma Grayson de amiga.

As músicas duraram até a madrugada, quando deu meia noite alguns deles foram dormir. Mas Gus ainda estava bem acordado e um pouco mais gay por conta do álcool ingerido. Ele ficava pegando na minha barriga e tentando me beijar e eu esquivada, rindo. Os supervisores já tinham ido dormir também, isso porque nenhum deles se importava de verdade com o que os pequenos gênios fariam naquela noite. Era o nosso último ano. Eles entendiam isso. Era o último ano da maioria que estava ali, e ninguém queria estragar as últimas aventuras desses alunos.

Anna e Lory foram para qualquer lugar no meio do mato para se pegar, mas eu, Emma e Gus nos juntamos a um grupinho menor. E o Sam estava lá também. E eu não estava me importando de estar no mesmo lugar que ele, nem estava me importando de saber que ele sabia que eu estava ali. Porque eu conseguia vê-lo sorrir, como se houvessem motivos maiores e melhores do que eu. E porra, eu não fiquei deprimido. Não fiquei deprimido por saber que ele estava sorrindo depois de tanto tempo.

Sempre quis que ele tivesse o mesmo tempo de luto que eu tive, aquele tempo em que eu não conseguia pensar em mais nada e em mais ninguém por causa daquele filho da puta. Eu sempre quis que ele tivesse me ligado chorando, como eu pensei em fazer com ele. Eu queria que ele ao menos tivesse demonstrado que estava arrependido. E vendo-o agora eu já não sinto mais nada. Nem mesmo aquele medo que eu disse à Alana. Porque talvez eu tenha entendido o que eu realmente sentia por ele... Não tinha nada a ver com receio. Era incômodo. Por saber que o cara ainda estava vivo.

Mas porra, todo mundo continua a viver.

Todo mundo é impulsionado desde o nascimento para o simples ato de querer viver. Porque todos nós queremos tentar mais de uma vez. Mesmo quando gritamos que não aguentamos mais, e mesmo quando cortamos os pulsos... tudo o que fazemos são tentativas de melhorar. Tentativas de retomar nosso impulso de querer viver. E ele o tinha roubado de mim.

Agora não mais.

Nos metemos numa brincadeira bem conhecida e muito infantil, uma coisa onde nós rodávamos a garrafa da catuaba e perguntávamos algo ou desafiávamos a qualquer coisa. Meu primeiro desafio a ser cumprido foi ficar sem camisa até a próxima rodada em que eu jogasse, e eu cumpri. Estava tremendo antes que o próximo jogador fizesse seu desafio. Me perguntaram depois disso se eu preferia homem ou mulher. E eu disse a verdade. E o desafio que o Gus propôs foi o pior.

—Duvido você beijar a pessoa na sua frente.

E sabe quem estava na minha frente? Sammuel Patrick.

Ainda estava tremendo por conta do frio, mesmo que eu estivesse bem de costas com uma fogueira bem menor do que antes. Contudo, meu corpo ficou quieto e receoso ao ouvir as palavras dele. Não acreditava mesmo que ele tinha dito isso e eu não acreditava que as pessoas ao redor estavam esperando que eu fizesse isso de verdade. Juro que eu nunca pensei que isso poderia acontecer.

Meus olhos se encontraram com os dele.

Sempre imaginei que quando isso acontecesse seria uma cena romântica, onde eu falaria finalmente para os meus pais que ele era o amor da minha vida e que eu nunca viveria sem ele, e assim nós dois enfrentaríamos vários preconceitos e obstáculos que jamais conseguiríamos enfrentar se estivéssemos sozinhos. Só que nada disso aconteceu. Ao olhar para seus olhos mais uma vez encontrei a mesma tonalidade, eu lembrava perfeitamente de como era enxergar através dele. E eu não conseguia enxergar o que eu enxergava antes. Não era a mesma pessoa. O que torna uma pessoa importante para você é a importância que você dá a ela... e porra, ele já não era mais ninguém para mim.

Se as lembranças ainda existiam? Sim. Elas sempre existirão e eu vou ter que me lembrar de cada uma delas mesmo antes de morrer, porque faz parte de quem eu sou. É por conta dessas memórias que eu já não sinto mais nada por esse cara. Não sei o que ele está pensando agora, mas eu tenho certeza que ele deve estar com medo. Medo de que eu me recuse e medo de me machucar. Eu não sei se ele se importa comigo do modo como eu acho que se importa, porque ele ainda deve saber que eu sou. Deve saber o que fazemos. Mas foda-se o que ele sabe. Foda-se quem ele é.

Só há um nome na minha cabeça. E não é o dele.

Eu me inclino e coloco minha boca na boca dele. Jamais pensei que isso voltaria a acontecer, porque fazia tanto tempo que eu não sentia o gosto dele que sequer lembrava de como era fazer isso... Sequer queria fazer isso. Todo mundo dá gritinhos de entusiasmo quando nós nos soltamos, e eu volto a olhar para o Sam mais uma vez enquanto os desafios são feitos e as verdades são ditas, coloco a minha roupa quando chega na minha vez. E espio com o canto dos olhos o sorriso no rosto dele.

Eu sorrio também. Porque eu não sei o que ele está pensando, mas não faz diferença. Não agora. Talvez ele também esteja feliz por saber que vai dormir sem aquele peso na consciência de que existe alguém do outro lado do país sofrendo por você. Talvez ele ainda seja um filho da puta e esteja pensando que está me manipulando como sempre fez, talvez esteja pensando que eu estou caidinho por ele, como eu era há dois meses... E seja lá o que ele estiver pensando, para mim não importa.

Pois, como eu disse, só há um nome na minha cabeça.

Erick Johnson.

CAPÍTULO NÚMERO VINTE E UM

"Nós pensamos muito e sentimos pouco"

Segunda-feira de manhã eu levanto bem-disposto para voltar para a White Cloud, mesmo sabendo que só iremos após o almoço. Então eu decido que vou aproveitar minhas últimas horas daquele dia lendo meu livro. Finalmente lendo o bendito livro. O Gus ainda está dormindo, de ressaca por conta da última noite. Anna e Lory ainda estão em algum lugar por aí, eu nem lembro se elas voltaram mesmo. Coloco o celular no bolso com os fones no ouvido, ouvindo *The Scientist*. Aquela música não tinha saído da minha cabeça desde que a Emma cantou para mim. E ela também estava derrotada na cama. Acho que ela não costumava beber com tanta intensidade.

O dia está lindo, o Sol ainda está saindo de trás das nuvens. E eu decido mudar de lugar, porque o Gus já sabe que eu vou estar atrás daquela árvore caso ele venha me procurar. Me enfio no meio das folhas e acabo encontrando o caminho até o lago. Respirar a natureza me traz uma felicidade imensa; me sinto mais vivo.

Chego ao lago e qual é a minha surpresa em vê-lo ali... O Sam.

Sei que não sou muito de acreditar em Deus ou em coisa do tipo, mesmo que minha mãe tenha criado a mim e a Alana para que nós fossemos tão religiosos e tementes quanto ela. Mas, caralho, se isso não for ação de uma força maior, então eu não sei que puta coincidência é essa. Fico alguns bons segundos tentando me decidir no que fazer. E eu sigo em frente, como eu prometi a Alana que eu faria. Os meus próximos passos fazem com que ele olhe para trás e veja que sou eu. Sua expressão é de surpresa, porque ele também não esperava que eu estivesse ali.

—Parece que tivemos a mesma ideia.

Tentei ser amigável de começo, para que ele não ficasse receoso em conversar comigo. Eu nem sabia se eu queria mesmo conversar, mas eu já estava ali. Eu já estava sentado na grama, admirando o lago a nossa frente. Tenho que admitir que eu estava esperando que ele começasse pedindo desculpas, mas não foi isso o que ele fez. E não me afetou. Sua voz já não me afetava... não me dava calafrios... não me fazia suar e tremer... não me deixava naquele estado de agitação. Era apenas mais uma voz. Mais uma vez.

—Nós sempre gostamos dos mesmos lugares.

—Verdade — concordo.

Olho-o novamente, apenas para ver todos os detalhes que eu já tinha esquecido. O corpo magro e os braços fortes, aquele quase tanquinho na barriga, o cabelo liso e os olhos castanhos perdidos no tempo. Os lábios vermelhos e carnudos, os mesmo que senti na noite passada... Acho que ele não tinha se importado de ter me beijado também. Não parecia que estava bravo com o que nós fizemos. E também não parecia feliz. Era indiferente para ele, assim como foi indiferente para mim.

—Não achei que você fosse querer conversar de novo. Pelo menos não tão cedo. Sabe, depois de tudo o que aconteceu com a gente... — Ele admite. Acho que agora ele está querendo conversar de igual para igual. Como se eu realmente tivesse algum direito a opinião... coisa que eu nunca tive em nosso relacionamento. Eu sempre fui submisso às vontades dele. E, agora, as coisas estavam mudando.

Eu estava conversando com o Sam que eu queria ter conversado.

—Pelo menos em uma coisa você está certo. Eu não queria mesmo, eu não queria olhar mais na sua cara... Acho que até uma semana atrás eu ainda não queria olhar na sua cara. É como dizem, não queria te ver nem pintado de ouro. Mas daí eu mudei. — levanto os ombros como se não tivesse feito diferença nenhuma. Não queria que o Sam soubesse de tudo o que eu fiz para tentar esquecê-lo.

Não quero que ele saiba das noites em que eu tive que me esforçar ao máximo para não lembrar de como eu fui trouxa por não conseguir ver no rosto dele a infelicidade enquanto estávamos juntos. E o Sam não deve saber como eu me sinto, pois isso é algo exclusivamente meu.

Contudo, ele pode ter uma noção do quanto me fez mal.

—Você encontrou alguém, não foi?

—Cara, nem por isso, sabe? — queria ser sincero com ele, para que isso acabasse de uma vez por todas. Afinal, qual é o motivo de ficar mentindo logo agora? Não queria colocar mais mentiras na cabeça dele dizendo que só o superei por conta do Erick. — É mais porque eu cansei mesmo. Tipo, cansei de pensar tanto em você com a certeza de que você não pensava em mim...

—Eu pensava em você, Lucca. — Sam se virou para mim.

—Não, Sam. — caralho, faz tanto tempo que eu não o chamava por esse nome que eu até pensei que fosse proibido. — Você nunca pensou em mim de verdade. No fundo, era sempre uma história sobre você. E eu até entendo que você pense desse modo, porque eu estava te deixando feliz, mesmo que não fosse tudo o que você quisesse. Só que seus pensamentos nunca foram *para* mim, entende? O tempo todo em que ficamos juntos, eu servi como uma distração para o real problema. Fui como a aula de matemática antes do intervalo. — O cara ficou quieto, como sempre. Pensei que ele falaria qualquer coisa tentando se desculpar por ter sido tão idiota e ter me deixado por um cara que sequer lembrava-se dele. Eu não queria ser cruel e lhe falar tudo isso, porque eu sei que ele sofreu por ele tanto quanto eu sofri pelo filho da puta à minha frente. Mas ainda tenho algumas perguntas. — O que esse tempo afastado de mim significou para você?

Sam ficou alguns segundos em silêncio. Eu esperei pela sua resposta pacientemente. Esperei como se tivesse esperado aquilo há anos. Quando ele me respondeu foi como um peso saindo dos meus ombros:

—Foi uma bagunça. — Ele disse — Ao mesmo tempo em que foi muito bom também foi muito ruim. Quer dizer, fiz coisas que eu não teria feito se não tivéssemos terminado. Mas, ainda assim... Doeu. Doeu bastante no começo. Porque eu estava me lembrando de tudo, porque eu queria que você se lembrasse também. Eu lembrei daquele dia em que a gente se conheceu no evento de cinema e de como você estava entusiasmado falando sobre o lançamento do último filme de Jogos Vorazes e eu não estava dando a mínima para o filme porque eu sou mais fã de super-heróis. E eu lembrei de como a Alana ficou vendo aquela exposição do Tim Burton enquanto a gente trocava os números e os olhares. Eu não esqueci de uma vez, sabe? Você pode achar que eu sou a pior pessoa do mundo por ter te usado para tentar esquecer o seu primo, mas nós somos seres humanos. Talvez você não saiba, mas eu sofri tanto quanto você, Lucca. — Não, Sam. Você nunca teria sofrido mais do que eu. — Eu lembrei de quando você me disse que em breve a gente não ia precisar se preocupar com a distância porque as férias estavam chegando. Eu lembrei daquele abraço que eu te dei no aeroporto quando você desembarcou de viagem. Lembro de suas caras quando você ligou para sua mãe e ela fez você rezar junto a ela no telefone para te manter seguro. Eu também lembrei daquele dia em que você saiu do seu quarto e veio para o meu e ficou me olhando como se eu fosse a coisa mais importante da sua vida... E eu lembro de ter pensado "cara... como eu preciso desse cara perto de mim, eu preciso dele como eu preciso de ar para respirar". Eu lembrei de você do momento em que fui embora até a conversa que tivemos pelo celular. Porque eu sabia que era a última vez que eu ia poder lembrar de você de uma forma boa.

—E depois?

—E depois eu me forcei a destruir todas as memórias. Eu juro por Deus, Lucca. Todas as fotos que eu tinha de você no meu celular foram para a lixeira, os poemas e trechos que você me mandou pelo WhatsApp sumiram junto de todas as outras conversas e, repentinamente, eu já nem sabia mais quem era você. Quando eu dormia eu trocava seu nome por coisas melhores, quando eu precisava sentir o toque de alguém eu mesmo corria para a internet e acessava o RedTube. Porque eu precisava te esquecer. E eu esqueci... Você era o elo que prendia o meu pensamento ao Trevor.

—Por favor, não fala o nome do meu primo...

—Eu sei que você não gosta disso, mas eu queria falar dele... Naquela noite em que eu te chamei eu queria pedir para que você me perdoasse por ter minha mente tão fixa nele. Queria te dizer que eu tinha esquecido o Trevor e que não era para você ficar tão bravo com ele...

—Você não esqueceu o Trevor. Você é fanático por ele.

—Bem... acredito que uma parte minha sempre vai amar ele como eu amei, assim como algo em mim tem um sentimento forte por você. Mas agora, olhando para todos esses meses e para toda a nossa história, eu me pergunto: que porra que eu fiz? — Ele levanta os ombros e acena com a cabeça — Eu perdi um amigo por conta de um cara que sequer sente a minha falta. Não queria que esse sentimento de raiva também fosse seu...

—Você não sabe de nada do que aconteceu por sua causa. — Eu o interrompo. — Você não faz a menor ideia. Desde que você foi embora eu me enfiei num túmulo esperando que jogassem terra em mim. Eu *deixei* que jogassem terra em mim. Eu me refugiei em todos os cantos e com todas as pessoas que eu via pela minha frente, porque a menor chance de tirar minha mente daquelas merdas já era um paraíso para mim. Pensei que o meu relacionamento com o meu melhor amigo ia fluir bem, até perceber que o meu melhor amigo já nem era mais o meu melhor amigo. Pensei que ia tirar boas notas se eu me esforçasse até perceber que seu nome não saia da minha cabeça todas as vezes que eu tentava estudar... E eu pensei que ia conseguir olhar para o Trevor sem culpá-lo por ter te roubado de mim. E eu não consegui. Nada disso. Eu não consegui superar você como eu pensei que teria superado. Você estava na minha cabeça vinte e quatro horas...

—Não foi culpa do Trevor...

—Eu sei que não. E ele sabe também. — Eu não quero ouvir essa voz de melancolia que o Sam faz quando ele está querendo vencer algo à base do sentimentalismo. Comigo isso já não funciona mais. — Mas Sam... a única pessoa que eu posso culpar por ter acabado com a minha vida; é a mim mesmo. E eu não quero que isso soe como um pedido de desculpas, porque você sabe que eu sou o único aqui que sempre pediu desculpas, e você sabe também que eu fui o único a dizer que te amava antes que você dissesse. Só que o culpado por esse estrago todo fui eu. Pois eu me permiti ser segunda opção mesmo fantasiando ser a primeira. E... Eu quero que você entenda que a única coisa que você fez foi dar o estopim para o começo da minha vida. Sim, eu conheci outro cara. Mas não, Sam... Eu não te superei para ficar com esse outro cara. Eu te superei porque não estava me fazendo bem não te superar. — Quero que ele entenda isso para que eu possa jogar tudo o que sinto. Tudo o que eu já senti naqueles meses longe dele. Eu quero que ele consiga ver quem eu sou agora... E que eu sou muito mais do que o cara que ele já conheceu um dia. — Minha irmã tentou me dizer que eu estava sendo dependente de você, mas eu não escutei. Eu só consegui ver isso de verdade no momento em que você me deixou desamparado e eu tentei te procurar nos lugares em que você não estava. Eu te procurei nas nossas fotos, eu te procurei nos áudios que você mandou, eu te procurei na bebida, na maconha, na diversão, no sexo... E eu não te encontrei. Porque a verdade é que você nunca esteve lá. Nem antes e nem depois.

—Cara, não fala assim. Eu senti tanto a sua falta...

—O que você sentiu de verdade, Sammuel? Me diz de verdade... Porque eu não quero voltar para a White Cloud hoje pensando que as coisas poderiam ter sido diferentes se você tivesse prestado atenção em mim. Eu não quero pensar que, se não fosse pelo Trevor, você ainda estaria comigo. Então eu quero que você responda olhando na minha cara... Por que você não correu atrás quando ainda era tempo?

—Porque eu amava outra pessoa.

—Essa é a grande diferença, Sam. — tento soar complacente para que ele não se sinta ruim por ter feito o que fez. — Você amava um cara e gostava de outro. E isso nunca daria certo. Foi exatamente por isso que eu esperei tanto tempo... Porque eu pensei que você veria o que estava de baixo do seu nariz.

—Eu sei que eu fui um idiota...

—Sim, você foi. — Eu coloco um sorriso no rosto — Mas eu fico feliz que você tenha sido um idiota. Se você não tivesse sido um idiota eu ainda seria um idiota. Você fez uma coisa legal por mim.

—Te mostrei que eu não valia a pena? — Perguntou-me.

—Não. Você me mostrou que *eu* valia a apena.

O lago a nossa frente estava pacífico, sei que os peixes nadavam calmamente ali e eram bem cuidados pelos supervisores do acampamento. Mas ninguém estava por perto para acabar com esse momento. Porra, como eu sonhei por um momento assim. Só nós dois. Para que nós dois pudéssemos conversar como nós nunca conversamos. Para que eu pudesse olhar na cara dele e dizer todas as merdas que eu sempre sonhei em dizer. E aqui estou.

O peso nas minhas costas não existe mais.

—Você sente saudades do ano passado? — Sam pergunta. Eu me recuso a olhá-lo, porque quero pensar. Acho que ele está se abrindo comigo de uma maneira que nunca mais acontecerá. Preciso que ele fale. — Sente saudades de mim? — Prenso os lábios.

Quero ser sincero com ele, mas primeiro preciso ser sincero comigo mesmo. O que eu sinto é indescritível, o sentimento pelo Sam é apenas familiaridade. Como aquele filme que você pode ver vinte vezes e não enjoa.

Abro os lábios para poder respondê-lo:

—Sinto saudade do meu amigo. Do Sammuel Patrick *antes* disso tudo.

—Sei como é. — Ele admite. — Você acha que quando eu estiver morrendo e quando você também estiver morrendo vamos conseguir olhar um para o outro mais uma vez e nos sentar em uma mesa, e começar a rir como nós riamos antes? Acha que iremos olhar para trás, para essa bobagem que fizemos, e que vamos começar a contar as histórias que passamos separados e depois relembrar de tudo o que fizemos juntos? Acha que vamos chorar mais uma vez por ter visto como desperdiçamos o tempo que nós tínhamos por conta disso? — Ele me faz pensar no futuro. Em algo que eu sequer sei o que esperar. E eu quero muito responder a cada pergunta com toda a sinceridade, o problema é que eu não sei do futuro. Eu não sei o que pode acontecer. Eu jamais imaginaria que voltaria a vê-lo na minha frente, sequer imaginaria que nós nos beijaríamos mais uma vez e nem mesmo imaginaria que estaríamos tendo esse tipo de conversa. Se há uma coisa que eu posso afirmar é que o futuro é imprevisível. Eu o olho com sinceridade e ele faz o mesmo. — Acha que lá no futuro nós possamos ser amigos novamente?

Levanto os ombros.

—Quem sabe? — Sorrio. — Eu gostaria de ouvir suas histórias.

—Eu gostaria de ouvir as suas. — Ele sorri junto comigo. E eu sei que não há mais nada para se falar. Por isso eu estendo a mão para o Sam e, como se nada tivesse acontecido no nosso passado, eu digo:

—Nos vemos no futuro, Sammuel.

Ele entende isso como um acordo de paz. Como uma promessa de que nós dois seguimos em frente e que nada nos fará retornar ao que éramos e ao que fizemos. Bem, ao menos eu não retornarei. E eu estou tão ansioso para que o futuro chegue. Estou tão ansioso para sentar numa mesa e ouvir a voz dele uma última vez. Sam também está ansioso ao apertar minha mão.

—Nos vemos no futuro, Lucca.

Não, eu não consegui terminar de ler o livro. O que significa que quando eu chegar terei que entrar em dúzias de sites diferentes para tentar entender o que acontece depois que ele chama aquela prostituta para conversar. Tive tempo o suficiente para planejar o que eu faria assim que eu chegasse daquela viagem de avião. Não durou mais do que algumas horas de um estado para o outro, o que realmente pareceu demorar uma eternidade foi o ônibus. Primeiro porque ele tinha se atrasado, segundo porque estava muito trânsito na estrada principal.

Ter me encontrado com o Sam foi uma das coisas mais libertadoras que aconteceram comigo, porque eu não estive livre nem mesmo ao queimar nossas fotos. Porque não funciona assim, sabe? Você não pode fingir para si mesmo que queimar fotos e apagar contatos o fará esquecer do que um dia aconteceu, porque você sabe qual é a verdade: nós nunca esquecemos. Fotos são apenas lembranças vivas. Conversas são apenas memórias inesquecíveis. Mas a verdadeira importância está em você. Você nunca esquecerá alguém se não quiser esquecer... e pode fazer o que quiser, mas nada vai tirar sua cabeça de alguém que quebrou seu coração da noite para o dia.

E algumas vezes acontece que a gente encontra alguém melhor para dividir nossas alegrias, nossos pensamentos... E mesmo que essa pessoa não seja tão perfeita quanto a anterior, você começa a se acostumar ao fato de que a perfeição não existe. Você começa a perceber que o anterior não era perfeito também. Perfeição é um padrão que você impõe. Olhos azuis? Cabelo claro? Barriga tanquinho? Peitos grandes? Não quero olhar para o Erick e dizer a ele "caralho, você é perfeito". Pois bem o que eu quero fazer: quero olhar para ele e finalmente agradecê-lo por ter me feito entender que a vida continua. E que há muito mais pelo que lutar.

Somos todos humanos.

Não pensei que essa viagem de dois dias pudesse me mostrar qualquer coisa diferente do que e já soubesse. Mas bem, o Gus me fez notar que eu não precisava ter vergonha do que eu era, e eu conheci pessoas que não eram perfeitas. Que não eram prodígios como eu pensei que prodígios seriam. Eu fiz uma nova amizade com uma garota que eu jamais imaginei que guardaria tanto medo dentro de si, e Emma me fez enxergar que ter um amigo é mais importante do que ser inteligente. Ter momentos para si é mais importante do que o estresse de não ser um crânio como Einstein.

—O que você tá fazendo? — Ela me perguntou.

—Nada… só pensando — continuo com minha reflexão interior.

O ponto onde eu quero chegar é que ter conversado com o Sam e ter esclarecido a ele tudo o que eu senti e tudo o que eu estava sentindo me mudou como nada havia mudado antes. Eu quis esquecê-lo. Pensei que tinha esquecido até tê-lo visto mais uma vez. Acabo percebendo que eu jamais teria tirado ele da minha cabeça se não fosse por aquela conversa. Eu sabia que nós nunca voltaríamos ao que éramos antes. Voltar ao passado é impossível. Fazer um presente melhor é uma escolha nossa.

Sam estava pronto para dar adeus ao que tivemos, como uma parte que sempre lembraremos por ter feito parte de nossas vidas por quase três anos. Ter apertado a mão dele me deixou tranquilo. Porque eu sabia que ele não estava indo para sempre. E mesmo que aquela tenha sido a última vez que eu o vi, eu ficarei feliz. Porque me lembrarei de estar feliz, no fim de tudo. Por ter feito algo bom.

Posso nunca mais vê-lo, sei disso. E talvez eu nunca consiga cumprir o que ele disse, talvez eu nunca consiga sentar numa mesa com ele e conversar normalmente, porque eu sei que ainda há rancor dentro de mim. Por lembrar de tudo o que ele fez… Mas não interessa mais. É uma parte tão pequena que é encoberta pela curiosidade do meu futuro. Se eu vou me encontrar com ele de novo? Não sei. Mas alguém sabe?

Chegamos nos territórios da White Cloud às dezesseis horas em ponto e eu não tinha muito o que fazer. Estávamos dispensados de todas as aulas já que seria inviável entrar nas últimas três. Eu e Emma nos separamos e cada um foi para o seu bloco. Entrei receoso no meu quarto, porque pensei que ainda estaria arruinado do modo como o Jhonny tinha deixado antes. Mas não. Ele estava aceitável. Minha cama estava arrumada, assim como a dele, as roupas estavam todas nas gavetas, a única coisa que jamais mudaria era aquela toalha jogada na cama. Ele sempre fazia isso.

Quero muito me encontrar com o Erick, porque eu estou morrendo de saudades dele e eu quero saber se ele está bem. Eu preciso muito saber que nada de ruim aconteceu com ele, mas preciso esperar até que as aulas acabem. Fico muito entediado, apenas ouvindo música e estudando para as próximas etapas do concurso caso eu ganhe. Eu duvido bastante, mas nunca se sabe.

Meu celular vibra quando dá o horário da saída.

Coloco meus tênis e visto uma blusa porque eu sei que aqui costuma ser mais frio do que lá em Michigan. Saio pela porta, seguindo o corredor até o fim, passando para o lado de fora do Bloco Dois e me encontrando com o ar fresco daquele começo de noite. Vejo aqueles alunos de sempre que estão jogando *pokémon*, mas parece que eles estão diminuindo. Talvez essa febre esteja acabando. Após alguns segundos eu vejo os demais. Demoro em encontrar a minha turma, com a Cassie e o Key de mãos dadas — e eu fico feliz em saber que saiu alguma coisa boa deles —, as gêmeas estão seguindo eles dois, concentradas em seus celulares, sem olhar para onde estão indo de verdade. O Jhonny surge ao longe, mas ele passa longe de mim, mesmo sem nem ter me olhado eu sei que ele sabe que eu estou aqui. E sei que ele sabe que eu entrarei naquele quarto em breve.

Eu vejo ele lá longe, andando normalmente. Meu coração fica feliz por saber que ele está bem, por ver que seus machucados diminuíram. Mesmo com o lábio levemente inchado, ainda é o mesmo garoto estranho que eu conheci. Ele carrega uma nova luva na mão direita. Parece que ele conseguiu se controlar com sua síndrome. Não sei se ele também estava me procurando, mas seus olhos simplesmente foram atraídos aos meus.

Como se exercêssemos uma força gravitacional um para com o outro.

Sorri quando ele sorriu para mim e comecei a andar em direção à floresta atrás de mim. Eu tinha certeza que ele me seguiria até onde ele costumava ficar após as aulas. O caminho se abriu pelas árvores e eu encontrei o lago. Como sempre, vazio. Apenas esperando por seus rotineiros visitantes.

Fiquei em pé encarando a água.

Percebi como a água desse lago é diferente da água do lado de Michigan. Aqui ela é mais escura, talvez porque não é uma clareira tão aberta quanto àquela de Michigan. A do acampamento era quase cristalina, essa daqui parecia ser mais consistente. E, sinceramente, eu preferia muito mais a água de Ohio. Porque era a água do meu lar.

Erick aparece logo em seguida. O caderno abaixo do braço e o sorriso carregado de felicidade. Sei que ele não é muito de demonstrar seus sentimentos, por isso eu fico surpreso por vê-lo sorrindo. Caralho... Ele precisa fazer isso mais vezes. Se ele soubesse o quanto seu sorriso me faz bem, ele o usaria como um remédio.

—Então você sabe se virar sozinho? — Perguntei num tom irônico e tentando parecer brincalhão. Não queria tocar no assunto de sexta-feira, quando o Jhonny fez aquilo com ele. Mas nós dois sabíamos o que tinha acontecido, e eu não gostava de lembrar... Imagino que ele também não.

—Ainda estou inteiro.

—Eu vi. — dei um passo à frente e, sei lá... eu queria muito abraçar o cara, só faltou a coragem. Eu fiquei constrangido, então coloquei minha mente para trabalhar. Para falar o que eu tinha que falar. — Eu queria conversar com você. Fazer algumas perguntas, sabe?

Nós nos sentamos. Ele colocou o caderno do lado e depois me deu toda a atenção. Acho que era a primeira vez que ele pousava os olhos em mim sem que eu precisasse pedir.

—Queria que você me contasse a história da Máquina. Peço de uma vez para que eu não precise ficar enrolando.

—Você já sabe o motivo de estar construindo-a. Eu te contei.

—Eu quero saber por que você *quis* construí-la. Queria saber o que te levou a pensar nisso. E queria a história completa — sei que talvez é pedir demais, porque eu nem sei se o cara é gay. Eu nem sei se ele gosta de mim como eu gosto dele. Eu não faço a mínima ideia se nós dois seremos amigos ou não. Mas merda, eu preciso saber disso. Da Máquina.

—Certo... Quando essa história estiver escrita em livros e em placas de comemoração por um prêmio Nobel, você poderá dizer que foi o primeiro a escutar. Bem... Essa é a triste história do garoto chamado Erick e de como ele fugiu de casa aos dezesseis anos. — Ele respira fundo e começa a olhar para o lago, como se pudesse ilustrar sua história a partir da correnteza que seguia naquela única direção — Meus pais eram o exemplo da cidade, por conta da famosa fábrica de sapatos que meu pai tinha. Ele era herdeiro de um dos negócios mais produtivos do século dezessete antes da Revolução Industrial. O dinheiro que tínhamos era uma herança incontável, e minha mãe era uma costureira modesta. Ela me criou para ser gentil e amável, para que eu mostrasse aos outros que a família Johnson era mais do que a riqueza dizia. Ele me criou para ser forte e perfeito, a máquina padronizada que somente ele teria o controle. Como um cavalo e suas rédeas. — Sinto como se isso fizesse parte da minha história... se parece com o que meus pais fizeram comigo.

"Minha mãe morreu de uma epidemia antes que eu fizesse quinze anos, e eu entrei em depressão porque meu pai disse que era o desgosto de ter um filho gay" bom, era só isso o que eu queria ouvir. Uma parte das informações eu já tinha conseguido, eu já sabia que ele era como eu. Não que eu não tivesse desconfiado antes... Eu me culpo por pensar desse modo, porque eu sei que não deve ser fácil para ele. Digo, contar isso de uma forma tão aberta. "Meu pai a culpou porque ela não soube me criar direito, disse que eu era um estorvo para a família e que eu estava sujando o nome dos Johnson, ele disse que preferiria não ter tido um filho a ter uma aberração. Mas eu tinha um namorado. E ele... era o cara mais incrível do mundo. Eu o conheci na escola e ele me conheceu porque ninguém conhecia. Ninguém o conhecia também. Mas nós éramos o suficiente um para o outro. Erick e Alex. Os dois caras que ninguém da escola conhecia, mas que, da noite para o dia, mostraram a cara e se fizeram fortes o suficiente para andar de mãos dadas nos corredores. E meu pai ficou sabendo disso. Então como ele poderia explicar para as câmeras que Erick Johnson, seu primogênito, jamais daria proles para proceder com a herança e genética? Seu maior desgosto foi ter visto que eu não me importava com a sua opinião, mesmo depois de estar sozinho naquela casa.

"E tudo mudou quando, num dia, eu estava voltando do cinema com o Alex, e nós estávamos rindo de alguma coisa que ele tinha falado sobre um livro besta que tínhamos que ler. Mas a sorte não estava ao nosso favor quando nos deparamos com um grupo de garotos um pouco maiores do que a gente. Nenhum de nós dois era forte o suficiente para bater de frente com agressores e foi isso o que aconteceu. Espancaram nós dois. Só não morremos no mesmo minuto porque um outro grupo veio separar a briga, e quando a polícia chegou eles saíram correndo. Pelo que me disseram, eu fiquei dois meses na UTI. Quando eu acordei novamente eu soube que ele não aguentara e tinha morrido, o Alex" Erick continua olhando para a água, e eu não faço ideia de qual é o peso que ele deve carregar nas costas, a culpa que deve sobrecarregar sua cabeça todas as noites "Por conta da minha herança, eu pude bancar todos os gastos na UTI. Mas o Alex não teve a mesma sorte que eu tive de nascer numa família rica. Ele morreu porque seus pais não puderam mantê-lo vivo. As matérias que saíram nos jornais do dia seguinte eram ridículas. 'Filho prodígio de James Johnson acorda após dois meses de UTI'. 'Após o ocorrido do dia treze de julho, Erick Johnson, primogênito do dono de uma das sapatarias mais reconhecidas no estado de Nova York, sobrevive'. Meu pai fez questão de me visitar naquele mesmo dia, e eu vi como ele foi um bom ator. Eu lembro de todas as merdas que ele me disse, como se ele se importasse de verdade. Acontece que James Johnson não podia mostrar, na frente das câmeras, que não se importava com seu filho. Porque agora todo mundo sabia que eu tinha sido atacado por ser gay e ele não podia mais esconder isso. Como um bom homem ele mostrou que apoiaria o filho devido àquela terrível perda. Você deve imaginar como as vendas aumentaram no primeiro mês após as cirurgias que eu fiz para a reconstrução do rosto e coisa e tal...

"Eu fiquei mais cinco meses com o meu pai. Ele nunca falou nada sobre minha sexualidade porque ele sabia que eu tinha o poder de derrubar todo o seu império. Então, no dia vinte de fevereiro de dois mil e dezesseis, quando fiz dezesseis anos, disse a ele que queria ser emancipado. Ele não recusou. Ele disse que seria melhor que eu não me arrependesse daquilo, pois ele não voltaria atrás. Disse que me tiraria do inventário e que a herança da família Johnson seria depositada em outro lugar. Duvido que ele tenha encontrado um futuro melhor para aquele dinheiro todo" admite como se não se importasse... ao menos parece que não se importa "E eu fugi de casa. Emancipado, sem herança alguma, apenas carregando o dinheiro que ele me deixou para não morrer, um pouco de comida e roupas. Eu andei por todas as escolas desde o estado de Nova York para cá. Sabe por que eles me aceitaram em todos os lugares que eu passei? Por conta do meu nome. Por conta da minha ideia. Eles sabem o que eu quero fazer..."

—Eles? Quem são eles?

—O governo dos Estados Unidos sabe o que eu pretendo fazer, e eles me apoiam. Eles sabem que dará certo, eles me financiam quando eu não tenho para onde ir. O governo está sob uma cautela máxima para o meu lado. Aquele agente, o Turner, já não é a primeira vez que eu o vejo. O acordo é o seguinte: eles me protegem enquanto eu estou terminando a Máquina, eles me dão segurança para que nada do gênero aconteça novamente. Por isso eles ficaram de olho em mim quando souberam do assassinato de Anthony O'Connel. — Caralho... O cara que tá na minha frente é muito mais do que eu pensei. — Por isso pedi para que não acionasse a polícia naquela noite. Se eles soubessem no que eu me meti, não ficaria bem para nenhum dos dois lados.

—Como assim?

—Seria afastado da White Cloud e seu amigo seria colocado em uma situação não muito boa. Só que eu não posso me afastar da minha pesquisa agora. Sei que ela está terminando e eu não vou parar até completá-la. Aqui pode ser o lugar. Não posso sair agora. — Ele encolhe os joelhos e se encaixa no próprio espaço, se encolhendo. — Eu criei a Máquina por causa do Alex. Para que não houvesse mais casos como os dele. Porque eu sei que o governo não vai conseguir me proteger para sempre, e eu sei que meus braços não são fortes o suficiente para revidar quem vier me atacar. Por isso quis criar a Máquina. Porque eu prometi que faria isso por ele. — Lentamente o Erick pega o caderno que está ao seu lado e me entrega, é a primeira vez que ele faz isso, é a primeira vez que tenho contato com suas anotações. — Estou escrevendo meus pensamentos desde que saí de casa. É uma história. Eu queria contá-la para as pessoas quando eu terminar a Máquina. — Penso em abrir as páginas porque eu estou muito curioso. Mas eu não quero fazer isso. Sei que é uma coisa dele, sei que é uma história que ainda não acabou. E eu não vou me intrometer.

Devolvo seu caderno.

—Não quer ler?

—Não. Não agora. — digo.

—É... ainda falta terminar — responde-me.

—Como você quer terminar? Você tem um fim programado?

—Bem, eu espero que o protagonista consiga construir a Máquina e espero que isso faça com que ele possa seguir em frente. De uma vez por todas. — Erick faz um movimento com a mão e tira a luva que ele tinha colocado. Depois me mostra a mão direita, mas os circuitos são diferentes. São mais finos e mais flexíveis.

—Você consertou.

—Quer ver uma coisa?

Não respondo. Apenas espero pela resposta. Sua mão se fecha e abre novamente em poucos segundos. Não é um simples movimento. Quando isso acontece eu vejo uma projeção de algo muito singelo e bonito: uma borboleta. Ela está voando como se estivesse escondida na manga de Erick no começo disso tudo, mas ela não sai do lugar. Ela rodopia em si própria, mas ainda está ali. Parada.

—Que foda — sussurro. — Como você fez isso? — Eu seguro sua mão e movo-a de lugar levemente, a borboleta faz o mesmo movimento. Quase sumindo numa fração de segundos.

—É só uma projeção. — Ele explica passando a mão por cima, fazendo a borboleta desaparecer, colocando outra coisa em cima. Uma flor que está desabrochando com lentidão e luzes lindas. — Se eu souber como funciona, sei como projetar. Seja uma flor, — Erick passa a mão mais uma vez e a luz aumenta — seja uma chama, — ele passa a mão mais uma vez e a borboleta laranja volta — ou uma borboleta. Sei que borboletas não são eternas, mas essa será. Para o futuro.

—Isso é genial.

Eu fico olhando para ele.

Não demoro em dizer o que eu quero falar, porque eu sei que nunca vai sair se eu demorar demais. Sei que tenho pouquíssimo tempo para mostrar o que eu quero que ele veja.

—Senti sua falta. — eu sussurro. Ele sorri.

—Eu senti sua falta. — Ele repete. — E eu fiquei com medo de que você não voltasse. — Admite. Não sei o que está acontecendo de verdade, porque as nossas palavras simplesmente vão se desenrolando por nossos lábios.

—Eu tinha que voltar.

—Eu não quero que você faça isso.

—Eu achei...

—Não quero que você venha para cima de mim como se eu precisasse da atenção do novo prodígio da White Cloud. Não quero ter holofotes em mim, porque eu não preciso disso. Se você quiser seguir em frente, vai ter que entender que eu não vou durar para sempre.

Estamos muito próximos agora.

—A eternidade não cabe a nenhum de nós, — eu seguro sua mão e, ao meu toque, a projeção some... como se ele não conseguisse controlar seus impulsos cerebrais para decidir realmente o que quer projetar — mas alguma coisa dentro de mim me diz que eu posso ser eterno com você. — Lucca? O que você está fazendo? É isso mesmo que você quer? Não tem medo de se machucar de novo? Você sabe que essa história não vai ter um final feliz... não dá para ter um final feliz.

Por que você está indo em frente?

—Não. — Erick sussurra.

Sei o que ele quer, ao menos espero que ele queira o mesmo que eu. Essa relutância toda em se aproximar mais... não sei exatamente o que pensar. Talvez eu esteja errado e ele só não quer me magoar porque sabe que eu também devo ter tido problemas com minha sexualidade. Talvez o Alex seja para ele o que o Sam foi para mim. Mas não quero pensar desse modo... Não quero pensar que ele nunca amará ninguém mais além daquele cara...

—Eu quero ser o suficiente para você... Para nós. — ainda estou parado no mesmo ponto, segurando a sua mão direita e passando os dedos pelos circuitos. Eu não quero soltá-lo. Estou esperando que ele não fale mais nada, esperando que ele simplesmente caia no mesmo mundo que eu e se afogue nessa correnteza — Charles Chaplin uma vez disse que nós pensamos muito e que sentimos pouco. Nossa inteligência nos apartou... mas o amor pode curar o que o ódio fez. Você sabe...

—Você não sabe do que está falando. São apenas desejos impulsivos do seu cérebro. Está comovido com o que eu disse e acha que tem qualquer obrigação de me mostrar que ainda há uma chance de tentar curar o mundo, mas eu não serei produto do medo novamente e eu não vou andar por essas ruas esperando que mais garotos venham para cima de mim. Você esperou que eu falasse para que pudesse provar que está interessado em mim. Você acha que eu vou cair nos seus braços como se eu precisasse de segurança e de carinho, mas eu não preciso. Você está delirando e em breve dará conta disso, Lucca Angiani. Você sabe que isso não pode dar prosseguimento...

—Erick? — Ele cala a boca no mesmo instante, mas sinto quando ele engole o ar em seco. Sua mão está tremendo e sei que não tem nada a ver com a sua síndrome... Está tremendo porque ele está mentindo. Sei que ele quer que eu vá em frente, sei que ele quer que eu siga o caminho. Não sei desde quando ele quer isso e nem sei por quanto tempo vai durar. Isso é algo que ninguém sabe. — Seja eterno comigo?

Dura apenas um segundo.

Aquela hesitação diminuta.

Só que ela some quando ele se aproxima e encosta seu corpo ao meu, como se estivesse esperando isso há muito tempo. Eu estive esperando isso há algum tempo, mesmo sem saber. Sinto a respiração dele e o pulsar de seu coração, como um segundo organismo vivo junto de mim. E foi tão diferente de tudo. Não foi ardente e proibido como tinha sido a primeira vez que beijei o Sam... Era diferente porque era necessário.

Eu precisava que ele fizesse aquilo.

Me aproximei e segurei seu rosto, sentindo cada detalhe imperfeito. Nos lugares que meus dedos passavam eu pude sentir as cicatrizes das operações, eu pude sentir nossas peles deslizando uma na outra. E, acima de tudo, me senti seguro. Segurando as pontas de seu cabelo encaracolado. Sentindo o calor dele dentro do meu espaço... Nunca pensei que me sentiria tão feliz assim desde o Sam.

Eu inclino sua cabeça e faço com que ele deite na grama e ele está rindo por algum motivo. Eu também rio. Escondo meu rosto entre seu ombro e sua cabeça, estou com vergonha de ter feito algo que ele não tenha gostado. Eu estraguei tudo.

Erick está segurando as minhas costas. E sussurra no meu ouvido:

—Ei, — E respira — por que você parou de me beijar?

Sorrio e me levanto, escondendo a minha vergonha. O sorriso dele ainda está lá, o meu sorriso só aumenta. E, dessa vez, sou eu quem se aproxima. Eu o torno meu enquanto ele me segura para que eu não vá embora. Esse calor todo espanta aquele frio que eu senti desde o Sam. Eu pego fogo junto dele e nós dois, agora mais do que nunca, somos uma única pessoa.

E pode não durar para sempre, assim como as borboletas.

Acontece que eu só preciso de uma coisa: eu só preciso ver aqueles olhos castanhos toda vez que eu terminar de beijá-lo. Aqueles olhos que me dizem que está tudo bem e que essa história vai ter um final feliz, porque queremos ter um final feliz. Dizendo-me que, agora, está tudo se encaminhando para o resultado final. Seja qual for, eu sei que estarei bem. No fim das contas, todo mundo pode encontrar um pouco de felicidade nesse mundo. Eis que minha felicidade sorri para mim.

248

ALEXANDRE KLEIN

CAPÍTULO NÚMERO VINTE E DOIS

"Não lutem pela escravidão; lutem pela liberdade"

Um beijo apenas não o torna namorado de ninguém, nós dois sabíamos disso e quando fomos dormir, cada um em seu dormitório, nos despedimos com mais um desses. Foi rápido e não tenho certeza se as câmeras de segurança puderam captar, mas eu dormi um pouco mais feliz naquele dia. O problema começou a surgir na terça-feira. No dia seguinte.

Era o começo de novembro, só tínhamos mais dois meses pela frente e então o semestre estaria encerrado. Erick estava presente na primeira e na segunda pausa, passei todas elas com ele. Via o meu grupo bem longe de mim, apenas para supervisionar se eles estavam bem. Vou ser sincero, eu estava com receio do que o Jhonny ia fazer com aquela foto do Erick. Eu sabia que não ia acontecer uma coisa boa enquanto ele estivesse de posse daquela fotografia. Me preocupei de verdade na terceira pausa quando ele sumiu. Olhei para todos os lados e, felizmente, encontrei o Erick adentrando o local normalmente. Ele estava indo em direção à sua mesa com o diário que ele estava escrevendo há dois anos em baixo do braço.

Parti em direção a ele, mas alguém me segurou antes.

Tinha certeza de que seria o Jhonny.

Mas não era. Era a Emma. O cabelo mais curto e mais chamativo, meio ondulado e parecia estar molhado. Não tenho certeza se ela tinha cortado, mas creio que não. Seus olhos não aparentavam a mesma calma de sempre, ela não parecia estar tão de boa assim. Havia desespero e medo misturado em todos os detalhes do seu rosto, mas não conseguia entender o motivo. Ela tentou falar qualquer coisa, porém estava ofegando demais, como se tivesse corrido de alguém.

—Preciso conversar com você. — Ela tentou se pronunciar em meio as grandes tomadas de ar. Nunca tinha visto ela daquele jeito, e isso me deixou preocupado. Foi aí que o problema começou a acontecer.

Deixamos Erick para trás, porque eu sabia que ele estaria bem. Sabia que o Jhonny não seria capaz de fazer qualquer coisa com ele no meio do intervalo. Emma me arrastou primeiramente para o lado de fora, mas ficou receosa em pisar na grama, parecia que temia que alguém estivesse de olho nela. Perguntei diversas vezes o que estava acontecendo, mas ela continuava em silêncio. Virou-se mais uma vez para mim, agarrou o meu braço e me puxou para os andares superiores do Bloco Um. Perguntei para onde nós estávamos indo, e me vi subindo até a torre onde Anthony Oconnel teria a ideia de se suicidar.

A porta estava trancada e bloqueada com aquelas faixas, o corredor era escuro, mas Emma era um prodígio. Ela conseguiu abrir a porta com aquele truque dos grampos — que, coincidentemente, ela guardava no bolso como precaução —. Suas mãos tremiam enquanto ela tentava abrir as duas portas pesadas. Mas conseguiu. O ar, que começava a ficar gelado, nos atingiu no mesmo instante e tremi levemente.

Emma já parecia um pouco mais calma aqui em cima.

—Por que estamos aqui? — Disse em um tom alto.

—Eu não sei, eu não sei... achei que aqui seria um bom lugar para falar com você, eu preciso falar com você — ela estava repetindo as mesmas frases e segurava o cabelo para cima, como se estivesse paranoica com alguma coisa. Seja lá o que tenha acontecido, foi algo que realmente mexeu com ela. Mexeu e muito. — *Puta que pariu...*

—Ei, calma aí — tentei me aproximar dela, mas seus passos estavam levando-a até a ponta da torre da White Cloud, seguindo o mesmo caminho que Anthony fez — Emma — corri até ela com medo de que ela fizesse o mesmo que ele, mas ela virou-se no mesmo instante para os meus braços e parou — o que é que você está fazendo?

—Lucca... eles descobriram... — responde-me.

—Descobriram o quê? — A garota olha para todos os lados, escapa seus olhos para as minhas costas, tentando se acalmar, sem sucesso algum. Seus olhos começam a marejar, e, repentinamente, ela está chorando em meus braços. Soluçando e tremendo. Mas seu desespero começa a me desesperar também. — Quem descobriu, Emma? — Ela respira fundo, quase em colapso consigo mesmo.

—O motivo de ter vindo até aqui.

—Como assim?

—Não foi pelo concurso, Lucca — Ela revela.

—Como assim "não foi pelo concurso"? — Emma ainda está com

medo de dizer em voz alta, eu sei disso. Mas estou segurando seus braços e ela não vai escapar de mim agora. Ela vai me dizer exatamente o que está entalado em sua garganta. — Emma, por que você veio até aqui?

—Por conta do meu irmão. — Ela diz em voz baixa, incapacitada pelo medo e pelo tremor que persegue todo o seu corpo... apenas espero ouvir o nome, sem nenhum tipo de pretensão, sem nem saber que ela tinha um irmão aqui na White Cloud — Anthony O'Connel.

O nome me congela.

Só que isso não faz o menor sentido.

Grayson. Emma Grayson. Não O'Connel.

—Do que você está falando? Ele sequer tinha o mesmo nome que você... — é a primeira coisa que eu penso em dizer, porque começo a pensar que ela pode estar atuando e brincando comigo. Só para ver o meu rosto de desespero. Emma faz esse tipo de coisa.

—Ele foi adotado por outra família. — Eu tento não me surpreender com os detalhes que ela simplesmente começa a jogar, como o fato de que é adotada, como o fato de que pode fazer sentido o motivo de ter vindo aqui por conta do irmão... Tento não me concentrar no que pode vir em seguida, apenas espero que ela continue a história. — No orfanato, eu fiquei com os Grayson e ele com os O'Connel. Eu o conheci há dois anos quando os concursos começaram, mas nós nunca falamos nada a ninguém. A minha família não queria se misturar com a dele. Uma classe alta bancando uma classe baixa como os O'Connel seria como um insulto para o nosso nome... — apenas esperei o momento em que ela diria que estava brincando.

Mas ela não estava brincando.

—Como... Por que você veio aqui?

Essa história não faz o menor sentido.

—Me ligaram da White Cloud dizendo que ele tinha morrido. Meus pais não se importaram com isso, já que ele não tinha nenhum valor para a nossa família. Mas eu me importei — ela estava ofegando mais uma vez, se segurando para não chorar — eu vim aqui porque sabia que poderia descobrir quem era o culpado...

—Mas não é o Erick...

—Sei que não é ele. — Ela me interrompe — E eu sei que foi um risco vir até aqui, Lucca. Mas eu precisava descobrir o que tinha acontecido. Eu fui burra demais em não ter me precavido antes, achei que ninguém saberia de nada se eu ficasse andando por aí caçando pistas e histórias, achei que ninguém notaria meu interesse no caso O'Connel. Mas eu errei, Lucca. Eles descobriram...

—Eles quem, Emma? — Grito com ela.

A garota se solta dos meus braços e levanta a manga da camisa, e eu vejo um corte recém-formado se cicatrizando. Na mesma forma do símbolo na nuca do Erick, o triângulo com aquelas pontas um pouco maiores. Agora ela está ainda mais em choque, respirando mais forte e sem conseguir falar direito...

—Sei que você já viu esse símbolo antes. — Ela ofega.

—No Erick.

—Eles fizeram propositalmente, Lucca. Fizeram para que eu pensasse que era ele, e que o denunciasse. Porque ele foi o último a ser visto com Anthony, ele foi o único que esteve naquela floresta no mesmo dia que ele e o Erick é o aluno novo que todo mundo detesta. Ele tem uma ficha extensa de motivos que o tornam culpado. — Sua mente trabalha como uma verdadeira máquina ao resgatar todos os detalhes, é verdadeiramente a cabeça de um prodígio em lapso. — Mas o Erick jamais seria burro para tatuar o próprio símbolo numa vítima.

—Quando fizeram isso?

—Hoje pela manhã. — Ela responde olhando para o lado, colocando a mão na cabeça, limpando o suor frio que escorria por sua testa — Eles me doparam e fizeram isso no meu braço, e depois me colocaram embaixo dos chuveiros no vestiário feminino. Para tirar todas as provas... Eles estão de olho em mim, Lucca. Eles me acharam.

—Você já falou para o diretor?

—Aquele filho da puta não conseguiu nem dar conta de um homicídio quem dirá de um risquinho no braço de uma adolescente mimada da família Grayson. — Suas palavras são ásperas e verdadeiras. Ela está falando o que realmente aconteceria. O diretor Lewis tem mais medo de fechar as portas da escola do que um mau funcionamento da mesma. — Se ele soubesse, me mandaria de volta para meus pais e... eu sei lá, Lucca... Que merda ele pode fazer?

—E seus pais?

—Eles jamais fariam qualquer coisa por um O'Connel.

Então, resumidamente, estamos de mãos atadas. Não temos provas nenhumas de quem deve ser o assassino, não temos como nos defender caso eles sejam furtivos como foram com a Emma, e não podemos antecipar os movimentos deles.

—Eles vão me achar, Lucca. — Ela franze os lábios para não voltar a tremer. — Eles sabem onde eu estou e sabem como chegar até mim. E eles não vão parar. Isso — Ela mostra o braço cortado — é só um aviso do que eles podem fazer comigo se eu abrir a boca.

—Então vá para casa, Emma. Fique por lá e esqueça disso.

—Meus pais fechariam a White Cloud se soubessem o que aconteceu aqui comigo, não posso dar motivos para que os assassinos do meu irmão escapem vitoriosos... — Isso é o orgulho dela falando mais alto, sei disso. Mas não a culpo. Teria feito a mesma coisa se fosse com a Alana.

Eu peço a Emma que tome cuidado com tudo o que for fazer e falar de agora em diante, digo a ela para respirar um pouco e esperar as coisas esfriarem e então nós tentamos descobrir quem realmente fez isso. Ela começa a se acalmar um pouco mais e quando nós voltamos para os andares de baixo não tem mais ninguém no pátio. Perdemos a próxima aula, mas isso a fez ficar um pouco mais calma. Comemos normalmente após dizer que estávamos no escritório do professor Jackson. Tentei dizer a ela para ir dormir um pouco, mas ela estava com medo de dormir. Ela continuou estudando naquele dia como se estivesse maravilhosamente bem, colocando a capa de prodígio perfeito que carregava consigo desde sempre.

E foi aí que o problema começou a crescer.

No dia seguinte, Emma parecia um pouco mais segura de si, com certeza de que aquele aviso tinha sido o suficiente para detê-los. Talvez eles não fizessem mais nada. Talvez não tivessem coragem de fazer algo maior. Porém algumas coisas estranhas começaram a acontecer. A primeira delas: o Jhonny não dormia mais no nosso dormitório. Ele não estava lá segunda-feira quando eu voltei com o Erick. E ele não estava na terça. Ele não queria me ver de modo nenhum pelo que parecia. As coisas dele estavam do mesmo modo desde que eu voltei da viagem. Não reclamei, já que o quarto estava sob meu domínio. Eu só fiquei curioso de verdade para saber onde ele estava se alojando durante esses dias. A casa dele era perto da White Cloud, isso eu sabia, mas seus pais começariam a desconfiar do que estava acontecendo se vissem o filho em casa após todos os dias da escola. Sei como os pais dele são, então eles iam gostar de saber o que estava acontecendo.

E tenho certeza também que o Jhonny não gostaria de dar explicações.

Na quarta-feira, o Erick se afastou um pouco de mim, como se estivesse com receio de alguma coisa. Eu tentei fazer com que ele falasse, mas não tive sucesso. Emma simplesmente tinha desaparecido, mas eu tinha certeza que nós só não estávamos nos mesmo lugares nos mesmo horários. E foi só por um dia. Na quinta-feira, o professor Jackson disse que a Associação finalmente tinha escolhido um candidato para representar a White Cloud e, consecutivamente, representar o estado. O resultado ia sair no dia seguinte, porque o diretor gostaria de fazer um grande evento de comemoração.

Então, depois daquilo, eu já estava um pouco mais tranquilo por saber que as coisas pareciam estar voltando ao normal. O que me preocupou foi ter ouvido o professor perguntando de Emma, porque ele não conseguia encontrá-la em nenhum lugar. Não gostava da ideia de que ela pudesse ter desaparecido apenas por coincidência.

Recebi uma ligação da minha mãe, mas estava nos últimos minutos da última aula. Eu liguei novamente assim que saí e fui para a última pausa. Sua voz estava diferente, como se estivesse meio preocupada com alguma coisa. Eu conhecia minha mãe, e aquela voz que ela usou era a voz que ela usava quando temia que algo de ruim fosse acontecer. Quando dizia para mim que eu precisava me cuidar para seguir os caminhos que Deus havia trilhado para mim, uma voz que dizia "venha para casa".

—Sei que está em cima da hora, mas nós queríamos que você estivesse aqui. Precisamos conversar com você — meu pai estava do outro lado da linha também, mas não parecia estar tão calmo quanto a minha mãe. Parecia nervoso e com alguma coisa muito grande para desembuchar. Disse para ela que já estava a caminho de casa, mesmo que eu estivesse preocupado com o repentino sumiço da Emma e com a desconfiança rondando o Erick...

—Chego em quinze minutos.

Quinze minutos depois eu estava na porta da minha casa.

As luzes da sala estavam acesas, e dava para ver isso do lado de fora. Meus pais não costumavam ficar bastante na sala com a luz acesa, a não ser quando tinham visitas. Porque o passatempo favorito do meu pai era chegar em casa e assistir a televisão, qualquer coisa que estivesse passando. Fossem aqueles programas de pesca, ou programas de venda e troca, ou programas que consertam carros usados e transformam em carros muito fodas. O passatempo favorito da minha mãe era rezar no quarto, ou arrumar as coisas de sua igreja, os eventos, as campanhas, e tudo o que mais podia pensar para celebrar a Deus e sua futura vinda à Terra. Eles não costumavam ter uma reunião familiar, e era o que estava parecendo.

Mesmo sem a Alana.

Entro em casa, a porta já aberta sem que eu precisasse da chave ou qualquer coisa do tipo. Pela primeira impressão que tive pensei que era o Trevor sentado no sofá e conversando com os meus pais, após dois segundos eu vi que estava errado. Jhonny virou-se para me olhar, e, repentinamente, três pares de olhos estavam sob mim. A minha mãe segurava as duas mãos, com a bíblia ao seu lado e o telefone sem fio acima da mesma. Meu pai estava com a mão na boca, os ombros largados e os cotovelos apoiados nos joelhos, impaciente e batucando com o pé no chão. O rosto do Jhonny era calmo e desafiador, soube, no mesmo momento, que ele tinha feito alguma merda.

Eu conheço-o o suficiente para entender esse rosto, ele está desse modo para se fazer de gente fina na frente da minha família, mesmo ele sendo completamente o contrário. Minha mente começa a vasculhar os detalhes daquela reunião e de sua misteriosa causa e acho que tenho um palpite...

—O que ele tá fazendo aqui em casa? — Aponto para ele, porque ainda me lembro de todas as merdas que ele fez com o Erick e de tudo o que ele me disse antes de eu ir para Michigan. Avisei para que ele não se metesse comigo e ele não me ouviu. Foda-se que a heroína não tinha ajudado, só que agora ele tá fodido na minha mão.

Minha mãe suspira, levantando o ombro e abrindo a boca para falar alguma coisa que estava entalada desde o momento em que me ligou há alguns minutos. Porém ela manteve-se calada e quem decidiu se pronunciar de verdade foi o meu pai.

—Senta aí. — Ele ordenou. Sempre com o mesmo tom de imposição e permeado de masculinidade. Tentei prestar atenção aos sinais.

Sentei-me no terceiro sofá, observando tudo, enquanto Jhonny, sentado no sofá central, me acompanhava com o canto do olho para que visse todos os meus movimentos, para que pudesse anotar mentalmente se seu plano estava dando certo. Meus pais ainda estavam irritados com alguma coisa e eu não conseguia decifrar. Nada fazia sentido.

—Por que deixaram que ele entrasse?

—Filho... tem algo que você queira contar pra gente? — Foi a minha mãe que perguntou, daquele modo calmo, porém com a voz carregada e gaga. Até parecia que não possuía o controle completo dos timbres e das cordas em sua garganta.

Eu não queria pensar que o Jhonny teria sido tão filho da puta assim, porque eu ainda acreditava que ele podia ser meu amigo. Acreditava que ele ia mudar se ele pensasse em tudo o que eu tinha falado para ele naquele dia, e eu acreditei mesmo que nós poderíamos continuar com a nossa relação se conseguíssemos conversar. No fundo do meu coração ainda tinha um espaço que guardado para o Jhonny, e eu não queria olhar para o que ele tinha feito.

Porque eu percebi qual era a intenção dessa conversa.

Percebi o motivo desse idiota ter vindo aqui.

—Não — respondo certo do que eu tenho em mente, mesmo sabendo que eles querem que eu diga mais do que eu quero dizer — não que eu consiga me lembrar ou que tenha relevância. Amanhã sai o resultado do concurso, a Associação finalmente decidiu um campeão. É a única novidade.

Levanto os ombros com indiferença. Estou tremendo.

—Para, Lucca. — Minha mãe sussurrou sem força nenhuma, quase começando a chorar, eu senti sua voz me cortando como nunca. — Você não era assim, filho. — ela segurou a boca, porque estava mesmo prestes a derramar as lágrimas.

—O que foi que eu fiz? — Pergunto incrédulo.

—Não se faz de tonto, garoto. — Meu pai pegou alguma coisa ao seu lado e jogou em cima da mesa de centro que estava vazia, as fotos começaram a escorrer pela superfície lisa. E finalmente eu pude ter a certeza do que eles estavam querendo falar comigo. Ali, nas fotos, eu podia retomar a madrugada de segunda para terça, quando eu beijei o Erick. Fotos e mais fotos e vários ângulos e várias formas. Eu estava em todas elas, algumas mais escuras e outras bem claras para que pudesse ser comprovado que era mesmo eu.

Pois é. Ao que parece, o Jhonny foi mesmo capaz de fazer isso.

Peguei todas as fotos com bastante força, me sinto exposto na frente dos meus pais e eu estou com medo do que pode acontecer em seguida. Caralho, eu estou tremendo de verdade. Meus olhos se viram na direção dele, do culpado. Sua expressão continua a mesma, porém com um toque de sarcasmo que somente eu conseguirei enxergar. Por saber que ele fez isso de propósito. Não faço a menor ideia de qual foi a história que ele contou para os meus pais, mas ele não ia aliviar para o meu lado.

—Explica isso. — diz meu pai.

—Onde foi que você conseguiu isso? — Direciono-me para o garoto do meu lado. — Você só estava esperando, né? Já sabia que ia acontecer e…

—Não ouse colocar a culpa no seu amigo. — Meu pai berrou para mim, apontando o dedo na minha cara e se levantando, me fazendo recuar no meu sofá. — Que tipo de homem você quer ser se não consegue nem assumir a responsabilidade dessa merda? Se é que eu posso chamar de homem…

—Você não devia ter ouvido ele. — Minha voz sai como um murmuro perto do berro que meu pai deu.

—Sr. Angiani, eu concordo que não deveria ter feito isso com o Lucca, não deveria ter me intrometido porque não tem nada a ver com a minha vida ou com o meu núcleo familiar. — Jhonny se pronuncia, levantando-se e ficando na mesma altura que meu pai, porém com aquele rosto mecânico e cheio de falhas — Mas eu me importo com o Lucca, por todas as coisas que nós já passamos juntos. E eu sei que ele não era assim… eu pensei que seria melhor que vocês soubessem que esse garoto está desviando o Lucca do seu objetivo principal, há semanas ele já não age como a mesma pessoa e…

—O que você tá falando…?

—… as suas notas têm caído e ele se desfocou até mesmo do concurso da Associação que era o que ele mais queria esse tempo todo…

—Mentiroso…

—… sinceramente, eu não sei o que aconteceu com ele. — o Jhonny não para de falar uma mentira atrás da outra, atacando ao Erick como se ele fosse o vilão — Desde que esse garoto chegou na escola, tudo de ruim começou a acontecer. Eu queria apenas que vocês soubessem por mim…

—Você não tinha o direito! — Gritei.

Mas meu grito apenas o alegrou ainda mais. Satisfação.

—Foi para o seu bem, Lucca.

E então eu não aguentei.

Parti para cima dele e joguei todo o peso do meu corpo em direção à sua barriga, o primeiro impacto fez ele se retrair enquanto nós tombávamos para trás do sofá. Ouvi ao longe o grito de pavor da minha mãe e o som do meu pai tentando apartar a briga. Mas eu debatia meus pés enquanto meu pai tentava me segurar, meu braço esquerdo apertava a traqueia do Jhonny e o direito acertava dois socos em cheio no seu rosto, e o sorriso tinha sumido. O desespero estava aparecendo.

Porque o Jhonny é covarde. É tudo o que ele é.

—Filho da puta. — dizia cada vez que acertava um soco.

Meu pai conseguiu me segurar para que eu não desfigurasse o rosto dele, mas eu já vi o sangue escorrendo do nariz dele assim que eu fiquei em pé. Eu senti seu sangue preso entre meus dedos. E depois foi minha vez de apanhar quando meu pai me deu um soco bem dado no rosto. E lá vou eu ouvindo aquele zunido bonito misturado com a voz rouca da minha mãe pedindo para que meu pai parasse.

Não conseguia entender nada do que estava acontecendo.

—Vai, filho da puta. — Ele disse — Mostra aí que você é machão.

—Para com isso. — Ela gritava, e eu não conseguia discernir as cores e manchas no meu olho, via o Jhonny jogando o sangue da sua boca no chão da minha casa, sorrindo ao me olhar. Parece que tudo o que ele queria estava bem a sua frente. Caralho, como eu queria quebrar o rosto daquele filho da puta.

Fui elevado no ar quando meu pai me puxou pelo braço e depois me segurou pelo colarinho do uniforme da White Cloud. Meu olho embaçava minha vista e meu ouvido abafava os sons que estavam entrando, a minha mente entrando em colapso e eu apenas parado. Sem saber o que fazer. Sem ter o que fazer.

—Eu não te criei pra ser assim. — Ele sussurra.

—Então você errou na parte de ter me criado. — Eu respondo.

—Eu tenho nojo de você.

—Por quê? — Eu me jogo para longe dele, escapando do se aperto em meu colarinho. — Por ser diferente do que você achou que eu fosse ser? Por não ser o filho prodígio perfeito que você me criou? Por não arrancar meu pinto pra fora e meter na primeira garota que encontrar e criar um filho e ter que me casar independente do meu gosto? Tem nojo de mim porque eu não vou comer uma garota? — Pergunto em tom agressivo.

—Por que você tá fazendo isso, Lucca? — Minha mãe corre para mim, passando pelos sofás e pelas duas feras que estavam me atacando. E lá vem ela, aos prantos, tentando me acalmar com seu toque reconciliador e sua voz tranquilizante. — Por que, meu filho?

—Sai, mãe. — peço para que ela não me toque, mas ela se aproxima.

—Para, Lucca. — Ela tenta me abraçar e eu recuso.

—Não me toca, mãe — Eu estou chorando junto com ela, e eu não queria fazer isso, ela tenta me abraçar mais uma vez porque ela sabe que eu estou precisando desse abraço que somente ela pode me dar, mas não quero parecer fraco e aceitar o consolo de alguém que também está do lado inimigo. Por isso eu recuso mais uma vez.

Então ela fica parada na minha frente, apenas me olhando com o rosto vermelho e as lágrimas escorrendo, a mão tampando a boca e a cabeça borbulhando e balançando de um lado para o outro. Desacreditando que tudo isso tenha afetado à sua família. Não queria que ela me visse desse modo tão patético, eu não queria que tudo isso tivesse acontecido. E tudo por culpa do Jhonny...

—Por que você tá fazendo isso? — Ela insiste na mesma pergunta.

—O que eu tô fazendo, mãe?

—A gente só tá querendo te ajudar, filho. — E é agora que começam aqueles sermões da igreja — Nós podemos te ajudar. Eu já ouvi tantos casos de garotos que se converteram...

—Por omissão. Por pressão. Por medo — Eu asseguro-me disso com toda a certeza, porque eu sei como nós nos sentimos, eu sei como é difícil ter que encarar a sociedade toda te olhando feio por você não seguir aquela merda de padrão que colocaram desde antes da bíblia ser escrita. — Qual é o problema em andar de mãos dadas com um garoto na rua? Por que isso incomoda tanto você? Eu não entendo... — Minhas lágrimas me atrapalham e me fazem soluçar. — Não é uma doença para ter uma cura. Não é uma opção para que eu pudesse escolher. É um fato. Como seus olhos são castanhos e os da Alana são verdes.

—Não, Lucca... Tem uma cura...

—Mesmo que tivesse, mãe, não sou eu que preciso de cura, — Eu tento me expressar ainda engolindo todas as lágrimas. — é esse preconceito de vocês. É essa homofobia dentro de vocês.

—Você fala direito com a *sua mãe*. — Meu pai estava apontando o dedo de novo para mim, com aquele mesmo tom de sempre. Minha mãe lhe mostrou a mão, pedindo um pouco de silêncio.

—Você sabe que eu o criei para amar e respeitar a qualquer pessoa na Terra, sabe que eu lhe disse isso, não sabe? — Eu balancei a cabeça, porque ela realmente sempre disse isso. Ela sempre me ensinou a amar todo mundo, mas parece que ela nunca aprendeu isso de verdade. — Então nos respeite, Lucca. Respeite nossas tradições e respeite quem nós somos...

—Olha o que você tá me pedindo. — Eu choramingo.

—Lucca, eu sou sua mãe, sua mãe — Ela bate no peito, com aquele orgulho de alguém que batalhou bastante antes de vencer a guerra. — Eu te criei desde criança e eu sei o que é melhor para você, meu filho. Eu conheço você melhor do que qualquer um nesse mundo, eu o conheço melhor do que você mesmo. Sei das suas inseguranças e sei como é inteligente, meu filho. Você é *meu filho*. Saiu de dentro de mim, Lucca. — Ela respira fundo enquanto as lágrimas caem. — Eu *sei* o que é melhor para você.

—Não sabe. — Eu viro o rosto e seguro o lábio para não voltar a soluçar e chorar — Se soubesse teria visto antes que eu tivesse falado. Se soubesse, ao menos se importaria mais com o que eu sinto do que com o que os outros vão pensar de mim. Se vocês dois têm medo de que eu seja conhecido como o "filho gay dos Angiani" então o problema não está em mim. — Eu balanço a cabeça e passo pela minha mãe, indo em direção ao meu quarto — Foi por isso que eu nunca contei nada para vocês.

Subi para o meu quarto, ouvindo meu pai me seguindo, correndo atrás de mim antes que eu pudesse fechar a porta na cara dele, gritando para que eu fosse resolver aquela situação toda. Porque eu tinha que ser homem o suficiente para fazer alguma coisa na minha vida. Porém não dei ouvidos a todos os gritos que ele soltou. Pareciam facas sendo lançadas em minha direção e tudo o que eu sabia fazer era correr. Tentar desviar. Então, por não ter dado ouvidos, ele começou a esmurrar a porta do meu quarto com violência. Mas não fugi, nem mesmo quando eu sentei de frente à porta, abaixo da janela, esperando que as dobradiças estourassem e que ele viesse com mais socos até me deixar incapacitado mais uma vez.

Minha mãe o apaziguou, ela tentou conversar mais uma vez comigo, tentou me convencer de que precisávamos de diálogo e não de discussão. E eu me calei por mais de uma vez, porque tudo o que eu mais queria era que eles fossem embora e me deixassem sozinho. Foi isso o que aconteceu depois de alguns minutos. Ouvi a voz deles lá embaixo, minha mãe agradecendo ao Jhonny por ter vindo e se preocupado — como se essa realmente tivesse sido a intenção dele — e meu pai pedindo desculpas por toda a confusão que eu causei. Ouvi o Jhonny falando alguma coisa sobre mim, dizendo sobre algum tipo de transtorno ou drogas que eu devia estar usando. Ouvi meu pai arrumando o sofá e depois se trancando no quarto com a minha mãe.

Eu sabia que eles ainda tinham muito que conversar, aquela breve decisão sobre o que fazer agora. Expulsar o filho prodígio para que ele morasse no colégio que ele entrou por mérito próprio, ou acolhê-lo com aquela enorme diferença no modo como ele será tratado em tudo o que o envolver? O que eles fariam? Como deveriam agir?

Como eu deveria agir?

—Não aguento mais ficar nessa casa. — sussurro a mim mesmo.

Pego meu celular e acabo percebendo que os números que eu tenho a minha disposição são bem limitados. Excluo imediatamente a possibilidade de ligar para meus pais ou para o Jhonny, não tenho um número de telefone do Erick e a Alana está longe demais para poder me ajudar dessa vez.

Só tem uma pessoa que eu posso recorrer.

—Trevor? — Sugo meu nariz antes que ele possa perceber que sou eu e perceber que esse sou eu chorando. Meu primo está com a voz receptiva, como sempre. Não sei se ele estava transando, não sei se ele estava bebendo, mas, de qualquer modo, estava me ouvindo.

—Ei, e aí Lucca? — Parece que ele está sorrindo do outro lado da linha, como se estivesse feliz por ter simplesmente recebido minha ligação. Eu fui realmente um merda com ele esse tempo todo — O que foi? Aconteceu alguma coisa? — Ele sempre pergunta isso. Ele sempre se mostra interessado. Eu fui o único trouxa por não perceber o quão incrível ele é.

—É, aconteceu bastante coisa. — digo com a voz toda rouca, sem tentar esconder que eu estava chorando. Foda-se. Queria que ele soubesse o tamanho do meu desespero para ter recorrido a ele — sei que você deve estar cansado de me socorrer sempre que eu te ligo… — bato na minha cabeça cada vez mais forte, caralho, como eu fui um merda — cara, me desculpa por ter sido tão otário com você, eu fui muito otário, velho. Porra, Lucca. — não tenho controle da minha própria mão.

—Ei, o que foi que aconteceu? — Ele soa preocupado. Quase sinto seu braço segurando minha mão, pedindo para que eu parasse de ser tão idiota comigo mesmo. Mais do que eu já fui esse tempo todo.

—Eles descobriram. — soo subjetivo, então eu me explico — Agora meus pais sabem que eu sou gay. — digo em voz alta. É a primeira vez que eu digo algo do gênero e é incrivelmente libertador. Dizer que eu sou gay. Não me sentir mais preso a quem eu deveria ser há meia hora… mas sim a quem eu sou e a quem eu serei de agora em diante. — Fodeu . — eu rio.

—Aguenta aí. — Ele diz — Eu já tô indo. Apareço em dois minutos.

—Não buzina, me manda mensagem que eu vou te esperar na rua de casa. — Ele desliga imediatamente e eu apenas me levanto, secando o meu rosto com uma toalha, comendo um pedaço de chocolate que sempre ficava guardado para o fim de semana e então olhei pela janela. Senti o meu celular vibrando com a mensagem dele e em seguida vi o carro dele chegando. Era uma questão de segundos até que meus pais vissem que eu tinha partido. Mas eu não estava dando a mínima para isso.

Destranquei a porta, com uns solavancos para que ela pudesse abrir de verdade. E corri até o andar de baixo, dei uma leve olhada na mancha de sangue que ainda pintava meu chão e abri a porta da frente com a minha chave. Ali estava o Trevor e seu carro, me tirando do meu lar. Me tirando da minha tortura. Entrei no carro só pedindo para que ele dirigisse, e me afastei da minha casa.

Pedi para que ele me levasse para o Erick.

Ele me fez todas as perguntas que teria que fazer e disse que eu deveria voltar para casa, mas que não me obrigaria a fazer nada que eu não quisesse fazer. Pediu para que eu ligasse quando as coisas estivessem melhores e foi realmente o cara mais legal do mundo.

Então eu disse a ele:

—Me encontrei com o Sam.

—O Sam? Você quer dizer...

—É. O cara que gostava de você. E eu me acertei com ele. E ele pediu para que eu não ficasse bravo com você por conta das coisas que aconteceram no passado. — Trevor dirige calmamente, porque sabe que não tem como meus pais me acharem numa distância dessas. Já passamos da White Cloud. Meu inferno. — E eu só queria te pedir desculpas por tudo. Eu tive que escutar o cara que estragou a minha vida para perceber que a culpa não foi sua.

—Pelo menos você escutou. — Ele sorriu.

—É sério... — Eu balanço a cabeça — Você é a pior melhor coisa que eu tenho na minha vida. Eu não sei o que eu faria se eu não tivesse você.

—Provavelmente estaria chorando na sua casa até agora.

—E comendo chocolate. — sorrio.

—Bem... isso significa que eu posso te chamar de mini cuca?

—Sim. — sorrio ao repousar o rosto no vidro fechado.

Eu pedi desculpas pelo menos mais umas sete vezes antes de chegar no destino, e depois pedi mais duas quando fui em direção à casa no meio do mato. Já estava tudo escuro e eu estava me lembrando de como aquela cena me era familiar.

No começo de tudo isso. Jamais pensei que essa casa me faria me sentir mais seguro do que minha própria casa. Eu bati na porta dele, e sabia que ele estava lá porque no dia seguinte a escola estaria fechada para o evento que o diretor queria fazer. Então o cara me recebeu como se já soubesse que eu estava por vir. Ficou preocupado com os meus machucados, passou a mão na minha boca e tocou no meu olho. Segurou os meus cabelos e me puxou para dentro.

Eu só precisava de uma boa noite de sono.

Amanhã tudo ia ser muito melhor.

262

ALEXANDRE KLEIN

CAPÍTULO NÚMERO VINTE E TRÊS

"Enquanto os homens morrerem a liberdade nunca se acabará"

Nem toquei direito no corpo do Erick quando nós dormimos juntos, eu fiquei preso nos meus pensamentos, no que meu pai tinha me dito o no que minha mãe queria que eu acreditasse. Queria tanto falar com a Alana que eu acabei sonhando com ela. E a gente estava na Alemanha, eu acho. Ela não parava de falar do lugar e eu não conseguia prestar atenção em muita coisa, só no modo como seus olhos verdes eram reluzentes e em como sua presença me deixava bem. Era muito diferente de todo o restante da minha família.

Nós visitávamos o Muro de Berlim e vários museus do holocausto.

Até podia ouvir seu sotaque puxado quando ela falava, mesmo que fosse tudo imaginação, era uma coisa boa. Estar com ela. Fazia tempo que eu não me sentia tão acolhido assim. E então eu acordei antes que o sonho acabasse mesmo, pois todos os sonhos são assim.

Era uma bela sexta-feira e era o dia do resultado, então eu estava ansioso. Não vou mentir dizendo que tinha esquecido tudo o que tinha acontecido na minha casa e nem vou dizer que estava receoso de encontrar os meus pais nos domínios da White Cloud, mas eu nem tinha certeza de que os alunos ainda iriam para a escola por conta daquela festa que o diretor Lewis estava programando. A festa em si começava às dez horas da manhã, o prêmio ia ser anunciado após o almoço, as 13:00. Eu e Emma precisávamos estar lá para levar o troféu. Um de nós, na verdade. Levantamos às oito horas, quase como a mesma rotina de sempre. E então as coisas voltaram a acontecer.

Estava feliz por estar do lado de um cara novamente e então eu me grudei nele. Segurei sua barriga com uma mão, sentindo a pressão da outra entre o nosso corpo. Sua cabeça se encaixou na minha e nós ficamos parados por alguns segundos. Sei que se eu estivesse contando teriam se passado sete minutos até que eu olhei para ele e ele fez o mesmo. Tocando a sua mão direita com a minha, sentindo a leveza da luva encobrindo-a. Nossos olhos castanhos entrelaçados. Eu me aproximei e o beijei mais uma vez. Da primeira vez foi algo novo e inesperado, mas dessa vez eu soube que ele queria ao me retribuir. Foi uma troca justa, não um abuso de autoridade.

Sinto seu corpo pressionado ao meu e isso me dá um alívio que eu não lembrava de sentir... Um coração batendo junto do meu. Sinto seu cheiro, aquele mesmo que vem do começo da cabeça. Aquele mesmo que me fez dormir no seu ombro e naquela noite novamente. Tocar no seu rosto é como sentir a definição da palavra satisfação, é como ter certeza de que poderei tocar mais de uma vez. Sorrir mesmo com os lábios encostados é aquele tipo de coisa que sempre te deixa mais feliz.

Minha mão desceu por sua barriga e encontrou o que eu esperava encontrar. Ele não recuou quando eu toquei. Porque eu tenho certeza que fazia tanto tempo quanto fazia para mim... Então não me importei de segurar seu pinto por cima da cueca, já que eu queria que ele fizesse o mesmo. Ainda estava beijando-o com toda a vontade, esperando que ele retribuísse... E quando seu pinto começou a estourar por baixo do pano eu tirei a coberta de cima de nós dois e olhei para o volume. E caralho, era muito maior do que o do Sam. Muito maior do que o do Jhonny. Acho que só não ganhava do Juan, porque aquele descendente de espanhol tinha uma rola maior do que meu braço. Ainda bem que ele era passivo.

Tirei da cueca e vi aquilo crescendo, como se eu nunca tivesse visto algo igual. E eu não demorei em chupá-lo e fazer loucuras que estava me deixando do mesmo modo. Caralho... Fazia tanto tempo que eu não fazia isso. Eu nem lembrava direito qual era a sensação, nem lembrava direito o que eu podia ou não fazer com os dentes e com a língua. Juro que eu não queria dar detalhes da minha inexperiência, mas não conseguia me controlar com os pensamentos desordenados. E eu estava indo bem pelo modo como o Erick colocou a mão nos meus cabelos, segurando minhas mechas. Eu conseguia ir até a base sem problema nenhum, colocando tudo para dentro. E pela primeira vez bateu uma puta vontade de ser o passivo e receber tudo aquilo... mas não consegui completar o trabalho.

Alguém estava batendo na porta no andar de baixo.

Fiquei parado ao olhar para o Erick e ele começou a murchar no mesmo momento, e eu também. Ele vestiu sua cueca de novo com uma cara de confusão — não parecia tão desapontado quanto eu estava por não tê-lo feito gozar —. Vi enquanto ele desaparecia pelas escadas a abaixo e abria a porta. Não conseguia ouvir o que ele estava falando, mas parecia alguma coisa importante. Ele demorou mais do que eu pensei que ele ia demorar, porque pensei que deveria ter sido algum engano uma vez que ninguém se atreveria a bater na porta da casa dele.

Eu até tinha pensado em terminar o meu trabalho sozinho já que eu ainda estava com todo o tesão, mas eu queria esperar que ele voltasse pra poder tirar toda a roupa dele e recomeçar tudo. E eu não estava com nenhuma pressa. Mas ele voltou correndo pelas escadas, com disposição. Pensei que se jogaria na cama de novo, mas ele foi mexer na Máquina.

Colocando-a em dia.

—Quem era? — Perguntei curioso.

Sabia que ele não ia voltar para o colchão exposto no chão e por isso tudo retornou ao normal. De costas ele parecia mais musculoso do que eu pensei que era, mas já tinha visto seu corpo nu uma vez antes e sabia que não era bem assim. Mas aquela camisa ajudava bastante.

—Eram garotinhas vendendo biscoitos.

—Essas escoteiras estão por toda a cidade. — Eu tento soar engraçado, mas o Erick não parece estar muito receptivo à piadas… Algo me diz que não foram garotinhas, mas não quero perguntar e acabar estragando o clima que estabeleci, por isso eu só continuo com outros questionamentos que sei que ele vai gostar de responder — O que é que você está fazendo?

—Abastecendo-a.

—Como funciona? — Eu me levanto, ainda de cueca e com o meu pinto já no seu devido lugar. Eu me coloco à sua diagonal, encostando-me de leve perto de sua bunda, colocando meu queixo em seu ombro. Vejo enquanto ele digita as coisas naquele teclado.

—Sempre que tenho informações genéticas novas eu insiro.

—Que tipo de informações genéticas?

—Teses, teorias, caminhos, planilhas…

—Como assim?

—Existem incontáveis códigos genéticos espalhados por esse mundo, a função dessa máquina é tentar padroniza-los e formar uma linha contínua de pensamento. Encontrar um gene que seja igual ao outro.

—Isso é cientificamente impossível.

—Mas será possível. — parece que ele tem certeza do que está falando, porque não quer acreditar que é uma tarefa sem fim — Conheço a capacidade desta Máquina. E ela trará um brilhante aumento para a medicina. Para o mundo todo. Quem sabe eu não possa ser reconhecido como o novo pai da genética?

—Desculpe, mas esse cargo vai ser meu. — dou uma leve risada.

Mas estou falando sério. Sei que o Erick é inteligente para caralho, porque eu jamais teria pensado na ideia desta máquina. Mas suas teses têm falhas. Acredito que ele esteja tentando consertar esses buracos, só que não tem como acreditar que a homossexualidade está no sangue. Quero dizer, se fosse algo hereditário, então meus pais teriam que ter pelo menos algum cromossomo homossexual. E como isso seria possível se eles são héteros? E se partíssemos da tese de que dois gays criariam uma criança para ser gay também não faz sentido nenhum pela genética. Estou me enrolando demais, eu sei. O que eu quero concluir é que não faz sentido colocar a genética nesse aspecto.

—Erick, e se a genética não for o caminho?

—O que quer dizer? — O cara não olha diretamente para mim, ele ainda está mapeando e fazendo todas aquelas coisas com os materiais genéticos que ele tem. Seja lá como isso funciona. — Não crê que nossa homoafetividade seja causada por opção, crê?

—Creio que toda afetividade seja causada por opção...

—É um pensamento irracional. Nós não escolhemos ser assim. Sei que eu, pelo menos, não escolhi. Qual seria o sentido de escolher ser olhado diferente na rua ou sofrer as agressões que eu sofri? — Sei que ele está certo quanto a isso, mas estou falando de outras questões.

—O afeto por alguém é criado a partir de uma ideia que se tem de uma pessoa. Nos apaixonamos pelo que sentimos e não pelo que é. Eu vi em você algo diferente do que teria visto em qualquer outra garota ou garoto, e é algo que eu gosto. Algo com o qual me sinto confortável. Não quero dizer que seja uma opção de gênero. Do tipo "nossa, hoje eu quero beijar um garoto". Mas acredito que seja do tipo "nossa, hoje que quero beijar *esse* garoto". Essa é a diferença... não é qualquer pessoa, mas uma pessoa em si. Então não parece coerente acreditar que não escolhemos de quem gostamos.

—Então acredita que a homossexualidade seja sentimental?

—É. — afirmo.

—Bem... Faz sentido. Mas nossos sentimentos partem de hormônios cerebrais, portanto é certo imaginar que ainda é uma reação corporal. Algo que parte da genética. Tudo o que acontece dentro de nós é originado de algo e precisa ter alguma explicação. — sim, realmente. Eu sei tudo o que ele está falando porque estudei muito sobre esse tipo de coisa, mas não acho que esse seja o ponto em que nós estamos querendo chegar. Talvez a Máquina jamais funcione se esse não for o caminho... — Vou provar a todos. Eles verão que não é uma opção. Meu nome vai sair nos jornais e levarão esta notícia ao meu pai, para que ele possa ver que o nome Johnson ainda é melhor do que ele esperava. Não espero dar qualquer tipo de orgulho a ele, sabe? Mas ao menos quero que ele veja que seu filho não é o bosta que ele jogou no mundo. Todos saberão da minha importância... E finalmente vão parar de se perguntar se eu beijo um menino ou uma menina. Afinal, que diferença faz?

Eu espero que ele esteja certo.

A White Cloud estava naquele espírito festivo, os alunos estavam adentrando os portões com bastante força de vontade. A maioria era só do terceiro e segundo ano, porque os novatos ainda não sabiam como a White Cloud seria importante para eles. Erick, ao meu lado, não levava o caderno abaixo do braço pela primeira vez. Acompanhava os movimentos estranhos com os olhos, parecia ter mais segurança do que nunca. Eu pude ver dois guardas que eu julgava já ter visto antes... Sei que o diretor sempre gostou de boa cautela, mas não parecia a mesma coisa dos anos anteriores.

Todos nós estávamos nos dirigindo para o pátio, com enfeites muito bons e cheio de exposições lindas do segundo ano. As comidas que eles preparam, as tecnologias que eles estavam inventando, desenhos que criaram. As barracas que eles montaram e todos os enfeites que desciam do teto até nossas cabeças. Mais uma vez fico surpreso com o trabalho que o pessoal voluntário da decoração fez. Isso, é claro, acarreta no seu histórico escolar dependendo de qual curso ele vai seguir no futuro. É tudo bem brilhante e muito bem arquitetado. Sei que o diretor deve ter imaginado aquela festa há tempos, talvez ele mesmo tenha adiado o resultado da Associação por conta desse evento.

Meus olhos passeiam por toda a multidão de alunos que se foca em cada barraca e tento conectá-los com minha lista mental de prodígios que conheço da White Cloud. E não consigo ver nenhuma garota loira com os cabelos aparados, ninguém está tocando ukulele ou cantando Coldplay, e eu também não consigo ver o prodígio em mecânica, porque talvez ele esteja se drogando a essa altura do campeonato. Mas eu consigo ver outras pessoas. O professor Jackson está procurando alguém, acho que sou eu, mas não quero que ele me veja ainda. Fico parado ao lado de uma pilastra com o Erick, tirando toda a atenção de mim. Ali no fundo, em cima do palco, vejo o diretor Lewis começando a se arrumar com o pódio e o microfone. Um cara que parece entender do que está fazendo vai lá arrumar o aparelho e ele nos diz que em breve anunciará o resultado. Pelo que parece já deve ser a segunda ou terceira vez que ele diz isso — creio que ele já deve tê-los informado antes que eu e Erick tivéssemos chegado —. E, no fim, ele nos incentiva a se divertir.

Pede para que aproveitemos. Os alunos do terceiro ano.

Eu e Erick passeamos por todas as barracas mais de duas vezes, olhando tudo o que eles tinham a falar. Gostamos muito de duas barracas, a primeira foi sobre energia sustentável — pensei que ele poderia estar curioso para aplicar algum tipo de energia mais duradoura e não agressiva à sua Máquina —, e a outra era uma barraca de divisão celular. Nós já sabíamos de tudo o que estavam tentando nos explicar, mas foi bom saber que os alunos do segundo ano estavam se dando tão bem com a escola. Eles seriam as sementes que eu estaria colocando... Ainda tinha um ano inteiro pela frente para mostrar a eles como tudo pode ser melhor. Essa é apenas a primeira etapa. Comemos alguns petiscos que estavam distribuindo para os alunos e depois passamos novamente na barraca dos doces que tinham balas de graça. O resto era tudo muito caro e incrivelmente feio.

Pontualmente às treze horas o diretor Lewis retornou ao palco, dessa vez com o professor Jackson ao seu lado que carregava apreensivamente um envelope dourado. O símbolo da Associação estampado em preto.

Tivemos que ouvir toda aquela coisa que ele sempre dizia:

—Como todos devem estar esperando, este é o momento em que um dos nossos será escolhido para representar bravamente o nome de nossa tão amada escola no campeonato de genética este ano com o restante dos estados participantes. Somos os favoritos a receber esse prêmio, temos alunos notórios e disposição para coisas melhores a cada ano. A White Cloud é o nome que a Associação do Lago Fulmo escolheu para representar o estado de Ohio nessa competição. — Seus olhos conseguiram encontrar os meus no meio de toda a multidão. Não estava tão longe quanto eu achei que estava e talvez por isso ele tenha conseguido me encontrar. Meu professor também está com um sorriso de confiança. Sei que ele ainda não abriu o envelope, porque ele não faria isso. Seria como uma traição aos seus alunos. Tanto a mim quanto a Emma. Eu queria que ela estivesse aqui para receber o prêmio, mas porra... cadê ela? Onde foi que ela se enfiou? — Independente do que aconteça aqui, neste dia — Lewis retoma minha atenção, girando meu rosto e encarando-o encontro força em sua voz e medo em sua expressão — nosso campeão será lembrado por gerações, como todos os outros foram. Este é o nosso passo para o futuro. — O diretor sorriu e foi aplaudido por apenas alguns poucos segundos. Ele estendeu a mão para meu professor, pedindo-lhe gentilmente o envelope dourado. Acolhendo o embrulho carinhosamente ele fez suspense para abrir.

Não conseguia parar de pensar que Emma estaria perdendo o momento que nós dois estávamos esperando... Eu tenho certeza que ela deve estar aqui, em algum lugar da multidão. Ela deve estar apenas esperando que chamem seu nome, bem longe de mim. Não sei se fiz alguma coisa a ela, não sei se aconteceu alguma coisa de ruim... Estou com medo de que as coisas não tenham terminado bem para a garota loira.

—O vencedor do Prêmio Fulmo deste ano assim como o futuro

representante do estado de Ohio é — senti o meu celular vibrando suavemente no meu bolso, recebendo uma mensagem. Eu abri e vi o número desconhecido, mas abri a mensagem do mesmo modo. E lá estava a foto da Emma pelo WhatsApp, com seus cabelos loiros e os olhos bem expressivos, a irmã de Anthony tinha me mandado uma mensagem dizendo que não podia ter ido na premiação, tinha um pequeno texto me dizendo que ela não sentia que esse era seu destino e que não queria receber esse prêmio, disse que se sentia na obrigação de deixa-lo para mim e que estava retornando para a sua cidade, por isso não estava lá. Mas que porra é essa? — Emma Duvall Grayson.

Os aplausos e assovios seguem durante quase um minuto inteiro se eu ainda estava contando bem, olhei para o professor Jackson e não vi o mesmo entusiasmo em seus aplausos. Claro que ele estava feliz que um de nossos alunos tinha ganhado — mesmo que Emma não fosse diretamente aluna da White Cloud e somente uma associada —, mas eu sei que ele estava esperando que o meu projeto das borboletas desse mais certo do que qualquer outra coisa. Sinceramente? Eu estava decepcionado comigo mesmo por não ter conseguido, porque essa era a chance que eu tinha de fazer o tio Mark voltar a falar, mas infelizmente não foi dessa vez.

Queria pensar mais em mim do que no fato de que Emma não estava ali para receber o prêmio, queria realmente acreditar que aquela mensagem tinha qualquer coerência e que ela realmente não estava mais por perto. Sei que ela já devia ter falado algo do tipo para o professor Jackson e ele já devia estar ciente de que ela fora embora. Então o próximo nome que o diretor chamaria após os aplausos cessarem seria o meu, e então eu subiria para dar o encaminhamento ao que eu estava esperando por tanto tempo.

Porém o nome era o mesmo, pela segunda vez:

—Emma Grayson, suba aqui. — O diretor chamou atrás de seu pódio, ainda com o envelope aberto em uma das mãos e um sorriso de frustração que o permeava, mesmo que ele achasse que ninguém percebia. Todo mundo começou a se olhar, pelos buracos entre os grupos, nos lugares mais longes das panelinhas, pelas barracas, atrás das pilastras... Mas Emma não estava em lugar nenhum. Só no meu celular. — Emma, todos querem te ver, querem que venha nos dizer como se sente. — Vi alguns flashes iniciais do grupo de fotografia para o jornal local, eu tenho certeza de que se Emma não aparecesse esse dia viraria notícia por semanas. A prodígio que fugiu antes da entrega de seu prêmio.

Lewis saiu de perto do microfone e começou a sussurrar para o Jackson, tentando entender o que estava acontecendo. Foi possível enxergar os outros flashes em explosões de cores na cara do diretor com o envelope aberto em mãos. *Porra Emma, onde é que você está?* O professor Jackson tomou conta do lugar do diretor no pódio, e também tomou-lhe o envelope da mão e chamou pelo nome completo de Emma mais uma vez.

Mas não obteve resposta.

Alguns gritaram que ela tinha ido no banheiro, outros disseram que tinha fugido, que tinham ido embora, que estava morta, que não existia... E depois de tentar apenas mais uma vez, ele tomou o direito de mudar o destinatário do prêmio.

—Por razões de desistência, não podemos premiar alguém que não está presente, por isso o Prêmio Fulmo deste ano, cedido pela Associação do Lago Fulmo, vai para Lucca Lewis Angiani — e sou recepcionado com mais palmas. Mas eu não queria receber esse prêmio. Não desse modo, eu quero dizer. Queria receber se o meu nome estivesse no papel, mas desse jeito eu só ganhei porque não tinha competição nenhuma.

Não queria subir naquele palco e receber o prêmio de cabeça erguida como se eu o tivesse merecido. Sei que sou o suficiente para ganhar o troféu e que eu realmente o quero, o problema de verdade é que eu não sou a primeira opção. Eu não ganhei de verdade. E todo mundo vai saber disso. O novo prodígio da White Cloud ganhando por falta de concorrência. Se eu mal ganhei da minha própria cidade quem me dirá que meu projeto será o vencedor de todo o país? E quem dirá ser o vencedor mundial...

Só que eu preciso seguir em frente. Meus passos vão me levando em direção ao palco assim que os aplausos somem e eu ando no silêncio. Subo os poucos degraus e já começo a sentir a pressão em cima de mim, enquanto as explosões de flashes e aplausos voltam a me atingir. O vencedor do Prêmio Fulmo de 2017. Porém não é assim que ficarei conhecido posteriormente, mas sim como o cara que só ganhou porque a menina não estava no dia. Puta que pariu, como eu estou odiando cada segundo disso. Odeio quando o meu professor me recepciona como se nada estivesse acontecendo e fica comigo atrás do pódio com os flashes nos cegando por todos os lados — sinto pelo aperto da sua mão no meu ombro que ele também não está muito satisfeito com esse resultado, porque ele também não gostaria que eu ganhasse desse modo tão injusto —. Mas em seguida eu recebo o troféu das mãos do próprio diretor e sou bombardeado com mais aplausos por segurar o prêmio.

Ouço ele pedindo-me para falar alguma coisa.

Mas que *merda* que vou falar? O que se pode falar quando você está segurando um prêmio que não é seu por direito? Que tipo de discurso bonito você pode formar quando está preocupado com uma amiga? *Onde ela está?*

—Não sei exatamente o que falar, — Primeiramente o microfone não capta direito a minha voz, então eu o arrumo na minha altura e no meu ângulo, então volto ao meu "discurso" — porque eu queria que Emma, a verdadeira detentora deste prêmio, estivesse aqui para segurar este troféu. Ela é a representação mais pura da White Cloud e de nossa cidade. A Associação viu o potencial dela e, por isso, não subestimo seu conhecimento. Sei que ela não está aqui e, portanto, eu sou o potencial vencedor, mas queria dedicar este prêmio a ela, seja lá onde estiver. — dou uma buscada mais uma vez por todo o perímetro. Por todos os lados que os meus olhos vagueiam não conseguem ver nem mesmo alguém que se pareça com ela... Ninguém aqui exibe a mesa presença que Emma. Consigo ver o rosto do Erick me olhando, a sua expressão parece me entender. Como se ele estivesse me apoiando em tudo o que eu estivesse falando. Porque eu sei que ele também não gostaria de receber um prêmio assim por sua invenção. Sem mérito. — Mas é com orgulho e honra que vou carregar a responsabilidade de representar o nome da White Cloud, e vou levar nosso nome até o infinito. — Eu sorrio e balanço a cabeça, Erick acena para mim *"isso mesmo, garoto"* — Obrigado.

E então, nesse exato momento, eu ouço uma explosão.

Primeiro fico assustado por pensar que é alguma bala perdida ou coisa do tipo já que a White Cloud não parece mais tão segura nesses últimos tempos, mas depois eu vejo os confetes descendo do teto e, com eles, alguns panfletos sobre alguma coisa que eu não sei do que se trata. Tem cores vivas como amarelo, vermelho e um pouco de cinza. Prata, na verdade. Não quero olhar realmente para não me tirar do meu foco. Mas quando eu me afasto do pódio e do microfone eu consigo ouvir as risadas das pessoas lá em baixo.

E eu entendo perfeitamente o porquê.

Por conta dos panfletos.

Me ajoelho para pegar um deles que estava virado de cabeça para baixo e eu consigo ver a imagem do Erick. Quando ele estava nu e amarrado daquele modo, com a cruz do lado errado e exposto. Foi isso o que o Jhonny preparou como sua grande vingança. Sei que ele deve estar assistindo tudo isso, sei que ele é o responsável por ter colocado essas fotos lá. Então eu apenas viro os olhos mais uma vez para a multidão e eu consigo encontrá-lo. Como se soubesse exatamente onde ele estaria. O cara que eu considerava como meu melhor amigo me fita com fúria perto da entrada.

Sua sobrancelha é arqueada, como se dissesse "Você pediu por isso, amigão". Caralho, eu até posso ouvir o tom de sua voz quando ele fala essas exatas palavras, é tão irritante que eu nem quero pensar nisso por mais tempo. Eu só quero matar ele de uma vez por todas... Por tudo o que ele fez e está fazendo... Ele não tinha o menor direito de expor o Erick desse jeito no meio da escola toda. Mas ele fez isso por minha causa. Por conta do lábio inchado e no nariz dolorido. Tenho certeza que ele não teria feito alguma coisa do tipo se eu não tivesse dado uma surra nele no dia anterior.

Procuro pelo Erick. Preciso saber que ele está bem.

Sei que ele não está, porque não há como...

E, quando ouço o diretor pedindo para que nós apontássemos o culpado dessa brincadeira de mal gosto, vejo o Erick escapando de todos os olhares maldosos. De cabeça erguida. Passando ao lado do Jhonny sem nem mesmo se mostrar um pouco afetado. Não sei para onde ele está indo, mas eu sei que mesmo se eu quisesse eu não conseguiria alcançá-lo.

Não quero seguir o Erick dessa vez.

O único que eu quero seguir é o Jhonny. E acabar com ele.

Antes de conseguir sequer sair do palco, sinto uma mão me agarrando pelo braço. O diretor Lewis me fuzila com seus olhos porque ele acha que eu tenho alguma coisa a ver com isso tudo, era só o que me faltava. Porque ele sabe que eu tenho andando com o Erick e, portanto, deve ter interligado uma coisa a outra. Ele não precisa falar muita coisa, seus olhos já me dizem tudo. Precisamos conversar no particular.

A sala do Sr. Lewis era grande, cheia daqueles quadros com as fotos de seus alunos mais notórios em seus últimos anos, até mesmo a foto da minha irmã. Sua escrivaninha forte de madeira e todas aquelas imensas estantes com os históricos escolares e fichas dos alunos que já estiveram por aqui. Sei que não é um trabalho fácil administrar a White Cloud, mas ele nunca me pareceu apto à este cargo.

Ele me deixa em pé enquanto se escora na própria mesa, passando os dedos pelos papéis, como se procurasse alguma coisa. Mas no fim ele só deu um soco forte na escrivaninha e mordeu o lábio. Esperei que ele dissesse alguma coisa do tipo *"Você sabe quem fez isso?"*, porque, como disse, ele devia ter feito qualquer associação com o nome do Erick ao meu. Contudo, tudo o que ele disse foi:

—Como você deixou isso acontecer? — Eu estava certo quando pensei que ele colocaria a culpa em mim. Mas eu não ia deixar que ele escapasse, não quando o culpado de verdade era ele. — Eu te dei uma tarefa, Lucca... Manter os olhos naquele garoto. Protegê-lo. E como eu vou poder explicar a qualquer um o que isto significa? — Aguardei calado enquanto ele me mostrava aqueles panfletos do Erick que ele recolheu enquanto nós estávamos vindo aqui. — Como vou explicar, Angiani?! — E mais um soco na mesa.

—Acho que o senhor deveria ter pensado melhor na hora de colocar um aluno despreparado na função de guarda-costas. — estava calmo, porque eu queria que ele sentisse uma completa indiferença da minha parte. Mesmo que não fosse verdade. Estava muito puto com tudo isso, eu sabia quem era o culpado e sabia onde ele estava, mas agora o meu inimigo estava à minha frente. — Não há nada no meu currículo escolar que indique qualquer curso preparatório para autodefesa ou vigilância, e ainda assim você me incumbiu esta tarefa. De quem foi o erro, diretor?

—Você não pode inverter essa situação.

—Por que senão a White Cloud fechará as portas? —Há um momento de silêncio. — Muitas coisas acontecem dentro do muro dessa escola, e duvido que o senhor esteja à par de pelo menos vinte por cento. Sabia que seus alunos usam drogas nos dormitórios? Sabia que seus alunos transam na floresta? Sabia que seus alunos estupram pessoas e as forçam a se jogar da torre da escola? Como os pais verão a White Cloud se todos esses segredos vazarem? Eu quero o melhor para esse lugar, mas não vejo o mesmo do senhor. Talvez a escola não precise ser fechada. Talvez só seja necessário um remanejamento de cargos. A começar pelo senhor. Com todo o respeito, é claro. — Ironizo.

—As coisas não funcionam assim, Angiani. — ele parece um pouco mais calmo agora, na verdade, ele deve estar apavorado sabendo que eu tenho o poder de destruir seu cargo e tirar o dinheiro que sobe em sua conta bancária, mas eu não me importo. — Se os pais descobrirem sobre isso, não será somente uma falha de administração, mas uma falha completa de segurança, disciplinar e educativa… Uma escola não sobrevive sem confiança.

—Então a White Cloud já estava fadada a esse destino desde quando o senhor pediu para que eu espionasse um dos seus alunos…

O diretor fica sem palavras e começa a se acalmar, colocando os pensamentos em ordem e na frente de suas ações. Tentando realmente ser um bom diretor. Eu não quero de verdade que toda essa escola feche, mas ele não pode ficar aqui por mais tempo.

Ele se senta em sua cadeira, colocando a mão na cabeça:

—Onde ele está? O garoto?

—Não sei. — lembro-me de como ele saiu de cabeça erguida enquanto todos o encaravam e riam, enquanto o próprio Jhonny foi embora logo em seguida — saberia se o senhor não tivesse me segurado naquele momento.

—Vá atrás dele. Agora. Se os culpados por isso ainda estiverem por aí eles vão procura-lo mais cedo ou mais tarde, trate de cuidar dele, Angiani. Não deixe que essas informações vazem. — Sei que ele não mudou merda nenhuma, porque ainda está me dando ordens como fez no começo desse ano letivo ao ver que Erick representava alguma ameaça aqui dentro.

—Eu queria mostrar algo para o senhor.

Pego o meu celular e abro nas mensagens da Emma. Entrego o celular a ele, mas parece que ele não reconhece o que eu quero dizer e nem quem é na foto. Lewis certamente não serve para esse posto.

—É Emma Grayson — narro enquanto ele passa os olhos por todas as pequenas mensagens que ela me mandou há pouco tempo — ela me mandou enquanto o prêmio estava sendo anunciado. — O diretor me entrega o celular com um rosto de confusão.

—Bem, então ela desistiu do prêmio. E daí?

—Emma jamais teria desistido desse prêmio, era o motivo de ter vindo aqui, não era? O senhor consegue acreditar numa mentira dessas? Que ela repentinamente decidiu que não queria mais nenhuma competição e que eu poderia ficar com o prêmio? — Entoo assumindo a minha desconfiança quanto à veracidade dessas mensagens, e eu não queria contar tudo o que ela tinha me contado a ele, mas era necessário. — Ultimamente ela tinha me dito que se sentia perseguida por alguém e me pareceu curioso o fato de que ela me mandou essa mensagem no exato momento em que o prêmio seria anunciado.

—Não há nenhuma coincidência...

—Como pode dizer isso? Ela está desaparecida, caralho! Nem mesmo o Sr. Jackson parecia saber que ela tinha ido embora... Como ela teria ido sem ter dito nada a ele?

—Não era responsabilidade de Emma Grayson avisá-lo.

—Então o senhor está dizendo que ela tinha todo e qualquer privilégio de sair e entrar da sua escola quando ela bem quisesse? Uma associada possui todo esse poder nos seus domínios? — Encurralei o diretor em seu próprio jogo mais uma vez. — O senhor está se cegando por conta do medo que tem de sair deste cargo. E se o senhor não tomar atitudes logo, eu mesmo vou pessoalmente te denunciar...

—O que quer que façamos, Lucca? Quer que nós procuremos a garota por todo o mundo? — Ele se levanta, seus olhos com aquele mesmo tom de fúria e repressão, tentando me intimidar. Mas eu sou mais forte, tenho mais provas contra ele, tenho como destruí-lo muito mais rápido do que ele pode pensar. — Isto, essas mensagens que você recebeu em seu celular, são todas as provas que nós precisamos para deixar com que ela viva a vida dela. Já não faz mais parte do âmbito da White Cloud e nem de nossa responsabilidade cuidar de uma aluna petulante que se acha o gênio do mundo. Vocês são apenas operários e nós somos os patrões... Vocês obedecem quando nós mandamos e será assim para sempre... — a porta é aberta com violência.

Dois caras de preto, com máscaras, uniformes e armas entram na sala do diretor checando tudo e nos mantendo imóveis. Vejo a surpresa do diretor quando ele entoa um protesto de surpresa, mas eu continuo parado. Acho inicialmente que são ladrões e que eles invadiram a escola, mas não é isso que eles realmente são. Eles têm insígnias bordadas nos uniformes e parecem fazer parte de um poder maior de investigação e segurança.

Eu já os vi antes.

Turner surge no meio deles dois quando o local fica mais seguro, aquele seu terno do mesmo modo de sempre, o cabelo aparado e o rosto quadrado. Os olhos expressando o tamanho da insatisfação e tédio que sente por estar pisando na White Cloud novamente. Da última vez que ele veio aqui as coisas não ficaram muito boas para a escola...

—Turner? O que está acontecendo?

—Nesta madrugada de quinta para sexta-feira meus colegas de trabalho direcionaram a mim uma ligação curiosa, era uma garota gritando. Parecia estar em apuros. E antes de desligar só ouvíamos sua respiração desaparecer — ele olha do diretor para mim e seus olhos me enchem de medo, assim como a última vez — nós rastreamos o número da ligação e qual foi a minha surpresa em saber que o telefone estava dentro desta escola...

Emma... Puta que pariu...

—Bem, eu posso lhe garantir que deve ter havido algum engano, os alunos costumam fazer esse tipo de trote, não houve nada do...

—Não foi engano, Lewis. — Turner cala a boca do diretor antes que ele continue com aquele monte de merda que em breve falaria, agradeço-o por isso — Nossa inteligência esteve de olho em seu mandato e registrou todos os acontecimentos da White Cloud desde a última vez que estivemos aqui após o caso O'Connel. E acho que não é do seu conhecimento que dois de seus alunos não estão presentes na sua escola neste exato momento.

—Nem todos compareceram nesse evento, isso é verdade. Aliás, é um evento facultativo. Mas quem pode culpaá-los, não é? — Ele começa a rir de nervoso — Ora, Turner, eles são jovens!

—Emma Duvall Grayson e Erick Johnson estão desaparecidos. E é por isso que estou aqui. — com uma ordem dos dedos os dois guardas correm até as janelas e as fecham completamente, até mesmo a persiana, e depois ficam ali como se estivessem guardando alguma coisa — na falta de uma presença maior, eu sou o responsável por cuidar deste caso. Vasculharemos todo o perímetro da escola em busca deles e até segundas ordens o senhor não tem nenhum tipo de autoridade.

Seus olhos se movem mais uma vez para mim.

—Você está bem encrencado, Angiani. — Ele diz. — Nós precisamos conversar um pouco. Em particular. — Agora todo mundo deu de querer falar comigo em particular, porra! — Guardas, — Turner olha mais uma vez para seus agentes treinados com as armas em mãos — o trabalho de vocês começa agora. Não deixem que ninguém entre e ninguém pode sair. Até que Emma Grayson e Erick Johnson sejam achados a White Cloud estará, por tempo indeterminado, de quarentena.

ALEXANDRE KLEIN

CAPÍTULO NÚMERO VINTE E QUATRO

"Vamos lutar por um mundo de razões. Um mundo em que a ciência e o progresso vão levar a felicidade a todos"

Turner não me deixou esperando por tanto tempo quanto da última vez, porque agora parecia que ele realmente queria conversar comigo. Parece que não era qualquer caso de sumiço. Estivemos na mesma sala, sentei-me no mesmo lugar e ele também. Seus olhos pareciam menos calmos do que da última vez, ele estava nervoso e não queria estar ali, dava para ver que ele queria terminar aquilo o mais rápido possível.

Ainda estava perto das três horas quando o interrogatório começou:

—Eu não queria ter voltado aqui — ele revela. Pensei até em rebater, mas acho que não é a hora certa. Não parece ser tempo de brincar quando duas pessoas estão desaparecidas. Duas pessoas que eu gosto. — Desculpe ter que te colocar no meio dessa situação. Mas eu preciso que você me ajude com isso. Você esteve aqui desde o momento em que aquele garoto chegou, então você deve saber onde ele está agora. Você…

—O que o senhor quer de verdade?

—Quero que me ajude a encontra-los, Angiani.

—Por que acha que eu posso saber onde eles estão?

Não há nenhum sentido em pegar um aluno qualquer da escola e falar que ele tem mais possibilidade de saber onde alguém está do que outro aluno teria. Esses adultos estão com a cabeça na onde ultimamente? Talvez devessem estar interrogando o meu amigo homofóbico que colocou aqueles panfletos por toda a escola e que estava de olho na Emma desde que ela chegará na escola. Jhonny é muito mais suspeito por essas coisas do que qualquer outra pessoa.

—Você sabe que pode nos ajudar, não se faça de idiota.

—Eu não sei onde eles estão. — resumo.

—Angiani, quanto mais tempo nós dois perdemos aqui, menos tempo eles têm de estar a salvo. Se você se importa com aqueles dois então eu sugiro que comece a falar tudo o que sabe. — O que ele quer que eu diga? Eu não sei de absolutamente nada...

—Me desculpe, eu realmente não sei como ajudar...

—Qual é o grau de relacionamento entre você e Emma Grayson?

—Não sei... Acho que nós estávamos começando uma amizade.

—Há quanto tempo você a conhecia?

—Três anos. Desde que eu entrei na White Cloud.

—Conhecia alguém que não gostava da Emma?

—Não. — Na verdade, eu mesmo não gostava muito dela, mas acho que isso me colocaria como um suspeito em potencial, por isso eu simplesmente calei minha boca — Mas recentemente ela estava se sentindo perseguida por alguém. Estava com medo.

—Ela disse de quem?

—Não. Ela não fazia ideia quem poderia estar fazendo aquilo.

—"Aquilo" o quê? O que estavam fazendo com ela? — Turner ainda estava me encarando com fuzis nos olhos, tirando cada mínima informação que eu tinha a oferecer. Não sei exatamente no que isso pode ajudar, mas se ele precisa dessas informações...

Começo a contar tudo, falo que ela veio aqui por conta do irmão morto que ela estava querendo vingar e colocar os assassinos atrás das grades, então também falo que ela não estava conseguindo muita coisa com isso e digo o que aconteceu na terça-feira, o último dia em que a vi. Falo sobre os riscos em seu braço com o símbolo do Erick, mas digo a ele que não tem nada a ver uma coisa com a outra. Falo isso porque eu estava com o Erick a noite toda. Eu também digo que ela estava ansiosa para esse prêmio e que ela não teria perdido a cerimônia por nada nesse mundo. Ele anota mentalmente tudo o que eu disse e começa a entrelaçar os acontecimentos.

Quando Turner coloca a mão na cabeça eu começo a pensar que ele está conseguindo interligar os fatos como se fosse uma coisa muito óbvia, e eu queria pensar como ele agora. Um sorriso sobe em seu rosto quando ele solta o sobrenome do Erick, como se ele fosse o culpado disso tudo. Pelo que o Erick me disse, eles dois já se conheciam de outros lugares. É como se ele soubesse que tudo isso ia acontecer. E depois me pergunta:

—Ele lhe contou sobre mim?

—Contou. — admito. — Me disse que vocês são os responsáveis por mantê-lo em segurança enquanto ele termina a Máquina. E me contou que não podia recorrer a vocês caso alguma coisa ruim acontecesse porque não queria ter que sair da White Cloud. — Turner abre ainda mais o sorriso.

—Esse garoto é um perigo para qualquer pessoa. Ele não traz nada além de destruição e morte em todos os lugares por onde ele passa. — Eu não queria acreditar no que ele estava me dizendo, porque eu não conheci o Erick desse modo, mas é impossível não interligar as coisas... Desde o momento em que ele chegou na escola tudo começou a dar errado... — Fui contratado especialmente pelo pai dele para ficar de olho em tudo o que ele estava fazendo, como um tipo de babá ambulante e olha só na confusão que ele está me metendo... Isso não vai acabar bem para ninguém, Angiani.

—Então por que não parar com tudo? Mandá-lo de volta para casa e destruir a Máquina?

—Não podemos. Ele é emancipado agora, ele tem sua própria vida e seu pai não quer que nós toquemos um dedo nele. Ordens maiores. Estamos aqui para acompanha-lo e protege-lo, mas nós não podemos ficar de olho nele para sempre... Quando aquela Máquina terminar...

Ele hesita.

—O que vai acontecer? Quando ele terminar a Máquina?

—Olha, nós não estamos aqui para discutir sobre essa invenção maluca que ele tem e as visões distorcidas sobre a cura que ele procura, — Mas eu quero discutir sobre isso — a intenção é encontrar onde eles estão agora. Você sabe onde ele está alojado, não sabe? Quando ele não está na escola...

—Sim... Numa casa perto da floresta...

—Ótimo, mandarei meus homens para lá assim que possível. A sua responsabilidade agora é ficar de boca calada aqui na escola e esperar que tudo acabe bem, embora eu duvide muito — ficamos em silêncio pelo que parece uma eternidade, acho que o interrogatório acabou, mas tenho certeza de que ele ainda deve querer perguntar muito mais. O trabalho dele deve impedi-lo de se relacionar realmente com as pessoas a sua volta, mas ele também é um ser humano. Sei que ele tem perguntas. Eu sei que eu tenho muitas outras perguntas que gostaria que ele respondesse.

E não vou esperar até o fim para descobrir.

—O que vai acontecer quando ele terminar aquela coisa?

—Não há como terminar. — Ele responde secamente, sem hesitação alguma — Aquela Máquina jamais vai funcionar. E aquele garoto não consegue admitir isso.

—Por que não?

—Esquece garoto, você não precisa se preocupar com isso.

—Eu quero saber. — exijo.

—Você pode perguntar a ele quando nós o encontrarmos.

—E se não o encontrarmos?

—A Máquina não pode funcionar, Angiani. — Turner parece mais bravo do que antes, como se estivesse frustrado por ter chegado até ali para nada, protegendo um cara por nada — Homofobia é algo que nasce com a gente. Nasce comigo e nasce com qualquer homem que tenha a mente retrógrada. E enquanto homens existirem, homens matarão pelas mais adversas razões. Homens serão doentes e irão correr atrás de seus princípios, pois assim foi feito Adão e Eva. É o que dizem para você acreditar, então trate de colocar a bíblia em baixo do seu braço e rumar a sua igreja aos sábados, só o perdão divino vai te salvar de todas as merdas que você já fez aqui. E essa Máquina, essa invenção idiota, esse sonho que ele tem, não vai funcionar! A Máquina jamais vai funcionar.

—A Máquina *vai* funcionar. — afirmo.

—Esquece. — Ele fica entediado de mim e se levanta — Eu acabei por aqui, obrigado por ter colaborado, fique em segurança na escola — Turner coloca a cadeira no lugar onde estava.

—Você não consegue acreditar que ela pode funcionar...

—Curar a humanidade é impossível.

—Talvez não seja...

—Curar a humanidade *é impossível*.

—Como você pode dizer isso se sequer sabe como aquilo funciona? Você já parou para notar qual é a ideia principal? Qual é a noção biológica que ele tem para construir aquilo? O Erick é uma pessoa inteligente e ele sabe o que está fazendo, se ele acredita que aquela máquina pode curar essa coisa da humanidade então eu acredito também.

—Você vai entender o que estou dizendo algum dia. — Turner ainda está parado, eu sei que ele quer discutir sobre isso, caso contrário já teria saído da sala e teria me deixado sozinho. Mas ele quer que eu o faça acreditar que a Máquina vai funcionar.

—E um dia você vai ver que a Máquina funcionou, — Ele passa a rir com deboche das esperanças mútuas que eu tenho. — e vai parar de rir por conta do sonho de uma pessoa e começar a acreditar que o sonho de um homem nunca morre. — Lembro das palavras da Alana... — Foi o que a minha irmã disse para mim, e é no que eu acredito. Que mal há em acreditar que o mundo pode ser melhor?

Turner para de rir gradativamente, pensando mais no que eu falei e eu fico esperando que ele diga alguma coisa. Não sei em quais ideias ele deve estar cogitando, mas não deve ser algo muito agradável. Lentamente ele se vira em minha direção e apoia os braços na mesa, respirando fundo e me encarando.

—O mal é acreditar. — Turner me olha como se tivesse pena de mim por acreditar em uma coisa tão idiota, como o sonho de uma criança, mas ele não consegue ver a mesma coisa que eu vejo, ele não sabe qual é a vontade que Erick tem de fazer aquela Máquina funcionar e é por isso que ele jamais vai entender a verdadeira intenção desse projeto. — O ser humano não é apto a acreditar, somos aptos a temer. Nunca vai funcionar até que a própria humanidade acredite que pode funcionar, até que a própria humanidade acredite no ser humano. Mais do que essa máquina, nós precisamos crer que a diferença nos torna o que somos. Talvez não seja um erro biológico e talvez eu tenha desperdiçado tempo demais cuidando deste garoto para não chegar à conclusão nenhuma. E jamais conseguirei acreditar naquela Máquina do mesmo modo que ele acredita... Porque não somos feitos para isso...

—Não foi um desperdício. — rebato com firmeza antes que ele termine seu discurso. — Em breve, eu sinto, o mundo vai mudar. Você não sabe do que aquele garoto é capaz. — Eu ainda sou forte para acreditar que ela vai funcionar. Porque eu sei que ela funcionará.

Mas Turner não parece sentir o mesmo.

—Se as pessoas se importassem mais com seus sentimentos e menos com as normas que criaram há alguns milênios eu ficaria feliz em dizer que aquela Máquina funcionaria.

Não há sorriso nenhum em seu rosto, nem mesmo no meu. Eu vejo em Turner a clássica representação da descrença da humanidade, não digo descrença por parte de ateus e coisas do tipo. Mas pela falta de vontade de acreditar... Ele não consegue ver que há um futuro melhor, porque talvez o futuro há muito destruiu o que ele podia acreditar.

Por isso eu resolvo perguntar:

—Você acha que a homofobia pode ser curada?

—Sim, mas não com essa Máquina.

—E como, então? — questiono-o.

—Não *como*, mas *quando*. — Ele respira fundo mais uma vez, como se essas questões o levassem de volta a um lugar no tempo que ele não gostava de lembrar muito, como se ele não gostasse do resultado que essas perguntas estavam tendo em sua mente... pensamentos e memórias que ele lutara para apagar e agora retornavam num solavanco — Quando a humanidade acreditar no ser humano.

E assim ele vai embora.

Precisava ir ao banheiro depois de tudo o que Turner me disse, precisava aliviar um pouco — e eu não estou falando de ir me masturbar —. Quando arriei minhas calças na frente de um mictório mal tive o tempo de me preparar para mijar, porque uma mão tampou a minha boca e segurou meu pescoço, me levando para trás. Como assim tinha alguém me sequestrando bem na hora em que eu ia mijar? Esse mundo tá insano.

Fui levado para dentro de uma das cabines e vi a porta sendo fechada. O sequestrador, repentinamente, mostrou sua cara. E logo em seguida todo o meu ódio transbordou e eu dei um soco direto na bochecha direita do Jhonny, ele nem estava pronto para se defender. O cara sentou na privada por ter se desequilibrado e eu fui em frente para socar ele mais vezes, porque ele não ia fazer o mesmo que fez com o Erick. Não mesmo.

Ouvi os gritos dele enquanto eu voltava a socar sua cabeça, mas não dei atenção. Não até certo ponto. Porque depois comecei a perceber que ele não estava querendo me bater, estava só tentando se defender. Tudo que ele tinha feito até agora estava subindo na minha cabeça como um furacão de informações e eu precisava revidar. Lembrei de como ele foi cruel ao amarrar o Erick daquele modo, lembrei de como ele estava drogado antes que eu fosse para a viagem, lembrei de como ele tinha sido cínico na frente dos meus pais e eu não conseguia pensar que ele estava ali para conversar.

Eu parei de bater nele.

Não sei exatamente por qual motivo.

—Que porra que você tá fazendo aqui? — Meu joelho começou a coçar para fazer com que ele levantasse a cabeça, tirando mais sangue do que nunca. Mas ele mesmo levantou os olhos para mim e eu vi que ele estava desesperado por proteção.

Não adianta agora. Não vai ser agora que eu vou proteger ele, não depois de todas as merdas que ele fez. Eu sei que ele pode fazer muito pior e eu sei que ele não tem limites, por isso eu não vou cair de novo nesse papo furado que eu sei que ele quer que eu caia.

—Responde filho da puta! — grito.

Levanto a mão e ele recua, como se estivesse com medo de mim.

—Eu preciso me esconder. — disse rapidamente, tentando se defender de mim com apenas as palavras — eles estão procurando por mim lá fora, eles acham que eu fiz aquilo com ela, Lucca. Eu não fiz nada, juro por Deus. Dessa vez eu não fiz nada...

—De que merda você tá falando? — Eu o levanto pelo colarinho e o Jhonny parece completamente indefeso por esse ângulo, como se eu fosse seu maior inimigo, como se eu fosse o valentão da história e ele o nerd excluído que precisa dar seu dinheiro. Mas ele não vai conseguir inverter a situação para ser o coitadinho dessa porra toda. — Quem é que tá te procurando?

—A polícia, esses guardas que entraram na White Cloud, eles estão por todas as partes. — diz com seu tom de pavor falsificado tentando me fazer acreditar — Reviraram todo o nosso quarto atrás de provas, acho que eles estavam procurando por drogas ou coisas do tipo. Mas eu não deixei nada lá, Lucca. Eu limpei tudo, eu juro.

—Para de mentir. — Eu balanço-o pelo colarinho e forço a minha mão bem perto da sua boca, tentando perfurar o seu queixo. — Por que eles estariam te procurando, Jhonny? Por que especialmente você? — Ele segura os próprios lábios e, com insegurança, ele finalmente fala:

—Acham que eu posso ter matado ela.

—Ela?

—A Emma. — Ele sussurra.

É nesse momento que nós escutamos os passos de alguém entrando no banheiro, as botas pesadas e o modo certinho de caminhada, como se fosse treinado para ser uma máquina. Um dos agentes do Turner. A voz que se segue e ecoa por todos os lados é, claramente, de um deles. Dos caras que estão vasculhando todos os lugares...

—Ei, quem está aí?

—Não fala que eu estou aqui. — Jhonny sussurra, ele está quase chorando — Por favor, Lucca. Não fala pra eles — Sei que eu deveria entregar ele de primeira e fazer um inferno na vida dele por tudo o que ele fez para mim. Porque eu ainda consigo ver sua cara de cinismo enquanto ele passava pela porta após os panfletos do Erick terem caído na cabeça de todos. Porém, algo em seus olhos está clamando por ajuda...

—Eu não vou te encobrir, Jhonny...

—Por favor, Lucca... Me perdoa... Faz isso por mim, por favor...

—Eu perguntei quem está aí!

—Eles vão me matar...

—*Eu* vou te matar — corrijo-o.

—Não... Não faz isso...

—Não vai querer que eu vá até aí! — Ressoa o agente.

Não sei que merda dá na minha cabeça, mas no instante seguinte eu estou fora daquela cabine e estou arrumando a minha calça que eu nem tive chance de fechar de verdade, o guarda realmente está apontando-me uma arma que me dá medo. Eu não acredito que estou encobertando os erros dele mais uma vez. Quantas vezes será necessário perdoar as cagadas daquele filho da puta? Sinceramente, se há alguém na face da Terra que é mais trouxa do que eu, eu desconheço.

Tudo por conta dessa bosta de coração.

—Eu só estava usando o banheiro. — disse ao apontar para a cabine fechada, onde o Jhonny se escondia em cima da privada. Com os dedos cruzados pedindo para que eu seja um bom ator, imagino.

—Quem mais estava aqui com você?

—Quê? Ninguém... Eu estava sozinho... — Uma leve risadinha me escapa pela borda dos lábios, como se eu estivesse debochando do comentário que ele havia feito — Tá me estranhando?

—Abra a cabine. — ordena-me.

—Por quê? — Tento fazer minha melhor expressão de confusão, e eu não sei se fui convincente. Logo em seguida ele se aproxima de mim, com a arma ainda apontada como uma espada em direção ao meu coração.

—Abra logo antes que eu te fuzile.

—Está ameaçando um aluno por que ele mijou numa cabine? — Abro os braços, desafiando-o — Quanto abuso de autoridade. O que o Turner diria caso eu reportasse isso a ele?

—Turner me deu ordens para procurar em todos os lugares. E não será você, mais um dos garotos mimados dessa porcaria de escola, que vai me impedir disso. Abre logo a porra da cabine — ele grita.

—Tá bom. — *desculpa aí, Jhonny, mas você já fugiu demais.*

O agente se aproxima de mim ao mesmo passo em que eu abro a porta num único movimento. E não tem mais ninguém lá dentro. Está livre e com a água da privada limpa. *Pra onde é que você foi?* O guarda me olha como se não esperasse esse resultado, então eu levanto os ombros e balanço minha cabeça.

—Que surpresa, né? Está vazio.

—Circulando, garoto. — Ele dá mais uma geral na cabine, mesmo que não faça nenhum sentido revistar por mais um metro quadrado.

Eu vou lavar as mãos, mas faço o processo mais lento do mundo, porque eu quero ter certeza de que o Jhonny conseguiu escapar dessa. Acho que ele deve ter pulado de uma cabine para a outra, ou melhor, ter passado por baixo para que o guarda não visse nenhum movimento suspeito. Não tem como ele ter fugido se não fosse assim.

O agente ainda está me rondando, para ter certeza de que eu não farei nada demais. Coloco o sabonete na minha mão e, pela primeira vez em toda a minha vida, eu uso o método correto de lavar as mãos. Já tinha recebido inúmeras aulas de como deveria ser feito, mas no dia-a-dia a gente quase nunca faz isso corretamente. As palmas vêm primeiro, após isso os dedos, as costas da mão, os espaços entre os dedos, as unhas, o dedão de cada mão e então lavo o pulso.

—Vai lá garoto, já deu. — Ele reclama.

—Eu estou lavando a minha mão — entoo num tom quase explosivo.

—Quem é que demora mais de um minuto pra lavar a mão?

—Eu tenho TOC.

—Que merda é TOC?

—É tipo aquela coisa que se tem quando você precisa deixar tudo organizado, sabe? — Minha lembrança sobre a explicação de TOC é tão vaga que eu não consigo discutir sobre.

—Mania de limpeza?

Balanço a cabeça de um lado para o outro:

—É mais ou menos isso.

Passo a água na mão e dou uma bela limpada em tudo, então eu vou para os papéis para secar a minha mão. Mas é aí que eu ouço um estalo no rádio do agente. Alguém está lhe contatando pelo radiocomunicador. Eu apenas ouço a voz longínqua falando:

—Alguém mande o Turner para a floresta imediatamente — há uma pausa por conta da interferência e eu me esforço o suficiente para escutar cada detalhe do que eles estão falando com curiosidade — digam que nós encontramos a garota. E... — eu engulo em seco por esse momento de hesitação na voz do agente, porque eles são treinados para contar a verdade e relatar os fatos, mas eu não quero pensar que ele esteja chocado o suficiente com o que vê... eu não quero sequer imaginar que ele está aturdido com "a garota" — e digam que ela está morta.

ALEXANDRE KLEIN

CAPÍTULO NÚMERO VINTE E CINCO

"Vamos lutar para libertar o mundo. Para sumir com a ganância, ódio e intolerância"

Emma está morta. É só no que eu consigo pensar todas as vezes que eu coloco a minha cabeça no travesseiro tentando dormir nesta noite. Sei que deitei na minha cama há três horas e até agora eu não consigo sequer fechar meus olhos. Estou com medo de que veja sua silhueta agora disforme e distante... Não quero sonhar com ela indo embora e com os sonhos que ela deixou para trás.

A verdade é que eu não chorei.

Eu estava tentando chorar — assim como ela estava se esforçando para fazer o mesmo naquele dia no acampamento — mas meus pensamentos me impediam de conseguir qualquer coisa parecida com o choro. Estava vagando em memórias que não faziam sentido, e que não se interligavam com a Emma. Memórias ao acaso que eu jamais pensei em ter...

Até que eu parei num ponto interessante... Ao olhar para a minha direita eu não vi meu colega de quarto deitado em sua cama, como ele deveria estar. Imagino que ele ainda esteja se escondendo já que a escola inteira está sob quarentena e procurando por ele e pelo Erick. Mas por que estariam procurando por ele? Sei que o Jhonny já fez muita merda nesse tempo, mas ele não seria capaz de tirar a vida de outra pessoa. Acredito que não.

E, se fosse, então o que estaria fazendo agora?

O que o Erick está fazendo agora? Onde ele está?

De certo modo eu me sinto de volta aos meus dezessete anos, naquela noite em que faço dezoito. Consigo sentir todo mundo muito junto, como se aquilo fosse durar para sempre. Estava próximo das gêmeas que mexiam no celular; o Key e a Cassie do lado da casa, se pegando silenciosamente porque eles não sabiam o que queriam; e meu amigo com uma de suas garotas no meio do mato, esperando que não fizesse tanto barulho quanto fazia... E eu com seda e um pouco de maconha na mão. Olhando para a lua e imaginando que do outro lado do país havia um garoto fazendo a mesma coisa. A questão é que eu nunca estive tão sozinho quanto naquele momento e agora... Bem, sinto o mesmo.

Engulo em seco por não ter palavras a dizer. Por ter pensamentos demais. Por estar me matando aos poucos com essa tortura. Acho que a pior coisa do mundo é se sentir sozinho. Veja como o novo prodígio da White Cloud está: antes tão rodeado de seguidores e pessoas que precisavam dele, e agora tão sozinho e excluído em si próprio. Meus amigos estão dispersos, os únicos que deveriam estar comigo ou morreram ou sumiram. Não sei o que fazer agora... Deveria fazer alguma coisa?

Quer dizer, isso é trabalho da polícia, não é?

Por que sinto uma incrível incapacidade por parte deles? Por que eu sinto tanta vontade de levantar dessa cama e dar um fim nesse mistério todo? Eu sei onde ele está... Turner disse-me isso. Queria ser o suficiente para fazer isso. Olho para o relógio e vejo que já passou da meia-noite. Não tem motivo parar querer dormir cedo, porque eu nem sei o que vai acontecer quando eu abrir os olhos novamente. Cada dia uma nova surpresa.

Não encontro meu celular ao meu lado, porque eu provavelmente o perdi em algum momento dessa correria toda. Não estou preocupado com o que aconteceu com aquela bosta, mas alguma coisa leva minha mente de volta ao nome dela. Caralho... Eu nunca mais vou ouvir o nome dela sendo pronunciado em prêmios à frente do meu, jamais vão dizer seu sobrenome esperando que ela tenha algum tipo de legado ou de responsabilidade e seus pais vão parar de se preocupar tanto com a imagem de sua cria.

Bem, eles não têm mais uma cria.

E eu, uma amiga a menos.

Não sei bem quando foi que eu adormeci, esse é o maior mistério de toda a vida. Contudo, no relógio ao meu lado vejo que não fiquei na cama nem por duas horas. São três e vinte e eu estou ouvindo um barulho no meu quarto. Primeiro e acho que são os agentes inspecionando o lado de fora ou os corredores, mas então me lembro deste barulho. É um barulho que eu já ouvi antes. O *bip*. A Máquina.

Nem lembro que estava dormindo, levanto-me de imediato e começo a procurar por ele. Meu corpo ainda está mole quando minhas mãos procuram pelas gavetas da minha cômoda. Só que eu não faço a menor ideia de onde está vindo. Até que eu abro a última gaveta e eu encontro, escondido em baixo das minhas calças, o Dispositivo. Aquele troço metálico e redondo com o símbolo do Erick no meio. Transmitia o barulhinho que a Máquina fazia e, em cima, tinha um botãozinho piscando em vermelho.

O que isso significava?

A Máquina tinha funcionado?

Era um pedido de ajuda? Eu não entendo...

Aperto o botão para ver o que acontece e escuto um farfalhar, como o começo de uma ligação com ruídos. E após isso eu percebo que é a respiração de alguém. O som é muito ruim, eu não consigo entender nada — mas nem sei se há algo para entender já que não consegui discernir uma palavra sequer dentre todos os suspiros —. Então escuto meu nome. Um sussurro:

"Lucca" diz o aparelho. Espero alguns segundos enquanto coloco o Dispositivo mais próximo do ouvido, porque está muito baixo "Lucca, sou eu, o Erick". Merda! Ele está vivo!

—Erick! Onde é que você tá? — Eu falo de frente para o aparelho que eu seguro em minhas mãos, sem nem saber direito como funciona, mas parece que ele conseguiu me ouvir. Deve funcionar como um radiocomunicador também. Quase como um celular.

"Lucca, eles estão aqui em casa" sinto um leve tom de desespero que escapa por suas palavras, como se ele estivesse pedindo ajuda para a única pessoa que poderia lhe ajudar.

—Os agentes do governo?

"Não" é essa resposta que me assusta "não são os agentes". Eu fico quieto, parado e sem reação. Eu não quero acreditar que meu amigo esteja envolvido nisso, eu não quero me deparar com o rosto de Jhonny e acabar interligando todos os pontos soltos dessa história. "Eles estão lá em cima, estão mexendo com a Máquina... Lucca... Me ajuda" a ligação começa a falhar, como se o sinal estivesse sumindo.

Então eu digo as últimas palavras:

—Não saia daí. Eu já estou indo. — Eu me sento para colocar os tênis, ainda com o Dispositivo ligado — Não importa o que aconteça, me espere.

A ligação se encerra, eu termino de me arrumar e guardo o Dispositivo no meu bolso de trás. Assim começo a pensar em inúmeras formas de escapar dessa quarentena. Porque eu sei que podemos andar pelo campo todo, mas os agentes não vão me deixar dar um passo para fora da escola. Eu preciso sair. Não dá para ir pela ventilação porque não tem ventilação para o outro lado da escola, e nem mesmo os esgotos. Não tem nenhuma rota de fuga que dê para fora dos muros...

A não ser a floresta.

É uma péssima ideia ir para a floresta já que os agentes devem estar tomando toda a precaução para que nenhum outro aluno seja morto por lá. Mas é minha única chance de tentar escapar. Eu vou sorrateiramente pelos cantos dos corredores, tentando não causar suspeitas nas câmeras de segurança espalhadas por toda a escola. Consigo chegar na porta do meu bloco e espio o lado de fora. Tem muitos agentes. Caralho... Como eu vou escapar dessa merda?

O bom é que eles não estão entrando na floresta, só estão percorrendo o pátio externo e tomando cuidado com a porta de entrada. Em um momento específico, quando os guardas se juntam mais próximo do portão, eu aproveito para fechar a porta delicadamente e escorregar pelas paredes do meu bloco que desaguam exatamente na parte mais escura e inalcançada da floresta. Era aqui onde a maioria das camisinhas ficava, onde a maioria dos garotos começava a transar com as minas. Porque ninguém conseguia ver nada daqui.

Entrei na floresta morrendo de medo, porque não dava para enxergar nada além daqueles pontos verdes esbarrando na minha cara. As luzes longínquas se apagaram e a lua não ajudava. Por isso eu peguei o Dispositivo do meu bolso e usei seu brilho metálico para me ajudar com qualquer pequena luz. Era tecnicamente inútil, mas era minha única opção. Nada era visível, não sabia se estava dando a volta ou se estava seguindo silenciosamente em direção ao lago. Acontece que mesmo após três anos indo e voltando dessa floresta, o desespero meio que muda a nossa percepção das coisas. Mas eu precisava achar o lago. Se eu o encontrasse, encontraria minha rota de fuga.

Só que daí tudo começou a foder comigo.

O brilho metálico do Dispositivo aumentou no momento em que puseram a luz de uma lanterna em minha direção. Quando ouvi o grito dos agentes eu comecei a correr. A luz fraca das lanternas estava me mostrando os caminhos mais óbvios a percorrer, conseguia fugir dos troncos das árvores e colocava as pernas para o alto para não tropeçar. Porque eu lembrava de como era fácil cair no meio de uma perseguição. Mais uma lanterna havia se juntado à minha busca e eu estava com medo de que eles começassem a usar suas armas. Ouvia os gritos pedindo para que eu parasse e me rendesse, mas eu não ia desistir. Assim como eles também não. Encontrei a trilha, mas eu vi outra lanterna vindo de frente. Tive que mudar a rota e dei a volta indo mais para dentro da floresta, com as duas lanternas atrás e a terceira à minha esquerda. Não sabia como ainda não tinha desistido, mas minha respiração estava se esvaindo. Pouco a pouco.

Mas ali estava. Bem perto de mim eu pude ver a luz do lago que resplandecia ao luar. E eu podia muito bem sair correndo em direção à quadra e consecutivamente para os muros, mas eles ainda estariam me caçando se eu fosse para lá. Eu precisava que eles se distraíssem. *Pense como um prodígio.*

Agarrei uma pedra grande quando já estava na beira do lago e a arremessei o mais longe que consegui no lago. Tirei minha blusa de frio correndo e coloquei ela no começo da areia e então eu me escondi atrás de uma árvore. Me mexendo com mais cautela e com mais precisão. Para não causar barulho algum enquanto as folhas se moviam. Todas as três lanternas se juntaram na beira do lago e eu pude ver, ou quase vi, enquanto eles levantavam a minha blusa e olhavam para todos os lados. Mas estavam caindo na minha distração.

Eles estavam parados, olhando para as ondulações no lago, com as lanternas acesas e apontando suas armas para a água. Um ser humano aguenta pouco tempo embaixo da água, então em breve eles notariam que eu jamais estive naquele lago. Por isso volto a me mover um pouco mais rápido pelo mato, causando distância entre meus perseguidores. O barulho dos insetos noturnos me causa um pouco de pavor, mas mantenho-me firme. Indo novamente para a trilha. Tomo cuidado para que eles não me vejam mais. Consigo enxergar outras duas lanternas ao longe, o faixo de uma delas passa por mim, mas passo despercebido. Estou morrendo de frio e meus pelos estão eriçados, porém não posso me impedir de chegar até a quadra. Não sei exatamente como, mas alguma coisa me ajuda a caminhar silenciosamente até o outro lado da trilha e encontro a quadra. Onde eu vi o Erick sentado, escrevendo em seu caderno.

Tem mais lanternas aqui, mas eu não preciso estar no meio da quadra para saber onde fica a saída alternativa. Contudo, terei que correr. E muito. Primeiro eu me dirijo às pequenas salas que têm atrás das arquibancadas, onde os meninos se vestiam para campeonatos e coisas do tipo. Onde eu fiquei um pouco antes de tacar as tintas coloridas nos novatos do primeiro ano. Tudo começa a parecer um filme para mim. Uma corrida contra o tempo. Não tinha nenhuma lanterna aqui, pelo menos. Mas para o lugar onde eu estava indo eu pude ver cinco. Cinco guardas protegendo o muro da White Cloud. Merda. Eu não cheguei até aqui para isso!

Vamos Lucca, pense como um prodígio.

Eu tenho duas opções. Ou me entregar de uma vez por todas e me render às lanternas que estiveram me vigiando, ou então bancar o esperto. E eu vou te dizer uma coisa que me disseram há muito tempo: o mundo é dos espertos. Daqui a pouco eu estaria nu, mas eu tive que tirar meus dois sapatos e mirar para o meio do mato que rondava a quadra. Nunca fui bom em arremesso ou em qualquer outro esporte — mas eu me esforçava para tirar um oito nos esportes que nós tínhamos que praticar —. E foi assim que eu lancei um dos meus sapatos o mais longe que eu consegui no meio da floresta. Os agentes miraram suas lanternas e armas, mas não deram muita atenção. Claro, eles dariam a entender que era somente um pássaro ou coisa relacionada. Por isso, pouco depois, lancei meu outro sapato um pouco mais longe.

Dois deles saíram correndo para lá, na minha direção. Me escondi atrás da parede enquanto eles passaram por mim. Apenas esperei que eles tomassem distância e entrassem na floresta para poder voltar a agir. E quando vi o último resquício da bota de um deles entrando, voltei a correr como um louco. Não levei mais que três segundos para alcançar o muro e começar a escalar com meus pés. Era feito de pedra, então era muito mais fácil subir. O problema mesmo foi chegar lá em cima. Eram dois pulos, literalmente. Eu só precisei me segurar na parte de cima e depois escalar, não foi tão difícil. O problema foi quando senti uma bala raspando meu calcanhar.

O pouso foi mil vezes mais difícil do que a escalada. Meus dedos estavam doendo quando eu caí daquela altura. Não sei como é quebrar qualquer coisa, mas minhas costas não paravam de estralar a cada passo rápido que eu dava. Meu cotovelo estava arranhado. Já meu calcanhar estava sangrando. O que importava era que eu estava do outro lado da White Cloud, do lado de fora e podia ver o estacionamento bem ao longe. Via as lanternas se juntando todas para cima de mim. Sabia como seguir daqui em diante, as ruas estavam se abrindo e o caminho ficava mais claro por conta dos postes, mesmo que eu estivesse mancando. Eu precisava seguir até a casa do Erick. Ele ainda estava *me* esperando.

Ele ainda estava me esperando.

As ruas estavam completamente abandonadas quando eu deixei o perímetro da minha escola, aliás, são quase quatro horas da manhã. É compreensível que todos estejam dormindo enquanto eu estou correndo para salvar a vida de alguém que eu amo. As lanternas pararam de me perseguir. Agora eles provavelmente deveriam estar avisando o Turner e ele provavelmente já estaria mandando seus homens ao resgate de Erick. Cara, eu fui tão burro. Eu podia simplesmente ter avisado ao Turner que tinha alguém na casa do Erick e então eles iriam lá e tudo acabaria bem.

Nada de ruim ia acontecer...

Não, Lucca. Para de ser idiota. A garota acabou de morrer na escola e só tem dois possíveis culpados para isso tudo, o cara que você beija ou o cara que era seu amigo. Você acha que o governo sequer sabe quem o Jhonny é? Acha que eles desconfiariam dele ao invés do Erick, que é um cara com antecedentes não tão bons? É óbvio o motivo de não tê-los chamado antes. O Erick também tem medo deles, então por que eu não teria?

Minha casa fica a duas quadras de onde me encontro e a casa do Erick fica um pouco mais distante. Fica muito mais distante. Só o que eu queria era ter uma carona agora, ou pelo menos parar em algum lugar e colocar um chinelo. Qualquer coisinha que possa amortecer o impacto do meu pé com o chão. Estou sangrando no cotovelo, nas palmas e no meu calcanhar. Se minha mãe me visse desse modo ela ia pirar, certeza. Ela ia querer matar qualquer pessoa que tivesse feito isso, fossem agentes do governo ou não.

Merda. Estou chegando, Erick.

Correr no meio da noite dá uma puta liberdade. Se você nunca fez algo do tipo, recomendo que faça antes de morrer. É como sentir-se sem amarras, como se você não tivesse nenhuma responsabilidade e nenhum compromisso. Como se ninguém pudesse te impedir de ir até o fim. Não estava feliz, muito longe disso. Ainda retinha os pensamentos da Emma e de como sua risada jamais soaria a mesma na minha cabeça, e ainda tinha a frequente preocupação de como o Erick estaria. E, repentinamente, começo a pensar em Alana. Pensando se ela estaria bem lá na Alemanha.

É uma distância muito grande.

E ela só tem dezesseis anos.

Tudo bem que ela é um prodígio, tudo bem que ela aparenta ter vinte e três anos, tudo bem que ela pode ser a pessoa mais responsável que eu já vi na minha vida, mas ela ainda é só uma criança. Se eu corro desse modo para ajudar um cara que eu gosto muito, é porque me importo. Mas quem pode correr para ajudá-la se ela precisar? Por que ela não podia ficar aqui só mais um pouco?

Viro a última esquina e eu vejo a casa do Erick ao longe, levando todos os meus pensamentos embora e trazendo o meu cansaço à tona. A única coisa que consigo fazer agora é continuar correndo, e, em alguns minutos, estou na pracinha. Eu paro no banco para poder ver como meu pé está. Bastante sangue, isso é verdade, mas já está secando. E agora que eu parei, a dor também diminuiu, mas não posso ficar aqui para sempre. Sei que o Erick está me esperando lá dentro e eu não sei o que esperar agora...

Respiro o ar fresco e espero minha respiração se estabilizar. Porra, parece que eu corri uma maratona. Ouço meu nome vindo do meio daquelas árvores ao lado da pracinha e consigo diferenciar os cabelos castanhos e encaracolados do Erick no meio de tantas folhas verdes e galhos do mesmo tom que seus cachos. Fico extremamente feliz por ver que ele está vivo e bem, e vou mancando até ele. Como se ele pudesse sumir de um momento para o outro. Eu o abraço e nem dou atenção ao que ele está fazendo, recebo o abraço de volta, segurando todo o perímetro das minhas costas. Juro, essa é a primeira vez na noite toda que eu penso em começar a chorar, mas não tenho tempo para isso. Meus pensamentos ainda estão a mil e eu não consigo parar de avaliar seus olhos, sua boca e tudo o que há nele. Está completamente intacto. Ninguém mexeu com ele.

—O que houve? — Pergunta-me ao apontar para meu calcanhar e segurar minhas palmas que estão ásperas por conta da queda mais cedo. Mas eu balanço a cabeça, tirando essa pergunta da frente.

—Quem é que está lá?

—Eu não sei. Não faço ideia. — Erick me levou um pouco mais para dentro do mato, para que ninguém nos visse do lado de fora, porque talvez eles estivessem procurando por ele.

—Por que você veio para cá?

—Eu estou indo embora — ele sussurra.

—Embora? Para onde?

—Não sei. — A expressão que permeia o seu rosto muda, com suas sobrancelhas finas apontadas para cima, com dor no coração, como se não quisesse me contar para onde estava indo — Não sei para onde eles vão me levar agora.

—Eles? O governo?

Erick afirma com a cabeça:

—Hoje de manhã, quando a gente acordou... Era o Turner na porta de casa. — Eu sabia que não era nenhuma garotinha vendendo biscoitos para suas campanhas de escoteira. — Ele disse que em breve nós teríamos que sair daqui, sair de perto de tudo. White Cloud. Fulmine. Ohio. Tudo. As coisas estavam começando a piorar por minha causa, esse negócio do caso O'Connel, a Emma... Isso tudo seria direcionado para mim mais cedo ou mais tarde e eu não podia ficar aqui por muito tempo...

—Quando você ia embora?

—Amanhã; ele não me deixou te avisar. — Ele começou a se desculpar antes que eu perguntasse qualquer coisa, mas meu coração tinha se apertado um pouco mais, aquele mesmo aperto quando eu comecei aqueça conversa onde o Sam terminou comigo... — Eu queria te dizer que eu estava indo embora, mas eu não podia falar isso. Se ele souber o que eu estou falando para você, jamais vou poder voltar.

—Por que você veio para cá, então? — Insisto.

—Por conta da Máquina. Eu precisava tomar conta dela, eu precisava pegar as minhas coisas para ir embora e deixar a cidade, mas no meio da noite eu ouvi alguém entrando. E eu não soube o que fazer. Eu me escondi em um dos quartos enquanto eles subiam para a Máquina, eles me procuravam, sei disso porque eles não fizeram nada com ela ainda. Mas estavam gritando por mim, estavam perguntando onde eu estava... Eles sabiam que eu estaria aqui, não sei como.

—Você viu quem são?

—Não, não vi. Eu me escondi — certo, pelo menos ele fez uma coisa sensata e inteligente — acho que eram dois, ou três. — É possível ver o desespero em seu rosto. E sei que ele não quer recuar.

—O que você quer fazer?

—Se chamarmos o Turner tudo isso acaba, mas eles vão demorar até chegar, o Turner jamais atende um pedido meu na hora. Principalmente agora que ele está ocupado com a segurança da White Cloud — parece que ele sabe sobre a quarentena na escola. Talvez ele tenha informações extraoficiais. Foi por isso que ele conseguiu sair da escola antes que o Turner a colocasse sob quarentena. — E eu não vou esperar até que eles destruam toda a minha casa. A Máquina está lá, Lucca... Ela pode funcionar...

—Como assim?

—Eu estava concluindo as pesquisas. Eu acho que ela pode funcionar.

—Isso quer dizer...

—Eu não sei. Eu preciso testá-la. — olhamos para a casa dele que está bem a nossa frente, com aqueles quatro andares, com a sua criação no último patamar... não tenho nenhum bom plano que sirva para agora... mas eu sou um prodígio, e estou ao lado de Erick Johnson, um Johnson. — Eu preciso entrar.

—Eu vou com você.

Não faço a menor ideia do que nós vamos fazer quando entrarmos naquela casa, porque sei que tem gente ruim lá. E estou tentando me negar a acreditar que essa gente ruim possa ser o meu amigo. Sei que nós não estamos num jogo de videogame no qual nós podemos pausar e recomeçar tudo após termos feito a cagada. Em breve Turner estará com seus reforços aqui, mas enquanto ele não vem cabe a nós terminar essa história. Salvar a Máquina que vai salvar o mundo da ignorância.

Farei isso ao lado do salvador. Ao lado dele. Do Erick.

É assim que nós dois entramos pela porta escancarada da casa. Está tudo muito mais escuro do que o lado de fora, sinto como se as paredes estivessem mais longe do que nunca. Mas o Erick conhece o próprio território e ele está me guiando pelas partes da casa. Nós dois sabemos que eles estão lá em cima, mas eu não quero que o Erick vá em frente. Porque eu paro para pensar e bem... Eles vieram aqui por conta dele. Seja lá quem for, não vai ficar interessado se me ver. Portanto eu olho para os olhos brilhantes do Erick e peço silenciosamente para que ele me espere aqui em baixo, eu vou subir e já vou voltar. Encaro bem seu rosto com medo de não vê-lo mais uma vez, mas começo a subir a escada.

Daqui fica mais fácil de ver as coisas, porque a luz da lua bate pela janela enquanto o vidro a reflete. O Dispositivo ainda está intacto no meu bolso, mesmo depois daquela queda. Eu o uso para iluminar minimamente o caminho quando eu já não tenho mais a luz do luar, passo por todos os andares me escorando nas escadas para não causar nenhum barulho. Não posso dar essa vantagem a eles. Porque até agora só o que eles sabem é que estão sozinhos, então é melhor que continuem pensando assim.

Mas qual é a minha surpresa por não encontrar ninguém no último andar? A Máquina ainda está intacta e está apitando conforme eu chego mais perto dela. Caralho... Eu nunca tinha percebido como ela era importante, como ela era o futuro. Se eles a destruíssem nada mais faria nenhum sentido. Nem para o Erick e nem para mim. Pego o Dispositivo e ele está apitando com a mesma frequência que a Máquina. Aperto o botãozinho em cima do aparelho e a Máquina liga. Acendendo os painéis e voltando a trabalhar.

O painel exibe uma mensagem.

Preparando para a execução.

E então começa a carregar. O barulho que ela faz é muito grande, isso atrai toda a atenção aqui para cima e consecutivamente para mim. Eu começo a descer as escadas, deixando a Máquina para trás e ficando no terceiro andar. Quando estou quase descendo para o segundo andar eu escuto um barulho vindo em um dos quartos lá de baixo, como se alguém estivesse saindo e subindo. Sei que pode ser o Erick, mas ele teria me avisado. Por isso eu volto pelas escadas para o terceiro andar e entro numa porta qualquer.

Seguro a respiração. Concentre-se Lucca. Não é tão difícil não existir.

Estou de olhos fechados, e sei que isso não vai ajudar em nada. Mas se eu não o ver, então ele também não me verá. Os passos estão subindo a escada e passando por mim, exatamente como na primeira vez em que estive aqui. Erick disse que eram três, mas se eu estou certo na minha contagem eu só consigo sentir um. Talvez eu realmente não seja muito bom em exatas, mas foda-se. Apenas espero enquanto ele sobe calmamente para o último andar, com a Máquina em seu domínio. Esse quarto é como todos os outros, como vários quartos de hospedes. A única diferença é que eu não estou sozinho.

—Lucca? Lucca, é você? — Por que eu não estou surpreso em ouvir a voz dele justo no local em que eu achei que ele estaria após ter sumido?

Eu não espero que ele dê qualquer desculpa, eu parto para cima dele e agarro seu colarinho, depois parto para seu pescoço e o jogo em direção à parede que range enquanto eu faço esses movimentos. Espero que não tenha sido alto o suficiente para que o outro tenha escutado. Mas caralho... O que é que ele está fazendo aqui?

—Você tá louco de ter vindo aqui de novo? O que deu em você?

—Me solta cara — Ele começa a se debater e segurar meu braço, ele está bem mais desesperado do que eu achei que estaria, mais desesperado do que quando o encontrei no banheiro. — Me solta, porra.

—Você veio aqui?! Veio por causa do Erick?! Que merda que você quer com ele?! — aperto cada vez mais seu pescoço, a vontade de vê-lo desmaiar é gigante. Quero sentir o peso dele no meu braço e depois voltar a socar seu rosto por tudo o que ele fez.

—Eu te segui. — diz sem ar.

—Seguiu de onde?

—Da escola. — Ele nem consegue se lembrar do nome — Eu ia fugir para casa, mas queria seguir você — ele tosse várias vezes, eu aperto mais seu pescoço para que ele pare de chamar atenção para esse quarto — e você entrou aqui.

—Para de mentir. — rosno com os dentes cerrados.

—Não é mentira. — Quase nem escuto o que ele está dizendo.

—Como você escapou dos agentes? Por que você teria vindo aqui no mesmo momento em que o Erick me liga dizendo que tem gente estranha na casa dele? Você acha que eu sou trouxa? — Ele não me responde com suas palavras, porque ele sabe que eu não vou acreditar em nada do que ele disser.

Por isso ele apenas levanta a mão direita e me mostra aquele pedaço metálico que é bem mais portátil que as armas dos agentes. Não sei onde ele conseguiu aquela arma, mas isso só prova como ele não é nem um pouco bom atuando.

—Larga essa porra — Eu sussurro com força — *agora*.

—Não passou pela sua cabeça que se eu tivesse vindo aqui para matar o Erick eu já teria feito? Ou pelo menos teria te imobilizado? Larga a mão de ser burro, Lucca. — Eu não vou acreditar no que ele está dizendo. Há muito tempo ele tenta me enganar e essa não será mais uma dessas vezes.

—Larga a arma. — ordeno mais uma vez enquanto aperto seu pescoço.

Ele obedece. O peso da arma emite um pequeno ruído. Quase no mesmo instante eu jogo-a para longe do corpo dele e o solto, me agacho e pego sua arma. Aponto-a para o cara que estava na parede e que agora está ajoelhado no chão, totalmente indefeso. A mão no próprio pescoço e tossindo horrores, como se estivesse fumando pela primeira vez. Depois disso ele olha para mim, os braços jogados ao lado do corpo, como se estivesse cansado e sem nenhum tipo de resistência.

—Por que não estava nos dormitórios?

—Estava me escondendo e arrumando um jeito de fugir.

—E quer que eu acredite que você simplesmente achou essa arma no meio do nada e escalou a parede da White Cloud vindo ao meu encontro para me salvar como um super-herói? — Eu ainda aponto a arma para ele.

—Ela estava guardada na floresta. — Ele está rouco por conta do que eu fiz contra sua traqueia — Meu pai me deu no começo do ano, porque disse que era bom que eu soubesse me defender. — Eu conhecia o pai do

Jhonny e ele seria mesmo capaz de fazer uma coisa dessas. Mais homofóbico que o Jhonny somente seu pai. O típico machão que precisa comer várias mulheres. Ele é assim.

—Eu quero acreditar em você, Jhonny...

—Não vim aqui por conta do Erick. Olha, eu nem sabia para onde é que você estava indo quando eu te segui. — Sei que são argumentos que fazem sentido, mas não quero acreditar que ele realmente é a vítima da história. Porque é muito suspeito. Ele sumiu no mesmo dia em que tudo isso começou a acontecer. Ele sumiu no mesmo instante em que a Emma morreu, cara... por que eu deveria acreditar nele.

—Por que eu deveria acreditar em você?

—Porque a gente é amigo. — é assim que ele resume a crença que eu devo ter nele, e ele sabe que nossa amizade é uma coisa importante pra caralho para mim, e é por isso que ele está falando isso, porque ele sabe que eu vou acreditar se ele falar isso. — Porque eu acho que a gente ainda é amigo.

—Cala a boca, você nunca acreditou nisso.

—Eu sei que você também não vai acreditar se eu disser isso, mas eu não vou me sentir bem até falar. Então... Me desculpa pelo que eu fiz.

—Cala a boca. — dou um passo para a frente com a arma ainda em punhos, segurando-a bem próximo a sua cabeça — Não quero que você comece a mentir de novo como você sempre faz. Seu filho da puta. Você nunca mudou, Jhonny. Nem quando você foi na casa dos meus pais e nem quando fez aquilo com o Erick...

—Lucca, — Ele levanta os olhos para mim, com sua melhor cara de arrependimento, se acovardando de toda a situação — tem um cara lá em cima que pode machucar a nós três. E eu vim aqui pra te ajudar. Mas a única pessoa que pode permitir isso ou não... é você.

—Você adora me fazer de culpado nas coisas, não é?

—Acredita em mim, cara.

—Acredita o caralho. — eu murmuro — Acreditar é pros fracos.

Nós dois ficamos quietos. Esse é mais um daqueles momentos em que meus pensamentos e sentimentos me traem. Eu queria ser uma máquina de vez em quando, porque eu não ia precisar pensar demais. Seria apenas uma reação para cada ação. Programado para realizar apenas um procedimento. Executar. Não teria que pôr o cérebro em movimento para que as memórias viessem em seguida e modificassem todo e qualquer julgamento, não teria que ver minha infância na frente dos meus olhos e seus olhos não teriam nenhum tipo de importância para mim, seria apenas um corpo sem vida. Eu poderia desacreditar de tudo o que ele me disse e simplesmente atirar na cabeça dele, porque parte de mim quer isso.

O problema é que eu não sou uma máquina. Não tenho um coração de máquina e minha mente não é de ferro, sou vulnerável aos pensamentos humanos e aos sentimentos que um ser humano retém. Tenho memórias e são elas que me dão o bel-prazer de escolher. E é por isso que eu não atiro. É por isso que eu entrego a arma para ele quando ele se levanta.

Porque resta humanidade em mim.

—Me mostre que eu não estou errado, Jhonny. — Eeu o coloco a minha frente, para que eu possa fugir caso qualquer coisa aconteça. Porque eu não confio cem por cento no que ele vai fazer e nunca mais vou confiar. Mas ele está apto a mostrar para mim que eu estou errado.

Ele abre delicadamente a porta e me chama para acompanha-lo com a mão, e não estamos indo para a porta da saída. Na verdade, ele está me levando em direção à Máquina, onde o barulho se origina. Aquele ruído gritante que ela faz quando está trabalhando. E, mais uma vez, não há ninguém quando ele aponta a arma. Eu tenho certeza que isso é uma armadilha, eu tenho certeza que confiei na pessoa errada. Mas ele fica desapontado.

—Não tem ninguém aqui. — Ele pronuncia em voz alta.

Ouvimos rapidamente os passos se aproximando, são duas pessoas, são passos mancos e apressados. Fico atrás do Jhonny e ele aponta a arma para a escada que acabamos de subir. Em alguns segundos nós vemos dois caras aparecendo. Eu só consigo reconhecer um deles, que é o Erick. Ele está amarrado, amordaçado e preso pelo cara que o carrega. O cara que deve ter vindo aqui por causa da Máquina. Não faço ideia de quem ele seja porque está escuro demais para tentar tomar uma forma.

—Solta ele! — éÉ o Jhonny que ordena.

Presto atenção em como meu amigo tem uma posição firme com a própria arma, parece que ele já treinou muito. E eu não estranho, porque acredito que seu pai o tenha treinado uma vez ou outra naqueles galpões cheios de alvos, já que ele é rico o suficiente para isso. Meus olhos vão de encontro aos desesperados pontos castanhos que se prendem na cara do Erick e em como eles pedem por ajuda. Tentam me dizer alguma coisa que eu não consigo entender... E eu não presto atenção aos sinais que ele me dá.

—Solta ele, porra! — Jhonny branda a arma em direção ao cara, como se fosse atirar. E, no mesmo momento, o Erick está solto, andando para mim, correndo como se precisasse me contar alguma coisa. Como se precisasse que eu o soltasse.

Primeiro eu quero desamarrar suas mãos, mas ele move a boca para que eu tire sua mordaça, então eu o obedeço. O suspiro que ele dá capta todo o ar que ele precisa para poder falar o que estava tentando me comunicar naquele instante:

—São eles Lucca...

—O quê?

—Eles que invadiram minha casa. — Eu olho para meu amigo e vejo enquanto sua arma se abaixa lentamente, tudo incrivelmente em câmera lenta. Ele não fez nada... Ele não fez nada... Respiro fundo, por que eu tive que ser tão burro? Por que eu tive que acreditar mais uma vez nele?

O Jhonny abraça o cara que tira a touca. Quando a luz da lua toca o rosto dele eu vejo que é o mesmo que estava aqui no outro dia, quando eles tiraram aquela foto do Erick. Antes que ele se vire eu vejo como seus ombros sobem e descem num riso completamente difuso, um riso que indica que ele não está em seu estado normal, ele usou alguma coisa. E ele não está indefeso como estava há poucos instantes. Merda... eu fui tão ingênuo. Coloco o Erick para trás de mim quando o Jhonny se vira e me encara com aquele sorriso sarcástico de quem foi enganado com sucesso. Dessa vez, a arma mira em minha direção. Sou o único alvo que ele estava visando nessa noite toda.

—Olha que engraçado, o geneticista mais notório de toda a White Cloud e seu amigo especialista em mecânica e mecatrônica em uma batalha entre o bem e o mal. Que puta história isso ia dar! — Caralho, como eu fui me tornar amigo desse cara? O que foi que ele usou? Por que ele estava tão fora de si desse modo?

—Abaixa essa arma, Jhonny.

—Nossa, parece que do nada você mudou o tom comigo. — Ele usa o tom mais irônico que consegue, como se a situação toda não tivesse mudado também... e porra, agora tudo fazia mais sentido — O que aconteceu com aquele machão da sala lá de baixo? Fugiu quando viu essa arminha? Só porque ela machuca? Não tá com tanta coragem agora, né? — Jhonny não para de rir. — Você é um cuzão mesmo.

—Você não vai nos machucar.

—Quem está dizendo isso é você, — Ele sorri e solta uma risada um pouco mais controlada agora — eu já não garanto nada — O sorriso ainda está em seu rosto. — Sabe, essa situação parece muito com aquela do Anthony. Você lembra, Steve? Quando a gente pegou aquele viadinho? Depois de ter fodido com ele umas três vezes ele ameaçou soltar pra escola toda...

—Anthony? Anthony O'Connel? — Pergunta o Erick.

—Sim, O'Connel. — Ele muda a voz para debochar do sobrenome. Agora há satisfação em seus olhos, um sorriso diferente e difuso. Isso não vai acabar bem, dá para sentir. — Steve, você já viu algum passivo reclamar de receber rola? Ainda mais quando eram duas?

—Caralho, o filho da puta gemia pra porra quando a gente comia ele. Nem sabia fazer silêncio, puta do caralho. — A voz do Steve é muito mais grossa e não parece que ele é aluno da White Cloud. Ele não tem o porte de pessoas que estudam lá, nunca o vi andando com o Jhonny. Sei que ele não é de lá.

—Você fez ele se jogar da torre... — incito-o a admitir.

—Opa, aí não. — Ele olha para o parceiro no crime e volta a rir, como se essa fosse a melhor piada do mundo — Daí você tá fodendo com a minha imagem, Lucca. — E do nada ele não está mais rindo, apenas movendo a arma como se fosse um brinquedinho. — O cara quis se jogar porque estava com medo de ser abusado outras vezes, então quando eu fiquei sabendo que ele estava carregando aquele bilhete no bolso eu tive que dar um jeito. Já que não dava mais pra brincar, então eu tinha que quebrar. Certo, Steve? — Ele grita, como se o cara não estivesse ao seu lado. Steve apenas acena, concordando com tudo o que ele fez. — Então a gente tirou a porra do bilhete onde ele pedia socorro e dizia o nosso nome. E forjou a porra de um suicídio. Não era pra envolver essa bixa no meio da história, mas ele tava no lugar errado e na hora errada. Que culpa eu tenho do esquisitão gostar de andar na floresta de noite?

—Sem contar também que deu um puta trabalho de arrastar o cara para o meio do mato e matar ele lá, porra, o cara não parava de se mexer por um segundo. Ficava se debatendo como se fosse um peixe, sabe? Mas depois de umas drogas ele ficou levinho, tu lembra, Jhonny?

—Ele nem tava gritando quando a gente comeu ele né?

—Cara... — eu interrompo — Vocês são nojentos.

Jhonny se ofende.

—Olha só... Que hipocrisia... É nojento quando eu como os caras, mas quando você come os outros é amor? Que porra de sentido é esse? Vocês são tudo um bando de viado, gay só quer direitos que os prevaleçam. Porra nenhuma. São tudo raça inferior, são tudo um bando de filho da puta que merece morrer, que merece rola no cu pra aprender a virar homem. Não quis ser gay, caralho? Vai receber pirocada também. — Ele mexe no próprio pinto, olhado para o Steve e rindo da minha situação com o Erick.

—E a Emma? — Jhonny fica quieto quando eu toco no nome dela, porque ele sabe que fez merda. — Você também matou ela?

—É, — Ele suga o nariz — eu tive que matar, tá ligado? Quando eu fiquei sabendo que ela tava me procurando por causa do irmãozinho dela então eu tive que mandar aquele aviso. Se o esquisitão aí já estava com todos os holofotes para cima dele, então um a mais não seria nada. Só que aquela filha da puta continuou a me perseguir e ela estava quase me descobrindo, então eu tive que dar um sumiço nela. O Steve guardou ela direitinho para mim, e ela não queria prometer nada. Ela sabia quem eu era, e ela nunca ia guardar nosso segredinho, né Steve? — Eles se olharam. — Então a gente foi lá e matou.

—Caralho, ela tinha o mesmo cuzinho que ele, não é, Jhonny?

—Porra, verdade né? — Eu não consigo acreditar que eu estou mesmo ouvindo isso como se fosse um diálogo normal. É tão nojento e repulsivo que eu estou com vontade de vomitar. Mas eu quero escutar tudo para que eu possa entender no que ele se transformou. — Virgenzinha, aquela puta.

—Só socando assim, ó. — Steve demonstrou como ele deveria ter feito na hora em que estava abusando da Emma antes de ter matado ela, porque para aqueles dois garotos a Emma era apenas um corpo com uma buceta e um cu no qual eles podiam meter — A gente podia ter ficado com ela por mais tempo, né? — E o Jhonny estava de olhos fechados, como se ainda pudesse sentir a sensação de ter transado com a Emma.

—Sabia que aqueles peitos eram tudo de enchimento, Lucca? Ela não tinha porra de peito nenhum, velho. Você ia brochar se estivesse comendo ela também. — Não quero acreditar que o cara que eu estou vendo na minha frente é o meu amigo. Não quero pensar no que ele vai fazer com essa arma. Não... — Que foi? Te decepcionei?

—Você não era assim, Jhonny...

—Ah, eu era, sim. Eu sempre fui.

—Você era melhor.

—Melhor que isso? — Ele abre os braços. — Por que você quer que eu seja melhor do que eu mesmo? Quer que eu me encaixe nos padrões que seus pais, que *nossos pais* disseram que devemos nos encaixar? Quer que eu seja o evangélico temente a Deus que sua mãe quis te transformar, ou então o pai de família que meu pai quer que eu seja? Porra... Tá me julgando por não ser perfeito, Lucca? — Ele volta a rir. Uma risada permeada de sarcasmo — Logo você falando sobre perfeição?

—Não tem nada a ver sobre ser perfeito. Ser perfeito não o tornará uma pessoa boa, mas ser bom te faz ser melhor. — Sei que eu não vou ganhar nada falando esse monte de merda, porque o Jhonny já está muito dopado. Muito fora de si.

—Quer saber? Eu cansei desse papo furado. Vamos ao que interessa. Ei, esquisitão. Agora o papo é contigo. — Ele aponta a arma para o Erick, e ele levanta o peito, como se não temesse nada. — O que essa coisa aí faz?

—Torna o mundo melhor.

—Da hora. E o que ela faz de verdade?

—Tira a homofobia da sociedade. Torna pessoas como você menos ignorante e traz paz ao mundo. — Não o reprendo, porque eu teria falado a mesma coisa, apenas para mostrar ao Jhonny que ele não pode ser o dono do mundo.

—É por isso que o pessoal do governo tá te procurando?

—Não. Estou sob cautela deles.

—Tá dizendo que o governo é tipo sua babá? — Ele dá uma risadinha antes que o Erick responda, e então completa. — Filho da puta de boa sorte. Então quer dizer que eu não posso te matar se não o governo cai em cima de mim? Fodido...

—Não pode me matar porque não é capaz. É diferente.

—Olha só Steve... O filho da puta tá duvidando — o Jhonny ainda está rindo, e cada vez que ele ri é como um ácido novo despejando dentro de mim, porque eu sei que isso não vai ter um fim legal, sei que algum de nós sairá ferido nessa merda toda. — Eu sei que tudo isso já tá fodido pro meu lado, então eu posso tentar conseguir alguns anos a menos se eu estiver dopado. Sabia que o estado permite alguns furos na constituição? Tipo, se eu estiver com altas dosagens de drogas no sangue eu posso ser preso por menos tempo e se eu tiver um pai rico, e eu tenho, posso ser liberado pela minha fiança. Então eu lhes apresento isso — Ele tira um frasquinho do bolso, e eu não consigo ver que tipo de droga é — sabe o que acontece quando misturam LSD com cocaína, Lucca? Criam a *Cloud Nine*. Maluco, né? É tipo nove vezes a White Cloud. Sabe, Cloud Nine. Eu até ia deixar você experimentar, mas sabe como é, a gente não tem sido muito amigo nesses últimos dias e eu acho que você nem ia ter coragem de usar. — Ele despeja algumas gotas daquilo na boca, como se fosse dipirona. E os efeitos são quase instantâneos. Seu corpo começa a tremer e seus olhos estão mais esbugalhados que nunca... É como se ele estivesse ávido por ação e adrenalina, é como se ele precisasse de um estimulante.

Ele aponta a arma para mim.

—Você não vai atirar em mim, Jhonny.

Meu amigo move a pistola para trás e acerta o Steve em cheio na cabeça, o barulho da arma explodindo seus miolos é ensurdecedor. Eu não consigo acreditar que eu acabei de presenciar um homicídio. Não consigo entender o que está acontecendo aqui, porque meus ouvidos estão surdos e eu não quero prestar atenção em mais nada. Quero apenas fugir de volta para a minha casa, onde nada disso estaria acontecendo, onde eu estaria mais seguro. Mas não dá para voltar no tempo. Não dá para fechar os olhos e esquecer de tudo logo agora. Eu tenho que olhar para frente e tenho que ver o Jhonny passando a língua pelo lábio superior, lambendo o sague que tinha espirrado em seu rosto.

—Sabia que eu sempre tive vontade de te comer, irmão? — O Jhonny se aproxima de mim com a arma apontada para a minha barriga, eu quase sinto a bala perfurando minhas entranhas e estraçalhando todo o meu interior. Caralho... Eu não acredito que ele está mesmo fazendo isso. — Todas as vezes que a gente tomava banho juntos e todas as vezes que eu pegava na sua bunda quando a gente acampava. Tá ligado? Eu já fiz uma homenagem pra você, tá ligado? — Respiro fundo quando o cano da arma encosta na minha barriga e eu sinto os sussurros do Jhonny bem no meu ouvido. — *Tu é gostoso pra caralho...* — porra, que nojo ouvir isso...

O Jhonny cai no chão do nada, mas de repente eu vejo que não é do nada. A arma dele voa para longe quando o Erick agarra o meu pulso e me leva escada abaixo. Não consigo entender nada quando nós pulamos o corpo do Steve e descemos para os outros andares, enquanto o Jhonny ainda está lá em cima, enquanto eu ouço os gritos do meu melhor amigo. Caralho. Por que eu ainda insisto em chamar ele assim?

Ele não é meu melhor amigo. Ele é um assassino.

Porra.

CAPÍTULO NÚMERO VINTE E SEIS

"Vamos lutar por um mundo novo. Um mundo decente, que dará ao homem uma chance de trabalhar"

Se mexe, Lucca. Era a única coisa que eu conseguia falar para mim mesmo desde o momento em que o Erick havia segurado a minha mão e me puxado escada abaixo. Só que a única coisa que passava pelos meus olhos era aquela cena em looping. Voltando e voltando. Enquanto o Jhonny atirava na cabeça do próprio colega de crime. Não que eu estivesse triste por ter um a menos de quem se esconder, mas era completamente assustador. Se ele fez isso com o cara que estava ajudando ele em tudo o que havia feito, então nada poderia me salvar. Nem mesmo nossa amizade.

Erick estava tão ofegante quanto eu. Pensei que ele nos levaria para fora da casa dele, já que do lado de fora ficaria bem mais fácil fugir para a White Cloud e esperar que os agentes de Turner viessem impedir o Jhonny, mas ele fez algo muito nada a ver. Chegamos na última escada e ficamos de frente para a porta, mas ele me levou para a esquerda, onde encontramos aquela sala. Ele levantou o tapete.

Eu podia ouvir os passos do Jhonny correndo atrás de nós, ele estava muito mais rápido e enfurecido do que antes. Eu sabia exatamente o que o Erick queria fazer, então enquanto ele estava tirando o tapete e abrindo o alçapão eu peguei uma estante e arrastei-a para a abertura entre o saguão principal e a sala. Muito conveniente que ela estivesse ali. Não era o suficiente para parar essa perseguição, mas faria com que o Jhonny perdesse algum tempo. Assim que eu terminei de arrastá-la eu vi o cara descendo as escadas, então me apressei em seguir o Erick. Meus pés me moviam para frente enquanto a estante era derrubada e quebrava um monte de coisas de porcelana. Ouvi o barulho do tiro enquanto eu fechava o alçapão e o trancava pelo lado de dentro. Não tive tempo o suficiente para ver as vãs tentativas do Jhonny de abrir aquilo, apenas segui o Erick, acompanhando-o pelas luzes fracas que vez ou outra iluminavam seu cabelo.

—Pra onde nós estamos indo?

—Ele precisa se perder. — A voz dele saiu fraca quando nós viramos o corredor e ouvimos outro barulho de tiro, quando o trinco foi estourado e o garoto desceu até o nosso encontro. — Tem uma saída para o lado de fora.

—E qual é o plano?

—Ganhar tempo. — Erick parecia ter mais certeza do que queria fazer do que eu mesmo — Precisamos esperar até que a Máquina esteja carregada.

Viramos à direita e acabamos naquele mesmo lugar onde ele estava amarrado, mas o que eu não sabia era que, mais abaixo no canto direito, havia uma tubulação que levava a um túnel secreto que desaguava até a lateral da casa. Não sei exatamente quem foi que construiu isso, mas estava planejando uma bela fuga pela mansão.

Erick me enfiou nesse buraco e ele veio logo em seguida, Jhonny não conseguiu nos achar enquanto nós rastejávamos por aquele círculo até um pouco mais adiante. Quase podia sentir enquanto nós nos separávamos da casa e entrávamos na floresta. O Erick estava bem atrás de mim, sabia disso por conta da sua respiração. Merda. Olha onde eu meti esse cara. Eu deixei que o Jhonny pensasse que podia fazer tudo e olha só onde nós estamos agora.

Queria muito pedir desculpas para o Erick.

Só que eu não consegui colocar as palavras para fora, não consegui dizer mais nada para ele. Eu vi uma fraca luz lá no fundo e uma escada. Era para onde nós tínhamos que seguir. Fiquei de pé e subi. Não era nem um pouco grande e desaguava numa pequena casinha que devia ficar no meio das árvores para não ser notada, como um banheiro. Como aquele banheiro do Shrek. Não consigo evitar.

Erick está bem atrás de mim. Caralho, eu não canso de repetir isso para mim mesmo só para ter certeza de que ele está bem. Só para confirmar que eu não vou deixar que nada aconteça com ele. Seguro seu rosto e passo a mão por sua testa, tirando seus cachos da frente de seus olhos. Eu não consigo sorrir ainda, mas queria muito dar um beijo nele agora mesmo. Sei, contudo, que se nós continuarmos aqui, em breve o Jhonny vai nos achar e eu não quero levar mais um tiro nessa noite. Não faço ideia de que horas sejam e nem de quanto tempo passou, não sei se faz tempo que sai da White Cloud, porém espero que o Turner possa aparecer na hora certa.

—Agora nós voltamos lá para cima?

—A Máquina vai nos ajudar. — Erick sussurra.

Não quero depender de uma máquina para salvar a minha vida, e eu queria que o Erick tivesse noção do que ele está falando. Ele está dizendo que aquela coisa vai impedir o Jhonny. E eu não quero julgá-lo como mentiroso, quero acreditar na palavra dele. Sei que ele está falando a verdade... E é por isso que eu abro a porta lentamente apenas para comprovar que eu estava certo e nós estamos mesmo no meio do mato, naquela casinha bem pequena com menos de um metro quadrado.

É possível ver a casa do Erick daqui, porque não estamos nem um pouco longe. Até parece que a adrenalina está indo embora quando nós voltamos a correr e se esconder no meio das árvores. Eu não quero fazer isso tudo de novo, eu não quero subir todas as escadas enquanto o Jhonny nos segue com aquela arma. Eu queria ter meu celular agora. Eu poderia só ligar para a escola e dizer para o Turner se apressar, sei que poderíamos esperar por eles daqui, mas não dá para fazer isso.

Nós damos a volta na casa e vemos a porta ainda aberta, parece que o Jhonny não foi esperto o suficiente para fechá-la. Então nós entramos sem que ele saiba que estamos na casa novamente. Quero muito pedir para que o Erick se esconda, já que o Jhonny o mataria muito mais rápido do que poderia me matar. Só que ele é o único que sabe o que a Máquina pode fazer, ele é o único que vai fazê-la funcionar. Então não posso deixá-lo longe de mim. Subimos as escadas o mais rápido que nós conseguimos, mas eu não escuto nenhum passo diferente vindo atrás de nós, não tem ninguém nos seguindo até o último andar quando passamos pelo corpo morto do Steve.

E, mais uma vez, não tem ninguém aqui em cima. Só conseguimos ver a Máquina, ela ainda está apitando e fazendo aqueles barulhos ruidosos que estão atraindo o Erick. O garoto dos cabelos encaracolados começa a checar tudo e vê, no painel, que ela já está sendo carregada para a execução.

—Merda. Você apertou o botão no Dispositivo?

—Sim. Não podia? — Eu me aproximo do painel junto dele.

—Não, você fez certo. Só que agora nós vamos ter que esperar e contar com o tempo. — Ele está ofegante, está desesperado, a contagem ainda está em setenta e quatro por cento. Olho para seus olhos e tento acalmá-lo, mas sei que é impossível. Não vou conseguir salvá-lo da mira de uma arma e nem mesmo de um maníaco.

Os passos na escada se seguem e eu peço para que o Erick se esconda atrás da Máquina, olho para a janela gigante que vai do teto até o chão, aquela claraboia que nunca foi uma claraboia. Erick me obedece e então eu fico de frente para a escada enquanto o Jhonny aparece.

Ele não está com a arma apontada para mim, mas posso vê-la em sua mão direita. Seu rosto ainda está cheio de sangue e sua língua está pendurada ao lado da boca, como se também estivesse bem cansado. Não sei se é efeito daquilo que ele usou, mas ele está completamente insano. Ele levanta a arma para mim e começa a se aproximar.

—Seu amigo decidiu fugir?

—Foi chamar reforços. — minto na cara dura — Por quê?

—Covarde. — Ele balança a cabeça — Você é covarde pra caralho.

—Sou o suficiente para saber a hora de me render e a hora de revidar. E eu não vou lutar contra você, Jhonny. Não vou resistir.

—Ah, eu vou fazer com que você resista. Eu quero ouvir você gritando de dor, Angiani. — Ele joga a arma para o lado e começa a andar na minha direção — Sabe o que é engraçado na Cloud Nine? Ela acelera você a ponto de te causar alucinações.

—Então você nunca vai ganhar de…

Recebo um soco no rosto que me faz cair no chão e deixar a Máquina vulnerável, mas eu nem tenho tempo de me recuperar ou de retribuir, porque logo em seguida recebo um chute daqueles no meu estômago. Não consigo me mover por dois segundos enquanto o Jhonny está gritando alguma coisa que eu nem presto atenção, mas quando seu pé se move — agora para acertar a minha cabeça — eu escapo e tento me colocar de joelho. Mas rastejo para longe da Máquina. Não consigo achar a arma e nem sei se conseguiria atirar, então é por isso que eu fico de pé e encontro meu alvo.

Jhonny está avançando mais uma vez.

—Você é fraco, Lucca. Você sempre foi.

—Experimenta — Ele me acerta um soco na orelha e eu consigo socar sua barriga com toda a força que eu tinha na minha mão direita, ele recua um pouco, mas já volta com mais socos e eu sou posto contra a parede, enquanto ele me soca mais vezes no estômago e me faz querer vomitar. Do nada ele prende meu pescoço e fica cara a cara comigo, posso sentir o hálito de podridão em sua boca.

—Essa posição parece familiar pra você?

—Você é um vilão de merda…

—Vilão… Tá aí uma coisa legal que você me chamou. Eu vou acabar com a sua vida, Lucca — Ele começa a apertar mais forte, para que eu não possa falar nada e eu sinto exatamente o que ele estava sentindo, não consigo mais fazer a tão famosa troca de ar, o oxigênio não está entrando e o carbono está poluindo todas as veias e em breve eu vou perder minha consciência e não vou conseguir sentir mais nada. — Vou acabar com a sua vida do mesmo jeito que você acabou com a minha.

—Você… acabou…

—Não… Eu sempre fui o amigo que ficava de lado. — é essa a parte que ele começa a soltar o seu discurso de como ele foi usado por mim e de como ele se sentia descartável — Fizemos aquela promessa, mas alguma vez você sequer se lembrou que tinha feito? Você lembrou? Você sequer me viu quando eu estava te dando essas merdas para você usar? Me responde, Lucca!? — Ele grita meu nome quando me puxa da parede e me joga para o chão.

O ar aparece para explodir os meus pulmões e eu sinto tudo batendo de novo, o coração pulando pela garganta. Não consigo ver nada direito, porque eu recebo um chute na cabeça e quase fico cego do olho esquerdo. Mas meu nariz já foi embora, já está sangrando e latejando. Meus braços querem arrancar todos os fios de cabelo do Jhonny, mas eu não consigo nem me levantar para ficar contra ele.

E é aquele momento em que ele para mais uma vez de me bater para falar qualquer coisa, eu nem escuto as merdas que ele está falando. Eu só coloco o cara no chão quando chuto com força a parte de trás de seus joelhos e ele cede. Ele cai de bunda e eu subo em cima dele. Eu prendo as suas mãos com as minhas e coloco todo o meu peso para um pouco abaixo do seu pau, ele está completamente histérico quando eu faço isso. Até parece que tem algumas lágrimas escorrendo por seu rosto, ele está gritando como se estivesse acorrentado à uma camisa de força.

—Pra onde é que você foi quando eu estava precisando de ajuda e compreensão? Onde é que você estava quando eu quis me matar por conta do que eu sou? Que filha da puta você estava comendo, Jhonny? — Ele continua gritando a cada pergunta que eu faço, então eu meto uma cabeçada na sua testa, mas ele não se impede. Depois de um segundo ele está querendo me morder, tentando agarrar o meu corpo e arrancar um pedaço de mim. Então eu estou tonto por conta da cabeçada, mas não posso parar. — Você vai parar Jhonny! — E lá vou eu dando mais uma cabeçada. Ele está começando a ter uns tremeliques a cada cabeçada que eu dou, mas também dói em mim. Eu não consigo fazer com que ele se detenha. — Você nunca me ajudou! Você nunca quis ir pra lua comigo! — Bato mais uma vez, fechando os olhos por mais tempo dessa vez. O Jhonny está gritando mais e mais vezes, é como se a cada cabeçada ele estivesse renovando sua fúria. Eu bato mais duas, três vezes e, repentinamente, eu deixo uma de suas mãos escaparem.

Estou tonto demais para detê-lo.

Quando ele inverte as posições eu sinto a parte de trás da minha cabeça entrando em contato com o chão e isso dói tanto quanto todas as outras cabeçadas. Não consigo mais ver nenhum pingo de luz, todos os contornos do rosto do Jhonny me cegam, são todos encobertos pela obscuridade que transborda de seu olhar. Estou com medo. Porra... Olha só onde é que eu fui me meter...

—Seu cheiro...

Jhonny aproxima o nariz do meu pescoço e eu não consigo impedir que ele faça isso, seu aperto é bem mais forte que o meu. Seu nariz passa pela minha clavícula e sobe até a região da minha traqueia, demorando bastante quando chega perto da minha orelha, sinto sua respiração quando ele fica ofegando ali... e é uma sensação de desespero e agonia que me enche de pavor. Porque estou fraco. Porque não sei como me defender sozinho. Porque o Erick está logo atrás de mim e eu não sei como vou protegê-lo se eu acabar desmaiando. Por isso estou com tanto medo. Consigo sentir o seu sorriso mesmo sem nem ter visto quando seus lábios se levantam, sua cabeça se move até o meu queixo e sinto algo gelado na ponta do meu queixo. Gelado e molhado.

Ele está me lambendo.

Como se quisesse pegar todo o meu suor, como se eu fosse um pedaço de carne pronto para a janta, ele passa a língua desde o meu queixo até minha bochecha direita, parando mais uma vez perto da minha orelha do mesmo lado. E, ao fazer isso, ele coloca a boca bem no lóbulo e dá uma leve mordida. Mas a dor começa a ficar maior e maior quando eu percebo que ele está mordendo para valer. Algumas garotas me disseram que há dois modos de se colocar um brinco: o casual, quando você vai em algum lugar e eles colocam a agulha tudo direitinho que não costuma doer nem um pouco, e o habitual, quando você pede que suas amigas façam que daí dói bem mais.

Posso afirmar, contudo, que nada se compara a ter uma parte da orelha arrancada. O meu lóbulo já não estava mais onde devia estar, meus gritos não servem de nada e eu mal posso me debater para sair daquele aperto, eu já nem tenho mais forças para fazer qualquer coisa.

Jhonny está sorrindo a minha frente, com alguma coisa presa entre seus dentes. Carne humana. Minha carne. Sua língua se move e solta o pedaço da minha orelha que ele arrancou bem perto do meu nariz, mas o meu lóbulo corre pelo meu rosto e eu nem vejo onde ele cai.

—Desculpa... Eu não resisti. — Seu sorriso é o pior que vi em todo esse tempo, é incrivelmente psicótico e descontrolado — Olha para mim. — Eu viro os olhos para ele, tentando obedecê-lo — Está com medo?

—Já tive mais medo. Quando a gente se meteu naquela caverna quando a gente tinha dez anos e não conseguimos achar a saída. Tive mais medo quando a gente quase foi assaltado no seu aniversário. Eu tô com pena Jhonny... Por saber que você jamais vai se lembrar de como era...

—Que pena. — Seu sorriso ainda está lá.

É como se ele nem tivesse ouvido nada.

Quando ele avança mais uma vez — agora para a outra orelha — algo o impede de fazer isso. Um chute bem dado o leva a se recolher do outro lado da sala. E tudo começa a acontecer rápido demais. O Erick me segura e me ajuda a me levantar, no mesmo instante a dor na orelha volta por conta da pressão que eu exerço sobre meu corpo, mas estou em pé. Estou zonzo e estou quase desmaiando, mas o Erick está perto da Máquina e está colocando-a para funcionar. A contagem zerou.

Sinto mais uma pressão quando ele gira uma chave e aperta um botão vermelho fechado por aquela cúpula transparente. A sirene em cima da Máquina começa a brilhar, mas nada acontece comigo. Talvez porque eu não seja homofóbico. Mas a nossa verdadeira surpresa é quando o Jhonny se levanta, e ele ainda está enfurecido com tudo. Com raiva de tudo.

Merda. Ela não funcionou.

Jhonny joga o Erick no chão quando ele se coloca entre nós dois e eu me preparo para dar um soco nele, mas só o que acontece é um soco no meu estômago. E dessa vez eu já não consigo mais resistir. Fico de pé não sei bem como. Certo, sinto as mãos do Erick me ajudando. Não sei para onde o Jhonny está indo até o exato momento em que ouço o barulho da arma. Olho para frente e nós dois ficamos indefesos. Erick me carrega para trás da Máquina, mas eu sei que dessa vez não dá mais para fugir.

Então essa é a cena final.

Quando eu e Erick ficamos lado a lado atrás da escada e o Jhonny fica parado com a arma apontada para nós com aquela janela atrás de si. Não sei em qual de nós dois ele vai atirar, mas seus olhos estão concentrados no Erick. E, repentinamente, eu me coloco na frente dele no mesmo momento em que a bala se finca na minha barriga. A dor é cruciante. Você não faz ideia de como seria receber uma bala de fogo dentro de si… É como se todos os seus sistemas parassem instantaneamente de pegar… Sou um geneticista, mas não faço ideia de como isso vai me afetar. De como isso vai me prejudicar.

Caio no chão.

Ouço o grito do Erick quando ele parte para cima do Jhonny e lá vai mais um tiro, sei que deve ter atingido ele, mas a única coisa que eu vejo de verdade é quando eles dois vão em direção à janela, quando o Erick os joga do quarto andar em direção ao chão. Eu vejo a última silhueta do criador da Máquina desaparecer pelo buraco na janela e eu não sei se ele vai conseguir sobreviver à essa altura. Nunca vi alguém que tenha sobrevivido a esse tipo de queda.

Eu começo a me rastejar, mas não consigo chegar muito próximo da janela quebrada. A Máquina está bem ao meu lado, como se ela estivesse silenciosamente se lamentando por não ter funcionado. Sei que não foi culpa dela, sei que tudo isso aconteceu por conta do Jhonny, por conta de todos nós… Mas merda, eu queria tanto ter consertado tudo isso. As coisas começam a escurecer para mim, e eu não sei se há mais forças para chegar até lá. Não sei se eu vou aguentar esperar o Turner… Apenas paro de rastejar, mesmo sem nem ter percebido. Preciso poupar energias. Sobreviver. E aqui estou eu, parado inutilmente no chão.

Não sei o que vou encontrar quando abrir meus olhos de novo, não sei quanto tempo vai ter se passado assim que eu abrir meus olhos de novo. E eu tenho que admitir que estou morrendo de medo, porque essa pode ter sido a última vez que o vi. Pode ser que ele vá embora. Ele *vai* embora. De qualquer modo... eu jamais voltarei a vê-lo. É assim que meu coração volta a se apertar daquele modo tão cruciante. Dizendo-me que é aqui onde as coisas acabam.

É aqui onde o grande prodígio da genética de White Cloud vai morrer, numa casa abandonada e solitária. Num lugar sem ninguém, ao lado de uma máquina. É aqui onde eu dou tchau...

Aquela teoria estava certa: todos nós morremos sozinhos.

CAPÍTULO NÚMERO VINTE E SETE

"No décimo sétimo capítulo de São Lucas está escrito: 'o reino de Deus está dentro do homem' não de um homem ou de um grupo de homens, mas em todos os homens. Em você"

Vejo o vermelho de começo. E eu não consigo lembrar de quase nada, não de imediato. Eu só consigo sentir meus próprios pulsos com alguns tubos e um baita incômodo na parte de trás da cabeça e no meu estômago. Parece que eu não como há décadas, parece que há um buraco em mim que jamais vai se fechar. E então eu começo a lembrar gradativamente, lembro de como aquela bala me perfurou bem no momento em que deveria ter perfurado o Erick, lembro de como as coisas se desenrolaram e de como os dois foram para o chão. Ainda lembro da Máquina e de como ela parecia pedir desculpas por não ter conseguido executar sua função... E caralho... Isso faz quanto tempo?

Abra os olhos, Lucca. Você precisa ver.

E é aí que o vermelho começa a fazer sentido, porque não tem nada a ver com sangue, agradeço por isso. Agradeço por não ser meu sangue ou o sangue de qualquer outra pessoa que eu conheça. É uma cor engraçada quando eu a vejo de baixo, como se estivesse me chamando. Eu lembro desse rosto, eu lembro perfeitamente de como as formas curvilíneas se desdobram naquela ponta do queixo e então um sorriso se forma. É... Fazia tempo mesmo que eu não a via tão de perto.

Queria falar qualquer coisa, mas minha garganta está seca e eu estou com medo de ter que forçar a minha voz, por isso apenas espero enquanto sorrio junto dela. Até que ela parece estar animada por eu ter aberto os meus olhos e acena para alguém ao seu lado:

—Mãe, ele acordou. Ele acordou! — O mesmo entusiasmo de sempre.

Depois disso eu vejo quando a minha mãe se junta na minha visão nada periférica, ela está feliz e até tem algumas lágrimas que se recusam a descer, em seguida o meu pai aparece, um pouco mais firme em sua posição, mas não menos feliz em ver que eu estou vivo. E cara, eu estou vivo. Isso tudo é muito estranho. Desmaio num lugar e acabo acordando em outro. Logo um doutor vem me supervisionar, pede para que eu siga aquela lanterna com os olhos e eu o faço mesmo que sinta uma leve dor. Abre a minha boca e vê que minha garganta está seca, por isso me dá um pouco de água para me acostumar.

—Faz tempo que você não fala, então vai estranhar se errar algumas palavras de início. O que importa é que você tente — Ele me incentiva como sua profissão o obriga a fazer, mesmo que eu não seja muito capaz de falar.

—Vermelho. — Minha voz soa rouca como eu imaginei que soaria, mas pelo menos consegui soltar o que estava dentro de mim — Seu cabelo tá vermelho, *sister*. — completo.

—Sabia que você ia amar.

—Amar? — digo ironizando. Queria soltar uma frase muito boa sobre como seu cabelo está horrível e deixando-a para baixo, mas não consigo prosseguir com a frase. Parece que está tudo se entalando cada vez mais.

—Eu fiz por sua causa. — Ela exibe aquele sorriso de satisfação e uma pontada de felicidade, porque eu devo ter preocupado a família toda. — Eu prometi que se você acordasse eu ia pintar meu cabelo.

—Vermelho?

—Primeiro eu pensei em loiro, mas eu ficaria horrível loira. Quer dizer, é quase impossível que eu realmente fique horrível mesmo tentando muito, mas não ia combinar tanto com os meus olhos. Também pensei em roxo, verde e coisas do tipo, mas achei que vermelho ia ficar bem mais bonito. E, só para ressaltar, eu sou quase irlandesa agora. — Ela sorri e apoia o queixo na mão. — É o que dizem, vermelho é a cor mais quente.

Rio debochadamente. O que ela quis dizer é que *Azul é a cor mais quente*. É o nome de um filme.

—Você não devia estar… — respiro — na Alemanha?

Ela hesita antes de responder, tirando a mão do queixo.

—Eu tirei umas férias por tempo indeterminado…

—Ela saiu correndo de lá no momento em que soube que você estava na UTI. — Minha mãe se intromete, contando todos os segredos que Alana gostaria de reter. — Ela largou os compromissos lá porque queria te ver. Alana não saiu do lado da sua cama por nenhum segundo…

—Mãe, com você falando assim ele até vai achar que eu gosto dele, que eu me preocupo com ele e esse tipo de coisa. — Caralho, como eu odeio a Alana… ela consegue ser tão irritante e tão incrivelmente animadora. Já me sinto um pouco mais feliz por saber que ela ainda está segurando a minha mão, mas fico pior quando percebo o que eles estavam falando. Minha mãe falou sobre a UTI. Falou sobre o tempo que eles ficaram aqui.

O que me leva a perguntar:

—Por quanto tempo eu fiquei... fiquei aqui? — As palavras realmente saem mais enroladas do que eu lembrava, é difícil pronunciar as palavras e eu não consigo me consertar de uma vez só. É como se eu estivesse reabsorvendo o dicionário inteiro.

—O acidente... — é assim que a minha mãe se refere àquela noite em que o Jhonny arrancou o meu lóbulo — Aconteceu no começo de novembro, estamos em março, Lucca. Foram cinco... quase cinco meses, não é? — Ela olha para o meu pai e ele coloca a mão em seu ombro, como se fosse ela que precisasse de consolo.

—Há quase duas semanas o doutor disse que você ia acordar...

Olho para os lados e deixo o que meu pai está falando de lado, não quero ouvir e nem consigo ouvir direito o que ele quer me avisar. Os socos que ele me deu me atingem todos de uma vez. Fico preocupado pela primeira vez com o Erick. Erick não está aqui. Não sei onde ele está, porque não o vejo em nenhuma cama ao lado.

Ele não parece sequer ter vindo aqui...

—Cadê ele? — Pouco a pouco vejo o rosto dos meus familiares recuando, minha mãe é a primeira, Alana a segunda e meu pai é o último, principalmente porque eles sabem de quem eu estou falando. — Erick?

—Ele foi embora — Alana diz antes que meus pais tentem falar qualquer coisa que não seja isso, mas eu sei que ele não se levantou do nada e caminhou tranquilamente para o carro do governo enquanto Turner dirigia para um lugar bem longe da White Cloud. Ele não teria escapado tão rápido de um ferimento a bala e de uma queda daquele modo. Ele ainda tinha que estar aqui, ou ao menos tão incapacitado quanto eu. Sei para onde ele foi embora... E não foi para nenhum lugar no qual eu poderia encontrá-lo...

—Ele morreu? — Pergunto.

—É. — Alana teme em admitir, mas ela não mentiria para mim. Ela sabe que eu preciso ouvir isso. Sua voz exibe o desaponto em ter que me dizer isso. Mas bem... eu sabia que isso não teria um final feliz. E eu sei que essa notícia é bem nova e eu sei que eu não vou sentir o peso da falta dele agora, porque a dor é bem mais dolorida depois de um tempo. Talvez amanhã eu finalmente perceba que eu sempre vou sentir um buraco no meu estômago e outro no meu peito.

—E a escola?

—Ela ainda está aberta, estão te passando automaticamente de ano por conta do que aconteceu. — Meu pai estufa o peito para me defender, como se realmente estivesse se importando comigo. Depois de tudo o que ele me disse e de como ele agiu...

—Lewis não era nem louco de te reprovar depois de tudo isso, ele está dependendo de muitos pais para continuar zelando a imagem da White Cloud. — A minha irmã levantou a sobrancelha como se isso fosse óbvio. Eu me sinto tão inútil deitado aqui. O que restou? O que mais eu vou conseguir fazer de agora em diante? Sério... O que eu vou fazer?

O prodígio da White Cloud vai passar de ano por conta de uma bala no estômago, vai ser o coitadinho que acordou depois de ter sido baleado. E como eu vou enfrentar essa coisa toda? Como as pessoas vão vir falar comigo sabendo de tudo o que me aconteceu, e o pior, como eu vou responder?

Começo a pensar que teria sido muito melhor se eu não tivesse acordado.

O tempo passa muito mais devagar quando você está vegetando na cama de um hospital, é infinito de certa forma. Minha única distração foi começar a dar nome às coisas. Quer dizer, eu tentei fazer isso, mas minha imaginação não foi muito além. Porém minha memória ainda era boa o suficiente para lembrar daquela marca no teto do meu leito onde eu podia ver até mesmo quando as luzes se apagavam. Eu encontrei os padrões das máquinas que mantinham meus companheiros respirando e enquanto eles estavam vivos, mas eu vi dois deles morrendo. Pouca gente sobrevivia a UTI.

No primeiro mês a reabilitação foi difícil, fazia movimentos de escrita todos os dias, exercitando os dedos, os punhos, as palmas, reaprendendo e retomando todo o controle do meu corpo. Até que o doutor veio me dizer que eu ia precisar de alguns bons meses de reabilitação para poder voltar a andar. Enquanto isso eu estaria livre para usar uma cadeira de rodas.

Eu queria muito ter ido nos túmulos do Erick e da Emma, eu queria que eles soubessem que eu estava presente e que eu ainda estava carregando o legado deles. A memória deles. É claro que tudo o que eles fizeram e tudo o que deixaram de fazer era algo que apenas eu saberia. Eu era a única coisa que eles deixaram para trás. Perguntei pouquíssimas vezes sobre o Jhonny apenas para descobrir que a família rica dele o internou — por ordem da justiça — numa clínica muito bem falada. Consigo sentir o cheiro da corrupção que cobria cada matéria, falando que tudo o que o Jhonny fez foi por conta das drogas, falando que um jovem são jamais comeria a orelha de seu melhor amigo.

Eles jamais saberão de toda a história.

Quando eu volto para casa eu descubro que meu quarto está no lugar onde era o quarto dos meus pais, já que eu não posso subir as escadas para chegar ao meu cantinho. Então tudo foi meio adaptado parcialmente para que eu pudesse me locomover normalmente. Algumas vezes eu tentava me arriscar nos movimentos com os pés, mas eles não se mexiam. Eu tive medo de que eles jamais mexessem de novo.

Bem, todos os meus amigos — ou melhor, aqueles que agora queriam ser meus amigos — encheram meu WhatsApp de mensagens. A propósito, tinham encontrado meu celular no bolso do Jhonny. As gêmeas, cada uma delas, me mandaram melhoras. O Key veio com a Cassie me ver num dia desses e eles pareciam bem abatidos por minha causa. Por incrível que pareça tinha até uma mensagem do Sam, ele disse que esperava que eu pudesse me recuperar bem rápido para que voltássemos a contar nossas histórias um para o outro. Não sei se ele ficou preocupado de verdade porque é tudo muito imprevisível quando se trata do Sam, eu não respondi a nenhuma de verdade. Não fui tão otimista quando Key e Cassie vieram aqui em casa. Eu não queria receber ninguém. Ao que parece, a notícia de três jovens que quase morreram ou que morreram percorrera por quase todo o país.

No começo de Maio eu recebi uma ligação do Trevor e consegui atender ao meu telefone sozinho, eu ainda tremia muito mais do que seria comum, os médicos disseram que talvez sempre houvessem sequelas para mim. Mas ainda fazia pouco tempo que eu tinha acordado e me disseram que eu precisava descansar como nunca fiz antes, disseram que eu precisava me esforçar com os exercícios e me disseram que meus avanços eram maiores do que esperavam. Creio que eles sempre dizem algo do tipo para os outros, só para que eles sintam algum incentivo. Mesmo que não seja verdade.

O Trevor me disse que queria me ver, e, naquela sexta-feira, ele me levou para sua casa. Com a cadeira de rodas e tudo. Ele me perguntou um monte de coisa, perguntou se eu estava bem e perguntou o que eu ia fazer de agora em diante, fez aquele tipo de pergunta que as pessoas não fazem: como era não sentir a perna. Eu lhe respondi que era como não ter uma parte de você funcionando, como se estivesse dormindo para sempre. Sei que ele apenas fingiu entender, porque o Trevor é incrivelmente simpático e educado, ele jamais me deixaria constrangido numa situação dessas. Conversar com ele foi reconfortante, ele, assim como a Alana, era o único que não me tratava com a minha nova deficiência.

Nós chegamos à casa dos meus tios e eu me surpreendi quando a minha tia abriu a porta como se eu fosse muito mais do que bem-vindo. Ela estava — ou pelo menos parecia estar — muito feliz por me ver vivo. Por me ver bem.

—Seu tio estava te esperando. — Mas seu tom ainda é o mesmo.

Com aquela rabugice de gente velha e acabada.

Eu me movo com minha cadeira até o quarto dele, como eu tinha dito antes é um espaço adaptado à cadeira de rodas para quando ele precisa tomar banho ou usar o banheiro ou simplesmente sair um pouco da cama e respirar o ar nos dias quentes de primavera. Enfim, agora eu entendo como ele vive... Entendo como é estar impossibilitado de fazer várias coisas por conta de uma merda que aconteceu na sua vida.

Mas tento soar positivo.

—Oi tio. Tudo bem? — Ele exibe o maior sorriso do mundo quando me vê entrando por aquela porta na minha cadeira de rodas. Merda, como eu odeio essa palavra. Eu odeio ter que repetir essa palavra toda vez que eu falo em me locomover. Porra! — Olha só, eu tô imitando o senhor! — queria ser o mais engraçado possível, para que eles vissem que eu estava melhorando e para que eu pudesse passar por cima desses obstáculos.

Meu tio quis dizer algo do tipo "você emagreceu" ou que eu mudei, algo do gênero. Eu sei que ele sabe exatamente como é fácil emagrecer se você está deitado numa cama por tanto tempo mesmo sem praticar nenhum tipo de exercício que o faça perder peso. É uma maldição.

—É, eu emagreci um pouco. É que o senhor não viu na hora que eu acordei, mas o meu cabelo estava do tamanho do da tia, você tinha que ter visto tio, você ia rir. — Minha tia não parece ter gostado da comparação, mas ela não impede a nossa conversa. Ela não quer se intrometer no nosso relacionamento, porque ela sabe que nós dois precisamos ter essa conversa. Elsa sabe que *eu* preciso dessa conversa.

Eu fico olhando para o meu tio.

Ele aponta para o braço, como se quisesse me perguntar as horas. Não, as horas não, mas o tempo. Quanto tempo eu fiquei desacordado.

—Quatro meses e alguns dias, tio. E depois mais umas semanas pra levantar daquela cama, porque eu estava com sono demais, sabe? — Ele sorri mais uma vez, como se realmente estivesse achando graça de tudo o que eu estava falando e depois ele coloca a mão do lado do rosto, como se indicasse que estava dormindo. E eu respondo — Não, não tô nem um pouco cansado. Eu quero fazer tudo de uma vez, eu dormi tempo demais. Quem é que fica dormindo por cinco meses? Que desperdício de tempo tio...

Ele faz uma borboleta com as mãos.

—Eu não consegui dar continuidade no projeto, tio... Por conta do que aconteceu. Daí a Associação passou as informações para o concurso e disse que o estado de Ohio não participaria naquele ano.

Tio Mark balança a cabeça positivamente, e quando eu começo a me desesperar dentro de mim mesmo ele começa a balançar negativamente. Eu passo a ofegar do nada, como se estivesse muito cansado, como se eu quisesse colocar alguma coisa para fora.

—Tio... O senhor me desculpa? — Eu solto gemidos que antecedem o choro, tentando me controlar o máximo para não soar fraco na frente do homem mais forte que eu conheci até hoje. Meu tio continua lutando contra todas as deficiências que ele tem espalhadas pelo seu corpo e não costuma chorar, ele se acostumou a ideia de que nunca mais poderá andar. Mas eu não consigo pensar desse modo. Isso me desespera. — Eu disse pro senhor que eu ia te fazer andar de novo, eu disse que ia te fazer falar... — Eu começo a chorar e tossir, passando a mão pelos meus olhos, tirando todas as lágrimas antes que elas desçam — E eu tô aqui. Eu não te fiz falar e eu não te fiz andar... eu nem sei se eu vou conseguir andar de novo, tio... — E é aí que eu entro em desespero e começo a soluçar que nem um louco.

Dói demais, cara. Porque não é um tipo de dor física, eu nem consigo sentir a minha perna por conta dos analgésicos que eu tomei durante todo esse tempo, mas dói bem dentro do meu coração, onde a cicatriz é mais profunda que a bala que perfurou minha pele. Eu sei que eu não podia ter evitado nada disso, mas merda... olha só o que eu fiz!

Tio Mark levanta a mão para mim e começa a soltar aqueles gemidos, como se ele estivesse tentando falar alguma coisa importante para mim, como se pedisse que eu prestasse atenção. Ele coloca a mão no coração, levantando e subindo... depois ele coloca o dedo na cabeça, e batuca na própria têmpora e depois levanta os lábios com os dedos, formando um sorriso forçado.

E então ele aponta para mim.

O que ele quis dizer é que eu sou uma pessoa inteligente e que eu ainda estou vivo. Ele pede para que eu fique feliz por ter a oportunidade de ainda estar vivo. E por ter a chance de tentar novamente. Eu ainda estou chorando para caralho, porque eu queria muito que ele estivesse falando a verdade. Sei que ele quer que eu acredite que posso me curar, mas já vi casos demais de pessoas que jamais voltaram a andar. E eu não sou sortudo o suficiente para ser uma dessas pessoas. Fico apenas encarando quem eu posso me tornar, um estado vegetativo que nem o meu tio, apenas esperando o dia em que eu me torne mais um túmulo naquele cemitério. Junto do túmulo do Erick. Ao lado do túmulo de Emma. E é isso o que dói, saber que morrer teria sido bem melhor do que permanecer vivo...

Eu não queria ter ficado vivo.

Já estamos em Julho, eu deveria estar me formando com o restante do pessoal, mas isso não vai acontecer. Disse para meus pais esses dias que eu queria completar o meu ensino, queria voltar para a escola qualquer dia desses e aprender tudo o que eu deveria ter aprendido, ou ao menos fazer alguma prova para testar meus conhecimentos e me passar de ano por conta do meu mérito. Nenhum prodígio gostaria de ser reconhecido pelo modo como eu fui.

Mas pelo menos eu tive uma notícia boa nesse tempo, eu voltaria a andar. Claro que não era nada definitivo e nada de imediato, mas os médicos viram o meu potencial em ir adiante, queriam que eu voltasse a andar. Sabiam que eu tinha força nas pernas para isso. Só precisava ser encorajado. Por isso meus pais pagaram sessões de fisioterapia avançada para que eu desenvolvesse novamente os músculos das pernas. Eu tenho que dizer que as sessões eram muito ruins, me colocavam em posições não muito favoráveis, me deixavam desconfortáveis e por vezes e mais vezes eu chorei de dor nas pernas e em todos os outros membros, eu fiquei muito puto da vida por saber que eu não passaria o meu aniversário de dezenove anos em pé. Seria a única vez na minha vida que eu ia sair em uma foto sentado numa cadeira de rodas.

Depois, em Setembro, eu já conseguia ficar de pé e já estava dando pequenos passos, mas doía. Doía cada vez que eu colocava os dedos no chão. Minha instrutora era maravilhosa e ela tinha uma voz adorável, ela era paciente como ninguém nunca havia sido e porra, como eu gostava dela. Eu queria contar de um dia que foi muito importante para mim, quando conheci uma amiga. O nome dela era Luna Sophie. Ela também estava se reabilitando, mas estava há muito mais tempo naquelas sessões do que eu, ela nascera com paralisia, mas podia ser curada. E desde os três anos está nessas sessões. Ela quase anda normal, mas é possível ver como ela manca uma vez ou outra. Ela tem dezessete anos apenas, eu tenho dezenove.

Sou um pouco mais velho do que ela.

Eu a conheci da melhor maneira possível. Ela estava vindo para a sua sessão e cumprimentou todo mundo, e eu estava parado no meio daquelas barras que eu tinha que completar até o fim. A minha instrutora disse-me que eu não podia desistir, mas eu não conseguia escutar o que ela dizia. Ela não parecia ser convincente o bastante. Até que eu decidi parar e fiquei me segurando nas barras, nós dois sabíamos que eu podia ir até um pouco mais distante, mas alguma coisa me impediu de continuar. E não é que eu não queria, eu estava louco para completar o caminho até o fim e parar ali, mas eu não conseguia...

Então Luna se grudou na minha barra e disse:

—Não para. Parar te faz pensar em desistir. Continua. Continuar te move até o fim. — E foi por conta dela que eu me movi, foi por conta da voz dela que eu consegui ir até o fim. Não só porque ela falava melhor que a minha instrutora, e não só porque ela era um exemplo de que eu poderia ser bem melhor também, mas sim porque eu pensei no Erick. Eu pensei que ele me pediria a mesma coisa. Ele pediria que eu continuasse.

Não somente naquela linha, mas na minha linha. Na minha vida, e no que quer que eu ainda quisesse. Há muito tempo eu não pensava em nada do que tinha acontecido, mas eu precisava dar conta de que já ia fazer um ano que tudo tinha acontecido e eu ainda estava parado na mesma. No fim de Setembro eu já conseguia me movimentar melhor, eu conseguia ficar de pé por alguns minutos e um pouco mais com a ajuda de uma bengala ou algo que o valha.

Brinquei tanto com a Alana e com aquela bengala. Por falar nisso, ela conseguira um emprego muito bom perto de casa, para que pudesse me supervisionar sempre que fosse preciso. O cabelo dela começou a desbotar pouco a pouco, mas ela tinha gostado da ideia das luzes e desde então ela nunca mais teve o cabelo de uma cor só. Sei que ela abdicou do sonho de ficar na Alemanha por minha causa, sei que me sinto péssimo por conta disso, mas ela me faz bem toda vez que ri com minhas piadas. Algumas vezes ela ainda recebe propostas maravilhosas de ir para lugares mais longes, os grandes empresários do mundo estão muito interessados nela. Mas ela sempre recusa. E embora ela não queira admitir eu sei que ela está recusando os convites por minha causa. Depois de tudo o que aconteceu, acho que ela tem medo de que eu volte a me machucar.

Pedi para ela me levar para ver o Jhonny. Porque eu precisava olhar no rosto dele e precisava que ele visse o que fez comigo. Eu poderia ter feito esse pedido aos meus pais, mas sei que eles negariam. Só Alana concordaria.

No sábado, dia seis de Outubro, eu e ela vamos até a clínica na qual ele está internado. Perto de Fulmine. Se chama *Gideon Albernaty — Centro de Reabilitação e Controle*. Nós entramos e embora não tivéssemos nenhum horário marcado, eu digo que sou um amigo antigo dele e que precisava conversar com ele. A moça me reconhece como um dos garotos que fazia parte do "acidente" e incumbe dois guardas para me seguir. Alana me espera na sala ao lado.

É uma sala grande e colorida em azul-claro. Uma cor serena. Tem apenas essa mesa de dois lugares, uma cadeira para mim e outra para ele. Eu sento primeiro e o espero chegar. Os dois guardas estão atrás de mim, segurando a porta por onde entrei. O Jhonny aparece pela porta da frente, com mais dois guardas segurando-o. Ele não reluta e não resiste em sentar a minha frente.

Ele abaixa a cabeça e o cabelo dele caí sobre seus olhos. Ele deixou crescer e está muito bonito desse jeito. A barba e o bigode estão aparados e parece que ele é muito bem cuidado aqui. É esse o destino que pessoas ricas como ele recebem após coisas erradas.

—Gostei do cabelo.

Jhonny sorri e balança um pouco a cabeça, mas se nega de todos os modos a me olhar na cara. E eu entendo. Porque, de certo modo, ele tem medo de se deparar com todo o passado dele. Mas ele não vai fugir agora. Muito menos fingir.

—Bom, a minha vontade agora seria pegar uma das armas desses guardas e dar um tiro na sua barriga num ponto exato em que ela rasgasse a sua carne e atingisse suas vértebras para que você jamais voltasse a andar novamente, como eu achei que aconteceria comigo. Mas, infelizmente, isso provavelmente me levaria à cadeia. Pois a minha família não é tão rica quanto a sua para poder acobertar tudo. — Ele não tirou o sorriso do rosto dele. E ele acha que isso me incomoda. Só que não funciona mais. — Eu sei que você não vai conseguir olhar na minha cara porque é covarde, e embora eu tenha vindo aqui na intenção de conversar com você, acho que isso vai ser mais para um monólogo. Então vamos lá. Primeiramente eu gostaria de dizer que eu acho muito injusto a sua posição aqui dentro. Quer dizer, você tecnicamente matou três pessoas e tudo o que está recebendo como punição é esse exílio, ou melhor, essa prisão temporária num lugar agradável, recebendo aulas de reabilitação, tomando alguns remédios, comendo, vendo televisão e montando quebra-cabeças. Enquanto isso eu tenho que viver nas sessões de fisioterapia para tentar me locomover sem essa bengala. Enquanto isso eu levo na minha cabeça as memórias de todas as pessoas que eu jamais vou voltar a ver por sua causa. E, é… isso realmente é o inferno. Aliás, obrigado. Eu nunca vou poder usar brinco na orelha esquerda. Em segundo lugar… nada. Eu não tenho mais nada para tentar dizer a você que eu já não tenha dito antes. Na verdade, eu vim aqui para tentar te fazer culpado pelas coisas que aconteceram e por todos os pesadelos que eu tive nesses últimos onze meses, mas eu nem imagino quais são os pesadelos que você deve estar tendo. Eu sinto muito que a sua vida tenha se tornado essa grande merda que eu tô vendo na minha frente, mas acredite, a minha não tá muito melhor. E eu só queria que você pudesse demonstrar um pouco de compaixão pelo cara que foi seu melhor amigo… — eu respiro fundo — você sequer se lembra de que nós éramos melhores amigos?

Jhonny não tirou o sorriso um segundo do rosto. A cada coisa que eu dizia a ele, a cada culpa que eu jogava sobre ele, era apenas um sorriso. Sei que ele está ouvindo tudo e sei que ele pode entender o que estou dizendo, mas acho que ele está tão modificado pelo seu passado que ele sequer consegue reagir. Eu não consigo ver nada do que ele era antes, eu não consigo ver o cara que queria ir à lua comigo. O Jhonny que eu conhecia sumiu antes que eu chegasse aqui.

—Você algum dia se sentiu culpado pelo que fez?

—Você algum dia se sentiu culpado pelo que fez? — Ele rebate a pergunta e me faz ficar calado. Eu decido ficar quieto porque eu quero ouvir o que ele tem a dizer. Cada palavra. — É. Eu sei o que eu fiz. E é... Que pena que não dá mais pra usar brinco. Mas imagina que puta história você vai ter pra contar aos seus filhos daqui alguns anos? E eu? Sei lá... Talvez eu ainda esteja aqui, sendo sustentado pela herança do meu pai e recebendo todos os nãos possíveis em universidades ou empregos. A sua vida tá um lixo, Lucca? Experimenta trocar de pele comigo, então... — sua voz está mais rouca e grave, ele cresceu. Ele com dezoito, eu com dezenove. — É... eu fodi com tudo. Que loucura...

—É só o que tem a me dizer?

—Não... eu tenho uma pergunta. — Ele se silencia enquanto eu espero paciente. — Como é andar de bengala? É como ter uma terceira perna?

—Foi bom conversar com você, Jhonny. Me lembrou de todo o ódio que eu sinto e do motivo pelo qual quero voltar a andar. — Eu me levanto da cadeira e me afasto da mesa lentamente. — Boa sorte no seu futuro, sei que não vai precisar, mas é tudo o que eu posso desejar agora.

Quando lhe dou as costas ele pergunta:

—A máquina... Ela funcionou?

Fecho os olhos e me lembro daquele dia. Lembro do desempenho daquela máquina, lembro de como o Jhonny estava interessado nas funções dela e lembro de como ela não pôde curar a homofobia. Talvez Turner estivesse certo esse tempo todo, talvez a Máquina jamais pudesse funcionar até que a própria humanidade acreditasse nisso.

Eu espio pelo ombro e encaro o Jhonny, ainda de cabeça baixa.

—Graças a você, nós nunca saberemos.

O sorriso ainda está no rosto dele. Daquele doente. O que eu vejo é só uma carcaça de um garoto que um dia foi meu amigo. Não sei em que ponto exatamente ele se perdeu e deixou de ter a humanidade e nossas lembranças, mas posso apostar que foi há muito tempo atrás. Antes até que eu pudesse contar. Algumas vezes não temos como impedir que outras pessoas se tornem o que querem se tornar.

Isso é responsabilidade única e exclusiva de cada um.

A porta atrás de mim é fechada e eu finalmente me encontro com a Alana, a primeira coisa que eu digo é "ele está deixando o cabelo crescer". Ela ri e pergunta o porquê. Então eu invento que ele estava arrependido de todas as outras coisas que ele já tinha feito antes e que estava deixando o cabelo crescer como seu fardo. Digo que ele só o cortará quando sair daquele lugar. Quando Alana me pergunta o que conversamos, eu minto. Eu prefiro mentir para ela e dizer que ele me pediu desculpas e disse que jamais queria me ferir deste modo, eu prefiro dizer que ele foi gentil e que não parecia estar fingindo. Eu insiro uma imagem completamente nova do Jhonny para ela na intenção de que Alana ache que ele mudou por dentro. Na intenção de que ele não seja reportado para os outros como um babaca que não tem jeito.

Esse é o meu último gesto de humanidade para ele, eu prefiro que as pessoas que vão conhecê-lo tirem suas próprias conclusões. Quanto às pessoas que já o conhecem, prefiro fazê-las acreditarem por um tempo que ele realmente está melhor. E que embora ele tenha feito coisas horríveis no passado, ele está arrependido.

É a única coisa que eu posso tentar acreditar agora.

No começo de novembro eu convido a Luna a ir a um lugar comigo. Mais especificamente no dia cinco de novembro. Sei que não é muito comum convidar uma garota a ir num cemitério, mas essa seria a primeira vez que os veria. Fazia exatamente um ano que eu tinha quase morrido. O cabelo dela estava mais engraçado do que nunca. Diferente do de Alana, ele estava muito mais colorido. Era uma mistura muito difusa de roxo, rosa, azul, branco e… e acho que preto. Era como um arco-íris na sua cabeça, mas ela ficava muito bonita com aquele chapéu pendurado. Nós estávamos de preto, para silenciar os mortos.

—Que tipo de garoto leva uma garota a um cemitério?

—O do tipo que quer prestar condolências a mortos. — tentei não ser grosso enquanto me apoiava na minha bengala e continuava andando da maneira mais lenta possível pelas pequenas colinas que tínhamos que subir até o túmulo dos dois.

E, depois de uma eternidade, eu o vi.

Quero dizer, não vi nenhuma foto ou imagem registrada de verdade, a única coisa que eu vi foi uma lápide em negrito com seu nome completo, com sua data de nascimento e com sua data de falecimento. Erick Anthon Johnson. Era tão estranho estar aqui perto dele e senti-lo tão longe… quando Alana me contou que ele estava morto eu me recusei a acreditar que o governo teria deixado que isso acontecesse. Nada foi noticiado sobre o envolvimento do pai dele ou dos agentes de Turner, a única coisa que encontrei sobre ele foi a matéria mais famosa sobre o caso todo. Onde ele e o Steve apareciam como os únicos assassinados naquela noite. Só que depois de um ano eu percebi que se isso tudo fosse mentira, então ele teria me mandado alguma pista. Teria me falado qualquer coisa… Mas não foi nada disso o que aconteceu.

Não fiquei por muito tempo, porque não fazia o menor sentido estar ali. Estar sozinho no meio de tantas lápides… Vi pela última vez o símbolo dele esculpido no granito, fechei os olhos, pedi que ele estivesse bem e que ele continuasse acreditando nas ideias dele, e desci as colinas com Luna na minha cola. Ela me perguntara mais uma vez quem ele era, e eu disse que era um amigo muito próximo que estava no mesmo acidente que eu. Ao que parece, a Luna era a única pessoa no mundo que não tinha visto as notícias sobre mim.

Quer dizer, eu sei que ela deve ter procurado depois que me conheceu, sei que ela deve ter ficado curiosa o suficiente para querer saber o que tinha acontecido comigo e por que eu estava quase paralítico, mas ela era bem-educada para não falar nada sobre o assunto. Apenas fingir que não sabia o que tinha acontecido…

Quis visitar o túmulo da Emma também, mas ela foi deportada para o outro lado do estado, na sua terra natal, onde seus pais devem ter construído um lindo mausoléu para velar a alma e a memória de quem ela foi. Mesmo sem saber exatamente quem ela era além da imagem de prodígio que construíram. Não sei se algum dia eu verei sua sombra novamente, nem sei se alguém vai se lembrar de quem ela era.

Mas prometi que eu me lembraria… E eu vou.

Na saída do cemitério um carro negro do governo está estacionado à nossa frente ainda com o motor ligado. O vidro fumê se baixa lentamente e eu vejo o agente no banco do piloto. Fazia muito tempo que eu não o via, mas ele não tinha mudado nada. Nem um pouquinho. Peço que Luna vá embora sem mim — sei que é uma filhadaputagem ter feito isso com ela, mas eu não teria uma segunda chance de ver o Turner —.

—Estava com saudades de mim, Turner?

—Você não pode nem imaginar.

—Mais perguntas dessa vez?

—Vamos dar uma volta, Angiani. Temos que conversar.

Ele deu partida no carro e nós começamos a rondar pela cidade, por lugares que eu não costumava ir muito, nós passamos por várias praças e por várias pessoas, passamos pelos limites da minha cidade, passamos pela minha casa, passamos pela White Cloud e ele simplesmente disse tudo o que eu queria ter ouvido desde o incidente. A verdade.

—Quando nossos reforços chegaram no local nós nos deparamos com três garotos no fio da meada. Vocês quase morreram, Lucca — ele falava com um genuíno tom de preocupação — o governo jamais nos perdoaria por ter deixado que as decisões de Johnson levassem a essa catástrofe, mesmo embora ele tivesse todo o dinheiro necessário para contratar os nossos serviços, homicídio não é algo que o governo enxerga positivamente. Assim que nós chegamos lá fizemos de tudo para que vocês ficassem vivos, você exibia ferimentos horríveis, mas piores eram os dos garotos que se jogaram. Seu amigo sofreu uma concussão quase incurável na cabeça. Fique feliz por ter retomado o movimento das pernas, não posso falar o mesmo do outro...

—Mas o Erick já estava morto quando vocês chegaram lá...

—Sim. — Ele admite sem nenhum tipo de impedimento, eu tinha até me esquecido que ele era programado para falar tudo na lata, sem esconder coisas desnecessárias — Nosso dever era tê-lo protegido a todo custo, mas falhamos. Eu e minha equipe reportamos o ocorrido ao Johnson, mas ele não pareceu se importar realmente. Acredito que aquele homem seja mais duro do que qualquer pessoa que eu já tenha conhecido. Contudo, a Máquina ainda estava viva. Sei que ela jamais funcionará sem ele, mas nós ainda a temos.

—Onde ela está?

—Guardada. Onde ninguém possa tocá-la...

—Talvez eu possa consertá-la. Talvez eu possa fazê-la funcionar...

—Não. — Turner me impede de continuar. — O governo proibiu qualquer indivíduo de tentar continuar com aquela pesquisa inútil, porque seria nossa responsabilidade cuidar de quem quer que se atrevesse a realizar essa tarefa. E nós não queremos que hajam mais *Luccas* e *Ericks* por aí. — Eu entendo exatamente o que ele quer dizer.

Ficamos em silêncio por certo tempo.

Até que ele recomeça a falar.

—Como você está lidando com tudo isso?

—Todo mundo me trata como diferente. Sabe como é? Chegar num lugar e ver que todos te olham por saber que você é o garoto que quase foi morto pelo melhor amigo? Antes as pessoas me olhavam porque eu fazia parte da família Angiani, porque eu era um prodígio. Acho que agora as pessoas jamais vão me enxergar apenas como o Lucca. — Turner fica quieto, porque ele sabe que eu tenho muito mais a falar, muito mais a desabafar. Eu estive esperando tudo isso por exatamente um ano. — Eu sinto saudade deles dois, do Erick e da Emma. Eu queria ter visto eles uma última vez. Acho que você já ouviu milhões de pessoas falando isso... e é muito inútil, não é?

—Sim, é inútil — olho pela janela, vendo que nós estamos voltando para aquele cemitério — mas ajuda. Pensar nos outros... Sentir falta... Isso mantém a memória de quem você gosta... Faz com que você os sinta por perto. Comece a se preocupar realmente quando você não lembrar mais...

—Eu nunca vou me esquecer.

—Você vai. É natural do ser humano esquecer.

—Devo perguntar como sabia que eu estava lá?

—Faço parte do governo. Nós sabemos muita coisa.

—Por que veio me ver? — Levo-o direto ao assunto.

—Precisava me certificar de que você estava bem, e parece-me que sim. — Seus olhos me encaram pelo retrovisor.

—Ordens do governo, eu devo supor...

—Dessa vez não, Angiani. Foi mais uma questão pessoal. — Ele engasga para poder admitir isso, como se não quisesse torcer o próprio braço. E lá vai ele falando um monte de coisa legal — Eu me senti na obrigação de ver se você estava bem. A única pessoa que o Johnson amou nessa vida foi aquele garoto, e ele morreu na cama da UTI. Então eu fiquei curioso para saber como o garoto que sobreviveu ia estar...

—Eu não sou o *Harry Potter*.

—Acho que todos nós somos um pouco, — diz — porque todos nós carregamos uma cicatriz. — Ficamos em silêncio, apenas esperando que qualquer um diga qualquer coisa, mas eu quero refletir sobre o que ele está falando. Quero que ele respire e me diga o que quer dizer... — Você tem alguma *horcruxe*, Angiani?

—Ele. — revelo.

—O Erick?

—O Erick.

Fazia muito tempo que eu não chorava por conta da perda de alguém, e eu não queria chorar na frente do Turner. Ele tentou me dizer qualquer coisa bonitinha sobre encontrá-lo mais tarde, referindo-se à morte como uma nova etapa da vida. E eu até tentei entender o que ele estava falando, mas ele jamais entenderia o que é estar na minha pele. Um músico uma vez disse "ninguém viveu o que eu passei, ninguém sentiu o que eu superei". Agora eu entendo. Eu consigo entender como é se sentir o resto do resto.

Bem, é isso o que eu sou.

Peço para que ele me deixe em Fulmine, na cachoeira. No lugar onde eu me apaixonei pelo Erick. Nos despedimos com um aperto de mãos e ele pede para que eu tome cuidado com o futuro. Eu duvido que nós nos encontremos mais para frente, mas nunca se sabe. Eu ando com lentidão em direção àquela cadeira, dando-lhe tchau quando ele me deixa sozinho. O som da água escorrendo e batendo no fundo naquelas pedras é de me causar tremedeiras. Eu queria tanto sentir a água batendo em mim, como se eu estivesse livre para ser quem eu costumava ser... Eu queria muito ter toda aquela vontade de viver de novo. Queria tentar mais uma vez...

Sento-me naquele banco de madeira e fico apenas apreciando a vista. A primeira coisa que eu faço é puxar o Dispositivo do meu bolso. Ele esteve inativo desde o momento em que eu acordei. Ele ainda estava intacto, com alguns arranhões de uso e tempo. Mas nunca mais apitou. Nunca mais deu nenhum sinal de vida. Ele esteve do mesmo modo, sempre. A última coisa que me faz lembrar-me dele. O último suspiro de sua voz e a última palavra que ele me disse... Eu nem consigo me lembrar direito porque a memória já está falhando... Mas eu vou lutar para que ela sobreviva até o último momento.

    Aperto o botão em cima do Dispositivo.

    —Oi Erick. Você pode me ouvir? Eu não sei... Mas... Eu não sei... Eu estou tentando te chamar mais uma vez, pra você dizer que tudo não passou de uma brincadeira. E que só estava se escondendo. E eu duvido que isso seja verdade. Porque eu sou um idiota mesmo. — Eu rio de nervosismo. — De qualquer jeito, eu queria te dizer que eu estou cansado. E eu precisava dizer isso a você. E somente a você. Estou parado, sentado naquele banco de madeira com a cachoeira bem à minha frente usando algumas roupas de frio por conta dessa bosta de inverno. E estou cansado. E não é somente um cansaço físico, sabe? Eu queria muito que fosse só um cansaço físico... Mas eu estou afetado psicologicamente. Porque eu sei que daqui dez minutos eu vou estar me culpando por trilhões de coisas que eu deveria estar fazendo, mas não estou; vou me culpar por não ter conseguido concluir a minha pesquisa, vou me culpar por não ter impedido que tudo isso acontecesse a todos nós, vou me culpar por não estar tentando andar normalmente, vou me culpar por não estar conversando com a Alana como eu gostaria de conversar e sabe-se lá o que mais. Mas eu sei que amanhã eu vou ter que encarar minhas sessões de fisioterapia e aquela dor bem na ponta do meu pé indo até o calcanhar e aturar minha mãe me fazendo rezar para melhorar. Não sei se isso tudo é culpa minha... Cara, parece até que eu estou de ressaca. Ultimamente tem acontecido tanta coisa que eu não estou conseguindo respirar direito... Me sinto sufocado. Me sinto preso. Queria não ir às sessões amanhã, assim do nada. Queria não conversar com a Alana e simplesmente andar pela cidade sem nenhum rumo. Mas eu não posso. Porque eu tenho um objetivo. E esse objetivo está me matando aos poucos... Eu só queria que você estivesse aqui, talvez amenizasse um pouco esse sentimento de culpa dentro de mim. Porque eu não faço a menor ideia do que é que eu vou fazer daqui para frente. Não sei como eu posso encarar essa vida sem você... — Eu juro ter ouvido algo como um farfalhar atrás da minha voz, vindo pelo Dispositivo. Olho para o botão, mas ele continua incolor. Inativo. — Erick? — E, como sempre, um silêncio. Eu preciso entender que acabou. Que não há como voltar. — Eu juro que eu penso em você todos os dias, e é por você que eu me levanto. Para te alcançar. Eu acordo por você... Mas tem alguém nesse mundo fazendo qualquer coisa por minha causa? Eu estou confuso e triste, Erick... Eu quero muito que tudo isso acabe logo.

    E, assim, eu guardo o Dispositivo no bolso novamente.

Está tudo muito nublado.

Bem, o inverno está se aproximando agora...

E aqui estou eu lembrando-me dele. Não queria lembrar-me dele. Ou talvez eu quisesse... Mas sabe o que acontece? Eu vou mandar a real... Eu nunca conversei comigo mesmo sobre o tudo o que havia acontecido nesse tempo todo. Esses doze meses em que passei por essa intensa reabilitação eu percebi o quanto de tempo eu gastei. E porra... Eu jamais iria recuperá-lo. Então qual era o sentido de sentir saudade? Aconteceu... E passou... Eu sabia que sentiria falta quando abrisse meus olhos de novo, mas admita Lucca... Você quer voltar no tempo. Porque a verdade é que todo mundo quer voltar no tempo. Pois o passado parece muito mais feliz e aconchegante do que o futuro. Sabe por quê? Porque você não faz a mínima ideia do que vem em seguida. Você sente falta do passado porque sabe que foi feliz, mas não pode sentir falta do futuro, porque nenhum de nós sabe se ainda vai ser feliz alguma vez na vida.

Esse é o grande ponto...

A gente pode ser feliz mais de uma vez na vida?

Bem, eu estou tentando encontrar a resposta.

Posso jurar a você que eu jamais tentaria viver novamente após o Sam, e, olha... eu fiz tudo o que fiz por conta do Erick. E caralho... eu sinto o mesmo aperto no coração que eu senti depois de ter terminado com o Sam. Não porque eu jamais vou vê-lo outra vez, — não só por isso — mas porque eu vou ter que lutar para ser feliz de novo. E se eu não for feliz de novo? E se essas novas decisões que eu tomar me levarem para o caminho mais obscuro do mundo? Nada pode me dar a certeza de que a felicidade virá até mim.

Só que esse é outro ponto... a felicidade nunca vem a ninguém. Você não pode esperar deitado numa cama, você não pode cortar seus pulsos, você precisa querer. E por mais que todo mundo tente lhe mostrar que vale a pena seguir em frente, somente você vai conseguir se convencer de que realmente vale a pena seguir em frente.

Então me diga você: o que te faz seguir em frente?

Bem agora o Sol começa a aparecer. As nuvens saem delicadamente da frente e eu sinto o calor me invadindo aos poucos, bem... não sei se dá para ser feliz duas vezes na vida. Mas caralho, como eu quero descobrir.

—Nossa — eu encaro o brilho à minha frente — esse lugar é lindo.

Eu *quero* ser feliz mais uma vez.

330

ALEXANDRE KLEIN

EPÍLOGO

"Mais do que máquinas, nós precisamos de humanidade. Mais do que inteligência, nós precisamos de carinho e bondade. Sem essas qualidades a vida será violenta e tudo será perdido"

No exato dia em que eu faço vinte e um anos, Alana me convence que eu já estava grande o suficiente para ir a uma balada com ela. Sei que a minha mãe e meu pai iam se importar, mas o que eles podiam fazer agora que seus dois filhos eram maiores de idade e não tinham rédeas? Fazia bastante tempo que eles não conseguiam me controlar, pouco depois de ter me formado na White Cloud. Eu até queria que a Luna estivesse aqui, mas exatamente hoje ela estava na faculdade, fazendo uma prova muito mais que importante.

Jamais vou conseguir me entender por não ter feito uma faculdade, mas eu estou bem por enquanto. Eu estou feliz por estar me dedicando às minhas pesquisas no laboratório em que eu trabalho. O objetivo é mostrar para a Associação do Lago Fulmo que a minha tese das borboletas era incrível e que ela pode funcionar, eu sei que isso tudo *vai* funcionar. Eu quero fazer meu tio Mark voltar a andar, porque eu sei que ele não teve as mesmas chances que eu tive. Ele tinha pouco tempo e eu precisava ser rápido.

Mas bem, aqui estamos nós, eu e Alana, dançando feito loucos numa pista de dança cheia de pessoas suando. E eu nunca gostei muito dessas coisas, mas eu tinha mudado bastante. Eu estava aceitando tudo o que ela me dizia, eu estava querendo me divertir com o meu pequeno poço de felicidade. Ela estava para mim em todos os momentos que eu estava para ela também. Por isso nós aceitamos comemorar meu aniversário de vinte e um anos numa balada. Eu nem consigo acreditar que faz tanto tempo assim que tudo aquilo aconteceu. Nessa noite eu estou incrivelmente nostálgico.

Tudo bem, não somente nessa noite.

Acontece que nessa noite as coisas mudaram um pouco.

Eu conheci uma guria na balada. Ela tinha o cabelo azul nas pontas e falava com um sotaque diferente, como se tivesse vindo do Sul, mas eu não sei direito de onde ela era. A única coisa que realmente me interessou nela não foi seu amigo gostoso com a barriguinha trincada e com o sorriso perfeito, mas sim a tatuagem que ela levava bem perto do polegar. Eu notei quando ela me ofereceu um copo de bebida.

Era uma rosa, pelo que parecia.

Mas era mais do que isso. Bem no meio da rosa... bem, como eu posso explicar? É como se fossem vários triângulos. Mas havia um triângulo que se parecia especialmente com um símbolo que eu já tinha visto há muito tempo. E cara, fazia tanto tempo que eu não pensava nele. Eu já tinha ficado com tantos outros caras que eu já nem pensava mais no Erick.

Erick...

Por que esse nome não saia da minha cabeça?

Não era como os outros. Não era como o Juan, que era gostoso para caralho ze eu jamais pensei que esqueceria. Não era como o Sam, que eu sofri por vários dias e jamais imaginei que viveria sem. Nem como o David, nem como o Pedro — o carinha que estava fazendo intercâmbio do Brasil — e nem como o Benjamin. Tampouco como esse garoto, o Gabriel, que tentou me beijar a força na balada. Não... O nome dele ainda estava voando na minha cabeça mesmo depois de todo esse tempo.

Eu fui no banheiro para esvaziar o meu menino, e foi lá que eu percebi a coincidência acontecendo. Quando eu abri a minha cabine após a descarga e me olhei no espelho eu vi uma pequena imperfeição. Sabe quando você passa a mão pelo espelho e fica aquela superfície toda manchada de suas marcas? Bem, ali estava a marca dele. O símbolo dele. Como se ele mesmo tivesse vindo aqui fazer aquilo... como se ele mesmo...

Volto correndo para a pista de dança e encontro aquela guria com a rosa na mão, ela estranha a minha pergunta, mas me responde que fez a tatuagem quando passou as férias em Detroit. Quando conheceu um garoto que tinha isso tatuado no braço. Sei que não era o Erick, sei que era impossível que fosse o Erick... Mas ela me contou algo que eu não pude deixar de interligar. O garoto que tinha a tatuagem no braço a fez por conta de um amigo que tinha aquele símbolo no pescoço.

A Alana não consegue entender o que eu estou pensando.

Mas meu corpo inteiro está tremendo por dentro, eu sei que é completamente impossível ter qualquer tipo de esperança de que meus pensamentos sejam verdade. Mas caralho... E se ele tivesse mentido pra mim? E se o Turner tivesse mentido pra mim?

A casa do Erick nunca me pareceu mais abandonada do que agora. Sei que ninguém jamais teve coragem de entrar aqui de novo, porque todo mundo criou histórias de que o espírito do antigo dono ainda rondava a casa para tomar conta de seu lar. Eu não acreditava em nada do que eles diziam, mas nunca tive coragem de voltar lá. Meus pais não gostavam daquele lugar e eu também tive um puta de um medo de voltar lá de novo.

A polícia tinha tirado as fitas amarelas e pretas há muito tempo, mas ninguém queria se arriscar e entrar lá. Ninguém era tão Lucca como eu para entrar numa casa abandonada completamente chapado no seu aniversário de dezoito anos. Caralho, como eu tinha sido burro. Aqui estou eu depois de três anos e eu não acredito que estou sendo burro o suficiente de querer entrar... De estar entrando...

Eu passos pela soleira, a porta ainda continua aberta, o que fez com que muitos animais entrassem e criassem seus ninhos lá. Claro, eles não sabiam o que tinha acontecido lá dentro, por isso eles jamais temeriam aquele lugar como se fosse um túmulo que não pode ser profanado. Vi alguns esquilos — acho que eram esquilos e prefiro pensar que eram ao invés de ratos bem grandes — e vi também muitas baratas. Mas eu não prestei atenção em nada disso. As memórias estavam voltando com força total, com todas as coisas que eu me esforcei para deixar no passado, mas ainda era assombrado por isso. Olho para a esquerda e encontro a estante ainda caída.

Aquela perseguição pela escada, o corpo morto do Steve na passagem, a Máquina fazendo o barulho no último andar, a adrenalina percorrendo por todo o meu corpo como se fosse o ar que eu respiro... Lembro da minha falta de reação quando o Jhonny arrancou um pedaço da minha orelha. Lembro de como eu me joguei no chão assim que eu recebi aquele tiro e lembro de como eu desmaiei depois de resistir tanto

Estou no último andar.

Onde o Erick quebrou a janela para deter o Jhonny. Aquela janela que agora permitia que o vento gélido entrasse como uma rajada incrivelmente fugaz, como se um furacão estivesse se formando. A Máquina não estava aqui. Eu não esperava que estivesse já que o Turner me disse que eles a tinham levado para longe, onde ninguém jamais pudesse tocá-la novamente. Mas dá para ver levemente a marca que ela fez no assoalho de madeira, mesmo que a poeira esteja encobrindo tudo junto com alguns galho e folhas. Tudo isso está tão diferente desde a última vez em que eu estive aqui...

Passo a mão pela parede e sinto a velhice... Sinto a tinta descascando e o cheiro do passado. Me aproximo da janela quebrada e olho para a queda que o Erick deve ter tido. Foi aqui onde tudo teve seu fim. Onde a minha vida mudou para sempre. E ainda não consigo acreditar que faz tanto tempo assim...

Sinto um farfalhar na minha orelha, e depois disso eu vejo algo voando por sobre os meus olhos, num movimento delicado, em delineadas e perfeitas curvas no ar... Duas asas formam a mais perfeita borboleta laranja que eu já vi... Ela reluz sob o luar e para na minha mão quando eu a estendo para que ela possa pousar. Mas eu já vi tudo isso antes. Fecho minha mão sobre ela, mas não sinto nada. Ela nunca existiu.

Viro-me imediatamente quando sinto o passo no assoalho.

Os olhos castanhos mais bonitos que eu já vi na minha vida, eu me sinto tão aliviado por vê-lo mais uma vez. É só um brilho, é só uma projeção, é só uma ilusão da porcaria da minha cabeça. Eu não quero acreditar que tudo isso tenha sido uma mentira, mas como eu ficaria feliz em saber que o que eu estou vendo é verdade... Como eu sonhei com esse momento. Tantas noites a três anos eu quis que essa noite acontecesse e agora eu não faço a menor ideia do que sentir. No que acreditar. Quantas vezes eu fechei meus olhos e apenas imaginei que ele estava me olhando e dizendo-me que eu precisava seguir em frente.

E eis que ele está aqui...

—Oi — ele sussurra.

Porra... É a mesma voz. É a mesma sensação... Meus braços estão arrepiados e eu não consigo me controlar. Eu não consigo parar de suspirar por ele, por saber que ele ainda está vivo. Por saber que ele ainda está na minha frente. Merda... como eu queria que isso fosse verdade... como eu queria que isso não fosse só um sonho...

—Eu disse que elas seriam eternas.

—Eu achei que você estivesse...

—Eu sou um bom mentiroso. Sem contar que com a ajuda do governo nada se torna realmente impossível. — Ele ainda está no escuro, ele ainda está me mostrando só aqueles pontinhos castanho. Mas ele ainda está vivo. Eu engulo em seco, porque sei que eu acabei de voltar de uma festa e sei que posso estar completamente dopado de energético e bebidas, e é por isso que eu quero ter certeza de que ele é real.

—Venha para a luz...

Erick caminha até mim. Caminha bem lentamente, ficando há poucos metros de mim como se eu pudesse tocá-lo. Mas estou com medo, estou com receio de que ele possa desaparecer se eu tocá-lo. Ele já foi embora uma vez e eu não quero que vá embora novamente... Seus cabelos continuam os mesmos, amenos e cacheados, daquele modo que faz com que ele pareça dócil e gentil, o sorriso largo que ele só dá para as pessoas que realmente merecem, a respiração ofegante que eu também tenho. Tudo do mesmo jeito que eu lembrava...

—Você é de verdade... — sussurro.

—Sou — Ele sussurra com um tom de brincadeira.

—Você não faz ideia de quanto tempo eu esperei para te ver de novo.

—Três anos? — Ele sorri.

Eu estou quase chorando, juro por tudo que é mais sagrado que eu estou quase chorando, porque eu não consigo acreditar que o meu fim está bem na minha frente. Eu vi quando ele se jogou, eu vi quando tudo acabou, mas ele surgiu de novo... Ele não me abandonou. Ele foi embora porque sabia que podia voltar, e ele simplesmente não queria... Merda, o que é que eu estou falando? Meus pensamentos não fazem sentido, minhas palavras não têm nexo... O que eu estou fazendo?

O que eu estou sentindo?

—Caralho... — Eu começo a rir — Você tá vivo.

Ele sorri também. Eu coloco a minha mão esquerda na mão direita e metálica dele, eu não posso acreditar que anos de terapia ainda me deixaram desse modo. Estou tremendo como se fosse a primeira vez que eu estivesse indo nas sessões de reabilitação. Como se eu estivesse conhecendo Luna novamente. Mas então eu levanto as nossas mãos e fico encarando-o.

—Viu? Agora nós dois estamos tremendo...

Eu rio de sua piada besta porque ele não sabe metade das coisas que aconteceram depois que ele foi embora. Eu quero tanto sentar numa mesa com ele e lhe contar tudo, eu quero tanto que ele me escute e, por Deus, como eu quero escutar sua voz. Escutar a sua história. Dizer seu nome repetidas vezes como eu me proibi de fazer por todos esses anos para não pensar demais em alguém que não existia mais.

—Quer dizer que eu sou sua *horcrux*, é? — Ele toca no meu rosto.

—Você estava escutando...

Naquele dia, quando o Turner veio me ver... foi porque o Erick pediu que ele viesse conferir se estava tudo bem. Como eu não percebi antes? Ele também estava ouvindo pelo Dispositivo.

—Já se encontrou na vida ou ainda tá meio perdido?

—Eu odeio você numa proporção que você nem imagina!

Eu seguro seu rosto e lhe beijo, e dessa vez eu tive certeza: o beijo dele é a coisa mais diferente em toda a face da Terra. Nada nunca me deixou tão feliz como um beijo vindo dele. Não tem nada a ver com todos os outros que eu já beijei na minha vida e ele não é nada como todos os outros que eu já fiquei. Vê-lo... senti-lo... tê-lo... é como a certeza de que sim, dá para ser feliz mais de uma vez na vida. Quando eu me solto dele, lembro-me de uma coisa:

—A Máquina... — eu sussurro.

—O Dispositivo — ele me pede.

Pego o pequeno aparelho que eu sempre carregava no meu bolso, porque eu sabia que ele ia ser importante algum dia. Eu não andei um único dia da minha vida sem carregar ele comigo, porque era minha lembrança dele. Eu sabia que seria importante... E eu estava certo. Entrego o Dispositivo para ele e aponto para o símbolo.

—Eu nunca perguntei... Mas o que significa?

—É o símbolo da perfeição, Lucca, — ele desvia seus olhos até sua criação e passa o dedo por cada risco, como se cada um deles tivesse uma história própria — feito para àqueles que acreditam.

—Acreditam no que?

—Na esperança. — Ele sorri para mim. O seu sorriso é a coisa mais brilhante na noite inteira. Eu me lembro do porque sou apaixonado por ele. Me lembro como se fosse ontem. — É isso o que vai te mover até o fim dos tempos. A crença na esperança. — Eu apenas aguardo enquanto ele começa a mover no Dispositivo e o triângulo se ilumina. Ele começa a piscar em azul e o Dispositivo faz alguns bips só que mais rápidos do que costumava fazer. Estou ansioso para o que isso pode significar. — Quanto a minha Máquina, eu percebi que nunca foi culpa da genética.

—Não?

—Não, — Ele responde. — mas eu consegui, Lucca.

Apenas espero quando ele me oferece o Dispositivo e eu vejo que a decisão está nas minhas mãos. Aquele pequeno aparelho está emitindo a luz vermelha em cima naquele botãozinho antes inerte, como uma pequena sirene. A luz azul no triângulo, como um alerta. E tem um único botão que eu devo apertar. O Erick me olha, me incentivando a apertá-lo. Quem sabe o que pode acontecer quando eu o fizer?

Quem sabe o que muda quando se aperta um botão?

Mas eu não tenho mais medo disso, eu simplesmente aperto o botão como se isso dependesse do futuro de toda a humanidade. Sei que é a decisão certa. As cores que se seguem dentro do triângulo são inúmeras e eu não consigo contar em quantas tonalidades. São arco-íris e mais arco-íris que se formam. Fico maravilhado quando o triângulo passa a se abrir, e aquele círculo no meio do Dispositivo se torna opaco. Sem nada além de cores e mais cores com frequências cada vez maiores, com uma funcionalidade perfeita. Um caleidoscópio inteiro naquele Dispositivo. Muito longe daqui, num lugar que eu jamais poderei encontrar, no lugar onde ele estava se escondendo, há uma Máquina em operação. Muito longe daqui, espalhados pelo país inteiro, existem pessoas que conhecem esse símbolo e que acreditam nele como acreditam na própria existência. Muito longe daqui, onde meus olhos não podem ver, onde minhas mãos não podem sentir e onde eu não consigo tocar, a maior esperança da humanidade está em funcionamento. É por isso que eu não me arrependo, pelo sorriso iluminado do rosto dele, pela felicidade dentro do meu coração. Tudo isso… E ele. Turner estava certo, A Máquina jamais funcionaria até que a humanidade acreditasse em si própria.

E então, repentinamente, o Dispositivo para.

E eu encaro o Erick. Seu sorriso me diz o que eu quero ouvir.

—Funciona?

—Funciona.

AGRADECIMENTOS

Prometi a mim mesmo desde o começo que eu faria uma página para as pessoas que me ajudaram com tudo isso. Eu sempre me perguntava a que eu devia agradecer uma vez que o processo de escrita de um livro é algo bem individualista. Mas o Erick nunca foi um projeto no qual trabalhei sozinho. Então aqui vai uma dedicatória especial a todos aqueles para quem eu contei essa história antes que ela existisse e para todos os outros que me ajudaram de uma forma ou de outra no nascimento desse monstro.

Sei que vai ser incrivelmente clichê, mas quero agradecer à minha mãe que jamais me impediu de seguir um sonho tão "vagabundo". Ela é provavelmente a mulher mais guerreira em todo o universo. Mesmo me forçando a ter um emprego, ela sempre esteve me incentivando a continuar com o que me fizesse feliz. Acho que ela sabia tanto quanto eu que um dia tudo isso ia dar certo. Então, dona Izabel Regina, meus profundos agradecimentos. Uma menção mais que especial ao meu namorado, Daniel Lima, por ter simplesmente falado do Erick para mim. No começo eu não tinha um nome e foi ele, com todo o seu não-ciúmes, que perguntou-me quem era o Erick. Bem, esse é o Erick. E a minha sobrinha que sempre será minha irmã, Nathalia Klein. Não nascemos da mesma barriga, mas nosso coração bate junto.

Eu tenho a agradecer à uma lista enorme de amigos que estiveram ouvindo cada ideia e cada parte da história incansavelmente, eles fizeram com que isso acontecesse mais do que ninguém. Andressa Cardoso e João Vitor Alcântara, por terem sido os primeiros a quem eu contei do Erick com tanto entusiasmo, por terem me ouvido todas as vezes que eu falava e por terem adotado o Erick como se fosse parte deles também. Pelo grupo que permaneceu vivo, pelas brigas que tivemos e pelos sonhos que nós dividimos, esse é um brinde a nós três. Ruth da Silva Gama, por ter me aguentado nas salas de aula enquanto eu não parava de desenhar meus símbolos no braço, por tentar e errar cada vez que fazia um "A" ao invés de um triângulo, por ter me feito acreditar que a ideia era possível tanto quanto o Erick acreditava. Vinicius França que foi meu alicerce em ouvir tudo, mesmo quando não queria, que não me deixava ficar triste um momento sequer e que é um dos caras que veio para ficar. Um gigantesco obrigado pela Beatriz Belo, minha dupla que me deixou cantando Demi Lovato sozinho, mas que também é a razão de ter abraçado a Coerência. A Bianca Dantas, que trouxe vida a Emma e me ajudou toda santa vez que eu tive um problema. Para Alanis Araújo Alberes e Shirley Brito que me fizeram entender que meu ponto de vista estava certo e que me incentivaram a defender a tese de que a Máquina deveria funcionar, vocês duas me dão forças parar querer o melhor para esse mundo. E, em contrapartida, agradeço à Breno Barbosa, um amigo que me disse que não fazia sentido a Máquina funcionar já que a homossexualidade não tinha nada a ver com genética, meu amigo que prometeu que a lua seria nossa.

E, sem deixar de lado, devo um agradecimento especial à Marina Dias, que passou por muita coisa ruim na vida e que me inspira toda vez que eu preciso de um exemplo de superação. Ela está sempre se levantando e não tem noção de como eu acho isso incrível. Ela é minha Emma, ela é o meu Erick e é minha amiga. Ela é o exemplo da força e quando eu penso em alguém que já se superou, eu penso nela. Em você.

Queria também agradecer aos meus pequenos leitores que devem ter lido duas ou três páginas, à Myllena Vicentin e Kayane Almeida. Ao Leonardo Ferreira, por ter me dado a melhor história para escrever mesmo sem nem saber. Ao meu sobrinho, Yuri Felip, que teve que me aturar durante muito tempo e aprendeu a me amar (eu acho). A minha amiga Letícia Gabriele, a melhor k-poper advogada fotógrafa do mundo que me ajudou com todo o lado judicial dentro da história. Não posso esquecer também de agradecer aos meus amigos Gabriel Oliveira — o famoso *Pelom do Pulmão Preto* — o famoso Gael da Bolacha, Flávio Junior, o bonitão do "bom dia, princesa", André Lopes, que não parava de falar comigo um segundo enquanto trabalhávamos, e Vinicius Lima, que me ensinou a *embrasar* direitinho. Vocês tornaram aqueles dias de "atendimento Clinileste, bom dia" mais toleráveis.

E também lembrar das pessoas que me deram todo o conhecimento e embasamento desde meus sete anos: os meus professores. A todos os meus educadores do fundamental, em especial Jussara Lima e Laura Lucy, por terem aberto meus olhos para o mundo da literatura. Aos meus mestres do ensino médio, Elvis Vieira, que quebrou as barreiras entre professor/aluno e se tornou um amigo, como meu professor de sociologia, Fernando Soares, que criou a Máquina junto de mim, que me fez entender que a homofobia não tinha nada a ver com genética assim como meu professor de química,

Márcio Alvares. Ao grande Watson Messias, que também contribuiu em todo e qualquer debate. E ao Fábio Valverde, o Valverde Pai, que me cativou e tornou meu pensamento mais crítico.

A minha ilustre editora que já foi professora e que tem uma história gigante de crescimento que ainda me deixa de boca aberta, Lilian Vaccaro. Obrigado por ter me aparado e recepcionado com a família Coerência. As leitoras beta, que não me conheciam, mas amaram o Erick desde a primeira versão. A minha revisora, Miya Hortenciano, que veio na hora certa e tomou a história para si como ninguém mais fez, ela é o exemplo do impacto que eu gostaria que essa obra tivesse nos outros, portanto, muito obrigado. Ao Décio Gomes, que transmitiu tudo o que o Erick é para uma imagem na capa; é o convite de boas-vindas à minha história. Ao Bruno Lyra, o responsável por diagramar toda essa confusão e manter todo o interior impecável. Um muito obrigado ao Thiago Teodósio, que posso chamar de amigo pelo tanto que conversamos sobre o Erick e ao Raphael Miguel, por ter descrito o Erick da melhor maneira possível. E a todos os outros envolvidos nesse grupo imenso que compõe a Editora Coerência.

Por fim, gostaria de agradecer à parte homofóbica que resta no peito da minha família, sei que não é culpa deles e sim de toda a sociedade doente na qual crescemos. Aos meus antigos colegas de trabalho que não compreendem como um homem pode viver sem futebol e mulher. Aos garotos que gritam coisas ruins para mim quando eu dou um beijo no meu namorado em público. A todos os outros que acreditam que esse livro é uma perca de tempo. Mas acima de tudo, que isso seja de incentivo para a igualdade; para a esperança. Para a ideia de querer ser feliz mais uma vez, seja como for e com quem for… Todos nós merecemos uma segunda chance de ser feliz.

INFORMAÇÕES SOBRE A COERÊNCIA

Para saber mais sobre os títulos e autores da
EDITORA COERÊNCIA,
visite o site **www.editoracoerencia.com.br**
e curta as nossas redes sociais.

Além de informações sobre os próximos lançamentos, você terá acesso a conteúdos exclusivos e poderá participar de sorteios, promoções e eventos.

www.editoracoerencia.com.br

facebook.com/editoracoerencia

@editoracoerencia

Editora Coerência
Rua Pinhancó, 12A
Parque São Rafael — SP — Cep . 08320-350
E-mail: lilian@editoracoerencia.com.br
Tel.: (11) 2011-3113

Não perca a oportunidade de realizar o sonho de se tornar um escritor(a). Envie seu original para o nosso e-mail e publique conosco.